Diogenes Taschenbuch 21310

detebe

Noch mehr Gespenster

Die besten Gespenstergeschichten aus aller Welt

Herausgegeben von Dolly Dolittle

Diogenes

Die vorliegende Sammlung erschien
erstmals 1981 als Diogenes Sonderband
Nachweis der einzelnen Geschichten
am Schluß des Bandes
Umschlagillustration:
James Ensor, ›Der große Richter‹, 1898
(Ausschnitt); Privatbesitz

Foto: Kunsthaus Zürich

Veröffentlicht als Diogenes Taschenbuch, 1985

40/00/8/3
ISBN 3 257 21310 7

In memoriam
Mary Hottinger

INHALT

»Muirland«, sagte vorwurfsvoll
der junge Colean, »du wirst ein
schlechtes Ende nehmen;
du glaubst an nichts.«

Honoré de Balzac
Die Zaubernacht in den
Hochlanden

Statt eines Vorworts:

Heinrich Heine

Doktor Ascher und die Vernunft

In jener Nacht, die ich in Goslar zubrachte, ist mir etwas höchst Seltsames begegnet. Noch immer kann ich nicht ohne Angst daran zurückdenken. Ich bin von Natur nicht ängstlich, und Gott weiß, daß ich niemals eine sonderliche Beklemmung empfunden habe, wenn zum Beispiel eine blanke Klinge mit meiner Nase Bekanntschaft zu machen suchte oder wenn ich mich nachts in einem verrufenen Walde verirrte oder wenn mich im Konzert ein gähnender Lieutenant zu verschlingen drohte – aber vor Geistern fürchte ich mich fast so sehr wie der ›Österreichische Beobachter‹. Was ist Furcht? Kommt sie aus dem Verstande oder aus dem Gemüt? Über diese Frage disputiere ich so oft mit dem Doktor Saul Ascher, wenn wir zu Berlin, im ›Café Royal‹, wo ich lange Zeit meinen Mittagstisch hatte, zufällig zusammentrafen. Er behauptete immer, wir fürchten etwas, weil wir es durch Vernunftschlüsse für furchtbar erkennen. Nur die Vernunft sei eine Kraft, nicht das Gemüt. Während ich gut aß und gut trank, demonstrierte er mir fortwährend die Vorzüge der Vernunft. Gegen das Ende seiner Demonstration pflegte er nach seiner Uhr zu sehen, und immer schloß er damit: »Die Vernunft ist das höchste Prinzip!« – Vernunft! Wenn ich jetzt dieses Wort höre, so sehe ich noch immer den Doktor Saul Ascher mit seinen abstrakten Beinen, mit seinem engen, transzendentalgrauen Leibrock und mit seinem schroffen, frierend kalten Gesichte, das einem Lehrbuche der Geometrie als Kupfertafel dienen konnte. Dieser Mann, tief in den Fünfzigern, war eine personifizierte grade Linie. In seinem Streben nach dem Positiven hatte der arme Mann sich alles Herrliche aus dem Leben herausphilosophiert, alle Sonnenstrahlen, allen Glauben und alle Blumen, und es blieb ihm nichts übrig als das kalte, positive Grab. Auf den Apoll von Belvedere und auf das Christentum hatte er eine spezielle Malice. Gegen letzteres schrieb er sogar eine Broschüre, worin er dessen Unvernünftigkeit und Unhaltbarkeit bewies. Er hat überhaupt eine ganze Menge Bücher geschrieben, worin immer die Vernunft von ihrer eigenen Vortrefflichkeit renommiert und wobei es der arme Doktor gewiß ernsthaft genug meinte und also in dieser Hinsicht alle Achtung verdiente. Darin aber bestand ja eben der Hauptspaß, daß er ein so ernsthaft närrisches Gesicht schnitt, wenn er dasjenige nicht begreifen konnte, was jedes Kind begreift, eben weil es ein Kind ist. Einigemal besuchte ich auch den Vernunftdoktor in seinem eigenen Hause, wo ich schöne Mädchen bei ihm fand; denn die Vernunft verbietet nicht die Sinnlichkeit. Als ich ihn einst ebenfalls besuchen wollte, sagte mir sein Bedienter: »Der Herr Doktor ist eben gestorben.« Ich fühlte nicht viel mehr dabei, als wenn er gesagt hätte: Der Herr Doktor ist ausgezogen.

Doch zurück nach Goslar. »Das höchste Prinzip ist die Vernunft!« sagte ich beschwichtigend zu mir selbst, als ich ins Bett stieg. Indessen, es half nicht. Ich hatte eben in Varnhagen von Enses ›Deutsche Erzählungen‹, die ich von Klaustal mitgenommen hatte, jene entsetzliche Geschichte gelesen, wie der Sohn, den sein eigener Vater ermorden wollte, in der Nacht von dem Geiste seiner toten Mutter gewarnt wird. Die wunderbare Darstellung dieser Geschichte bewirkte, daß mich während des Lesens ein inneres Grauen durchfröstelte. Auch erregen Gespenstererzählungen ein noch schauerlicheres Gefühl, wenn man sie auf der Reise liest, und zumal des Nachts, in einer Stadt, in einem Hause, in einem Zimmer, wo man noch nie gewesen. ›Wieviel Gräßliches mag sich schon zugetragen haben auf diesem Flecke, wo du eben liegst?‹ so denkt man unwillkürlich. Überdies schien jetzt der Mond so zweideutig ins Zimmer herein, an der Wand bewegten sich allerlei unberufene Schatten, und als ich mich im Bett aufrichtete, um hinzusehen, erblickte ich –

Es gibt nichts Unheimlicheres, als wenn man bei Mondschein das eigene Gesicht zufällig im Spiegel sieht. In demselben Augenblicke schlug eine schwerfällige, gähnende Glocke, und zwar so lang und langsam, daß ich nach dem zwölften Glockenschlage sicher glaubte, es seien unterdessen volle zwölf Stunden verflossen und es müßte wieder von vorn anfangen, zwölf zu schlagen. Zwischen dem vorletzten und letzten Glockenschlage schlug noch eine andere Uhr, sehr rasch, fast keifend gell und vielleicht ärgerlich über die Langsamkeit ihrer Frau Gevatterin. Als beide eiserne Zungen schwiegen und tiefe Todesstille im ganzen Hause herrschte, war es mir plötzlich, als hörte ich auf dem Korridor, vor meinem Zimmer, etwas schlottern und schlappen, wie der unsichere Gang eines alten Mannes. Endlich öffnete sich meine Tür, und langsam trat herein der verstorbene Doktor Saul Ascher. Ein kaltes Fieber rieselte mir durch Mark und Bein, ich zitterte wie Espenlaub, und kaum wagte ich das Gespenst anzusehen. Er sah aus wie sonst, derselbe transzendentalgraue Leibrock, dieselben abstrakten Beine und dasselbe mathematische Gesicht; nur war dieses etwas gelblicher als sonst, auch der Mund, der sonst zwei Winkel von 22½ Grad bildete, war zusammengekniffen, und die Augenkreise hatten einen größern Radius. Schwankend und wie sonst sich auf sein spanisches Röhrchen stützend, näherte er sich mir, und in seinem gewöhnlichen mundfaulen Dialekte sprach er freundlich: »Fürchten Sie sich nicht, und glauben Sie nicht, daß ich ein Gespenst sei. Es ist Täuschung Ihrer Phantasie, wenn Sie mich als Gespenst zu sehen glauben. Was ist ein Gespenst? Geben Sie mir eine Definition. Deduzieren Sie mir die Bedingungen der Möglichkeit eines Gespenstes. In welchem vernünftigen Zusammenhange stände eine solche Erscheinung mit der Vernunft? Die Vernunft, ich sage die Vernunft –« Und nun schritt das Gespenst zu einer Analyse der Vernunft, zitierte Kants ›Kritik der reinen Vernunft‹, 2. Teil, 1. Abschnitt, 2. Buch, 3. Hauptstück, die Unterscheidung von Phänomena und Noumena, konstruierte alsdann den problematischen Gespensterglauben, setzte einen Syllogismus auf den andern und schloß mit dem logischen Beweise, daß es durchaus keine Gespenster gibt. Mir unterdessen lief der kalte Schweiß über den Rücken, meine Zähne klapperten wie Kastagnetten, aus Seelenangst nickte ich unbedingte Zustimmung bei jedem Satz, womit der spukende Doktor die Absurdität aller Gespensterfurcht bewies, und derselbe demonstrierte so eifrig, daß er einmal in der Zerstreuung statt seiner goldenen Uhr eine Handvoll Würmer aus der Uhrtasche zog und, seinen Irrtum bemerkend, mit possierlich ängstlicher Hastigkeit wieder einsteckte. »Die Vernunft ist das höchste –« da schlug die Glocke eins, und das Gespenst verschwand.

Washington Irving

Der Student und die fremde Dame

In einer Gewitternacht während der aufgewühlten, fieberhaften Zeit der Französischen Revolution eilte ein junger Deutscher durch die Altstadt von Paris seiner Behausung zu. Bevor ich diese ungewöhnliche Geschichte erzähle, will ich zuerst einiges über den seltsamen Menschen berichten, der in ebenjener Nacht durch Finsternis und Sturm schritt.

Gottfried Wolfgang war ein junger Mann aus guter Familie. Er hatte in Göttingen studiert; da er aber zur Schwärmerei und zum Übersinnlichen neigte, befaßte er sich mit jenen verstiegenen, überspitzten Lehren, die so oft die Geister deutscher Studenten verwirrt haben. Sein einsames Leben, sein fanatischer Eifer und die absonderliche Art seiner Studien blieben nicht ohne Auswirkungen auf Körper und Geist. Er verfiel zusehends, und sein Denken, Fühlen und Handeln bekam etwas Irrlichterndes, Krankhaftes. So tief hatte er sich in ein phantastisches Gedankenlabyrinth über grundlegende Fragen des Seins verloren, daß er schließlich, gleich Emanuel Swedenborg, von einer selbstgeschaffenen, idealen Wunschwelt umgeben war.

Ich weiß nicht zu sagen, wann jene Wahnidee von ihm Besitz ergriff, ein böser Genius wolle ihn zu Fall bringen und ins sichere Verderben stürzen. Bei Gottfried Wolfgangs seelischer Zerrüttung mußte die stetige bohrende Beschäftigung mit dieser Vorstellung die schlimmsten Folgen zeitigen. Verstört und niedergeschlagen sprach er des öfteren von einem ›Verhängnis‹. Besorgte Freunde erkannten, daß sich eine Geisteskrankheit seiner zu bemächtigen drohte, und da bei solchen Verdüsterungen des Gemütes eine neue Umwelt zumeist von günstiger Wirkung ist und eine Wendung zum Besseren herbeiführt, drangen sie darauf, daß er seinen gewohnten Aufenthaltsort verlasse. So wurde er auf die Reise geschickt, um seine Studien in der glanzvollen, heiteren Stadt Paris zu beenden.

Wolfgang traf in Paris ein, als die Revolution ausbrach. Der allgemeine Rausch riß zuerst auch seine begeisterungsfähige Seele mit, und er war zutiefst beeindruckt von den politischen und philosophischen Theorien des neuen Tages. Aber die blutigen Szenen, die bald folgten, erschütterten seine empfindsame Natur. Welt und Menschen stießen ihn ab, und er flüchtete sich mehr denn je zuvor in seine selbstgewählte Einsamkeit. Unter Tags verbarg er sich in einer stillen Wohnung im Quartier Latin. Dort, in einer düsteren Straße, nicht weit von den klösterlich strengen Mauern der Sorbonne, überließ er sich seinen Betrachtungen. Zuweilen verbrachte er Stunden um Stunden in den großen Bibliotheken von Paris, jenen Katakomben abgestorbener Literatur. Wie ein Dämon, der lustvoll in Menschengebein wühlt, stöberte er mit wirrem Eifer in Stapeln staubiger, vergessener Werke, im dumpfen Leichenhaus vermodernden Schrifttums.

Obgleich in sich gekehrt und spröde, war Wolfgang von innerem Feuer durchglüht. Zu schüchtern und zu weltfremd, um sich dem zarten Geschlecht zu nähern, war er dennoch ein begeisterter Bewunderer weiblicher Schönheit. In seiner stillen Kammer verlor er sich oft und oft in Erinnerungen an Gestalten und Gesichter, die er gesehen hatte, und seine Einbildungskraft gaukelte ihm Bilder vor, die alle Wirklichkeit weit übertrafen.

Während so, fernab von allem Treiben, sein ganzes Wesen entflammt und erhoben ward, wurde ihm der Traum von einem überirdisch schönen Frauenantlitz zum tiefen Erlebnis. Es folgte ihm durch alle Gedanken bei Tag, verklärte seinen Schlummer bei Nacht. Schließlich verliebte er sich leidenschaftlich in diese unwirkliche Erscheinung. Da dieser seltsamen Liebe die irdische Erfüllung versagt bleiben mußte, entwickelte sich daraus eine jener unseligen fixen Ideen, die den Geist des Melancholikers ständig beschäftigen und manchmal für Irrsinn gehalten werden.

So stand es um Gottfried Wolfgang, als jene stürmische Nacht hereinbrach. Er ging durch die düsteren Gassen des Marais, des alten Stadtteils von Paris, und gelangte auf die Place de Grève, wo die öffentlichen Hinrichtungen stattfanden. Blitze erhellten die Zinnen des alten Hôtel de Ville und warfen ein zuckendes Leuchten auf das Pflaster. Als Wolfgang über den Platz schritt, gewahrte er plötzlich voll Entsetzen, daß er sich ganz nahe bei der Guillotine befand. Die Schreckensherrschaft hatte damals ihren Höhepunkt erreicht, das fürchterliche tödliche Gerüst stand immer bereit, und zu allen Zeiten rann das Blut der Edlen und Unerschrockenen über das Schafott. Noch vor wenigen Stunden war die Guillotine beim großen Morden in Tätigkeit gewesen, nun ragte sie starr und drohend empor, mitten in der stillen, schlafenden Stadt, und wartete auf neue Opfer.

Schaudernd wandte sich Wolfgang von der unheilvollen Maschine ab – da erblickte er schattenhaft einen Menschen, der am Fuß der Treppe kauerte. Beim grellen Schein einiger Blitze sah er, daß es eine schwarz gekleidete weibliche Gestalt war, die, das Antlitz gegen den Schoß gesenkt, auf einer der untersten Stufen saß. Die langen, aufgelösten Flechten hingen zu Boden, überströmt vom Regen, der ungehemmt herniederprasselte.

Wolfgang blieb stehen. Der Anblick dieses einsamen menschlichen Wesens in seiner stummen Gebärde des Schmerzes erschütterte ihn zutiefst. Ihrem Äußeren nach stand die Frau über der gemeinen Menge. Der Student wußte wohl, daß in dieser Zeit der Wirrnis und des Umsturzes manches edle Fräulein, das einst auf Daunen gebettet war, obdachlos umherirrte. Vielleicht war diese Unbekannte eine arme Trauernde, die hier im Schatten des fürchterlichen Beiles verweilte, losgerissen vom Strand des Lebens, in den Gemarken des Unglücks, an der Grenze zwischen Sein und Ewigkeit ...

Der Student trat näher und sprach in mitfühlendem Ton zu ihr. Sie hob den Kopf und starrte ihn wild an. Zu seinem unbeschreiblichen Erstaunen erblickte er eine Sekunde lang im fahlen Licht jenes Gesicht, das er so viele Male im Traum gesehen hatte! Es war bleich und vom Leid gezeichnet, aber berückend schön.

Zitternd und im Innersten von widerstreitenden Empfindungen bewegt, richtete Wolfgang abermals das Wort an die Unbekannte. Er sprach davon, daß sie zu nächtlicher Stunde der Gewalt des Unwetters preisgegeben sei, und machte sich erbötig, sie zu ihren Freunden zu geleiten.

Mit einer Geste von erschreckender Deutlichkeit wies sie auf die Guillotine.

»Ich habe keinen Freund auf Erden!« sagte sie.

»Aber Sie haben ein Heim?« fragte Wolfgang.

»Ja – im Grab!«

Des Studenten Herz erbebte bei diesen Worten.

»Wenn ein Fremder es wagen darf, in lauterster Absicht seine Hilfe anzubieten«, begann er, »dann betrachten Sie meine bescheidene Wohnung als Zufluchtsort, mich selbst als ergebenen Freund. Ich habe keine Gefährten in Paris, bin landfremd, aber wenn Ihnen meine Hilfe willkommen ist, stehe ich zu Ihren Diensten und werde mein Leben einsetzen, um Schmerz und Ungemach von Ihnen fernzuhalten.«

Die ehrliche Art des jungen Mannes verfehlte nicht ihre Wirkung. Auch ließ sein ausländischer Tonfall erkennen, daß er kein abgeschmackter abenteuerlustiger Pariser war. Wahrlich, echte Begeisterung findet so beredten Ausdruck, daß kein Zweifel möglich ist. Die heimatlose fremde Dame vertraute sich voll und ganz dem Schutz des Studenten an.

Er stützte die Schwankende, sie gingen über den Pont Neuf und an dem Platz vorbei, wo das Reiterstandbild

Heinrichs IV. vom Pöbel umgestürzt worden war. Der Sturm hatte sich gelegt, der Donner verhallte in der Ferne. Ganz Paris war totenstill. Dieser ungeheure Vulkan menschlicher Besessenheit lag für kurze Zeit im Schlaf, nur um am nächsten Tag mit erneuter, verheerender Gewalt auszubrechen. Der Student führte seinen Schützling durch die altertümlichen Gassen des Quartier Latin, an den dunkelnden Mauern der Sorbonne entlang, bis zu dem großen, verwahrlosten Gebäude, in dem er hauste. Die alte Pförtnerin, die den beiden Einlaß gewährte, wunderte sich über solch befremdlichen Anblick – noch nie war der trübsinnige junge Deutsche in weiblicher Begleitung gesehen worden!

Beim Eintritt in seine Wohnung war der Student zum ersten Mal über den Verfall und die Unordnung dieses Quartiers beschämt. Er hatte nur einen Raum gemietet, einen altmodischen Salon, reich getäfelt und in phantastischer Weise mit den Resten einstiger Eleganz ausgestattet, denn dieses Bauwerk befand sich in der Nähe des Palais du Luxembourg und war früher im Besitz des Adels gewesen. Bücher und Schriften lagen übereinandergestapelt umher, dazwischen, achtlos verstreut, all die üblichen Habseligkeiten eines Studenten. In einem verborgenen Winkel stand das Bett.

Als Lichter gebracht wurden und Wolfgang die Unbekannte genauer betrachten konnte, war er von ihrer Schönheit bezaubert und hingerissen wie nie zuvor. Ihr Gesicht war blaß, aber von unvergleichlichem Liebreiz, umrahmt von einer Wirrnis rabenschwarzen Haares. Ihre Augen waren groß und strahlend, mit einem seltsamen Ausdruck, den man fast Wildheit nennen konnte.

Soweit das schwarze Gewand ihre Gestalt sehen ließ, war diese von vollendetem Ebenmaß. Die ganze Erscheinung wirkte überaus anziehend, obwohl die fremde Dame auf die einfachste Weise gekleidet war. Als einzigen Schmuck trug sie ein breites schwarzes, mit Diamanten geschlossenes Band um den Hals.

Ein Gefühl der Unsicherheit beschlich den Studenten, und er erwog, wie er sich gegen dieses hilflose, seinem Schutz anheimgegebene Wesen verhalten sollte. Er dachte daran, ihr sein Zimmer zu überlassen und selbst anderswo Unterschlupf zu suchen. Doch ein Zauber schien über seinen Gedanken und Sinnen zu walten; er war so betört von den Reizen der Unbekannten, daß er sich willens fand, alles auf sich zu nehmen, um mit ihr beisammenbleiben zu können. Ihre Art war sonderbar, rätselhaft. Doch sie sprach nicht mehr von der Guillotine, sie klagte nicht mehr. Die Aufmerksamkeiten des Studenten hatten zuerst ihr Vertrauen und dann offenbar ihr Herz gewonnen. Sie war wohl ebenso begeisterungsfähig wie er selbst, und entflammte Seelen finden sehr rasch den Weg zueinander ...

Im Überschwang des Augenblicks gestand ihr Wolfgang seine leidenschaftliche Zuneigung. Er erzählte der Fremden von seinem geheimnisvollen Traum, beteuerte ihr, daß sein Herz nur für sie geschlagen habe, bevor er ihrer noch leibhaftig ansichtig geworden. Sie war von seinen Liebesschwüren gerührt und deutete an, daß auch sie sich von einer unerklärlichen Macht zu ihm hingezogen fühle. Das Zeitalter kühner Theorien und schrankenloser Taten war angebrochen. Alte Vorurteile und Glaubenssätze verloren ihre Gültigkeit. Alles beugte sich vor der ›Göttin der Vernunft‹. Wie so viele andere abgetane Sitten des Ancien Régime betrachtete man auch die Zeremonien der Heirat als überflüssig, hohle, äußerliche Form, deren ehrenhafte Menschen nicht bedürften. Freie Lebensgemeinschaften waren große Mode, entsprachen dem Geist der Neuen Epoche. Wolfgang war zu sehr Theoretiker, um nicht auch von solchen liberalen Grundsätzen beeindruckt zu sein.

»Warum sollten wir uns trennen?« rief er aus. »Unsere Herzen sind vereint. Im Angesicht der Vernunft und Ehre sind wir eins. Bedarf es kleinlicher Formen, um hohe Seelen zu verbinden?«

Die fremde Frau hörte mit innerer Bewegung zu. Auch ihr hatten jene Lehren wohl Erleuchtung gebracht.

»Sie haben weder Heim noch Familie«, fuhr er fort, »darum lassen Sie mich Ihnen all dies sein, oder vielmehr, lassen Sie uns einander alles sein! Wenn äußere Form geboten ist, soll sie gewahrt werden. – Hier meine Hand. Ich bin der Ihre, für immer!«

»Für immer?« fragte die fremde Dame feierlich.

»Für immer!« wiederholte Wolfgang.

Die fremde Dame umschloß die entgegengestreckte Rechte. »Dann bin ich dein«, flüsterte sie, an seine Brust sinkend.

Zu früher Stunde am nächsten Morgen verließ der Student seine schlummernde Geliebte und machte sich auf, eine geräumigere Wohnung zu suchen, die sich besser für seine veränderten Verhältnisse schickte. Als er zurückkehrte, fand er die Unbekannte noch im Bett liegend, ihr Kopf und der eine Arm hingen etwas herab. Er sprach zu ihr, bekam aber keine Antwort. Er trat näher, um sie aus ihrer unbequemen Lage zu wecken, nahm ihre Hand – diese war kalt. Kein Pulsschlag zu fühlen – ihr Gesicht, so blutleer, so totenbleich – die fremde Dame war eine Leiche!

Fassungslos vor Schreck alarmierte Wolfgang das Haus. Bald bot sein Zimmer ein Bild der Verwirrung. Die Polizei wurde geholt. Als der Beamte den Raum betrat, um die Tote in Augenschein zu nehmen, fuhr er entsetzt zurück.

»Gütiger Himmel!« schrie er, »wie ist diese Frau hierher gekommen?«

»Wissen Sie etwas von ihr?« fragte ihn Wolfgang außer sich.

»Ob ich etwas weiß?« rief der Polizist, »sie wurde gestern guillotiniert!«

Er trat heran, öffnete das schwarze Halsband der Toten und – der Kopf rollte zu Boden!

Der Student verfiel in Raserei. »Der Böse hat Macht über mich bekommen!« kreischte er. »Ich bin für immer verloren!«

Man versuchte ihn zu besänftigen. Vergebens. Er war von dem fürchterlichen Glauben besessen, ein Dämon habe die Hingerichtete wieder belebt, um ihn ins Verderben zu stürzen –

Diese Geschichte ist wahr, jeglicher Zweifel ausgeschlossen. Der Student selbst hat sie mir erzählt. Ich sprach ihn in einer Irrenanstalt in Paris.

Alexander Puschkin

Der Sargmacher

Sehn wir nicht Särge jedes Jahr
Wie welken Weltalls graue Haare?
Dershawin

Des Sargmachers Adrian Prochorow letztes Hab und Gut wurde auf den Leichenwagen gehoben, und die zwei dürren Klepper schleppten sich zum viertenmal von der Basmannaja nach der Nikitskaja; denn dorthin zog der Sargmacher mitsamt seinem ganzen Hause. Er schloß den Laden und begab sich, nachdem er zuvor an das Tor eine Bekanntmachung genagelt hatte, das Haus sei zu verkaufen oder zu vermieten, zu Fuß nach seiner neuen Behausung. Aber als er sich demselben kleinen Hause, das schon so lange seine Einbildung verlockt und das er schließlich für eine anständige Summe erworben hatte, näherte, da fühlte der alte Sargmacher plötzlich nicht ohne Verwunderung, daß in seinem Herzen keine Freude war. Und als er gar die noch ungewohnte Schwelle überschritt und in seiner neuen Wohnung nichts als Wirrwarr vorfand, da seufzte er fast seinem verwitterten Häuschen nach; denn im Laufe von achtzehn Jahren hatte dort die allerstrengste Ordnung geherrscht; er begann auf seine zwei Töchter und die Bedienerin ihrer Saumseligkeit wegen zu schelten und legte selber mit Hand an. Die Ordnung war bald hergestellt; das Schränkchen mit den Heiligenbildern, der Geschirrschrank, Tisch, Sofa und Bett standen an den für sie bestimmten Plätzen des hinteren Zimmers; in der Küche und im Wohnzimmer aber wurden die Erzeugnisse des Hausherrn aufgestapelt: Särge in den mannigfaltigsten Farben und in jeder Größe, ebenso auch Schränke, voll von Trauerblüten, Trauergewändern und Fackeln. Über dem Haustor prangte ein Schild, auf dem ein pausbäckiger Amor dargestellt war, in der Hand eine zur Erde gesenkte Fackel; die Unterschrift aber lautete: ›Särge, einfache und angestrichene, werden hier verkauft und tapeziert, auch verliehen, und alte werden wiederhergerichtet.‹ Die Mädchen gingen in ihr Zimmer; Adrian aber schritt durch seine ganze Behausung; endlich nahm er am Fenster Platz und befahl, den Samowar aufzustellen.

Der aufgeklärte Leser weiß, daß sowohl Shakespeare wie auch Walter Scott ihre Totengräber als lustige und schelmische Menschen schilderten, um unsere Phantasie durch diesen Kontrast um so heftiger zu entzünden. Wir jedoch wollen aus Respekt vor der Wahrheit ihrem Beispiel nicht folgen und sind gezwungen, zu bekennen, daß die Lebensart unseres Sargmachers seinem düsteren Gewerbe völlig entsprach. Adrian Prochorow war meistens finster und nachdenklich. Und sein Schweigen unterbrach er eigentlich nur, um an seinen Töchtern herumzunörgeln, wenn er sah, daß sie untätig durchs Fenster auf die Vorübergehenden guckten, oder um für seine Erzeugnisse jenen, die das Unglück (oder auch zuweilen das Vergnügen) hatten, ihrer zu benötigen, gesalzene Preise abzufordern. Und so saß denn Adrian am Fenster und trank die siebente Tasse Tee, ganz versunken in seine traurigen Gedanken, wie es seine Gewohnheit war. Er dachte an den Platzregen, der, eine Woche war es her, alle Personen, die zur Beerdigung des verabschiedeten Brigadiers gekommen waren, gerade am Schlagbaum überrascht hatte. Viele Gewänder waren nachher eingeschrumpft, und viele Hüte hatten Krümmungen bekommen. Er sah unvermeidbare Ausgaben bevor; denn sein uralter Vorrat an Gewändern zu Leichenbegängnissen geriet allmählich in einen kläglichen Zustand. Freilich hoffte er, diesen Verlust durch die alte Kaufmannsfrau Trjuchina wieder hereinzubringen; denn diese lag bereits seit Jahresfrist im Sterben. Aber das Haus der Alten befand sich auf der Rasguljai-Straße, und nun befürchtete Prochorow, daß die Erben, entgegen ihren Versprechen, zu lässig sein würden, ihn aus einer solchen Entfernung holen zu lassen, und daß sie am Ende mit einem nähergelegenen Lieferanten handelseins werden könnten.

Diese Gedanken wurden unversehens durch ein dreimaliges Klopfen an die Tür nach Freimaurerart unterbrochen.

»Wer da?« fragte der Sargmacher.

Die Tür ging auf, und mit fröhlicher Miene trat ein Mann, dem man bereits auf den ersten Blick den deutschen Handwerker ansah, ins Zimmer und näherte sich dem Sargmacher.

»Um Vergebung, mein werter Herr Nachbar«, sagte er mit einer Aussprache des Russischen, die wir heute nicht, ohne lachen zu müssen, hören können. »Um Vergebung, daß ich Sie störe ... ich beeilte mich, Ihre Bekanntschaft zu machen. Ich bin ein Schuster und heiße Gottlieb Schulz, und ich wohne auf der anderen Seite der Straße in jenem Häuschen, das Ihren Fenstern gerade gegenüberliegt. Morgen feiere ich meine silberne Hochzeit, und ich wollte Sie und Ihre Töchter gebeten haben, bei mir Ihre Mittagsmahlzeit einzunehmen.«

Diese Einladung wurde wohlwollend angenommen. Der Sargmacher forderte den Schuster auf, Platz zu nehmen und eine Tasse Tee zu trinken, und schon bald darauf war, dank Gottlieb Schulzens offenherzigem Wesen, ein freundschaftliches Gespräch im Gange.

»Wie steht es mit Ihrem Handel?« fragte Adrian.

»Ah«, entgegnete Schulz, »so, so; ich kann nicht klagen. Allerdings hält meine Ware keinen Vergleich mit der Ihrigen aus: der Lebende kann auf Stiefel verzichten; der Tote aber kann nicht ohne Sarg ableben.«

»Wahr, wahr«, warf Adrian ein; »doch wenn der Lebende kein Geld hat, um sich Stiefel zu kaufen, dann ist das nicht zu ändern, dann geht er eben barfuß; der Tote aber, der nichts hat, der nimmt sich eben seinen Sarg ohne Bezahlung.«

Und auf diese Weise setzte sich das Gespräch noch einige Zeit hindurch fort, bis endlich der Schuster aufstand und vom Sargmacher Abschied nahm, wobei er nicht versäumte, seine Einladung zu wiederholen.

Pünktlich um die zwölfte Stunde des anderen Tages schritten der Sargmacher und seine Töchter durch das Pförtchen des neuerworbenen Hauses und begaben sich zum Nachbarn. Aber weder gedenke ich hier Adrian Prochorows russischen Kaftan noch Akulinas und Darjas europäisierte Kleider zu beschreiben und weiche in diesem Fall von den zur Gewohnheit gewordenen Gepflogenheiten der gegenwärtigen Erzähler ab. Dennoch halte ich es nicht für überflüssig, hinzuzufügen, daß die beiden Mädchen gelbe Hüte trugen und rote Schuhe angezogen hatten, was von ihnen nur bei besonders feierlichem Anlaß getan wurde.

Die enge Wohnung des Schusters war voller Gäste; es waren zum größten Teil deutsche Handwerker, die ihre Frauen und ihre Gesellen mitgebracht hatten. Die russische Beamtenschaft war nur durch einen Polizeiwächter vertreten, den Finnen Jurko, der, ungeachtet seiner bescheidenen Stellung, es dennoch verstanden hatte, das besondere Wohlwollen des Hausherrn zu erringen. Mit Treu und Glauben wie jener Postillon des Pogorjelski füllte er schon fünfundzwanzig Jahre lang seinen Posten aus. Als die Feuersbrunst des Jahres 1812 die alte Zarenstadt vernichtete, ging auch sein gelbes Hüttchen mit drauf. Aber als der Feind vertrieben worden war, erstand auf der gleichen Stelle ein neues Häuschen, grau mit weißen Kolonnen in dorischem Stile, und ausgerüstet mit seiner *Hellebarde* und dem *Panzer aus Bauerntuch* schritt Jurko wiederum davor auf und ab. Die meisten Deutschen, die in der Nähe des Nikitski-Tores wohnten, kannten ihn; denn manch einem von ihnen war es bereits zugestoßen, die Nacht vom Sonntag auf Montag bei Jurko verbringen zu müssen. Adrian schloß mit ihm, als mit einem Manne, den man früher oder später doch nötig haben würde, sogleich nähere Bekanntschaft, und als die Gäste darauf zu Tisch gebeten wurden, setzte er sich neben ihn. Herr und Frau Schulz und ihre Tochter, das siebzehnjährige Lottchen, speisten mit ihren Gästen am gleichen Tische, bewirteten sie eifrig und halfen gleichzeitig der Köchin auftragen. Bier floß in Strömen. Jurko aß für vier, und Adrian stand ihm in nichts nach; seine Töchter jedoch zierten sich; das in der Hauptsache deutsch geführte Gespräch wurde von Stunde zu Stunde lärmender. Plötzlich aber bat der Hausherr um Aufmerksamkeit und rief, einer gutversiegelten Flasche den Hals brechend, laut und in russischer Sprache: »Auf die Gesundheit meiner guten Luise!«

Der Halbchampagner schäumte. Zärtlich drückte der Hausherr einen Kuß auf das frische Gesicht seiner vierzigjährigen Freundin, und geräuschvoll tranken die Gäste auf die Gesundheit der guten Luise.

»Auf die Gesundheit meiner lieben Gäste!« rief der Hausherr und öffnete die zweite Flasche – und die Gäste bedankten sich, indem sie aufs neue ihre Becher leerten.

Und nun folgte eine Gesundheit der anderen; man trank auf das Wohl eines jeden einzelnen der Gäste; man trank auf das Wohl Moskaus und eines ganzen Dutzend deutscher Städtchen, und man trank auf das Wohl sämtlicher Innungen im allgemeinen und einer jeden einzelnen im besonderen, und man trank auf die Meister und ihre Gesellen. Adrian trank mit großem Eifer und war schließlich so lustig geworden, daß er selber einen scherzhaften Trinkspruch ausbrachte. Zu guter Letzt schwenkte einer der Gäste, ein dicker Bäcker, seinen

Becher und schrie: »Die Gesundheit derer, für die wir arbeiten, *unserer Kunden!*«

Freudig und einmütig, wie alle zuvor, wurde auch dieser Vorschlag aufgenommen. Die Gäste verbeugten sich voreinander, der Schneider vor dem Schuster, der Schuster vor dem Schneider, der Bäcker vor beiden und alle anderen vor dem Bäcker, und so ging es weiter. Und durch den Wirbel dieser allgemeinen Verbeugungen schrie Jurko, sich zu seinem Nachbarn wendend: »Nun, und du? Trink, mein Bester, auf die Gesundheit deiner Toten!«

Die anderen brachen in ein Gelächter aus; der Sargmacher aber, der sich für gekränkt hielt, runzelte die Brauen. Allein, niemand bemerkte es; die Gäste fuhren fort zu zechen, und erst, als die Abendglocken zu läuten begannen, erhob man sich vom Tisch.

Es war schon spät, als die Gäste gingen; die meisten von ihnen waren angeheitert. Jurko wurde von dem dicken Bäcker und einem Buchbinder, dessen Antlitz wie in roten Saffian gebunden schien, unter den Armen gefaßt und zu seinem Häuschen geschleppt, wobei sie in diesem Falle der Lehre des russischen Sprichwortes folgten: »Schön ist die Schuld, wenn man sie zahlt.« Betrunken und ärgerlich kam der Sargmacher nach Hause.

»Was soll das wahrhaftig?« sprach er laut. »Worin ist mein Gewerbe weniger ehrenhaft als das der anderen? Oder ist der Sargmacher etwa ein Bruder des Henkers? Worüber lachen die Heiden? Ist der Sargmacher etwa ein Possenreißer? Es war meine Absicht, sie zur Einweihung der neuen Wohnung einzuladen und ein großes Gelage zu veranstalten, aber nichts dergleichen jetzt! Ich will die einladen, für die ich arbeite: die rechtgläubigen Toten will ich einladen.«

»Was soll das?« unterbrach ihn die Bedienerin, die ihm derweilen die Stiefel auszog. »Was schwatzest du da? Bekreuzige dich! Tote zur Einweihung der neuen Wohnung zu laden! Hat man so was gehört!«

»So wahr mir Gott helfe; ich will sie einladen«, fuhr Adrian fort, »und zwar schon auf morgen. Erweist mir die Ehre, meine Wohltäter, und kommt morgen mich besuchen; ich will euch vorsetzen, was Gott gegeben hat.« Nachdem er diese Worte gesprochen, warf sich der Sargmacher auf sein Bett und schnarchte bald darauf.

Draußen war es noch stockdunkel; da wurde Adrian bereits wieder aufgeweckt. Die Kaufmannsfrau Trjuchina war in der Nacht gestorben, und ein Eilbote ihres Verwalters überbrachte Adrian diese Nachricht. Der Sargmacher gab ihm ein Zehnkopekenstück als Trinkgeld, zog sich in aller Eile an, nahm eine Droschke und begab sich dorthin. Vor dem Tore hielt bereits die Polizei Wache, und wie Krähen, die einen Leichnam spüren, schritten Händler auf und ab. Gelb wie Wachs, wenn auch noch nicht von der Verwesung verunstaltet, war der Körper der Verstorbenen und lag auf einem Tisch aufgebahrt. Die Verwandten, die Nachbarn und das Gesinde scharten sich im Kreise. Alle Fenster waren geöffnet; Kerzen flackerten, und Priester sprachen ihre Gebete. Adrian näherte sich dem Neffen der Trjuchina, einem jungen Kaufmann in einem eleganten, modischen Gehrock, und benachrichtigte ihn, daß der Sarg, die

Kerzen, der Überzug und all die anderen zum Leichenbegängnis notwendigen Gegenstände von ihm sogleich, und zwar mit der peinlichsten Genauigkeit, herbeigeschafft würden. Der Erbe dankte ihm ein wenig zerstreut und warf hin, daß er über den Preis nicht feilschen wolle, sondern daß er sich in allem auf seine Rechtschaffenheit verlasse. Der Sargmacher rief daraufhin, wie er es immer tat, Gott zum Zeugen an, daß er nichts Überflüssiges berechnen würde, tauschte aber gleichzeitig einen bedeutungsvollen Blick mit dem Verwalter und eilte dann fort, alles zu besorgen. Der ganze Tag verging, indem er rastlos von Rasguljai zum Nikitski-Tor hin und her fuhr; gegen Abend aber war endlich alles erledigt, und er begab sich, nachdem er seinen Kutscher bezahlt, zu Fuß nach Hause.

Die Nacht war mondhell. Ungefährdet erreichte der Sargmacher das Nikitski-Tor. An der Himmelfahrtskirche rief ihn der uns bereits bekannte Jurko an; aber als er den Sargmacher erkannte, wünschte er ihm nur eine geruhsame Nacht. Es war schon ziemlich spät. Der Sargmacher näherte sich bereits seinem Hause, da war ihm plötzlich, als sähe er jemand durch sein Tor treten, die Türe öffnen und im Inneren verschwinden. Was soll denn das nun wieder? überlegte Adrian. Wer braucht denn schon wieder etwas von mir? Oder schlich sich ein Dieb ein? Oder am Ende Galane, die sich zu meinen Närrinnen stehlen? Jedenfalls nichts Gutes! Und schon wollte der Sargmacher seinen Freund Jurko zu Hilfe rufen. Aber in dem Augenblick näherte sich wieder einer dem Tor und schickte sich an, hineinzugehen, blieb jedoch, als er den herbeieilenden Hausherrn wahrnahm, stehen und lüftete seinen Dreispitz. Das Gesicht kam Adrian bekannt vor, obwohl er in seiner Hast unterließ, sich die Züge genauer anzusehen.

»Sie geruhten, mich aufzusuchen«, stieß Adrian, noch atemlos, hervor, »erweisen Sie mir doch die Ehre und treten Sie näher.«

»Keine Umstände, mein Bester«, erwiderte jener dumpf. »Geh nur voran und zeige den Gästen den Weg!«

Adrian hatte ja auch keine Zeit, Umstände zu machen. Die Tür stand offen; er schritt die paar Stufen hinan, und jener folgte ihm. Adrian schien es dabei, als höre er Menschen in seiner Wohnung auf und ab gehen. Was für ein Teufelsspuk! dachte er und beeilte sich einzutreten ..., aber da versagten ihm die Beine den Dienst. Das Zimmer war voll von Toten. Der Mond schien durchs Fenster auf gelbe und bläuliche Gesichter; er zeigte klaffende Münder, gebrochene Augen und spitzige Nasen ... Und mit Entsetzen erkannte Adrian eben jene in ihnen, die vermittels seiner Bemühungen beerdigt worden waren; der Gast aber, der mit ihm gleichzeitig eingetreten, war jener Brigadier, der während des Platzregens bestattet worden war.

Mit Verbeugungen und Begrüßungen umringten sie alle, Frauen sowohl wie Männer, den Sargmacher, und nur ein Allerärmster, der kürzlich umsonst beerdigt worden war, stand, zerknirscht und sich seines Hemdes schämend, demütig in einer Ecke und näherte sich nicht. Die anderen waren alle mit großem Anstand gekleidet: die Frauenleichname trugen Häubchen und Bänder, die verstorbenen Beamten ihre Uniform; freilich waren ihre

Bärte ungepflegt; die toten Kaufleute aber wandelten in ihren Feiertagskaftanen.

»Siehst du, Prochorow«, redete ihn der Brigadier im Namen der ganzen respektablen Gesellschaft an, »auf deine Einladung hin sind wir alle gekommen, und nur die sind zu Hause geblieben, die schon gar nicht mehr konnten, die schon ganz und gar zerfallen sind, und jene, die nur noch aus Gerippe ohne Haut bestehen; aber auch von diesen wollte einer nicht stillhalten – so sehr verlangte es ihn danach, bei dir zu sein ...«

Und in diesem Augenblick drängte sich ein kleines Skelett durch die Schar und näherte sich Adrian. Sein Schädel grinste den Sargmacher liebenswürdig an. Fetzen hellgrünen und roten Tuches und morscher Leinwand baumelten an ihm wie an einer Stange, und die Beinknochen schlotterten in den viel zu weiten Stulpenstiefeln wie die Keule im Mörser.

»Du erkennst mich nicht mehr, Prochorow«, sagte das Skelett. »Aber erinnerst du dich nicht mehr an den verabschiedeten Gardesergeanten Pjotr Petrowitsch Kurilkin, an jenen, dem du schon im Jahre 1799 deinen ersten Sarg verkauftest – und dazu noch einen aus Fichtenholz statt aus Eiche?«

Und mit diesen Worten wollte ihn der Tote in seine knöcherne Umarmung schließen; aber da nahm Adrian all seine Kraft zusammen und schrie auf und stieß ihn fort. Pjotr Petrowitsch taumelte, fiel um und war auf einmal ganz und gar zerbröckelt. Ein unwilliges Gemurre erhob sich unter den Toten; allesamt traten sie für die Ehre ihres Kameraden ein, und sie rückten Adrian mit Scheltworten und Drohungen zu Leibe; der arme

Hausherr aber, betäubt von ihrem Schreien und fast zerquetscht, war wie von Sinnen, fiel über die Knochen des verabschiedeten Gardesergeanten und verlor das Bewußtsein.

Die Sonne schien schon lange auf das Bett, in dem unser Sargmacher lag. Endlich öffnete er die Augen und erblickte die Bedienerin vor sich, die damit beschäftigt war, den Samowar anzufachen. Voller Grauen gedachte Adrian der gestrigen Erlebnisse. Dunkel kam ihm die Erinnerung an die Trjuchina, an den Brigadier und an Kurilkin, den Sergeanten. Und schweigend wartete er darauf, daß die Bedienerin zu sprechen anfange und ihm von den Folgen der nächtlichen Abenteuer erzähle.

»Du hast dich aber verschlafen, Adrian Prochorowitsch«, sagte Aksinja und reichte ihm seinen Schlafrock. »Der Nachbar, der Schneider, kam vorüber, und der Polizeiwächter kam mit der Nachricht, daß heute der Namenstag des Revieraufsehers sei; aber du schliefst in einem fort, und wir wollten dich nicht wecken.«

»Und von der verstorbenen Trjuchina, ist da jemand gekommen?«

»Von der verstorbenen...? Ja, ist sie denn gestorben?«

»Närrin! Als ob nicht du mir gestern geholfen hättest, alles zu ihrer Beerdigung vorzubereiten!«

»Was soll denn das, Adrian Prochorowitsch, hast du wohl gar den Verstand verloren, oder ist der gestrige Rausch immer noch nicht vergangen? Was für eine Beerdigung war denn gestern? Den ganzen Tag über hast du bei dem Deutschen gezecht und kamst betrunken nach Hause und fielst geradezu ins Bett und hast bis zu dieser Stunde durchgeschlafen, da doch schon die Glocken das Ende des Mittagsgottesdienstes geläutet haben.«

»Was du nicht sagst!« meinte erfreut der Sargmacher.

»Freilich, freilich«, entgegnete die Bedienerin.

»Nun, wenn das so ist, dann schnell her mit dem Tee, und ruf die Töchter!«

Heinrich von Kleist

Das Bettelweib von Locarno

Am Fuße der Alpen, bei Locarno im oberen Italien, befand sich ein altes, einem Marchese gehöriges Schloß, das man jetzt, wenn man vom St. Gotthard kommt, in Schutt und Trümmern liegen sieht: ein Schloß mit hohen und weitläufigen Zimmern, in deren einem einst, auf Stroh, das man ihr unterschüttete, eine alte kranke Frau, die sich bettelnd vor der Tür eingefunden hatte, von der Hausfrau, aus Mitleiden, gebettet worden war. Der Marchese, der, bei der Rückkehr von der Jagd, zufällig in das Zimmer trat, wo er seine Büchse abzusetzen pflegte, befahl der Frau unwillig, aus dem Winkel, in welchem sie lag, aufzustehn und sich hinter den Ofen zu verfügen. Die Frau, da sie sich erhob, glitschte mit der Krücke auf dem glatten Boden aus und beschädigte sich, auf eine gefährliche Weise, das Kreuz; dergestalt, daß sie zwar noch mit unsäglicher Mühe aufstand und quer, wie es ihr vorgeschrieben war, über das Zimmer ging, hinter dem Ofen aber, unter Stöhnen und Ächzen, niedersank und verschied.

Mehrere Jahre nachher, da der Marchese durch Krieg und Mißwachs in bedenkliche Vermögensumstände geraten war, fand sich ein florentinischer Ritter bei ihm ein, der das Schloß, seiner schönen Lage wegen, von ihm kaufen wollte. Der Marchese, dem viel an dem Handel gelegen war, gab seiner Frau auf, den Fremden in dem obenerwähnten, leerstehenden Zimmer, das sehr schön und prächtig eingerichtet war, unterzubringen. Aber wie betreten war das Ehepaar, als der Ritter mitten in der Nacht, verstört und bleich, zu ihnen herunterkam, hoch und teuer versichernd, daß es in dem Zimmer spuke, indem etwas, das dem Blick unsichtbar gewesen, mit einem Geräusch, als ob es auf Stroh gelegen, im Zimmerwinkel aufgestanden, mit vernehmlichen Schritten, langsam und gebrechlich, quer über das Zimmer gegangen und hinter dem Ofen, unter Stöhnen und Ächzen, niedergesunken sei.

Der Marchese, erschrocken, er wußte selbst nicht recht warum, lachte den Ritter mit erkünstelter Heiterkeit aus und sagte, er wolle sogleich aufstehen und die Nacht, zu seiner Beruhigung, mit ihm in dem Zimmer zubringen. Doch der Ritter bat um die Gefälligkeit, ihm zu erlauben, daß er, auf einem Lehnstuhl, in seinem Schlafzimmer übernachte, und als der Morgen kam, ließ er anspannen, empfahl sich und reiste ab.

Dieser Vorfall, der außerordentliches Aufsehen machte, schreckte, auf eine dem Marchese höchst unangenehme Weise, mehrere Käufer ab; dergestalt, daß, da sich unter seinem eignen Hausgesinde, befremdend und unbegreiflich, das Gerücht erhob, daß es in dem Zimmer, zur Mitternachtsstunde, umgehe, er, um es mit einem entscheidenden Verfahren niederzuschlagen, beschloß, die Sache in der nächsten Nacht selbst zu untersuchen. Demnach ließ er, beim Einbruch der Dämmerung, sein Bett in dem besagten Zimmer aufschlagen und erharrte, ohne zu schlafen, die Mitternacht. Aber wie erschüttert war er, als er in der Tat, mit dem Schlage der Geisterstunde, das unbegreifliche Geräusch wahrnahm; es war, als ob ein Mensch sich von Stroh, das unter ihm knisterte, erhob, quer über das Zimmer ging, und hinter dem Ofen, unter Geseufz und Geröchel, niedersank. Die Marquise, am andern Morgen, da er herunterkam, fragte ihn, wie die Untersuchung abgelaufen; und da er sich, mit scheuen und ungewissen Blicken, umsah und, nachdem er die Tür verriegelt, versicherte, daß es mit dem Spuk seine Richtigkeit habe: so erschrak sie, wie sie in ihrem Leben nicht getan, und bat ihn, bevor er die Sache verlauten ließe, sie noch einmal, in ihrer Gesellschaft, einer kaltblütigen Prüfung zu unterwerfen. Sie hörten aber, samt einem treuen Bedienten, den sie mitgenommen hatten, in der Tat in der nächsten Nacht, dasselbe unbegreifliche, gespensterartige Geräusch; und nur der dringende Wunsch, das Schloß, es koste, was es wolle, loszuwerden, vermochte sie, das Entsetzen, das sie ergriff, in Gegenwart ihres Dieners zu unterdrücken und dem Vorfall irgendeine gleichgültige und zufällige Ursache, die sich entdecken lassen müsse, unterzuschieben. Am Abend des dritten Tages, da beide, um der Sache auf den Grund zu kommen, mit Herzklopfen wieder die Treppe zu dem Fremdenzimmer bestiegen, fand sich zufällig der Haushund, den man von der Kette losgelassen hatte, vor der Tür desselben ein; dergestalt, daß beide, ohne sich bestimmt zu erklären, vielleicht in der unwillkürlichen Absicht, außer sich selbst noch etwas Drittes, Lebendiges, bei sich zu haben, den Hund mit sich in das Zimmer nahmen. Das Ehepaar, zwei Lichter auf dem Tisch, die Marquise unausgezogen, der Marchese Degen und Pistolen, die er aus dem Schrank genommen, neben sich, setzte sich, gegen elf Uhr, jeder auf sein Bett; und während sie sich mit Gesprächen, so gut sie vermögen, zu unterhalten suchen, legt sich der Hund, Kopf und Beine zusammengekauert, in der Mitte des Zimmers nieder und schläft ein. Drauf, in dem Augenblick der Mitternacht, läßt sich das entsetzliche Geräusch wieder hören; jemand, den kein Mensch mit Augen sehen kann, hebt sich, auf Krücken, im Zimmerwinkel empor; man hört das Stroh, das unter ihm rauscht; und mit dem ersten Schritt: tapp! tapp! erwacht der Hund, hebt sich plötzlich, die Ohren spitzend, vom Boden empor, knurrend und bellend, grad, als ob ein Mensch auf ihn eingeschritten käme, rückwärts gegen den Ofen weicht er aus. Bei diesem Anblick stürzt die Marquise, mit sträubenden Haaren, aus dem Zimmer; und während der Marchese, der den Degen ergriffen: »Wer da?« ruft und, da ihm niemand antwortet, gleich einem Rasenden, nach allen Richtungen die Luft durchhaut, läßt sie anspannen, entschlossen, augenblicklich, nach der Stadt abzufahren. Aber ehe sie noch nach Zusammenraffung einiger Sachen aus dem Tore herausgerasselt, sieht sie schon das Schloß ringsum in Flammen aufgehen. Der Marchese, von Entsetzen überreizt, hatte eine Kerze genommen, und dasselbe, überall mit Holz getäfelt, wie es war, an allen vier Ecken, müde seines Lebens, angesteckt. Vergebens schickte sie Leute hinein, den Unglücklichen zu retten; er war auf die elendiglichste Weise bereits umgekommen, und noch jetzt liegen, von den Landleuten zusammengetragen, seine Gebeine in dem Winkel des Zimmers, von welchem er das Bettelweib von Locarno hatte aufstehen heißen.

Honoré de Balzac

Tobias Guarnerius

Es war an einem sehr nebligen Winterabend, als der Großvater meines Großvaters, welchen Geschäfte nach Bremen geführt hatten, durch eine schmale und abgelegene Gasse hinter der Domkirche ging. Was er dort zu suchen hatte, das werden sich meine Leser an den fünf Fingern abzählen können, wenn ich ihnen sage, daß er damals zwanzig Jahre zählte und es wenige Städte in Deutschland gibt, wo die Grisetten hübscher und neckischer sind.

Wenn ich dieses ohne alle Umstände zugebe, so hege ich dennoch die Zuversicht, daß man darum keine arge Meinung von dem Großvater meines Großvaters haben wird. Allein die Stunde zum Stelldichein hatte schon lange geschlagen, zwanzig Minuten waren schon darüber, und die, welche die Zeit festgesetzt hatte, ließ meines Großvaters Großvater noch immer warten.

Die repräsentative Regierungsverfassung hat uns heutigen Tags von einer so wundersamen Geduld in der Liebe geheilt, und ich möchte den Mann sehen, der noch jetzt einer solchen Geduld fähig wäre.

Während nun meines Großvaters Großvater die Straße auf und ab ging, bemerkte er einen kleinen Laden an der Ecke der nächsten Straße. An beiden Seiten der

Tür hingen zwei rot angestrichene Brettchen, die die Form von Violinen hatten, um so anzudeuten, welcher Handel in dem Hause betrieben oder, besser gesagt, nicht betrieben wurde. Denn außer einer alten Baßgeige, die an der Mauer hing, und einem Cello ohne Saiten, einigen Bogen und der Quintgeige, die der Besitzer des Ladens reparierte, war dieser vollkommen leer und glich trotz der Inschrift über der Tür eher der Wachstube der Bürgergarde als einem Magazin für Streich- und Blasinstrumente.

Eine schlechte Lampe, deren lang herausgezogener Docht furchtbar qualmte, beleuchtete kaum den Mann, der in diesem jämmerlichen Neste mit seiner Arbeit beschäftigt war. Es schien aber auch gar nicht, als ob es ihm viel um die Vollendung seiner Arbeit zu tun sei, denn alle drei Minuten sprang er auf, warf seine Geige hin, ging mit großen Schritten auf und ab und zeigte durch starre Blicke und rasche, eilige Bewegungen, daß irgendein Gedanke ihn unausgesetzt beschäftigte.

Halb aus Neugierde, halb um dem Schnee zu entgehen, welcher gerade reichlich fiel, trat meines Großvaters Großvater, der bisher noch immer treulich auf seinem Posten gewartet hatte, in den Laden des Instrumentenmachers ein und sagte, er wolle eine Geige kaufen, obgleich er in seinem ganzen Leben keine Note gelernt hatte.

»Eine Geige«, antwortete der Instrumentenmacher unwirsch. »Sie sehen wohl, daß ich keine habe und keine verkaufen kann; wenn Ihnen aber etwa das Cello nach Wünschen ist, welches ich als Bezahlung angenommen habe, weil ich drei Monate lang die Instrumente des Orchesters der ›Gelehrten Hunde‹ geflickt habe ... ja, die Hunde und Affen haben einen so großen Erfolg gehabt, daß sie sogar vor unsern hochweisen Senatoren ihre Künste produziert haben. Wollen Sie das Cello? Ich lass' es Ihnen für fünfzig Livres, nehmen Sie es, ich bin kein Freund vom Handeln.«

Wäre meines Großvaters Großvater der größte Virtuose gewesen, was er jedoch nicht war, er wäre nicht weniger in Verlegenheit gewesen, auf das Geschäft einzugehen, nämlich ein Cello zu kaufen, während er eine Geige wünschte.

Da er sich nun mit einer überzeugenden Logik gegenüber dem Instrumentenmacher dahin aussprach, daß ein Cello und eine Geige zwei sehr verschiedene Dinge seien, erhielt er von dem Alten eine so absonderliche Antwort, daß ihm der Gedanke kam, er habe wohl einen Verrückten vor sich. Seine Zweifel in bezug auf diesen Punkt wurden immer geringer, als besagter wunderlicher Mann wieder anfing, unter seltsamen Gebärden auf und ab zu gehen, als dann eine alte Frau die Tür einer Stube neben dem Laden öffnete, ihm einen Wink gab und mit den Achseln zuckte, um ihm so zu verstehen zu geben, daß der gute Mann nicht richtig im Kopfe sei.

Meines Großvaters Großvater ging dann fort und reiste tags darauf ab, ohne sich weiter um den Geigenmacher gekümmert zu haben.

Als er aber drei Jahre später abermals in Handelsgeschäften in Bremen war und gelegentlicherweise wiederum durch die erwähnte Gasse kam, fand er den Laden des Geigenmachers geschlossen und sah an der Tür, die an mehreren Stellen die Spuren einer gewaltsamen Erbrechung zeigte, große rote Kreuze.

Dieser Umstand erregte seine Aufmerksamkeit, und des Abends beim Essen plauderte er mit dem Wirt darüber, welcher Mitglied des hohen Rates war, und erzählte ihm, ohne etwas von dem verfehlten Stelldichein zu verraten, die wunderliche Aufnahme, die ihm vor drei Jahren in demselben Lokal zuteil geworden war. Darauf erzählte ihm der Ratsherr folgende Geschichte:

Der Mann, dessen Bekanntschaft Sie gemacht haben, hieß Tobias Guarnerius. Kaum erwarb er mit seiner Arbeit so viel, um die alte Frau ernähren zu können, welche Sie gesehen haben: es war seine Mutter, mit welcher er seit dem Tode seiner Frau lebte.

Da er in der Stadt der einzige Instrumentenmacher war und es hier sehr viele Künstler und Dilettanten gibt, die ihm fortwährend zu tun gaben, so hätte er ein ganz gutes Leben führen können. Allein etwa zehn Jahre vor der Zeit, von welcher wir sprechen, betraf ihn ein seltsames Unglück. An einem schönen Morgen hatte sich nämlich eine Idee bei ihm festgesetzt, die er seitdem ohne Unterlaß und ohne ein Opfer zu scheuen, verfolgte.

Seine Frau, die hauptsächlich aus Kummer darüber starb, daß sie ihn den Erwerb seiner ganzen Arbeit vergeuden sah, stellte ihm vergebens seine Narrheit vor, beschwor ihn vergebens, sich und die Seinen nicht ins Unglück zu stürzen ... er hörte nicht auf sie. Erst waren seine Ersparnisse, dann geborgtes Geld, endlich seine Möbel, seine Vorräte an Instrumenten und ein Teil seiner Kleidung in dem Abgrund verschwunden, welcher sich zu seiner Seite geöffnet hatte, ohne daß ihn so viele unnütze Versuche zu ernüchtern vermocht hätten. Selbst als er kein Geld mehr hatte und gezwungen war, seine Versuche einzustellen, hoffte er noch immer auf die Verwirklichung seines Gedankens, der ihn früher oder später zu einem hochberühmten Manne machen und für alle erduldeten Leiden entschädigen sollte.

Übrigens muß man gestehen, daß es eine herrliche Sache gewesen wäre, hätte er das ins Auge gefaßte Ziel erreicht. Er besaß nämlich eine Violine von Stradivari, für welche ihm von Liebhabern zu verschiedenen Malen hohe Preise geboten waren. Es war seine Absicht, diesem Künstler nachzueifern. Er hatte gedacht, daß, wenn er mit mathematischer Genauigkeit die Gestalt und den Bau des Instrumentes nachahme, dabei ein ähnliches Holz verwende, genau denselben Firnis und dieselbe Farbe benutze, er eine ganz gleiche Geige hervorbringen würde.

Wieviel Sorgfalt er aber auch bei seiner Nachbildung verwandte, es zeigte sich doch stets ein leichter Unterschied zwischen der Nachahmung und dem Vorbilde; da nun aber allem Anscheine nach unendlich feine Eigentümlichkeiten die Vortrefflichkeit begründeten, welche ihn in Verzweiflung setzte, so glaubte er logisch den mindern Wert seiner Nachahmungen durch fast unmerkliche Unvollkommenheiten erklären zu können, die er an denselben entdeckte, so daß er sein Werk stets wieder von neuem beginnen mußte und sich gewissermaßen in einem unendlichen Kreise drehte. So hätte das Vermögen eines Fürsten nicht hingereicht, seine Idee zu verwirklichen.

Nach manchen Versuchen hatte er indes seinen

Grundgedanken geändert. Eines Tages hatte er eine Nachahmung hervorgebracht, welche von dem Original nicht zu unterscheiden war, und dennoch stand sein Instrument dem des Stradivari im Tone so sehr nach, daß er vermutete, es müsse bei der Schöpfung dieses Meisterwerkes eine höhere Macht mitgearbeitet haben.

»Wer weiß«, sagte er ernst zu einem Physiker, welcher glaubte, daß sich das Problem durch Anwendung einer neuen Theorie des Klanges lösen lasse, »wer weiß, ob nicht vielmehr das, was ich suchen muß, außerhalb der materiellen Welt liegt. Die Worte sind der Ausdruck der Gedanken, nicht wahr? Nun, wenn ich von der Seele meiner Violine spreche, stehe ich vielleicht an der Tür, die ich so lange gesucht habe. Was meinen Sie dazu, mein Herr?« Der Gelehrte lachte, aber der arme Tobias Guarnerius vertiefte sich immer mehr in seine Versuche.

Eines Tages hatte einer seiner Kunden, der einen Bogen zur Ausbesserung gebracht hatte, ein Buch bei ihm liegen lassen, welches er erst nach mehreren Tagen wieder abholte. In seinen Mußestunden, welche freilich sehr selten waren, denn der arme Tobias Guarnerius arbeitete mit dem Kopfe, wenn er nicht mit den Händen arbeitete, und ruhte nie, las er in jenem Buch. Es war eins jener achtunggebietenden Denkmäler deutscher Geduld und Gelehrsamkeit, in dem der Verfasser, wie er in der Vorrede verhieß, ohne jedoch darum anmaßend sein zu wollen, *de omni re scibili* und noch von einigen andern Dingen handeln wollte.

In der Tat fand man in dem Buche erst ein Kapitel über die beste Regierungsform, dann ein Kapitel über das Reinigen alter Röcke, darauf eine Anweisung zur

Anfertigung eines Zyperweins und hiernach eine Abhandlung über die Jungfräulichkeit der elftausend Jungfrauen, auf die wieder eine Rede über die Vorteile der Kahlheit folgte. Eine selbstgefällige Einfalt herrschte in dem gewaltigen Werke und verlieh ihm einen so eigentümlichen Reiz, daß selbst unser Monomane für einen halben Tag von seiner fixen Idee abgelenkt wurde.

Da fand er ein Kapitel mit der Überschrift: ›Von der Transfusion der Seelen.‹ Als er diese Worte gelesen hatte, war es ihm, als sähe er plötzlich die Lösung des großen Geheimnisses, nach der er so lange gesucht hatte, vor sich; er sprang auf, rief seine Mutter und beauftragte sie, auf den Laden zu achten und jedem, der kommen würde, zu sagen, daß er nicht zu Hause sei. Dann schloß er sich in seiner Kammer ein, um von niemandem gestört zu werden, und begann ein Kapitel zu lesen, welches seiner Meinung nach das Wundersamste enthalten mußte, was je aus der Feder eines Philosophen hervorgegangen war.

Nicht nur in Büchern, sondern in allen Dingen des Lebens, in der Freundschaft, in den Hoffnungen, besonders in der Liebe hat man Enttäuschungen zu fürchten, die denen gleichen, die Tobias Guarnerius erwarteten.

Das Kapitel, für das er einen Augenblick zuvor ein Pfund seines eigenen Fleisches gegeben hätte, um es lesen zu können, war nur ein elendes Flickwerk, reichlich gespickt mit Zitaten aus den Kirchenvätern, aus Aristoteles, Plato und der Heiligen Schrift. Nach vielen Abschweifungen, Abstraktionen und Bemerkungen gelangte der Verfasser zu der ganz neuen Entdeckung, daß die Seele unsterblich sei. Es waren die armseligsten zwanzig Seiten des Folianten, die unter dem so vielverheißenden Titel vereinigt waren. Dennoch war die Stunde des Tobias Guarnerius gekommen. Aus den drei Worten des Titels erzwang er einen Sinn, der sich mit seinen visionären Ansichten, zu denen er in der letzten Zeit gekommen war, deckte. Er begann damit, sich die menschliche Seele als eine Substanz vorzustellen, welche kraft ihres Lebens einer Ortsveränderung fähig sei. In Deutschland ist die ganze Luft mit Philosophie erfüllt, und so konnte auch wohl ein Handwerker etwas von der Seelenwanderung gehört haben; dieses System aber, sowenig erforscht es auch war, ließ sich wohl in dem Grade erweitern, daß es den philosophischen Instrumentenmacher zu seinem Ziele gelangen ließ.

Ein dreistündiges Nachdenken, welches diesem Gegenstande gewidmet war, gab Tobias' Geist einen unerschütterlichen Glauben, und von jetzt an beschäftigte er sich nur mit dem Problem, wie er seine Entdeckung für seine Kunst verwerten könne.

Es war drei Monate später, und zwar während der Nacht, Mitternacht hatte schon längst von allen Türmen geschlagen, und die Stadt Bremen lag in tiefem Schlummer, da war die Werkstatt des Tobias Guarnerius sorgsam verschlossen, und damit niemand durch die Spalten der Fensterladen das Licht sähe, welches in der Stube hinter dem Laden brannte, hatte er die Fenstertür, welche aus jener Stube in den Laden führte, mit einem dichten Vorhange aus grünem Wollstoff verhängt. Seine Vorsicht war in der Tat nicht überflüssig, denn es war ein seltsames Werk, mit welchem sich der Instrumentenmacher befaßte.

Auf einem rotgeblümten Bette lag seine alte Mutter Brigitte Guarnerius in den letzten Zügen. Sie erlag einem Krebsleiden, das ihren Körper zerrüttet hatte. Tobias war über ihre röchelnde Brust gebeugt. Keine Träne glänzte in seinen Augen, kein Muskel seines Antlitzes zuckte oder verriet das geringste Mitgefühl für die schrecklichen Schmerzen, deren Zeuge er war. Er schien in die Vorahnung des feierlichen und verhängnisvollen Augenblicks versunken, dessen Erwartung alle seine Sinne festhielt.

Ein sonderbarer Apparat, den bisher noch keine menschliche Wissenschaft erdacht oder beschrieben hatte, verband das Bett der Sterbenden mit einem Tische, auf welchem eine unvollendete Geige lag. Eine Röhre, welche aus verschiedenen Metallen gemacht zu sein schien, lag mit ihrem trichterförmigen Ende vor dem Munde der alten Frau und empfing ihre Atemzüge, die mit klagendem Geräusch in der Röhre verschwanden. Am anderen Ende war diese Röhre in einen hölzernen Steg eingefügt, wie man ihn bei allen Saiteninstrumenten findet, nur war er größer, war nicht massiv, sondern ausgehöhlt und konnte durch eine wunderbar gearbeitete Klappe hermetisch geschlossen werden, sobald die Verbindung mit der Röhre aufgehoben wurde. Genau über der Verbindungsstelle von Holz und Metall war, um ein Entweichen zu verhindern, noch ein Kästchen aus Tannenholz angebracht. In einem der feuchten und faulen Bretter, die ekelhaft rochen und früher Teile eines viel größeren Gegenstandes gewesen waren, steckte ein verrosteter Nagel.

Um ein Uhr und zweiundfünfzig Minuten stockten

die Atemzüge der Kranken; Puls und Herz hatten aufgehört zu schlagen. Da hörte man plötzlich in der Röhre, die wie von einem galvanischen Strom durchzuckt wurde, einen langen Seufzer, der das Metall durchlief und sich dem damit verbundenen Instrumente mitteilte.

Bei diesem Geräusch stürzte Tobias Guarnerius hinzu; mit wilden Blicken und keuchendem Atem riß er die verbindende Röhre hinweg und schloß mit aller Kraft die Klappe am Rande des Steges. Hierbei fühlte er, wie seinem Drucke heftig Widerstand geleistet wurde. Jetzt muß ich sagen, obwohl der Beweis für diese Ungeheuerlichkeit nie erbracht wurde, daß Tobias Guarnerius in das ausgehöhlte Holz die Seele seiner Mutter eingeschlossen hatte, weil sich ihm diese zur Verwirklichung seiner grauenvollen Idee zuerst darbot.

In dem Augenblick, als die Seele das Band zerrissen, durch welches sie mit der sterblichen Hülle verbunden war, wollte sie in die Höhe steigen, und da der Weg versperrt war, mußte sie durch die enge Röhre und kam in ihrer Not bis an deren Ende. Doch wäre sie in der kurzen Zeit entschlüpft, welche ihr Henker gebrauchte, um die Klappe zu schließen; aber auch für diesen Fall hatte er alles vorgesehen. Die Bretter, die die Stelle umgaben, an der das Schreckliche vor sich ging, waren Bretter eines Sarges, den er vorher auf einem Kirchhofe ausgegraben hatte. Die Seele, die herausdrängte, fühlte ein Grausen vor der Atmosphäre des Todes, durch welche sie mußte, und zuckte zurück. Da hatte Tobias sie in ihr Gefängnis eingeschlossen, um sich ihrer nach seinem Willen zu bedienen.

Doch darf man nicht glauben, daß eine so schreckliche Vermessenheit ohne Folgen für den Urheber blieb. Denn als alles vollbracht war, stürzte Tobias wie von einem elektrischen Schlage getroffen nieder und lag noch mehrere Stunden nach Sonnenaufgang bewußtlos am Boden.

Als er aus dieser langen Ohnmacht erwachte, fühlte er eine starke Ermattung in allen Gliedern, als hätte er eine lange Reise gemacht; dann aber sammelte er seine Gedanken, um sich über das Rechenschaft zu geben, was sich ereignet hatte. Endlich erinnerte er sich deutlich an alles. Mit einem Zittern der Hände, welches ihn seitdem nicht wieder verließ, näherte er sich dem Bette, auf welchem der Körper seiner Mutter bereits kalt und starr lag. Er drückte ihr die Augen zu, damit er ihren starren Blick nicht sähe, bedeckte dann ihr Antlitz mit einem Tuche; tiefe Angst befiel ihn, denn es schien, als ob ihre erstarrten Züge, die sich unter dem Tuche abzeichneten, ihn drohend und vorwurfsvoll ansähen.

Seit zwei Wochen lagen die irdischen Reste Brigittens im Grabe; bei ihrer Beerdigung hatten sich wunderliche Dinge ereignet; denn sooft der Geistliche in seinem Gebete der Seele der Verstorbenen gedachte, erloschen von selbst die Lichter, welche um den Sarg gestellt waren. Tobias hatte dieses Phänomen wohl bemerkt und wurde von Gewissensbissen geplagt, doch freute er sich, erreicht zu haben, was er gewollt hatte. Nicht aber wagte er die Geige zu versuchen, die eine wundersame Harmonie in sich zu bergen schien, denn sooft nur die Luft über sie hinwegging, hauchte sie Seufzer von unglaublicher Sanftheit.

Inzwischen verbreitete sich das Gerücht, Tobias habe erreicht, was er erstrebt.

Täglich fanden sich Künstler aus der Stadt bei ihm ein, teils um über den Narren zu spotten, teils auch, um eine ernstliche Neugierde zu befriedigen. Tobias aber weigerte sich stets, seine Wundergeige hören zu lassen, und gab vor, sein Werk sei noch nicht vollendet.

Da ereignete es sich, daß der spätere Erbe eines kleinen deutschen Fürstentums durch die Stadt kam. Die Vorsehung, welche ihn bestimmt hatte, dereinst zu herrschen, hatte jedenfalls ihre besonderen Absichten, wenn sie ihm zu gleicher Zeit das Talent zum ausgezeichneten Geigenspieler verlieh. Sein Künstlerruhm hatte sich, wie der Kriegsruhm des großen Friedrich, durch ganz Europa verbreitet, und sooft er sich in einer Stadt sehen ließ, wurde ein Konzert für ihn veranstaltet, wobei er sich auch meist selbst hören ließ. Der Bürgermeister von Bremen, welcher allen Grund hatte, sich dem berühmten Künstler angenehm zu machen, beeilte sich, eine musikalische Soiree zu veranstalten, und ließ auch Tobias Guarnerius wissen, daß es ihm sehr angenehm sein würde, wenn er bei dieser Gelegenheit seine neue Geige hören lassen wollte.

Als Tobias diesen Wunsch erfuhr, schloß er eben mit seinem Gewissen Waffenstillstand. Das Entsetzen, das ihn seit seiner Tat verfolgte, verschwand allmählich.

Sonderbare Vernunftgründe waren ihm überdies zu Hilfe gekommen. Er dachte:

»Man weiß ja nie, wer uns nach den himmlischen Gesetzen um eines guten Gefühls willen *in extremis* begnadigt oder um eines bösen Gedankens willen für alle

Zeiten straft, wer verdammt oder erlöst wird. Meine Mutter Brigitte führte in unsern Augen ein rechtschaffenes Leben; wird aber der höchste Richter derselben Meinung sein? Ist es nicht möglich, daß ich sie für einige Zeit von den Qualen der Hölle befreie, wenn ich sie hienieden zurückhalte? Folglich bin ich ein guter Sohn«, schloß er mit einer Sophistik, welche eines Advokaten unserer Tage würdig gewesen wäre. »Wenn andere die Gebeine ihrer Eltern aufbewahren, so bewahre ich die Seele meiner Mutter auf und will mich nicht von ihr trennen. Diese beiden Arten kindlicher Pietät sind in ihrer Größe ebenso verschieden wie Geist und Materie.«

Mit diesen Gedanken, welche er in die schönsten Worte kleidete, beschwichtigte er seine Gewissensbisse.

Als der Abend gekommen war, an welchem die große Probe stattfinden sollte, wurde Tobias von neuer Unruhe ergriffen. Bisher hatte ihn nur der Ehrgeiz des Künstlers beschäftigt; jetzt zweifelte er, ob sein Versuch auch gelungen war. Konnte die Seele nicht nach dem ewigen Gesetze, durch das sie zurückgerufen wurde, doch entschwebt sein? In welcher Verlegenheit würde er dastehen müssen, wenn sich in Gegenwart der ganzen versammelten Stadt seine übermenschliche Schöpfung als ein gewöhnliches Instrument erwies mit kreischenden Tönen, wie alle die, welche er bisher angefertigt hatte.

Diese Befürchtungen waren wohl begründet, und um sich nicht dem allgemeinen Spotte auszusetzen, hätte er jetzt seine religiösen Bedenken überwunden, die ihn bisher daran gehindert hatten, sein Werk zu prüfen, hätte es selbst gern versucht; aber leider hatte er bereits im Laufe des Tages die Geige in einem kostbaren Kasten, zu welchem er den Schlüssel behalten hatte, ins Rathaus geschickt.

Die Würfel waren gefallen, und er konnte nichts mehr ändern: in weniger als einer Viertelstunde mußte er entweder höher stehen als Stradivarius und alle andern Meister seiner Kunst oder der Gegenstand unerbittlichen Spottes sein. Das ist übrigens das Los eines jeden, der in dieser Welt etwas Neues zu denken oder zu vollbringen versucht.

Als alle Gäste der großen musikalischen Soiree versammelt waren, wurde Tobias in das Prachtzimmer des Bürgermeisters geführt, in welches er diesmal Eintritt hatte. Seine fast antediluvianische Kleidung, der man den langen Gebrauch ansah, obgleich er sich ungemeine Mühe gegeben hatte, sie aufzufrischen, sowie sein linkisches Benehmen machten ihn zu einer komischen Erscheinung. Als man ihn in einer Ecke sitzen sah, die Totenblässe seines Antlitzes bemerkte und sein starres Auge erblickte, welches mit unsäglicher Angst auf den Virtuosen gerichtet war, der zum ersten Male seiner Schöpfung einen Ton entlocken sollte, da erschien er niemandem mehr grotesk, sondern ein jeder fühlte mit ihm seine Angst.

Man müßte neue Worte erfinden, um die Ergriffenheit der Anwesenden wiederzugeben, als der Bogen über die Saiten strich und die gefangene Seele ihr furchtbares Leid klagte. Viele haben versichert, daß es ihnen bei den ersten Tönen schien, als würden sie der Erde enthoben und schwebten, von einer unsäglichen Angst ergriffen, in dem endlosen Raume. Für andere war der Ton so schrill, daß sie glaubten, er berühre unmittelbar ihre Nerven und löse das Fleisch von ihnen. Was aber kein menschlicher Ausdruck zu schildern vermöchte, das war das unaussprechliche Mitgefühl aller Anwesenden, welche, ohne sich Rechenschaft von dem hier wirkenden Zauber geben zu können, glaubten, daß hier eine andere Seele zu ihnen sprach. Alle waren zu Tränen gerührt und in tiefe Wehmut versenkt.

Weder der Schmerz der Mutter, die an des Erstgebornen Grabe weint, noch der eines liebenden Mädchens, das sich betrogen und verlassen sieht, noch die Klage des Künstlers, wenn er sein Leben erlöschen fühlt, bevor sein Werk vollendet ist, vermag einen Begriff von der bittern Klage dieser Tochter des Himmels zu geben, welche über ihre Zeit hinaus zurückgehalten wurde und nach der Ruhe der Ewigkeit verlangte. Niemand, nicht einmal der, welcher den Bogen über die Saiten führte, vermochte sich auch nur an einen Ton zu erinnern, welchen die Violine des Tobias Guarnerius gespielt hatte. Niemand hätte sagen können, ob er einen melodischen Gesang gehört habe oder die wundersame Geschichte eines göttlichen Dichters, in der mit bewunderungswürdiger Kunst ein Bild jeglicher Schmerzen, jeglicher Qualen, jeglicher Trauer des Lebens zusammengefaßt war, von der unbestimmten Schwermut an, welche sich sehnt und wünscht, ohne sich ihrer selbst bewußt zu sein, bis zu der bestimmtesten und grausamsten Täuschung; nur so viel gab jeder zu, daß er nie und nirgends eine so ergreifende Harmonie gehört habe.

Als das Spiel beendet und jeder Zuhörer aus dem Entzücken zur Wirklichkeit zurückgekehrt war, wandten sich die Blicke aller auf Tobias Guarnerius.

In diesem Augenblicke erhob sich der Künstler in ihm so sehr über den Menschen, daß er nichts von dem Schmerzensschrei gehört hatte, welcher noch in den Herzen aller nachhallte und der ihn um so mehr hätte ergreifen müssen, da er für ihn keine einfache Klage war, sondern ein bitterer Vorwurf; er hatte nur Töne von wundersamer Harmonie gehört, herrlicher, als sie je ein Meister seiner Kunst erzielt hatte; er sah endlich die Aufgabe seines Lebens gelöst, sank auf die Knie, streckte die Hände gen Himmel, und Tränen liefen über sein Antlitz, das in unsäglicher Freude strahlte. Erst nach einigen Minuten gewahrte er, daß der Prinz neben ihm stand, ihn am Arme schüttelte, um ihn aus seiner Versunkenheit zu wecken und zu fragen, ob er seine Violine für tausend Taler verkaufen wolle.

»Meine Violine für tausend Taler!« antwortete er und sah den Prinzen mit geistesabwesendem Lächeln an. »Sie bieten einen Preis für das, was nicht war und nun ist; Sie wollen die Schöpfung kaufen, mein Herr, wie ich sehe. Wieviel würden Sie für die Sonne zahlen, falls Ihnen diese eines Tages zum Kauf angeboten würde?«

Was bedeuteten diese stolzen Worte des armen Instrumentenmachers? War seine kindliche Liebe unwillig über den Handel, den man ihm vorschlug, oder empörte sich sein Künstlerstolz über die geringe Einschätzung seines Werkes?

Der Prinz deutete die Worte in diesem Sinne und verdoppelte sogleich die Summe; aber Tobias antwortete wieder, daß seine Violine nicht zu verkaufen, daß sein Ruhm nun unsterblich sei und daß ihm das genüge.

Unglücklicherweise hatte er mit einem Prinzen zu tun, dessen Wille nicht leicht vor Hindernissen zurückschreckte. Dieser zog seine Brieftasche hervor, die 12 000 Livres in Noten enthalten mochte, dazu noch eine Börse, die mindestens so voller Goldstücke war wie die des Verführers im Lustspiel, und sagte: »Nehmt das für Eure Violine.«

Der arme Tobias, welcher nie in seinem Leben die Summe von tausend Livres besessen hatte, vergaß jetzt seinen Künstlerstolz, seine kindliche Liebe, vergaß alles und zählte mit den Augen nur die Noten, welche auf dem Tische lagen, betrachtete die gefüllte Börse und sagte dann mit der Miene eines Mannes, welcher den Glauben erwecken will, er werde zu einer Handlung gezwungen:

»Da Sie es durchaus wollen, nehme ich den Kauf an und gebe Ihnen sogar den Kasten und den Schlüssel dazu. Sehen Sie sich aber wohl vor, denn ich stehe nicht für mein Werk ein; wenn Sie dasselbe nicht aufmerksam bewahren und irgendwas daran entzweigeht, ich nehme die Ausbesserung nicht auf mich.«

Der Prinz hatte indes ein solches Verlangen nach dem Meisterwerke, daß er gar nicht an die Möglichkeit eines Schadens dachte. Er ließ seine Erwerbung in den Kasten legen und befahl seinem Kammerdiener, die Violine in seine Wohnung zu tragen. Zu gleicher Zeit verließ er die Gesellschaft des Bürgermeisters, um für sich allein die Meistergeige zu genießen. Dieses tat er in so vollkommenem Maße, daß keiner der Nachbarn während der

Nacht ein Auge schließen konnte. Was Tobias betraf, so wiederholte er sich während eines Teiles der Nacht fortwährend, was er schon in dem Saale des Bürgermeisters gesagt hatte, daß nämlich sein Ruhm nun unsterblich sei. Dann erfreute er sich an dem Gedanken, daß er ein reicher Mann sei. Sein Vermögen bestand aus 15 000 Livres und einigen hundert Talern, und das war nach seinen Begriffen sehr viel.

Um sich noch besser seines Geldes zu vergewissern, ging er im Geiste alle Brüche durch, in die diese Summe sich teilen ließ, zählte die Goldstücke, tat sie dann in die Börse, um sie in der Hand zu wiegen, und als er seine Lampe ausgelöscht hatte, ließ er sie an seinen Ohren klingen. So trieb er es bis drei Uhr morgens und schlief dann ein.

Am andern Tage erwachte er sehr zeitig; aber er hatte ein Gefühl, als hätte er am Abend vorher viel getrunken. Der Kopf war ihm schwer, sein Geist war träge, er war sehr unzufrieden mit sich. Ein Gedanke quälte ihn: er hatte die Seele seiner Mutter nicht nur gestohlen und gefangen, er hatte sie auch noch verkauft. Jederzeit konnte der, welcher sein Geld dafür bezahlt hatte, diese Seele erwecken und zum Singen und Weinen zwingen; er konnte sie an einen andern verkaufen, er konnte sie auf seinen Reisen mit sich führen und sie zum ›Schemel seiner Füße‹ machen, wie es im ersten Psalm heißt. Während diese schrecklichen Gedanken ihn quälten, trat jemand in seinen Laden; es war einer von den Bedienten des Bürgermeisters, den er recht gut kannte, denn in seiner Jugend war dieser Mann der Verlobte der alten Brigitte gewesen, und hätte dieselbe auch geheiratet, hätte er nicht in den Krieg ziehen müssen. Als er nach vielen Jahren zurückkehrte, fand er sie verheiratet, blieb ihr aber dennoch in Freundschaft zugetan und wurde selbst von Brigittens Mann, welcher das größte Vertrauen zu seiner Frau hatte, zu häufigen Besuchen eingeladen. Mehr als einmal hatte er den kleinen Tobias auf seinen Knien reiten lassen.

Am vergangenen Abend hatte er in dem Vorzimmer die Violine gehört, in welcher Brigittens Seele seufzte, und sogleich ihre Stimme erkannt; denn die Erinnerungen der Liebe verlieren sich nie wieder aus dem Gedächtnis; ebenso hatte Brigitte an einem Tage geklagt, den er nie vergessen hatte, an dem Tage, als er Abschied von ihr nahm. Die ganze Nacht hatte er in unglaublicher Angst zugebracht, weil er geglaubt hatte, die Seele seiner Geliebten klagen zu hören, und am frühen Morgen kam er daher zu Tobias Guarnerius, ihn zu fragen, wie das hatte geschehen können.

Bei den ersten Worten des Greises wurde Tobias verlegen und stotterte einige zusammenhanglose Worte; endlich aber erholte er sich und versuchte, der Sache eine scherzhafte Wendung zu geben; Brigittens Liebhaber ließ sich aber dadurch nicht beruhigen, entfernte sich kopfschüttelnd und murmelte zwischen den Zähnen, daß hier irgendein schändliches Geheimnis im Spiele sei. Wenn Tobias schon grausam unter seinem Vergehen litt, als er glaubte, daß nur ihm und dem Himmel das Geheimnis bekannt sei, so wurden seine Leiden jetzt weit größer, als er dachte, daß man seinem Verbrechen auf die Spur kommen und das Gericht seinen Diebstahl untersuchen könnte. Stundenlang rang er mit seiner Angst und Gewissensqual; er unterlag, nahm das Geld, welches er abends zuvor erhalten hatte, und eilte zu dem Käufer, damit dieser die Violine zurückgäbe. Hatte er sie wieder in seinen Händen, so wollte er sie zerbrechen und der Seele ihre Freiheit wiedergeben.

Aber Menschen, die sich leicht auf die Bahn des Bösen begeben, finden nicht ebensoleicht den Pfad, der sie zurückführt. Der Prinz war vor Tagesanbruch abgereist und schon sehr fern, als Tobias an dessen Tür pochte. Entschlossen, nicht länger die Last seiner Sünde zu tragen, lief Tobias zurück, schloß seinen Laden, eilte vor die Stadt, die Post zu erwarten, und bestieg diese dann, um sich in die Residenz des Prinzen zu begeben.

Als er angekommen war, vergingen zwei Tage, bevor er sich Seiner Hoheit nähern konnte. Als ihm dies endlich gelungen war, erfuhr er, daß die Geige bereits in anderen Händen sei. Das Nervensystem des Prinzen war durch dieselbe derartig zerrüttet, daß er nicht länger als acht Tage auf ihr hatte spielen können.

Der Arzt hatte erklärt, daß der durchdringende Ton des neuen Instrumentes die Ursache einer Nervenlähmung beim Prinzen werden würde, und dieser hatte daher seine Violine an einen italienischen Künstler verkauft, der eine Reise durch Europa machen und zunächst Konzerte in Paris geben wollte.

Tobias machte sich sogleich auf die Reise. Er kam in Frankreichs Hauptstadt an, kümmerte sich aber nicht um die Wunder, welche dieselbe enthält, sondern fragte nur nach der Wohnung des Signor Ballondini. Diese erfuhr er bald, denn Signor Ballondini hatte sich schon durch sein erstes Konzert den Ruf eines großen Künstlers erworben, und alle Blätter sprachen von seinem Talent und von den wundersamen Tönen, die er seinem Instrumente entlockte.

Tobias wollte anfangs auf den italienischen Virtuosen wütend werden, der den ganzen Ruhm für sich nahm, während doch ein guter Teil desselben dem Instrumentenmacher zukam; allein er gedachte, daß seine Eigenliebe dies zur Sühne seiner Schuld ertragen müsse, und nahm sich vor, nie über das zu klagen, was man ihm entzog, sondern sich glücklich zu schätzen, wenn es ihm gelänge, wieder in den Besitz der verhängnisvollen Schöpfung zu kommen.

Sobald er die Wohnung des Signor Ballondini erfahren hatte, bestieg er einen Fiaker, kam aber wieder zu spät; vor einer Viertelstunde war Signor Ballondini nach Italien abgereist, um dort Konzerte zu geben. Tobias Guarnerius folgte ihm.

Es würde endlos sein, wollten wir erzählen, welche Reisen die verhängnisvolle Violine machte und wie oft sie den Besitzer wechselte. Die kräftigsten Nerven vermochten sie nie länger als vierzehn Tage zu ertragen; und doch, sooft ein Besitzer das Instrument zu verkaufen wünschte, fand sich ein Käufer. Zwei Jahre lang folgte der unglückliche Tobias seiner Geige durch Italien, England, Ostindien, Spanien und dann abermals durch Frankreich und Deutschland.

Nach unerhörten Strapazen kam Tobias Guarnerius in Leipzig an, wo ein reicher Buchhändler in den Besitz der Geige gekommen war. Dieses Mal kam er nicht zu spät, und das Instrument war noch in den Händen des Mannes, welchen man ihm bezeichnet hatte. Allein auf den langen Reisen hatte sich trotz der größten Sparsamkeit seine Börse erschöpft, und während er nun um einen Gegenstand unterhandeln wollte, dessen Preis sich stets zwischen zwölf- und fünfzehntausend Livres gehalten hatte, hatte er kaum noch einige Louis in Händen. Nun hielt er mit sich selbst Rat und kam zu dem Schluß, daß von allen Diebstählen, die ein Mensch begehen konnte, der einer Seele der gemeinste sei und daß er nicht anders sein Verbrechen sühnen könne, als wenn er ein zweites Verbrechen von geringerem Belange begehe. So beschloß er, mit dem Gelde, welches ihm übriggeblieben war, einen Bedienten zu bestechen, der ihn bei Nacht in die Wohnung des Buchhändlers führen sollte, damit er diesem die Violine stehlen könnte.

Allein der Fluch des Schicksals lastete so sehr auf dem Verbrecher, daß ihm selbst dieses Vorhaben nicht mehr gelingen sollte. Der Bediente war ein ehrlicher Spitzbube, der wohl den Lohn für die schlechte Tat nehmen, diese selbst aber nicht begehen wollte. Er verriet seinem Herrn den beabsichtigten Diebstahl.

Tobias wurde auf frischer Tat ertappt und ins Gefängnis geworfen; er sah ein ehrloses Ende vor sich. Die Angst vor einem solchen Ausgange brachte ihm das Übel zum Ausbruch, welches durch seine lange getäuschten Wünsche und durch die Aufregungen der letzten Jahre vorbereitet war. Er hatte Herzerweiterung und mußte in das Hospital gebracht werden.

Er fühlte, wie der Tod mit raschen Schritten herannahte, und er wußte wohl, daß nichts für seine Heilung geschehen könne. Durch seinen Tod erlangte er allerdings die Aussicht, der menschlichen Gerechtigkeit zu entgehen; dagegen führte ihn derselbe in die Hände des göttlichen Richters, mit welchem er eine lange Rechnung ins reine zu bringen hatte; und dennoch wagte er nicht, von einem Priester Trost und Hoffnung zu verlangen, weil er glaubte, daß das Grausige seines Bekenntnisses von keinem Menschen angehört werden könnte.

Eines Tages, es war an einem schönen Herbstmorgen, fiel ein Sonnenstrahl auf sein Bett, welches er nicht mehr verließ, und verlieh seiner ganzen Umgebung ein festliches Aussehen; ein frischer Wind bewegte die grünen Bäume vor seinen Fenstern, und die Vögel sangen heiter in den Zweigen; es lag so viel Frieden und Glück in der Luft, daß man hätte schwören mögen, an einem so schönen Tag könne niemand sterben. Der Anblick dieser heitern Natur erhob sein Herz zu Gott, und seine Seele füllte sich mit Hoffnung auf dessen grenzenlose Güte. Jetzt fühlte er den Mut, einem Priester sein Geheimnis anzuvertrauen; auf seine Bitte erschien der Beichtvater des Hospitals, um mit ihm zu beten. Seine Beichte war eine lange, denn er glaubte, daß ihm sein Geständnis leichter würde, wenn er es recht ausführlich erzählte.

Als er endlich fertig war, fühlte er sich durch die Anstrengung sehr geschwächt, und der Geistliche, welcher ihn angehört hatte, hätte wohlgetan, ihm schleunigst das Abendmahl zu reichen; als Verkünder des Wortes Gottes pflegte er jedoch nie das Mahl des Herrn zu reichen, ohne vorher eine von den sieben Predigten gehalten zu haben, die er über die sieben Hauptsünden hatte drukken lassen. Da nun in dem gegenwärtigen Falle keine von seinen sieben Reden auf den Sterbenden paßte, mußte er mehrere Stellen aus den verschiedenen Predigten entlehnen und zusammenfügen, wodurch seine Rede über das Maß verwickelt und verlängert wurde. Der Kranke aber, den seine Kräfte verließen, rang mit dem Tode. Seit einigen Minuten schien er bereits das Gefühl für alles, das ihn umgab, verloren zu haben, und der gute Pfarrer hatte seine Predigt fast vollendet, als der schreiende und ferne Ton einer Geige, auf welcher eine Tirolienne gespielt wurde, an sein Ohr schlug. Diese Töne störten den Geistlichen nicht im mindesten, dem Kranken aber drangen sie durch Mark und Bein. Er sprang vom Lager auf; seine Haare sträubten sich, alle Muskeln seines Antlitzes verzogen sich, er lauschte in grausiger Angst, ergriff den Arm seines Beichtvaters, drückte ihn heftig und schrie mit klagender Stimme: »Hören Sie! Hören Sie die Seele meiner Mutter, die weint?«

Dann wurde er von Krämpfen befallen, welche mehrere Minuten dauerten; er starb, ohne das Abendmahl empfangen zu haben. Der arme Tobias hatte sich ganz grundlos aufgeregt; denn was er gehört hatte, war die Violine eines Krankenwärters, der die schönen Künste ausübte, wenn er seine Kranken verbunden und seine Toten begraben hatte.

In dem Augenblicke, als Tobias Guarnerius starb, hörte der Buchhändler, welcher jetzt die Violine besaß, in dem Kasten derselben einen starken Klang, als ob man stark über eine Saite streiche; als er öffnete, um nachzusehen, was das gewesen sei, fühlte er, wie ihm ein leichter Wind entgegenwehte; alle Saiten aber waren gerissen; der Steg und der Teil, welchen die Instrumentenmacher die Seele nennen, war umgefallen, und man hörte es im Innern des Instrumentes, welches übrigens weiter keinen Schaden gelitten zu haben schien, rollen.

Ein Instrumentenmacher wurde beauftragt, den Schaden zu reparieren. Als dieser die Geige wieder ablieferte, hatte sie den eigentümlichen Ton verloren. Nie wieder vermochte sie in dem Grade die Nerven zu erschüttern, wie ehedem. Dennoch blieb sie eine der bemerkenswertesten von den vielen berühmten europäischen Geigen.

Als sich einige Monate später das Gerücht von dem Tode des Meisters Guarnerius in Bremen verbreitete, sprach auch der alte Bediente des Bürgermeisters, welcher bisher geschwiegen hatte, von seinem Verdacht, und da das plötzliche Verschwinden des Instrumentenmachers seinerzeit die allgemeine Aufmerksamkeit erregt hatte, glaubte man ihm gern.

Das Volk rottete sich vor dem Laden zusammen, welcher seit drei Jahren geschlossen gewesen war, erbrach die Tür und drang in das Innere. Da fand man denn verschiedene verdächtige Gegenstände; unter andern den Apparat, welchen ich schon erwähnt habe, und einige Bücher, die in unbekannten Zeichen geschrieben waren.

Der Instrumentenmacher wurde nach seinem Tode verwünscht, und es war ein Glück, daß er keine Nachkommen hinterließ. Am Tage nach dem Sturm auf den Laden fand man die roten Kreuze an der Türe und an den Fensterladen, ohne daß man zu erfahren vermocht hätte, wer sie hingemalt hatte.

Der Eigentümer des Ladens, welcher schon vor Tobias' Tode vergebens versucht hatte, denselben zu einem geringen Preise wieder zu vermieten, fand nun erst recht keinen Mieter. Wie man versichert, beabsichtigt er jetzt einen Neubau des Hauses, und alle Bewohner des Viertels freuen sich darüber, denn es wird erzählt, daß man oft während der Nacht ein unheimliches Gepolter in den öden Räumen höre. Ich meine indes, daß dieses nur ein Wahn alter Weiber ist, welchem gebildete Leute keinen Glauben beimessen; denn man kann nicht genug dem albernen Aberglauben mißtrauen, dem sich das Volk so willig überläßt.

Edgar Allan Poe

Die Tatsachen im Falle Waldemar

Selbstverständlich finde ich es ganz natürlich, daß der seltsame Fall des Herrn Waldemar viel erörtert worden ist. Es wäre ein Wunder, wenn es anders gewesen wäre, besonders unter den vorliegenden Umständen. Infolge des Wunsches aller Beteiligten, die Sache vor der Öffentlichkeit wenigstens so lange geheimzuhalten, bis uns Gelegenheit zur weiteren Nachforschung gegeben worden war, und durch unsere Bemühungen, dies zu erreichen, drangen entstellte und übertriebene Gerüchte ins Volk und wurden die Quelle unangenehmer Mißdeutungen und selbstredend auch starker Ungläubigkeit. Es ist nun also notwendig, daß ich die *Tatsachen* berichte – soweit ich sie selbst begreife. Sie seien hier kurz zusammengefaßt.

Während der letzten drei Jahre war mein Interesse mehrfach auf den Mesmerismus hingelenkt worden, und vor neun Monaten etwa fiel es mir ganz plötzlich auf, daß die Reihe der bisher gemachten Experimente eine sehr auffallende und unverantwortliche Lücke aufwies: – man hatte noch keinen *Sterbenden* hypnotisiert! Zunächst blieb zu beobachten, ob ein solcher Patient für magnetische Einwirkungen besonders empfänglich war; ferner ob die Empfänglichkeit in solchem Zustand, falls sie vorhanden, stärker oder schwächer war als sonst; und drittens in welchem Grade oder für welche Zeitdauer der Tod hinausgeschoben werden konnte. Noch andere Punkte galt es aufzuklären, doch jene vor allem reizten meine Neugier – und ganz besonders der dritte Punkt erschien mir äußerst bedeutungsvoll.

Auf der Suche nach einer Persönlichkeit, mit Hilfe deren ich diese Fragen lösen könnte, fiel mir mein Freund, Herr Ernst Waldemar ein, der bekannte Bibliothekar der ›Bibliotheca Forensica‹ und (unter dem Pseudonym Issachar Marx) Verfasser der polnischen Übersetzungen des ›Wallenstein‹ und des ›Gargantua‹. Herr Waldemar, der hauptsächlich in Harlem gelebt hatte und sich seit 1839 in New York aufhielt, war besonders auffallend durch seine unerhörte Magerkeit und durch die weiße Farbe seines Backenbartes, der mit dem schwarzen Haupthaar seltsam kontrastierte, so daß man oft glauben mochte, er trage eine Perücke. Er war sehr reizbar und eignete sich daher für mesmeristische Versuche vortrefflich. Zwei- oder dreimal war es mir ohne Schwierigkeit gelungen, ihn in Schlaf zu versetzen, doch andere Erwartungen, die seine sonderbare Konstitution in mir erweckt hatte, erfüllten sich nicht. Sein Wille war niemals dem meinigen vollkommen unterworfen, und in bezug auf ›Hellsehen‹ konnte ich mit ihm nichts Zuverlässiges erreichen. Meinen Mißerfolg in dieser Hinsicht schrieb ich immer seiner zerrütteten Gesundheit zu, denn einige Monate, ehe ich mit ihm bekannt wurde, hatten seine Ärzte ihn für unrettbar schwindsüchtig erklärt. Es war übrigens seine Gewohnheit, von seiner bevorstehenden Auflösung als von einer unvermeidlichen Tatsache, die nicht bedauert werden sollte, zu sprechen.

Als jene Gedanken sich mir zum ersten Male aufdrängten, war es ganz natürlich, daß ich an Herrn Waldemar dachte. Ich kannte die ruhevolle Philosophie dieses Mannes zu gut, als daß ich *seinerseits* irgendwelche Bedenken vermutet hätte; und er hatte in Amerika keine Angehörigen, die Einspruch hätten erheben können. Ich sprach mit ihm ganz offen über die Sache, und zu meiner Verwunderung zeigte er lebhaftes Interesse. Ich sage: zu meiner Verwunderung, denn obgleich er sich meinen Experimenten stets willig gefügt hatte, so hatte er ihnen doch niemals besondere Sympathie entgegengebracht. Die Art seines Leidens gestattete es, seine Todesstunde ziemlich genau vorauszusagen, und es wurde also zwischen uns vereinbart, daß er etwa vierundzwanzig Stunden vor der ihm von den Ärzten bezeichneten Sterbestunde mich zu sich rufen lassen würde.

Es sind jetzt mehr als sieben Monate verflossen, seit ich von Herrn Waldemars eigener Hand folgende Zeilen erhielt:

Mein lieber P.!

Sie können nun also kommen. D. und F. haben festgestellt, daß ich nicht lange mehr mitmache – nur noch bis morgen mitternacht; und ich glaube, sie haben den Zeitpunkt ziemlich richtig angegeben.

Waldemar

Ich erhielt diese Mitteilung eine halbe Stunde, nachdem sie geschrieben war, und fünfzehn Minuten später befand ich mich im Zimmer des Sterbenden. Ich hatte ihn seit zehn Tagen nicht gesehen und war entsetzt über die furchtbare Veränderung, die in dieser kurzen Zeit mit ihm vorgegangen war. Sein Antlitz war bleifarben, die Augen blickten stumpf und vollkommen glanzlos, und die Abmagerung hatte so große Fortschritte gemacht, daß die Haut von den Backenknochen durchbohrt worden war. Sein Schleimauswurf war unerhört stark, der Puls kaum vernehmbar. Trotz alledem schien er im vollkommenen Besitz seiner Geisteskräfte und war auch körperlich nicht so schwach, als man hätte annehmen sollen. Er sprach sehr deutlich, nahm ohne jede Hilfe einige lindernde Arzneien zu sich und war, als ich ins Zimmer trat, damit beschäftigt, in sein Notizbuch Aufzeichnungen zu machen. Er saß, von Kissen gestützt, aufrecht im Bett. Die Doktoren D. und F. waren anwesend.

Nachdem ich Waldemar die Hand gedrückt, nahm ich die Herren beiseite und empfing von ihnen über den Zustand des Patienten eingehenden Bericht. Der linke Lungenflügel war seit achtzehn Monaten vollkommen verknorpelt und ganz unbrauchbar. Die obere Hälfte des rechten Lungenflügels war ebenfalls teilweise, wenn nicht sogar ganz verknöchert, während die untere Hälfte bereits in Eiterung überzugehen begann. Mehrere umfangreiche Durchbrüche waren vorhanden, und einige Rippen waren ebenfalls von Eiterung ergriffen. Diese Erscheinungen im rechten Lungenflügel waren verhältnismäßig neueren Datums. Die Verknöcherung hatte mit ganz ungewöhnlicher Schnelligkeit um sich gegriffen, und die Rippeneiterung hatte man erst in den letzten drei Tagen wahrgenommen. Unabhängig von der Schwindsucht vermutete man bei dem Kranken eine Geschwulst an der Pulsader, doch machte die Lungenverknöcherung eine genaue Diagnose in dieser Hinsicht unmöglich. Es war die Ansicht beider Ärzte, daß Herr Waldemar gegen Mitternacht des folgenden Tages (eines Sonntags) sterben werde. Jetzt war es Samstag sieben Uhr abends.

Bevor die Doktoren D. und F. sich zu mir wendeten, um mir den Zustand ihres Patienten zu schildern, hatten sie diesem ein letztes Lebewohl geboten. Es hatte nicht in ihrer Absicht gelegen, wiederzukommen, auf mein Ersuchen jedoch erklärten sie sich bereit, gegen zehn Uhr am folgenden Abend noch einmal nach dem Kranken sehen zu wollen.

Als sie gegangen waren, sprach ich mit Herrn Waldemar ganz offen über seine bevorstehende Auflösung und vor allem sehr eingehend über das beabsichtigte Experiment. Er zeigte sich noch immer ganz willig, ja sogar begierig und bat mich, sogleich zu beginnen. Ein Pfleger und eine Pflegerin waren anwesend, aber ich fühlte mich nicht ganz berechtigt, mich einer so bedeutungsvollen Aufgabe zu unterziehen, ohne daß für den Fall eines unerwarteten Ereignisses zuverlässigere Zeugen zugegen waren als diese beiden Leute. Ich verschob daher meine Maßnahmen bis zum anderen Abend gegen acht Uhr, wo das Eintreffen eines Studenten der Medizin, des Herrn Theodor L … l, zu dem ich einige Beziehungen hatte, mich weiterer Befürchtungen enthob.

Ursprünglich war es meine Absicht gewesen, auf die Ärzte zu warten, doch ich war gezwungen anzufangen, erstens infolge der dringenden Bitten Waldemars und zweitens infolge meiner Überzeugung, daß nicht eine Minute zu verlieren sei, denn es ging ersichtlich zu Ende mit ihm.

Herr L . . . l war so gütig, meinem Ersuchen, den Vorgang schriftlich festzuhalten, willig nachzukommen; und das, was ich jetzt berichte, ist zum großen Teile eine gedrängte oder wörtliche Wiedergabe seiner Aufzeichnungen.

Es war etwa fünf Minuten vor acht, als ich den Patienten bei der Hand nahm und ihn bat, Herrn L . . . l so klar als möglich anzugeben, ob er, Herr Waldemar, durchaus gewillt sei, daß ich in seinem gegenwärtigen Zustande den Mesmerismus bei ihm anwende.

Er antwortete mit schwacher, aber verständlicher Stimme: »Ja, ich wünsche hypnotisiert zu werden . . .« und fügte gleich darauf hinzu: »Ich fürchte, Sie haben es schon zu lange hinausgeschoben.« Während er noch sprach, begann ich mit dem Streichen; ich zog die Striche, die ich bereits früher am wirksamsten bei ihm angewendet hatte. Schon als ich meine Hand zum erstenmal seitwärts über seine Stirn zog, erzielte ich eine gewisse Wirkung; doch obgleich ich meine ganze Macht erschöpfte, war bis einige Minuten nach zehn, als die Doktoren D. und F. vorsprachen, kein bemerkenswerter Erfolg zu verzeichnen gewesen. Ich erklärte den Ärzten in kurzen Worten mein Vorhaben, und da sie nichts dagegen einzuwenden hatten, weil der Kranke schon in Agonie lag, setzte ich meine Versuche unverzüglich fort. Statt der seitlichen Striche machte ich jedoch jetzt solche von oben nach unten und konzentrierte meinen Blick auf das rechte Auge des Leidenden. Sein Puls war kaum wahrnehmbar; er atmete röchelnd und in Intervallen von einer halben Minute.

Eine Viertelstunde lang blieb sein Zustand unverändert. Nach Ablauf dieser Frist jedoch entrang sich der Brust des Sterbenden ein tiefer Seufzer, und das Röcheln war nicht mehr zu vernehmen; die Atmungsintervalle blieben dieselben. Die Gliedmaßen des Patienten waren von eisiger Kälte.

Fünf Minuten vor elf ließen sich unwiderlegliche Anzeichen mesmeristischer Einwirkung bemerken. Der glasige Ausdruck des rollenden Auges verwandelte sich in den Ausdruck nach innen gekehrten Sinnens und Suchens, wie er nur bei Somnambulen zu finden ist. Mit ein paar schnellen Querstrichen brachte ich die Augenlider zum Beben, und nach einigen weiteren Strichen schlossen sie sich ganz. Dieser Erfolg genügte mir aber nicht, ich fuhr vielmehr eifrig und mit äußerster Willensanstrengung so lange fort, bis die Glieder des Schläfers, die ich zunächst in eine bequeme Lage gebracht hatte, vollständig steif geworden waren. Die Beine waren lang ausgestreckt; die Arme lagen ebenfalls fast gestreckt; der Kopf ruhte leicht erhöht in den Kissen.

Als dies geschehen war, war es genau Mitternacht, und ich ersuchte die anwesenden Herren, den Zustand Herrn Waldemars zu prüfen. Nach kurzer Untersuchung erklärten sie, daß er sich in ungemein tiefer Trance befinde. Die Neugier beider Ärzte war in höchstem Grade geweckt. Dr. D. beschloß sofort, die ganze

Nacht bei dem Patienten zu verbringen, während Dr. F. sich mit dem Versprechen verabschiedete, bei Tagesanbruch wiederzukommen. Herr L . . . l, der Pfleger und die Pflegerin blieben auch da.

Wir ließen nun Herrn Waldemar bis gegen drei Uhr morgens ungestört; dann trat ich zu ihm und fand ihn in derselben Verfassung wie zur Zeit, als Dr. F. fortgegangen war – das will sagen, sein Zustand war unverändert: der Puls kaum fühlbar, der Atem nur mit Hilfe eines dem Kranken vor den Mund gehaltenen Spiegels bemerkbar, die Augen wie im Schlaf geschlossen, die Glieder hart und kalt wie Marmor. Dennoch bot er nicht den Anblick eines Toten.

Als ich mich Herrn Waldemar näherte, machte ich den schwachen Versuch, seinen rechten Arm der Führung des meinigen zu unterwerfen. Ich hatte bisher in solchen Experimenten bei diesem Patienten kein Glück gehabt, und sicherlich hoffte ich jetzt wenig auf Erfolg. Zu meinem großen Erstaunen aber folgte sein Arm bereitwillig, wenn auch sehr matt, jeder Richtung, die mein Arm ihm vorschrieb. Ich beschloß, ein Gespräch zu wagen.

»Herr Waldemar«, sagte ich, »schlafen Sie?« Er gab keine Antwort, doch ich bemerkte ein Zittern um seinen Mund und wurde dadurch veranlaßt, meine Frage ein zweites und drittes Mal zu wiederholen. Als ich sie zum dritten Male stellte, wurde seine ganze Gestalt von einem leichten Schauer befallen: die Augenlider öffneten sich so weit, daß sie ein wenig den weißen Augapfel enthüllten, die Lippen regten sich träge, und in kaum hörbarem Flüstern entrangen sich ihnen die Worte:

»Ja – schlafe jetzt. Wecken Sie mich nicht! – Lassen Sie mich so sterben!«

Ich befühlte seine Gliedmaßen; sie waren so eiskalt wie immer. Der rechte Arm gehorchte wie vorher der Führung meiner Hand. Ich fragte den Magnetisierten von neuem: »Fühlen Sie noch Schmerzen in der Brust, Herr Waldemar?«

»Keine Schmerzen – ich sterbe.«

Ich hielt es nicht für ratsam, ihn gerade jetzt noch weiter zu stören, und bis zur Ankunft des Dr. F. wurde nichts mehr gesprochen; dieser traf kurz vor Sonnenaufgang ein und bekundete grenzenloses Erstaunen, den Patienten noch am Leben zu sehen. Nachdem er ihm den Puls gefühlt und einen Spiegel an die Lippen gehalten hatte, ersuchte er mich, den Schlafwachenden nochmals anzureden. Ich folgte der Aufforderung und sagte: »Herr Waldemar, schlafen Sie noch?«

Wie vordem vergingen einige Minuten, ehe eine Antwort erfolgte, und während dieser Zeit schien der Sterbende seine Energie zu sammeln. Bei der vierten Wiederholung der Frage sagte er sehr schwach, fast unhörbar: »Ja, schlafe noch – sterbe.«

Es war jetzt die Ansicht oder vielmehr der Wunsch der Ärzte, daß Herr Waldemar in seinem gegenwärtigen, anscheinend ruhevollen Zustand belassen werden solle, bis der Tod obsiege, und das – darin stimmte man überein – müsse nun in wenigen Minuten erfolgen. Ich beschloß jedoch, noch einmal zu ihm zu sprechen, und wiederholte einfach meine vorige Frage.

Während ich sprach, ging mit dem Antlitz des Kranken eine seltsame Veränderung vor. Die Augen öffneten sich langsam, die Pupillen drehten sich so weit nach aufwärts, bis sie ganz unsichtbar waren; die Haut wurde leichenfarben und glich nun weniger dem Pergament als weißem Papier, und die kreisrunden hektischen Flecke, die sich auf jeder Wange streng abzeichneten, erloschen mit einem Male. Ich gebrauche diesen Ausdruck, weil die Plötzlichkeit ihres Verschwindens mich an das plötzliche Erlöschen einer Kerzenflamme, die man ausbläst, erinnerte. Gleichzeitig kräuselte sich die Oberlippe, die bisher die Zähne bedeckt hatte, stark aufwärts, während die untere Kinnlade mit hörbarem Ruck herunterklappte und den Mund weit offen zeigte, in dessen Mitte die geschwollene und schwarz gewordene Zunge voll zu sehen war.

Ich vermute, daß keinem der Anwesenden die Schrecken des Totenbettes fremd waren, aber Herr Waldemar bot in diesem Augenblick einen so entsetzlichen Anblick, daß alle aus der Nähe des Bettes zurückwichen. Ich fühle jetzt, daß ich in meiner Erzählung einen Punkt erreicht habe, wo jeder Leser sich ungläubig abwendet. Dessenungeachtet ist es meine Pflicht, fortzufahren.

An Herrn Waldemar war nicht das geringste Lebenszeichen mehr zu bemerken, und da wir annahmen, daß er tot sei, wollten wir ihn der Obhut der Pflegeleute überlassen, als seine Zunge von einer heftigen Vibration ergriffen wurde. Diese hielt wohl eine Minute lang an. Nach Ablauf dieser Zeit tönte zwischen den weitgeöffneten und regungslosen Kinnladen eine Stimme hervor – es wäre Wahnsinn, sie beschreiben zu wollen. Es gibt wohl zwei oder drei Vergleiche, die man hier anwenden könnte; ich könnte zum Beispiel sagen, daß der Laut heiser und gebrochen und hohl klang; aber die Fürchterlichkeit des Ganzen ist unbeschreiblich, aus dem einfachen Grunde, weil niemals menschliche Ohren ähnliche Laute vernommen haben. Dennoch waren da zwei Besonderheiten, die, wie ich damals meinte – und auch heute noch denke –, als charakteristisch für den Klang angeführt werden können. Erstens schien die Stimme an unsere Ohren – an meine wenigstens – aus weiter Ferne zu dringen oder aus einer tiefen Höhle aus dem Erdinnern. Zweitens (ich fürchte in der Tat, daß es mir unmöglich sein wird, mich verständlich zu machen) –, zweitens empfand mein Gehörsinn diese Laute so, wie etwa der Gefühlsinn gallertartige oder klebrige Dinge empfindet.

Ich sprach sowohl von »Laut« als von »Stimme«. Ich will damit sagen, daß der Laut von klarer, von wundersam ergreifender Deutlichkeit der Worte war. Herr Waldemar *sprach* – und vermutlich in Erwiderung der Frage, die ich ihm ein paar Minuten vorher gestellt hatte. Man wird sich erinnern, daß ich ihn gefragt hatte, ob er noch schlafe. Er sagte jetzt: »Ja – nein – *ich habe geschlafen* – und jetzt – jetzt *bin ich tot.*«

Keiner der Anwesenden machte auch nur den Versuch, das unerhörte, schaudernde Entsetzen zu verbergen, das diese wenigen, so fürchterlich gesprochenen Worte ihm eingeflößt hatten. Herr L . . . l, der Student, wurde ohnmächtig. Die Pflegeleute verließen sofort das Zimmer und konnten nicht zur Rückkehr veranlaßt werden. Meine eigenen Empfindungen darf ich gar nicht versuchen, dem Leser nahezubringen. Fast eine

Stunde lang bemühten wir uns schweigend – vollkommen schweigend – Herrn L . . . l ins Leben zurückzurufen. Als er wieder zu sich gekommen war, befaßten wir uns von neuem mit der Untersuchung von Herrn Waldemars Zustand.

Er blieb in jeder Hinsicht genauso, wie ich ihn zuletzt beschrieben habe, ausgenommen, daß der Spiegel keine Atmung mehr erkennen ließ. Ein Versuch, aus dem Arm Blut zu ziehen, schlug fehl. Ich muß ferner erwähnen, daß dies Glied meinem Willen nicht mehr unterworfen war. Der einzige wirkliche Beweis mesmeristischer Einwirkung war nur mehr in der Vibration der Zunge zu erkennen, sobald ich an Herrn Waldemar eine Frage stellte. Er schien jedesmal eine Anstrengung zu machen, um zu antworten, hatte aber nicht mehr genug Willenskraft. Für Fragen, die irgendeine andere Person an ihn richtete, schien er durchaus unempfänglich – obgleich ich mich bemühte, einen jeden aus der Versammlung in mesmeristischen Rapport mit ihm zu setzen.

Ich glaube, ich habe nun alles erzählt, was zum Verständnis für des Schlafwachenden damaligen Zustand notwendig ist. Anderes Pflegepersonal wurde beschafft, und um zehn Uhr verließ ich das Haus, in Begleitung der beiden Ärzte und des Herrn L . . . l.

Am Nachmittag gingen wir alle wieder hin, um den Patienten zu sehen. Sein Befinden war vollkommen unverändert. Wir hatten nun eine Besprechung darüber, ob es richtig und tunlich sei, ihn aufzuwecken; aber es wurde uns nicht schwer, dahin übereinzukommen, daß ein solches Vorgehen nichts Gutes fördern könne. Es war evident, daß bis jetzt der Tod (oder was man gewöhnlich Tod nennt) durch das mesmeristische Verfahren aufgehalten worden war. Es schien uns allen klar, daß ein Aufwecken Herrn Waldemars lediglich dessen augenblickliche oder zum mindesten sehr schnelle Auflösung zur Folge haben werde.

Seit damals bis Ende letzter Woche – eine Zeitdauer von fast sieben Monaten – fuhren wir fort, täglich bei Herrn Waldemar nachzusehen, manchmal auch in Begleitung von Medizinern oder anderen Freunden. Diese ganze Zeit über verblieb der Schlafwachende in *genau* dem Zustande, wie ich ihn vorhin geschildert habe. Die Pfleger widmeten ihm beständige Aufmerksamkeit.

Es war am letzten Freitag, als wir schließlich beschlossen, den Versuch zu machen, ihn zu erwecken; und es ist vermutlich der unglückliche Ausgang dieses Experimentes, das in Laienkreisen zu so vielen Erörterungen Anlaß gab, die ich nicht anders als ungerechtfertigt bezeichnen kann.

Um Herrn Waldemar aus der Trance zu erwecken, brachte ich die üblichen Striche zur Anwendung. Diese waren eine Zeitlang erfolglos. Das erste Anzeichen von Wiederbelebung bot sich in einer teilweisen Herabsenkung der Iris. Als besonders bemerkenswert wurde festgestellt, daß diese Senkung der Pupille begleitet war von dem heftigen Ausfluß eines gelblichen Blutwassers, das unter den Lidern hervorlief und von sehr üblem Geruch war. Es wurde nun angeregt, daß ich versuchen solle, wie früher den Arm des Patienten mir gehorsam zu machen. Ich machte den Versuch, und er mißlang. Dr. F. äußerte dann den Wunsch, ich solle eine Frage stellen. Ich tat dies wie folgt:

»Herr Waldemar, können Sie uns klarmachen, was Sie jetzt fühlen oder wünschen?«

Sofort kehrten die hektischen Wangenflecke zurück, die Zunge zuckte, oder besser, sie rollte heftig im Munde hin und her (obgleich Kinnladen und Mund wie vorher weit aufgerissen blieben), und schließlich stürzte dieselbe grauenhafte Stimme hervor, die ich bereits beschrieben habe:

»Um Gottes willen – schnell – schnell – bringen Sie mich wieder in Schlaf – oder, schnell – erwecken Sie mich – schnell – *Ich sage Ihnen, ich bin tot.*«

Ich war so furchtbar entsetzt, daß ich einen Moment lang nicht wußte, was beginnen. Zuerst machte ich den Versuch, den Patienten wieder zu beruhigen; da mir das aber infolge mangelnder Energie vollständig mißlang, änderte ich meine Maßnahmen und bemühte mich ebenso eifrig, ihn zu erwecken. Ich sah bald, daß ich hierin Erfolg haben würde – oder wenigstens bildete ich mir ein, ein günstiges Resultat erzielen zu können; und ich bin gewiß, daß alle Anwesenden darauf vorbereitet waren, den Patienten erwachen zu sehen. Denn auf das, was sich wirklich ereignete, konnte unmöglich irgendein menschliches Wesen vorbereitet sein.

Während ich heftig die mesmeristischen Striche ausführte, inmitten der heulenden Rufe »tot – tot«, die geradezu der Zunge – nicht den Lippen – des Leidenden entquollen, geschah es, daß seine ganze Gestalt urplötzlich – innerhalb einer einzigen Minute – zusammenschrumpfte – zerfiel – unter meinen Händen hinwegfaulte. Auf dem Bett vor der ganzen Versammlung lag eine ekelhafte, stinkende Masse.

Nikolai Gogol

Der verhexte Platz

Eine wahre Geschichte,
erzählt vom Küster der ***schen Kirche

Bei Gott, ich habe es bereits satt, zu erzählen! Was meint ihr denn? Wahrlich, fad ist es; immerzu heißt es: Erzähl und erzähl, und man kann sich nicht losmachen! Na schön, dann will ich erzählen, nur, bei Gott, das ist zum allerletztenmal. Ihr spracht davon, ein Mensch könne, wie man sagt, mit dem unsauberen Geist fertig werden. Das stimmt natürlich, obwohl, wenn man recht überlegt, die verschiedensten Dinge auf der Welt vorkommen ... Darum sollt ihr das nicht sagen. Wenn eine teuflische Kraft wen bemogeln will, den bemogelt sie eben. Bei Gott, die bemogelt ihn! – Seid so gut und überlegt mal: Unser Vater hatte vier Kinder. Ich persönlich war damals noch ein rechter Dummkopf. Ich zählte alles in allem elf Jahre; aber nein, keineswegs elf; ich erinnere mich noch wie heute, daß ich einmal auf allen vieren lief und wie ein Hund bellte, da schrie mich der Alte an und schüttelte den Kopf dabei: »He, Foma, Foma! Für dich wird's Zeit zum Heiraten, und da blödelst du umher wie ein junges Maultier!« Großvater war damals noch am Leben und war – möge er ein leichtes Schnackerl haben in jener Welt – ziemlich gut zu Fuß.

Wenn es ihm in den Sinn kam ... Aber meint ihr denn, daß ich auf diese Weise erzählen werde? Der eine gräbt schon seit einer Stunde Kohle aus dem Ofen für seine Pfeife, der andere ist aus anderen Gründen hinter die Kammer gelaufen. Was soll das in Wahrheit, frage ich? – Noch gut, wenn es unabsichtlich geschehen wäre, so aber habt ihr mich doch selber darum gebeten. Wenn man hören will, muß man zuhören! Der Vater fuhr noch im frühen Frühjahr in die Krim, Tabak zu verkaufen. Ich erinnere mich nicht mehr, ob er zwei oder drei Fuhren auf den Weg brachte. Tabak war damals sehr gefragt. Mit auf die Reise nahm er den dreijährigen Bruder, ihn möglichst früh an das Werkeln des Frachtfuhrmanns zu gewöhnen. Zurück blieben: Großvater, Mutter, ich, dazu ein Bruder und noch ein Bruder. Großvater hatte das Melonenfeld dicht an der Landstraße ausgesät und war selber in die Köhlerhütte hinausgezogen; er nahm auch uns mit, die Spatzen und Elstern aus dem Melonenfeld zu jagen. Man kann nicht sagen, daß uns das übel angekommen wäre. Wir konnten des Tags so viele Gurken, Melonen, Rettiche, Zwiebeln und Erbsen fressen, daß es bei Gott in unseren Bäuchen rumorte, als krähten darin die Hähne. Je nun, und außerdem brachte es doch auch Gewinn. Die Hinzureisenden drängten sich nur so, ein jeder wollte sich an einer Arbuse oder einer Melone delektieren. Außerdem pflegten sie aus den Vorwerken in der Umgebung Hühner, Eier und Truthähne zum Tausch zu bringen. Es war ein gutes Leben. Großvater freilich war es dabei das liebste, daß jeden Tag an die fünfzig Fuhren von Frachtfuhrleuten vorbeifuhren. Ihr wißt, das ist ein erfahrenes

Volk: wenn so einer zu erzählen beginnt, dann halt die Ohren steif. Für Großvater aber war das wie Quarkkuchen für einen Hungrigen. Wenn er gelegentlich, wie es sich häufig traf, einem alten Bekannten begegnete (Großvater kannte ein jeder), dann könnt ihr euch selber denken, was geschah, wenn sich so 'ne Gesellschaft von Leuten aus der alten Zeit versammelte. Tara, tara, so ging's dann, dazumalen und dazumal, da trug sich das zu und da trug sich jenes zu ... Je nun, und dann quollen sie nur so über! Dann gedachten sie Gott weiß welcher Zeiten. Einmal aber – nun, wahrhaftig, als wenn es jetzt geschehen wäre; die Sonne begann bereits, sich zu senken, Großvater ging durchs Melonenfeld und entfernte die Blätter von den größeren Früchten, mit denen er sie tagsüber zudeckte, damit sie nicht zu stark von der Sonne gebraten würden. »Schau, Ostap!« sprach ich zum Bruder. »Da fahren Frachtfuhrleute herbei!« – »Wo sind die Fuhrleute?« fragte der Großvater und legte ein Kennzeichen auf eine große Melone, damit die nicht so nebenbei von uns Burschen verspeist würde. Und in der Tat, des Weges zogen an die sechs Fuhren. Voran schritt ein Fuhrmann, der schon graue Schnurrbarthaare hatte. Noch war er keine zehn Schritt, so was in der Art, von uns entfernt, da blieb er stehen. »Grüß dich, Maxim! Das hat Gott gefügt, daß wir uns wiedersehen!«

Großvater kniff die Augen zusammen: »Ach, grüß dich, grüß dich! Von woher trägt Gott dich her? Auch Boljatschka hier? Grüß dich, grüß dich, Bruder! Ja was Teufel! Da sind ja alle: sowohl Krutotrystschenko – und Petscheryzja – und Koweljok und Stezko – Gesundheit zu wünschen! Ah, haha! Hoho ...«, und schon ging's ans Abschlecken. Die Ochsen wurden ausgespannt, und man ließ sie ins Freie, im Gras zu weiden. Die Fuhren blieben am Wege stehen; selber aber setzten sie sich rund um die Köhlerhütte und steckten ihre Pfeifen an. Doch was machten die sich schon aus ihren Pfeifen! Bei den Geschichterln und dem Geschwätz kam es kaum zu einer Pfeife pro Kopf. Nach der Brotzeit bewirtete Großvater seine Gäste mit Melonen. Ein jeder bekam seine Melone und reinigte sie sorgfältig mit seinem Messerchen. (Das waren geriebene Burschen, waren genug in der Welt herumgekommen, wußten Bescheid, wie man schicklich zu speisen hatte; da hätte ein jeder davon sich meinetwegen gleich an den Herrentisch setzen können!) Nachdem sie die saubergeputzt, stieß jeder mit dem Finger ein Löchlein hinein, wonach er den sauren Saft trank, um erst danach die Frucht zu zerschneiden und in den Mund zu stecken. »Na, und ihr, Burschen«, sagte Großvater, »nichts als die Mäuler aufsperren? Tanzt mal, ihr Hundesöhne! Ostap, wo hast du deine Hirtenflöte? Spiel uns mal einen Kosakentanz! Foma, stemm die Arme in die Seiten! Los! Genauso! He, hopp!«

Ich war damals klein und flink. Verdammtes Alter! Jetzt kann ich nicht mehr so lostanzen; statt aller schönen Sprünge schlottern mir nur die Beine. Großvater schaute uns lange zu, derweil er mit seinen Fuhrleuten saß. Ich merkte jedoch, daß seine Füße nicht ruhig blieben; mir war, als zwicke sie was, sich zu bewegen.

»Schau zu, Foma«, sagte Ostap, »wenn unser alter Knaster nicht gar selber tanzen möchte.« Und was denkt ihr? Kaum hatte er das gesagt – da hielt das gute alte Stück es nicht länger aus! Anscheinend, wißt ihr, wollte er sich vor den Fuhrleuten aufspielen. »Da schaut her, ihr Teufelskinder! Nennt ihr das tanzen? So tanzt man!« sagte er, stand auf, reckte die Arme vor und stampfte mit den Absätzen.

Je nun, dagegen war nichts zu sagen, tanzen tat er, wie wenn er mit der Hetmansfrau hätte antreten müssen. Wir machten ihm Platz, und alsbald begann der alte Knaster auf dem ganzen ebenen Platz, der neben dem Gurkenbeet lag, seine Hupfer zu machen. Indes er war gerade bis zur Mitte gelangt und wollte erst richtig loslegen und mit den Füßen einen besonderen Wirbel auf seine Weise schlagen, da versagten ihm die Beine den Dienst und damit basta! Eine Schweinerei! Von neuem fetzte er los und kam bis zur Mitte – da ging's nicht weiter! Mach, was immer – er packte es nicht und packte es nicht! Die Beine waren ihm, als seien sie aus Holz. »Ist anscheinend ein Teufelsplatz! Anscheinend eine satanische Behexung! Da mengt sich Herodes ein, der Feind des Menschengeschlechtes!« Doch wie mochte das angehen, vor den Fuhrleuten solch eine Schande hinzunehmen? Von neuem ging er los und wirbelte mit kurzen kleinen Schritten dahin, immer schneller; es war prächtig anzuschauen; bis zur Mitte – nichts da, das tanzte sich nicht aus und damit basta! »Ah, du betrügerischer Satanas! Ersticken mögst du an einer faulen Melone! Noch als kleines Kind sollst du verrecken, Hundesohn! Da hast du mir auf die alten Tage solch eine Schande bereitet!« Und wahrlich, hinter ihm begann wer zu lachen. Er blickte sich um: kein Melonenfeld, kein Fuhrmann war mehr zu sehen, nichts davon war da; hinten und vorn und auf den Seiten nur ein ebenes Feld. »Eh! Sss ... na, hat man sowas gesehen!« Er kniff die Augen zu – der Ort schien ihm nicht völlig unbekannt zu sein! Auf der Seite der Wald, hinter dem Wäldchen ragte eine Stange und schaute weit in den Himmel hinein. Was ein Teufelsspuk: das war doch der Taubenschlag, der beim Popen im Gemüsegarten stand! Von der anderen Seite jedoch dunkelte was Graues; er schaute genauer hin: die Heutenne war es des Kreisschreibers. Dahin also hatte ihn die unsaubere Kraft verschleppt! Während er noch so in der Runde kreiste, stieß er auf einen Fußsteig. Kein Mond war am Himmel; ein weißer Flecken flimmerte statt dessen durch die Wolken. Morgen wird's mächtigen Wind geben! dachte Großvater. Aber da, abseits vom Fußweg, flackerte auf einem Grabhügel ein Lichtlein auf. Da schau her! Großvater stand still, stemmte die Arme in die Seiten und schaute nur so: das Lichtlein erlosch in der Ferne, doch ein wenig weiter entbrannte ein anderes. »Ein Schatz!« rief Großvater. »Ich will Gott weiß was wetten, wenn das kein Schatz ist!« Und er spuckte bereits in die Hände, um zu graben; da fiel ihm ein, daß er weder eine Schaufel noch einen Spaten dabeihabe. »Ach, schade, indes wer weiß? Vielleicht muß man nur den Rasen aufheben, und schon liegt er da, das Täubchen! Nichts zu machen, zum mindesten aber muß man den Ort kennzeichnen, um ihn nicht nachher zu vergessen!«

Er zog einen ansehnlichen Ast, den anscheinend der Wirbelsturm abgerissen, heran und lud den auf den Grabhügel, wo das Lichtlein gebrannt hatte, und folgte danach dem Fußweg. Das junge Eichengehölz wurde immer lichter, und da war auch schon die Zaunhecke. Na also! Habe ich es nicht gesagt – dachte Großvater –, das ist des Popen Garten; denn das ist ja seine Zaunhekke! Jetzt ist es keine Werst mehr bis zum Melonenfeld. – Immerhin kam er recht spät nach Hause und mochte keine Quarkküchlein mehr essen. Er weckte nur den Bruder Ostap und fragte den, ob die Fuhrleute schon lange fortgefahren seien, und wickelte sich dann in seinen Schafspelz. Doch als der Bruder ihn ausfragen wollte, wohin ihn denn heute die Teufel verschleppt hätten, erwiderte er: »Frag nicht«, und wickelte sich noch fester ein, »frag nicht, Ostap, könntest sonst grau werden!« Und er begann alsbald so zu schnarchen, daß die Sperlinge, die sich auf dem Melonenfeld versammelt hatten, vor Schreck aufflogen. Doch meint ihr, der habe geschlafen? Kein Wort zu verlieren, war eine schlaue Bestie, Gott schenke ihm das Himmelreich! Der wußte stets einen Ausweg zu finden. Manchmal, da konnte er ein Lied anstimmen, daß man sich die Lippen wund biß.

Andern Tages, kaum daß es im Felde zu dämmern begann, zog Großvater seinen Kittel an, gürtete sich, klemmte Schaufel und Spaten unter den Arm, stülpte die Mütze auf den Kopf, trank eine Kruke Brotkwaß, wischte sich die Lippen mit dem Saum und begab sich geradenwegs zum Gemüsegarten des Popen. Den Hekkenzaun und das niedere Eichengehölz ließ er im Rükken. Durch die Bäume wand sich ein Fußweg, der ins Feld hinausführte. Es schien derselbe zu sein! Er trat ins Feld hinaus: tupfengleich derselbe Ort wie gestern. Und da ragte auch schon der Taubenschlag; die Tenne jedoch war nicht zu sehen. »Nein, das ist nicht der Platz. Der war wohl weiter; ich seh schon, ich muß zur Tenne zurückgehen!« Er wandte sich und ging zurück. Er schritt auf einem anderen Wege – da sah er die Tenne, dagegen vom Taubenschlag keine Spur! So wandte er sich mehr zum Taubenschlag – da versteckte sich die Tenne. Und wie mit Absicht begann ein Regen zu fallen. So lief er aufs neue zur Tenne – da war der Taubenschlag verschwunden; zum Taubenschlag – da war die Tenne verschwunden. »Daß dich doch, verdammter Satanas, auf daß du deine Kinder nicht erblicken dürfest!« Und dabei goß es wie aus einem Faß. Die neuen Stiefel in einem Nu abstreifend und sie mit einem Tuch umwickelnd, damit sie nicht vom Regen verzogen würden, schlug er so einen Renner an, als wäre er ein herrschaftlicher Paßgänger. Durch und durch naß, kroch er in die Köhlerhütte, deckte sich mit dem Schafspelz zu, knurrte und brummte durch die Zähne und begann den Teufel mit solchen Worten zu liebkosen, wie ich sie zeitlebens noch nicht vernommen. Ich gestehe, ich wäre bestimmt errötet, wenn mir das am hellichten Tage zugestoßen wäre. Als ich am anderen Tage erwacht, sah ich folgendes: Als wäre nichts passiert, spazierte Großvater im Melonenfeld auf und ab und deckte die Früchte mit großen Klettenblättern zu. Bei Tisch begann der gute Alte gesprächig zu werden. Er schreckte den jüngeren Bruder damit, er würde ihn an Stelle der Arbusen um Hühner eintauschen, und nachdem er gespeist, fertigte er mit eigener Hand eine Lockpfeife aus Holz und begann darauf zu spielen; außerdem schenkte er uns, um uns zu belustigen, eine Melone, die ganz und gar zusammengekrümmt war, so daß sie einer Schlange glich, die er als eine Türkenschlange bezeichnete. Heutigentages habe ich solche Melonen nirgends mehr zu Gesicht bekommen. Es ist freilich auch wahr, die Samen dazu kamen ihm irgendwie aus weiter Ferne zu. Abends, nachdem er gevespert, ging Großvater mit dem Spaten fort, ein neues Beet für Spätkürbis zu graben. Dabei kam er an dem verhexten Platz vorbei, und da hielt es ihn nicht mehr; er murrte durch die Zähne: »Verdammter Platz!« und begab sich auf dieselbe Mitte, wo er gestern mit dem Tanz nicht zu Rande gekommen; wütend schlug er mit dem Spaten zu. Er sah sich um, ringsumher lag wieder dasselbe Feld: auf der einen Seite ragte der Taubenschlag, auf der anderen Seite stand die Tenne. »Nur gut, daß ich's erraten und den Spaten mitgenommen habe. Und da ist ja auch der Fußweg! Und dort das kleine Grab! Und da ist der Ast, den ich draufgelegt! Und schau, da brennt auch das Lichtlein! Wenn ich mich nur jetzt nicht noch täusche!« Leise lief er heran, den Spaten schwingend, als wolle er mit diesem einen Wildeber beglücken, der sich ins Melonenfeld gezwängt, und machte erst vor dem kleinen Grabhügel halt. Das Lichtlein erlosch; auf dem Grab lag ein Stein, von Gras überwuchert. Diesen Stein muß man heben, überlegte Großvater und begann ihn von allen Seiten freizulegen. Doch der verdammte Stein war groß! Immerhin gelang es ihm, sich mit den Beinen fest an die Erde stemmend, ihn vom Grab hinunterzuwälzen. »Hu!« ging es durch die Ebene. »Dort gehörst du hin! Und jetzt flink ans Werk!« Hierbei setzte Großvater ab, suchte nach dem Schnupftabakshorn, schüttete Tabak auf die Faust und wollte die zur Nase führen, als plötzlich über seinem Kopf ein »Haptschi!« so gewaltig geniest wurde, daß die Bäume zu schwanken begannen und Großvaters ganzes Gesicht vollgespritzt wurde. »Könnte sich auch beiseite wenden, wenn er niesen will!« meinte Großvater, sich die Augen putzend. Er schaute auf; nichts zu sehen. »Nein, man sieht, der Teufel mag keinen Tabak!« fuhr er fort, tat das Schnupftabakshorn hinten in seinen Rock und machte sich über den Spaten her. »So ein Dummkopf, solchen Tabak hat weder sein Großvater noch sein Vater geschnupft!« Und er begann zu graben. Weich war die Erde, der Spaten biß nur so hinein. Und da klirrte schon was. Die Erde wegschaufelnd, sah er einen Kessel. »Ah, mein Täubchen, da bist du also!« schrie Großvater und fuhr mit dem Spaten darunter. »Ah, Täubchen, da bist du also!« piepste ein Vogelschnabel, der an den Kessel pickte. Großvater trat beiseite und ließ den Spaten fallen. »Ah, Täubchen, da bist du also!« blökte ein Hammelkopf vom Wipfel eines Baumes. »Ah, Täubchen, da bist du also!« brüllte ein Bär, der seine Schnauze durchs Gehölz schob. Ein Zittern überlief Großvater. »Hier ist's ja gefährlich, ein Wort zu sprechen!« knurrte er vor sich hin. »Hier ist's gefährlich, ein Wort zu sprechen!« piepste der Vogelschnabel. »Gefährlich, ein Wort sprechen!« blökte der Hammelkopf. »Ein Wort sprechen!« brüllte der Bär. »Hm ...«, meinte Großvater und war sehr erschrocken. »Hm!« piepste der Schnabel. »Hm!« blökte der Hammel. »Hum!« brüllte der Bär.

Voll Angst drehte er sich um: Mein Gott, welch eine Nacht! Weder Sterne noch Mond; ringsum Abgründe;

vor den Füßen eine bodenlose Tiefe; zu Häupten hing ein Berg, und es schien, der wolle über ihn stürzen, und es war Großvater, ihm winke daraus eine schreckliche Fratze: Uh! Uh! – Die Nase wie ein Blasebalg in der Schmiede; die Nasenlöcher – in jedes könnte man leicht einen Eimer Wasser hineingießen! Die Lippen, bei Gott, wie zwei Balken! Die roten Augen nach oben hervorgequollen und zu allem eine Zunge, die herausgestreckt war und ihn reizte! »Der Teufel sei mit dir!« sagte Großvater und ließ den Kessel sein. »Das soll mir ein Schatz sein! So eine greuliche Fratze!« Und er wollte bereits das Hasenpanier ergreifen, da sah er sich um und blieb wieder stehen, weil er bemerkte, daß alles wie zuvor war. »Ist nur die unsaubere Kraft, die einen schrekken will!« Und so machte er sich aufs neue an seinen Kessel – doch der war zu schwer! Also was tun? Das konnte man doch nicht so lassen! Alle Kräfte zusammennehmend, packte er ihn aufs neue gewaltig an: »Nun, mit ganzer Kraft, mit ganzer Kraft! Noch und noch!« Und hob ihn heraus. »Och! Jetzt mal Tabak schnupfen!« Und er zog das Schnupftabakshorn hervor; indes, bevor er den Tabak auszustreuen begann, blickte er sich fest um, ob da nicht wer zu sehen wäre. Es schien, daß keiner da sei; allein da war ihm: Der Baumstumpf schnaufe und schwelle an, es zeigten sich die Ohren, die roten Augen liefen blutig an, die Nüstern weiteten sich, die Nase rümpfte sich, und schon schien ihm, jener schicke sich zu niesen an. Nein, da werde ich lieber keinen Tabak schnupfen – überlegte Großvater, das Schnupftabakshorn wieder einsteckend –, auf daß mir der Satanas nicht wieder die Augen vollspritze! Er packte schnell den Kessel und lief davon, so eilig er konnte; doch immer war ihm dabei, als raschle irgendwer hinter ihm mit den Beinen durchs Gebüsch ... »Ai, ai, ai!« schrie Großvater und raste weiter, so gut er konnte, und machte erst halt, um ein wenig zu verschnaufen, als er des Popen Gemüsegarten erreichte.

Wohin mag Großvater bloß gegangen sein? dachten wir, nachdem wir drei Stunden gewartet. Längst war Mutter vom Vorwerk gekommen und hatte einen Topf heißer Quarkküchlein gebracht. Großvater aber war nicht da und war nicht da! So begannen wir aufs neue, ohne ihn zu vespern. Nach der Brotzeit spülte Mutter den Topf aus und suchte mit den Augen, wohin sie das Spülicht verschütten könnte, denn rings waren ja nichts als Beete; da gewahrte sie plötzlich, wie ein Faß direkt auf sie losging. Es war überaus dunkel. Wahrscheinlich machte einer der Burschen nur Spaß und hatte sich dahinter versteckt und stieß das Faß vor. »Kommt wie gerufen, um das Spülicht auszugießen!« sagte sie und schüttete das heiße Spülwasser hinein.

»Au weh!« schrie ein Baß los. Sie sah hin, da war es Großvater. Wer hätte den erkennen mögen! Bei Gott, wir dachten doch, ein Faß krieche heran. Ich gestehe, obwohl es leicht sündhaft war, mir schien es wahrhaftig recht komisch, zu sehen, wie der graue Kopf Großvaters ganz von Spülicht getränkt und von Arbusen- und Melonenschalen umhängt war.

»Schau mir einer das Teufelsweib an!« sagte Großvater, den Kopf mit dem Saum seines Kittels abwischend. »Wie die mich verbrüht hat! Geradezu wie das Schwein vor Weihnachten! Nun, ihr Burschen, jetzt gibt es was für Kringel! Ihr Hundesöhne, ihr werdet von nun ab in goldgestickten Überröcken spazieren können! Da schaut her, schaut immer her, was ich euch gebracht habe!« sagte Großvater und deckte den Kessel auf. Und was meint ihr wohl, was war darin? Na, wenn ihr mal gut nachdenkt – wie? Was? Doch sicher Gold? Das ist es ja, kein Gold war das: Dreck, Kehricht... eine Schande, auszusprechen, was das war. Der Großvater spuckte aus, schmiß den Kessel hin und ging sich die Hände waschen.

Und seit der Zeit beschwor uns Großvater, niemals dem Teufel zu glauben. »Kein Gedanke daran!« so sprach er häufig zu uns. »All was der Feind des Herrn Christi auch sagen möge, das lügt er alles, der Hundesohn! Nicht für eine Kopeke Wahrheit steckt in ihm drin!« Und wenn der Alte zu hören bekam, daß es an irgendeinem Orte nicht geheuer wäre: »Alsdann los, Kinder, fangt an, euch zu bekreuzigen!« schrie er uns zu. »Gebt es ihm, gebt es ihm! Nur wacker drauflos!« Und er hub an, das Kreuzzeichen zu schlagen. Den verfluchten Platz aber, wo er mit dem Tanz nicht zu Rande gekommen, den zäunte er mit einer Hecke ein und befahl, alles, was es an untauglichem Zeugs gäbe, dorthin zu schütten: den ganzen Kehricht und das Steppengras, das aus dem Melonenfeld ausgejätet wurde. Ja, so ist es, so kann eine unsaubere Kraft den Menschen verwirren! Gut kenne ich dies Stück Land: die Nachbarkosaken hatten es einige Zeit darauf von Großvater gepachtet, Melonen darauf zu ziehen. Eine reiche Erde! Und gab stets eine wunderbare Ernte; nur der verhexte Platz, da war nichts Gutes zu erwarten.

Eingesät wurde auch er, wie es sich gehört; allein was dort wuchs, das war einfach nicht auszumachen: das war auch keine Arbuse, das war auch kein Kürbis, das war auch keine Gurke ... der Teufel mag wissen, was das war!

Pu Ssung-Ling

Das Wandbild

Meng Lung-tan, ein Bürger von Kiang-si, wohnte in der Hauptstadt bei einem Kü-jen* namens Tschu. Eines Tages führte sie beide der Zufall in einen Tempel, in dem sie weder weite Hallen noch Zellen der Betrachtung fanden und niemand außer einem alten Priester in nachlässiger Gewandung. Als er die Besucher erblickte, ordnete er seine Kleider und ging den Kommenden entgegen, führte sie sodann umher und zeigte ihnen die Standbilder der Unsterblichen. Die Wände zu beiden Seiten waren mit lebensähnlichen Bildern von Menschen und Tieren schön ausgemalt. An der Ostwand war eine Schar von Feen dargestellt, unter denen ein Mädchen stand, dessen Jungfrauenlocken noch nicht in den Matronenknoten verschlungen waren. Es pflückte Blumen und lächelte, seine Kirschenlippen schienen sich bewegen, das Feuchte seiner Augen überfließen zu wollen. Herr Tschu schaute sie, ohne den Blick abwenden zu können, eine gute Weile an, bis ihm alle Dinge außer dem Bilde, das ihn umfing, entschwanden. Da fand er sich plötzlich in der Luft schwebend, als ritte er auf einer Wolke, und es geschah ihm, daß er durch die Wand kam und in einem Raume war, wo Hal-

* Etwa: Magister.

len und Gezelte von anderer Art als die Wohnungen Sterblicher sich aneinanderreihten. Hier predigte ein alter Priester Buddhas Gesetz, und eine dichte Menge von Hörern umgab ihn. Herr Tschu mischte sich unter die Menge. Nach einigen Augenblicken nahm er eine sanfte Berührung an seinem Ärmel wahr. Sich umwendend, sah er das Mädchen aus dem Wandbild, wie es lachend von dannen ging. Herr Tschu folgte ihr sogleich und kam, der Windung eines Geländers folgend, in ein kleines Gemach, in das er sich nicht einzutreten getraute. Aber die junge Dame blickte sich um und schwang die Blumen, die sie in der Hand hatte, ihm zu, als winke sie ihm weiterzugehen. So trat er ein und fand sonst niemand darin. Sogleich umarmte er sie, die sich ihm nicht verwehrte.

Sie hatten etliche Tage zusammengelebt, als die Gefährtinnen des Mädchens Verdacht schöpften und Herrn Tschus Versteck entdeckten. Da lachten sie alle und sagten scherzend: »Meine Liebe, nun wirst du wohl bald Mutter werden, und da willst du das Haar noch wie die Jungfrauen tragen?« Sie brachten ihr die geziemenden Nadeln und den Kopfschmuck und hießen sie ihr Haar aufbinden, wobei sie sehr errötete, aber nichts sagte. Dann rief eine von ihnen: »Schwestern, wir wollen gehen. Sonst könnten wir den beiden lästig werden.« Kichernd liefen sie davon.

Herr Tschu fand, daß seine Freundin durch die veränderte Haartracht noch schöner geworden war. Der hohe Knoten und das krönende Gehänge standen ihr wohl zu Gesicht. Er nahm sie in seine Arme, liebkoste sie und trank ihren süßen Duft.

Während sie nun in inniger Gemeinschaft beieinander waren und die Lust sie wie eine Ewigkeit umfing, erscholl plötzlich ein Geräusch wie das Stampfen schwersohliger Stiefel, begleitet von Kettenklirren und dem Lärm einer zornigen Rede. Die junge Frau sprang erschrocken auf, und sie und Herr Tschu lugten hinaus. Sie erblickten einen Herold in goldener Rüstung, mit pechschwarzem Gesicht, der Ketten und einen Hammer in den Händen trug und von allen Mädchen umgeben war. Er fragte: »Seid ihr alle hier?« – »Alle«, erwiderten sie. »Wenn ein Mensch«, sagte er, »hier verborgen ist, entdeckt es mir sogleich, daß es euch hernach nicht gereue.« Sie antworteten wie zuvor, es sei keiner da. Der Herold machte nun eine Bewegung, als wolle er den Ort durchsuchen. Das Mädchen stand tief verwirrt, mit aschfahlen Wangen. In ihrem Entsetzen hieß sie Herrn Tschu sich unter dem Bett verbergen, sie selbst aber verschwand durch eine kleine Gittertür. Herr Tschu in seinem Versteck wagte kaum zu atmen. Nach einem Weilchen hörte er die Stiefel in die Stube und wieder hinaus trampeln, der Schall der Stimmen wurde allmählich ferner und schwächer. Das beruhigte ihn ein wenig, aber immer noch hörte er Laute von Wesen, die draußen auf und nieder gingen. Nachdem er eine lange Zeit in seiner beklemmenden Lage zugebracht hatte, begann es ihm in den Ohren zu sausen, als sei eine Grille darin, und seine Augen brannten wie Feuer. Es war fast unerträglich; dennoch verhielt er sich ruhig und wartete auf die Rückkehr des Mädchens, ohne an Ursache und Zweck seines gegenwärtigen Schicksals zu denken.

Indessen hatte Meng Lung-tan das Verschwinden

seines Freundes bemerkt. Er dachte sogleich, es müsse ihm etwas zugestoßen sein, und fragte den Priester, wo er sei. »Er ist die Predigt des Gesetzes hören gegangen«, erwiderte der Priester. »Wohin?« sagte Herr Meng. »Oh, nicht sehr weit fort«, war die Antwort. Darauf klopfte der alte Priester mit dem Finger an die Wand und rief: »Freund Tschu! Wie kommt es, daß Sie so lange ausbleiben?« Da war die Gestalt des Herrn Tschu auf der Wand dargestellt, das Ohr geneigt in der Haltung eines Lauschenden. Der Priester fügte hinzu: »Ihr Gefährte hat einige Zeit auf Sie gewartet.« Sogleich stieg Herr Tschu von der Wand herab und stand wie durchbohrt, mit starrenden Augen und zitternden Beinen. Herr Meng war sehr erschrocken, fragte ihn jedoch ruhig, was geschehen sei. Es war aber dies geschehen, daß er, während er unter dem Bett versteckt lag, einen donnergleichen Hall vernommen hatte und hinausgestürzt war, um zu sehen, was es sei.

Jetzt bemerkten sie alle, daß das junge Mädchen auf dem Bilde die Haartracht einer verheirateten Frau angenommen hatte. Herr Tschu war darüber sehr verwundert und fragte den alten Priester nach der Ursache. Der antwortete: »Gesichte haben ihren Ursprung in denen, die sie sehen. Welche Erklärung kann ich da geben?« Diese Antwort war für Herrn Tschu wenig befriedigend; und auch sein Freund, der einige Beängstigung empfand, wußte nicht, wie er sich all das zurechtlegen sollte. Sie stiegen die Stufen des Tempels hinab und gingen von dannen.

Yakumo Koizumi

Die Päonienlaterne

I

Einst lebte im Distrikt Ushigomé in Yedo ein hochadeliger Bannerträger namens Lijima Heizayémon – einer jener angesehenen Samurais, die in Japan den Titel Hatamoto trugen.

Seine Tochter O-Tsuyu war schön wie ihr Name, der soviel bedeutet wie »Morgentau«.

Lijima nahm sich, als seine Tochter das sechzehnte Jahr erreicht hatte, eine zweite Gattin; da er aber bald merkte, daß sich O-Tsuyu in der Nähe ihrer Stiefmutter unglücklich fühlte, baute er ihr in Yanagijima ein hübsches Landhaus und gab ihr eine treue, erprobte junge Dienerin mit, namens O-Yoné.

O-Tsuyu lebte glücklich und zufrieden in ihrem Heim bis zu der Stunde, da ihr der alte Hausarzt Yamamoto Shijo in Begleitung eines jungen Samurais namens Hagiwara Shinzaburo, der für gewöhnlich im Nedzuviertel wohnte, einen Besuch abstattete.

Shinzaburo war ein ungewöhnlich schöner junger Mann mit tadellosen feinen Umgangsformen, und der Besuch war noch nicht zu Ende, da hatten sich die beiden jungen Menschenkinder bereits aufs glühendste ineinander verliebt.

Als der alte Arzt Anstalten traf, aufzubrechen, hatten sie sich mit heimlichen Zeichen und Worten fürs ganze Leben Liebe und Treue zugeschworen, und beim Abschied flüsterte O-Tsuyu dem jungen Samurai ins Ohr: »Merk dir wohl: wenn du nicht wiederkommst und ich dich nicht mehr sehen sollte, muß ich sterben, das weiß ich gewiß!«

Unablässig klangen diese Worte Shinzaburo im Ohr, und der Wunsch, O-Tsuyu wiederzusehen, verfolgte ihn Tag und Nacht; die strenge Etikette der Japaner verbot ihm jedoch, allein bei O-Tsuyu einen Besuch zu machen: er mußte unter allen Umständen warten, bis sich Gelegenheit bot, den alten Arzt zu begleiten, der ihm versprochen hatte, ihn ein zweites Mal mitzunehmen.

Leider hielt nun der alte Herr sein Versprechen nicht, denn er hatte O-Tsuyus Erregung gar wohl bemerkt und fürchtete, ihr Vater könnte ihn zur Rechenschaft ziehen, falls Verwicklungen irgendwelcher Art durch seine Schuld eintreten sollten, denn Lijima Heizayémon, O-Tsuyus Vater, stand im Rufe, bei derartigen Gelegenheiten kurzen Prozeß zu machen.

Und je länger er darüber nachdachte, was es für Folgen haben könnte, wenn er Shinzaburo ein zweites Mal mitnähme, desto fester wurde er in dem Entschlusse, seinen jungen Freund im Stiche zu lassen.

Monate vergingen, und O-Tsuyu, die sich die wahre Ursache des Fernbleibens Shinzaburos nicht erklären konnte, vermutete, er verschmähe ihre Liebe.

Sie härmte sich ab in wortlosem Schmerz und starb.

Bald darauf starb auch die treue Dienerin O-Yoné aus Gram über den Verlust ihrer Herrin.

Beide wurden nebeneinander auf dem Friedhof zu Shin-Banzui-In, in der Nähe des Tempels, begraben, der bei Dango-Zaka steht – dort, wo alljährlich die berühmte Chrysanthemenschau stattfindet.

II

Shinzaburo hatte keine Ahnung von dem, was vorgefallen war, aber infolge der Enttäuschung und seiner Besorgnis, was O-Tsuyu wohl von ihm denken müsse, war er lange und schwer krank geworden.

Obzwar auf dem Wege der Genesung, fühlte er sich doch noch sehr schwach, als ihm eines Tages der Besuch des Arztes gemeldet wurde. Yamamoto Shijo, der Arzt, brachte alle erdenklichen Entschuldigungen vor, weshalb er sich so lange nicht habe sehen lassen, aber Shinzaburo hörte nur mit halbem Ohr hin und erwiderte:

»Seit Beginn des Frühjahres bin ich krank gewesen, und selbst jetzt bin ich kaum imstande, ein paar Bissen zu essen; war es nicht unfreundlich von Ihnen, mich so ganz und gar im Stich zu lassen? Ich habe gedacht, wir wollten doch einen Besuch bei Fräulein Lijima machen? Ich hatte vor, ihr ein kleines Geschenk als Erkenntlichkeit für die damals so liebenswürdige Aufnahme in ihrem Haus zu überreichen. – Aber allein konnte ich doch unmöglich hingehen!«

Ernst entgegnete Shijo:

»Ich bin überaus betrübt, Ihnen mitteilen zu müssen, daß die junge Dame gestorben ist.«

»Tot!« wiederholte Shinzaburo und wurde blaß bis in die Lippen. »Tot? Sagten Sie nicht soeben, daß sie tot ist?«

Der Arzt blieb eine kleine Weile stumm, als müsse er sich erst sammeln, dann nahm er mit dem schnellen, leichten Ton eines Mannes, der innere Bewegung nicht zeigen will, das Gespräch wieder auf:

»Ich habe einen großen Fehler begangen, daß ich Sie damals dort einführte, denn es scheint, als habe sich die junge Dame auf den ersten Blick in Sie verliebt. Ich fürchte sogar, Sie haben ihr irgend etwas gesagt, was ihre Zuneigung ermutigen mußte. – Ich meine, vielleicht, als Sie mit ihr in dem kleinen Zimmer beisammen waren. – Jedenfalls habe ich gesehen, daß sie sich an Ihre Schulter gelehnt hat. Und das hat mir zu denken gegeben, denn ich mußte mir sagen: was, wenn ihr Vater davon erfährt? Sicherlich hätte er die ganze Schuld mir aufgebürdet! – Kurz und gut, um ganz offen zu sein, ich entschloß mich, Sie zu einem zweiten Besuch nicht mitzunehmen. – Das ist der eigentliche Grund, weshalb ich mich so lange nicht habe blicken lassen. – Vor einigen Tagen nun kam ich zufällig in Lijimas Haus und erfuhr dort zu meiner größten Überraschung, daß O-Tsuyu und auch ihre Dienerin O-Yoné kurz nacheinander gestorben sind. – Ich ließ mir die Sache durch den Kopf gehen und bin zu dem Ergebnis gekommen, daß die junge Dame aus Liebesgram um Sie gestorben ist.« – Lachend, wie es die japanische Sitte in Fällen wie diesem vorschreibt, setzte er hinzu: »Sie sind mir ja ein netter

Herzensbrecher!« Und anscheinend noch mehr erheitert: »Es ist ja geradezu eine Sünde, mit einem so hübschen Gesicht auf die Welt gekommen zu sein, daß die Mädchen aus übermäßiger Verliebtheit in einen dessentwegen sterben.« – Und plötzlich ernst werdend, fuhr er fort: »Aber lassen Sie die Toten den Toten! Es hat keinen Zweck, über die Angelegenheit noch weiter Worte zu verlieren; das einzige, was Sie für die Tote tun können, ist: den ›Nembutsu‹ – den buddhistischen Rosenkranz – für sie zu beten. – Und nun: auf Wiedersehen.«

Hastig entfernte sich der Alte, um weiteren Gesprächen über das schmerzliche Begebnis, an dem er sich in gewissem Sinne schuldig fühlen mochte, zu entgehen.

III

Shinzaburo war wie erstarrt vor Gram über die Nachricht von O-Tsuyus Tod. Als er langsam zu sich kam und wieder klarer denken konnte, schrieb er den Namen der toten Geliebten auf ein Sterbetäfelchen, heftete es an den buddhistischen Schrein seines Hauses, stellte Opfergaben davor und murmelte die vorgeschriebenen Gebete.

Und jeden kommenden Tag brachte er neue Opferspenden dar, wiederholte den Nembutsu, und die Erinnerung an O-Tsuyu blieb immer lebendig in seinem Herzen.

Eintönig verging ihm in seiner Abgeschiedenheit von der Außenwelt die Zeit, bis das Bonfest – der große Gedenktag aller Toten – herannahte; das ist der dreizehnte Tag des siebenten Monats.

Dann schmückte er sein Haus und richtete alles zu der Feier her; er hängte die Laternen heraus, die den wiederkehrenden Toten zur Führung dienen sollen, und stellte Nahrungsmittel darunter auf die Geistersimse der Seelen.

Und am Vorabend des Bonfestes nach Sonnenuntergang zündete er eine kleine Lampe vor dem Sterbetäfelchen O-Tsuyus an und stellte die Lichter in die Laternen.

Die Nacht war klar und hell vom Vollmond, windstill und drückend schwül.

Nur in ein leichtes Sommerkleid gehüllt, suchte Shinzaburo die Kühle seiner Veranda auf und saß dort lange, vor sich hinträumend, das Herz voll Gram.

Zuweilen fächelte er sich ein wenig oder warf ein bißchen Räucherwerk auf die Kohlenpfanne, um die Moskitos zu verscheuchen.

Ringsum herrschte tiefste Ruhe.

Das Haus hatte sehr einsame Nachbarschaft, und nur das Schwirren der Nachtinsekten drang an Shinzaburos Ohr.

Plötzlich wurde die Totenstille durch den Klang wandernder hölzerner Frauensandalen durchbrochen, der immer näher zu kommen schien: Kara-kon, Kara-kon – ein melodisches Geräusch. Immer deutlicher und deutlicher tönte es herüber, bis es an die lebende Hecke, die den Garten umgab, gelangte.

Neugierig stand Shinzaburo auf und stellte sich auf die Zehenspitzen, um über die Büsche blicken zu können. Er konnte sich unmöglich irren: dort gingen zwei Frauengestalten. Die eine, die eine schöne mit Päonienblüten geschmückte Laterne trug, war anscheinend eine Dienerin; die andere ein schlankes junges Mädchen in langem, mit Herbstblumen besticktem Schleppkleid.

Fast im selben Augenblick wandten die beiden Frauen ihre Gesichter Shinzaburo zu, der zu seinem größten Erstaunen in ihnen O-Tsuyu und O-Yoné erkannte.

Sofort blieben beide stehen, und die junge Dame rief: »Oh, wie seltsam! – Der Hagiwara Sama!«

Gleichzeitig rief Shinzaburo der Dienerin zu: »Du bist doch O-Yoné! – Ich kann mich unmöglich irren!«

»Der Hagiwara Sama!« rief jetzt auch O-Yoné im Ton höchsten Befremdens aus. »Ist's denn Wirklichkeit? Herr! Und man hat uns doch gesagt, Ihr seid tot!«

»Sonderbar! Und mir hat man erzählt, Sie beide seien gestorben!«

»Ach, das ist ja abscheulich«, erwiderte O-Yoné, »Ihr solltet solch häßliche Worte gar nicht wiederholen, Herr! – Wer hat Euch denn so hinters Licht geführt?«

»Ich bitte, näher zu treten«, sagte Shinzaburo, »hier können wir besser sprechen. Das Gartentor ist offen.«

Die beiden Frauen traten ein, man tauschte die üblichen Begrüßungsform aus, und Shinzaburo, nachdem er seinen Besucherinnen Sitze angeboten hatte, begann: »Ich bitte vielmals um Entschuldigung wegen meiner Unhöflichkeit, daß ich so lange keine Visite abgestattet habe, aber, wie ich bereits vorhin erwähnte, hat mir Shijo, der Arzt, vor einem Monat erzählt, Sie seien beide gestorben!«

»Also er war's, der dieses Gerücht verbreitet hat?« rief O-Yoné. »Es ist niederträchtig von ihm, so etwas zu sagen. – Denken Sie nur: und uns hat er erzählt, Sie wären tot! Er muß wohl irgendeinen heimlichen Grund gehabt haben, Euch so zu täuschen, Herr! Und leicht ist es ihm wohl auch gefallen, wo Ihr doch so vertrauensvoll und unbefangen seid. – Wahrscheinlich hat meine Herrin ihre Neigung zu Euch mit irgendeinem unbedachten Wort verraten, das den Weg zum Ohr ihres Vaters fand; und ohne Zweifel hat dann O-Kuni, ihre Stiefmutter, den alten Arzt dazu bewogen, Euch einzureden, wir seien gestorben, um ein Hindernis zwischen meine Herrin und Euch zu schieben. – Tatsächlich, als man uns erzählte, Ihr seiet tot, war meine Herrin fest entschlossen, sich das Haar abzuschneiden und ins Kloster zu gehen. Nur mit Mühe ist es mir gelungen, sie so weit umzustimmen, daß sie bloß im Herzen eine Nonne wurde. – Dann später wollte ihr Vater, sie solle einen gewissen jungen Mann heiraten, aber sie weigerte sich aufs entschiedenste. Es kam infolgedessen zu einem großen Zerwürfnis in der Familie, an dem wiederum O-Kuni die Schuld trug – wir verließen die Villa und wohnen jetzt in einem kleinen Haus in Yanaka-no-Sasaki.

Dort leben wir recht kümmerlich und ernähren uns von kleinen Handarbeiten.

Meine Herrin hat ohne Unterlaß den Nembutsu für Euch gebetet. Heute am ersten Tage der Bonfeier sind wir ausgegangen, um die Tempel zu besuchen, und gerade auf dem Wege nach Hause – im letzten Augenblick –, wie seltsam, treffen wir mit Euch zusammen!«

»Oh, wie überaus merkwürdig ist das alles!« rief

Shinzaburo. »Ist es denn wirklich wahr? – Oder ist es nur ein Traum? – Auch ich habe unaufhörlich den Nembutsu gebetet vor dem Sterbetäfelchen, auf das ich den Namen O-Tsuyus geschrieben hatte. – Da, hier hängt es.« – Und er deutete auf das Totensims an der Wand.

»Wirklich, wir sind Euch mehr als dankbar, daß Ihr unser so treu gedacht habt!« erwiderte O-Yoné, hielt einen Augenblick inne, lächelte, wandte sich zu O-Tsuyu, die die ganze Zeit über stumm und ernst dagesessen hatte, das Gesicht halb mit einem Zipfel ihres Ärmels verdeckt, und verbesserte sich: »will sagen, ›meiner Herrin‹ so treu gedacht habt. – Und was sie betrifft, wie oft hat sie nicht gesagt, sie ließe sich Euretwegen von ihrem Vater gerne töten oder durch sieben Verkörperungen auf Erden von ihm verstoßen.«

Shinzaburo wurde blaß vor innerer Freude. Mit vor Bewegung stockender Stimme konnte er nur mühsam die Worte hervorbringen:

»Bleiben Sie doch noch – aber, bitte, leise zu sprechen! Ich habe hier einen lästigen Nachbarn, einen Ninsami, einen Glaslinsenschleifer, namens Hakuodo Yusai, der den Leuten aus den Gesichtszügen wahrsagt. Er ist neugierig, und es wäre gut, wenn er keinen Verdacht schöpfte.«

Die ganze Nacht blieben die beiden Frauen im Haus des jungen Samurais und kehrten erst kurz vor Sonnenaufgang heim.

Und Nacht für Nacht, sieben Nächte hindurch, kamen sie wieder, immer zur selben Stunde.

Und immer mehr und mehr verlor Shinzaburo sein

Herz an das junge Mädchen; und sie hingen immer inniger aneinander, gefesselt durch jenes Band irdischer Täuschung, das schwerer zerreißbar ist als eine eiserne Kette.

IV

Dicht neben Shinzaburos Haus wohnte ein Mann namens Tomozo mit seiner Frau O-Miné in einer kleinen Hütte.

Sie standen beide im Dienste des jungen Samurais, lebten dank seiner Freigebigkeit in recht guten Verhältnissen und waren ihm überaus ergeben.

Eines Nachts zu sehr später Stunde hörte nun Tomozo eine Frauenstimme in seines Herrn Zimmer, was ihm einiges Unbehagen verursachte, denn er fürchtete, daß sein Herr, der, wie er wußte, einen gewissen Hang zur Verliebtheit hatte, irgendeiner leichtfertigen Person ins Netz gegangen sein könnte, was für Domestiken erfahrungsgemäß stets mehr oder weniger Scherereien nach sich zieht.

Er beschloß deshalb, auf seiner Hut zu sein, und stahl sich in der folgenden Nacht auf den Zehenspitzen zu Shinzaburos Wohnung, von wo aus er durch eine Ritze des Schiebefensters ins Zimmer spähen konnte.

Beim Scheine einer drinnen brennenden Nachtlaterne konnte er deutlich sehen, daß eine fremde Dame im Schlafgemach seines Herrn unter dem Moskitonetz saß.

Die Gesichtszüge konnte er nicht unterscheiden, da sie den Kopf vom Fenster weggewendet hatte, aber nach der Frisur und der schlanken Gestalt zu schließen, mußte sie noch sehr jung sein. Er legte das Ohr an die Ritze und vernahm folgendes Gespräch:

»Wenn mich mein Vater verstieße, ließest du mich dann zu dir kommen und bei dir wohnen?«

Shinzaburo antwortete:

»Das ist nicht nur selbstverständlich, sondern ich würde überaus glücklich sein, daß du bei mir bliebest. Aber es liegt gar kein Grund zu der Befürchtung vor, dein Vater könne dich verstoßen, denn du bist doch seine einzige Tochter, und er liebt dich innig. Was ich fürchte, ist nur, daß man uns eines Tages grausam auseinanderreißen wird.«

»Nein, nein, nur das nicht«, sagte die junge Dame. »Ich könnte nicht einmal den Gedanken fassen, jemals einem anderen anzugehören. Selbst wenn unser Geheimnis bekannt würde, und mein Vater würde mich für das, was ich getan habe, töten, selbst dann – nach dem Tode – könnte ich nicht aufhören, an dich zu denken. Und ich weiß auch, daß du mich nicht lange würdest überleben können.«

Dann schmiegte sie sich dicht an ihn, preßte ihre Lippen an seinen Nacken und streichelte ihn. Und er erwiderte ihre Zärtlichkeiten.

Tomozo war höchlichst verwundert; war doch die Redeweise des jungen Mädchens nicht die einer Frau aus dem Volke, sondern verriet in jedem Wort eine Dame aus der feinsten Gesellschaft. Er versuchte daher auf alle nur möglichen Arten ihre Gesichtszüge zu erkennen; er kroch um das Haus herum – an der Vorder- und der Rückseite – und tastete die Wände nach einer neuen Ritze ab.

Endlich gelang es ihm, einen Blick auf das Antlitz der Dame zu werfen.

Was er sah, war so gräßlich, daß sich ihm die Haare sträubten und er, von eisigem Entsetzen durchschauert, zurücktaumelte:

Das Gesicht des jungen Mädchens war das einer längst im Grabe vermoderten Frauenleiche, die Finger ihrer Hand, die so zärtlich den Nacken Shinzaburos streichelte, waren gänzlich von Fleisch entblößt und die eines Gerippes, der Körper vom Brustlatz abwärts schien nicht vorhanden zu sein, und was noch einer Form glich, ging in eine schattenhafte Schleppe über. Wo der verliebte Samurai Jugend, Grazie und Schönheit zu sehen wähnte, da hatte Tomozo den Moder des Todes erblickt. Und gleich darauf hatte sich eine zweite, noch grauenvollere weibliche Gestalt schattenhaft im Zimmer gebildet und sich langsam dem Lauscher zu bewegt, als habe sie plötzlich seine Gegenwart entdeckt.

Da, in äußerstem Entsetzen, war er geflohen und hatte das Haus Hakuodo Yusais, des Glaslinsenschleifers, aufgesucht und so lange und ungestüm an die Tür geklopft, bis der Alte aufgemacht hatte.

V

Hakuodo Yusai, der Ninsomi, war ein Greis, der in seiner Jugend weit herumgekommen war und so viel merkwürdige Dinge in seinem Leben gesehen und gehört hatte, daß es nicht so bald etwas gab, was ihn hätte in Erstaunen setzen können.

Was ihm aber Tomozo jetzt erzählte, überraschte ihn. Wohl hatte er in alten chinesischen Büchern früher so manches über die Liebe zwischen Lebenden und Toten gelesen, es jedoch nie geglaubt und stets für Erfindung gehalten; an der Wahrhaftigkeit Tomozos zu zweifeln konnte ihm nicht in den Sinn kommen, denn der Mann stand zu offenkundig noch immer unter den augenfälligen Anzeichen des Entsetzens.

Irgend etwas höchst Merkwürdiges ging im Hause des Samurais vor sich, das lag auf der Hand. Und sollten sich die Wahrnehmungen Tomozos als richtig herausstellen, so war der junge Adelige rettungslos verloren.

»Ist die Frau ein Gespenst«, sagte Yusai zu dem noch immer zitternden Diener, »so muß dein Herr in kürzester Zeit sterben, es sei denn, daß sich irgend etwas Ungewöhnliches finden läßt, um sein Leben zu retten. Ist die Frau ein Gespenst, so werden die Zeichen des Todes auf seinem Gesicht offenbar werden. Denn der Geist eines Lebenden ist ›yoki‹ und rein; der Geist der Toten ist ›inki‹ und unrein; der eine ist positiv, der andere negativ. Wessen Braut ein Gespenst ist, der kann nicht leben bleiben; und hätte er selbst in seinem Blute die Kraft von hundert Erdenjahren, rasch würde sie verwehen... Dennoch will ich nichts unversucht lassen, um den Hagiwara Sama zu retten. – Inzwischen sag niemand, was du gesehen hast, Tomozo, auch deinem Weibe nicht! Wenn die Sonne aufgeht, werde ich nach deinem Herrn sehen.«

VI

Am nächsten Morgen versuchte Shinzaburo dem Linsenschleifer Yusai gegenüber einfach abzuleugnen, er habe Frauen in seinem Haus empfangen; als er jedoch bald einsah, daß diese überaus unschlaue Politik nicht verfing, und er überdies bemerkte, daß die Beweggründe des Alten völlig selbstlos waren, gab er schließlich zu, was vorgefallen war, und nannte den Grund, weshalb er wünsche, daß die Angelegenheit geheim bliebe: »Ich gedenke Fräulein Lijima zu heiraten, und zwar so bald wie nur irgend möglich«, sagte er.

»Welcher Wahnsinn!« schrie Yusai und geriet förmlich außer sich vor Bestürzung. »Wissen Sie denn nicht, daß die Frauen, die Nacht für Nacht zu Ihnen kommen, Tote sind! – Eine grauenvolle Täuschung hat Sie befallen! – Die einfache Tatsache, daß Sie selbst monatelang glaubten, O-Tsuyu sei gestorben, den Nembutsu für sie gebetet und Opfergaben dargebracht haben, ist doch schon Beweis genug! . . . Die Lippen einer Toten haben Sie berührt! Die Hände einer Toten haben Sie gestreichelt! – Jetzt schon sehe ich auf Ihrem Gesicht die Vorzeichen des Todes, und noch immer glauben Sie mir nicht! – Hören Sie mich, Herr, ich flehe Sie an, wenn Sie sich retten wollen, sonst sind Sie verloren und haben nur noch zwanzig Tage zu leben. – Die Frauen haben Ihnen gesagt, sie wohnten im Distrikt von Shitaya, in Yanaka-no-Sasaki. Waren Sie schon einmal dort? – Nein! – Natürlich nicht! – Gehen Sie heute noch hin, so bald wie möglich, und versuchen Sie einmal, das Haus, wo die beiden Frauen wohnen sollen, zu finden . . . !«

Der Alte hatte die Worte in höchster Aufregung nur so herausgeschrien und entfernte sich eiligst.

Shinzaburo, im Innersten aufgewühlt, wenn auch keineswegs überzeugt, beschloß nach kurzem Nachdenken, dem Rate des Ninsomi zu folgen und nach Shitaya zu gehen.

Es war noch früher Morgen, als er in Yanaka-no-Saski anlangte und seine Suche nach dem Hause O-Tsuyus begann. Er ging durch alle Straßen, Gassen und Seitengäßchen, las alle Namen auf den Türschildern und stellte alle nur denkbaren Nachforschungen an.

Kein Haus glich dem, das ihm O-Tsuyu geschildert hatte.

Auch wußte niemand von einem Quartier, das von zwei Frauen bezogen worden sei.

Überzeugt, daß jede Mühe, Näheres zu erfahren, vergeblich sei, beschloß Shinzaburo heimzugehen und wählte zu diesem Behufe den kürzesten Weg über den Friedhof von Shin-Banzui-In.

Da fiel in der Nähe des Tempels plötzlich sein Blick auf zwei neue Gräber.

Das eine war ein einfacher Hügel, wie er für die Toten aus der niederen Volksschicht errichtet wird, das daneben trug ein großes und schönes Monument; davor hing eine Päonienlaterne, die wahrscheinlich zur Zeit des Totenfestes von den Angehörigen der Verblichenen hierhergebracht worden war. Sofort erinnerte sich Shinzaburo, eine gleiche Päonienlaterne in der Hand O-Yonés gesehen zu haben.

Da ihm die Sache befremdlich schien, sah er die beiden Gräber genauer an, aber keines trug irgendwelche Anschrift, die nähere Aufschlüsse hätte geben können. Nur das buddhistische Kaimyo, die übliche Totenformel, stand davor.

So beschloß er, im Tempel Erkundigungen einzuziehen, und erfuhr von dem dienenden Acolyten, daß das große Grab vor kurzem für die Tochter des Lijima Haizayémon, des Hatamotos von Ushigomé, errichtet worden sei und das kleine daneben für ihre Dienerin O-Yoné, die aus Gram über das Hinscheiden ihrer Herrin kurz darauf gestorben sei.

Sofort erwachte in Shinzaburo die Erinnerung an die Worte, die O-Yoné zu ihm gesprochen hatte, und jetzt bekamen sie plötzlich einen geheimen gespenstischen Sinn: »Wir gingen fort und bezogen ein ganz kleines Haus in Yanaka-no-Sasaki. Dort wohnen wir jetzt überaus kümmerlich und ernähren uns durch kleine Arbeiten ...«

Ja! Hier war das »ganz kleine Haus« – in Yanaka-no-Sasaki. – Aber »allerlei kleine Arbeiten«? Was das wohl bedeuten mochte?

Von Grauen erfaßt, eilte der Samurai zu Yusai und bat ihn um Rat und Beistand. Aber der Alte erklärte ihm, er selbst sei außerstande, in diesem Fall irgendwelche erfolgversprechende Hilfe leisten zu können. Das einzige, was Shinzaburo tun könne, sei, sich mit einem Bittgesuch um religiösen Beistand an den Abt Ryoseki von Shin-Banzui-In zu wenden.

VII

Der Abt Ryoseki war ein gebildeter und heiliger Mann, der, geistig hellsehend, imstande war, das Geheimnis jeglicher menschlichen Sorge sofort zu erkennen und die Beschaffenheit des Karmas zu durchschauen, das die Ursache eines Leidens bildete.

Unbeweglich hörte er die Erzählung Shinzaburos an und sagte dann:

»Eine sehr große Gefahr droht dir jetzt, mein Sohn, infolge eines Irrtums, den du während eines deiner früheren Erdenleben begangen hast. Das Karma, das dich an die Tote bindet, ist ungemein stark; aber wenn ich dir dessen Beschaffenheit zu erklären versuchen wollte, so würdest du mich nicht verstehen. Deshalb sage ich dir nur das: Die Tote hat keineswegs den Wunsch, dir zu schaden; sie hat auch kein Gefühl des Hasses gegen dich; im Gegenteil, sie fühlt sich auf das leidenschaftlichste zu dir hingezogen. Wahrscheinlich hat das junge Mädchen zu dir in Liebesbeziehungen gestanden zu einer Zeit, die weit, weit zurückliegt – zu einer Zeit vor mindestens drei bis vier früheren Erdenleben. Obwohl sie seitdem ihre Form notwendigerweise entsprechend oft gewechselt hat, so hat es doch den Anschein, als habe sie nicht aufgehört, an dir zu hängen. – Es wird deshalb für dich nicht leicht sein, ihrem Einfluß zu entrinnen. Ich leihe dir jetzt diese kraftvolle Mamori; es ist ein kleines goldenes Amulett, das den Buddha Kai-On-Nyorai darstellt, der der meerbrandende Tathagata heißt, weil seine Predigt über das große Gesetz die Welt durchdröhnt hat wie eine Brandung des Meeres. Das kleine Bildnis dient insbesondere als shiryō-yoké, das heißt, es schützt die Lebenden vor den Toten. Du mußt es bei dir tragen im Gewand dicht am Körper – unter dem Gürtel ... Außerdem werde ich noch heute im Tempel eine Sēgakimesse lesen für die Toten, die keine Ruhe finden können. – Und hier nimm ein heiliges Sûtram, es heißt Ubo-Darani-Kyo, oder das schatzregnende Sûtram des indischen Priesters Amoghavajra, der im achten Jahrhundert nach China kam, die Lehre des Erhabenen zu verkünden. Du mußt es jede Nacht zu Hause sorgfältig und ohne Stocken lesen.

Ferner werde ich dir ein Paket mit O-fuda-Zetteln geben, auf denen religiöse Texte geschrieben sind; mit ihnen mußt du die Öffnungen deines Hauses bekleben – alle, auch die kleinste Ritze.

Wenn du das tust, wird die magnetische Kraft der heiligen Texte die Toten hemmen einzutreten. Aber – was auch immer sich begeben wird – unterlasse auf keinen Fall, das Sûtram zu sprechen.«

Dankerfüllt verneigte sich Shinzaburo tief vor dem Abt, nahm das Amulett, das Sûtram und das Bündel heiliger Texte in Empfang und eilte, so schnell er konnte, nach Hause, um seine Wohnung noch vor Sonnenuntergang zu erreichen.

VIII

Mit Beihilfe des Ninsomis Yusai gelang es Shinzaburo noch vor Einbruch der Dunkelheit, die Zettel mit den heiligen Inschriften an alle Öffnungen seines Hauses zu kleben. Dann suchte der Ninsomi seine eigene Wohnstätte auf und ließ ihn allein.

Die Nacht kam, warm und klar. Shinzaburo schloß die Türen, band sich das kostbare Amulett auf die Brust, begab sich unter das Moskitonetz und fing an, beim Schein einer Nachtlaterne das Ubo-Darani-Kyo des Buddhas zu lesen.

Lange murmelte er die Worte vor sich hin, erfaßte ihren Sinn jedoch nur in geringem Maße; dann versuchte er, ein wenig zu ruhen. Aber sein Geist war noch zu erregt infolge der seltsamen Erlebnisse, die ihm der Tag gebracht hatte.

Mitternacht war vorbei, und noch immer hatte er keinen Schlaf gefunden.

Er hörte noch ganz deutlich, wie die große Tempelglocke des Dentsu-In die zweite Stunde verkündete.

Als sie verstummte, schlug plötzlich der Klang der hölzernen Frauensandalen, wie damals, von der Hecke her an sein Ohr, nur langsamer und müder als früher: Karan – Koron, Ka – ran, Ko – ron!

Kalter Schweiß trat ihm auf die Stirne. Hastig schlug er das Sûtram auf mit zitternder Hand und begann laut den Text zu rezitieren.

Die Schritte kamen näher und näher – erreichten das Gartentor – blieben stehen! Da! Seltsam – Shinzaburo fühlte mit einem Male, daß es ihm unmöglich war, unter dem Moskitonetz zu bleiben; etwas, was stärker war als seine Furcht, zwang ihn aufzustehen, um einen Blick hinauszuwerfen; und anstatt das Sûtram weiter herzusagen, ging er törichterweise zum Fenster und spähte durch eine Ritze in den Garten. Draußen stand

O-Tsuyu und neben ihr O-Yoné mit der Päonienlaterne; beide starrten unverwandt auf die buddhistischen Texte über dem Hauseingang.

Noch nie zuvor hatte O-Tsuyu so schön ausgesehen, und Shinzaburo fühlte, wie es sein Herz mit unwiderstehlicher Gewalt zu ihr hinzog.

Aber das Grauen vor dem Tode und die Schrecken einer unbekannten jenseitigen Welt hielten ihn noch zurück; ein Kampf zwischen Liebe und Furcht entbrannte in seinem Herzen, so daß er im Körper bereits alle Qualen der Sho-nesu-Hölle zu spüren vermeinte.

Da hörte er O-Yoné sagen: »Geliebte Herrin, hier ist kein Eingang mehr. Das Herz des Hagiwara Samas muß erkaltet sein, denn er hat das Versprechen, das er gestern gegeben hat, gebrochen. Die Türen sind fest versperrt, um uns auszuschließen. – Heute nacht können wir nicht hinein. – Es wäre gescheiter, nie mehr an ihn zu denken, denn seine Liebe ist sicherlich erloschen. Es ist klar, er will nichts mehr von Euch wissen. Ihr solltet Euch nicht eines Mannes wegen grämen, dessen Herz so grausam sein kann.«

O-Tsuyu flüsterte traurig: »Ach, denken zu müssen, so etwas könne wirklich sein nach den vielen Schwüren, die wir gestern noch getauscht haben! – Oft hat man mir gesagt, das Herz eines Mannes wechsle die Gefühle wie der Herbsthimmel die Wolkengebilde – aber, und das weiß ich gewiß, das Herz des Hagiwara Samas kann so grausam nicht sein, daß er mich auf diese Weise von sich stieße! – Liebe O-Yoné, finde doch Mittel und Wege, daß ich zu ihm kann. – Tust du es nicht, so werde ich nie wieder heimgehen!«

Und sie fuhr fort, zu jammern und zu klagen, bedeckte das Antlitz mit einem Zipfel ihres Ärmels, und ihr Anblick war ein Bild rührender, unwiderstehlichster Schönheit; aber zu schwer lastete die Furcht auf dem Samurai.

Er hörte noch, wie O-Yoné antwortete: »Meine liebe junge Herrin, so wollt Ihr Euch also wirklich um eines Mannes willen abhärmen, der so über alle Begriffe gefühllos zu sein scheint? – Nun gut, suchen wir, ob wir nicht von der Rückseite des Hauses aus einen Eingang finden können!«

Und O-Tsuyu an der Hand fassend, führte sie sie in der Richtung vom Haus weg, und dort verschwanden beide so plötzlich, wie ein Licht erlischt, wenn von jemandem die Flamme einer Lampe ausgeblasen wird.

IX

Nacht für Nacht um die zweite Stunde, die Stunde des Ochsen, kamen die beiden Schemen, und jedesmal hörte Shinzaburo deutlich das leise Weinen O-Tsuyus.

Er hielt sich bereits für gerettet und ahnte nicht, daß sein Schicksal infolge der Charakterlosigkeit seiner Untergebenen schon entschieden war.

Tomozo hatte zwar Yusai versprochen, niemand gegenüber, auch seiner Frau O-Miné gegenüber nicht, auch nur ein Wort hinsichtlich der seltsamen Begebnisse, deren Augenzeuge er gewesen war, fallenzulassen, aber nicht lange ließen ihn die gespenstischen Versucherinnen in Ruhe.

Nacht für Nacht betrat O-Yoné seinen Schlafraum, erweckte ihn aus dem Schlummer und bat ihn, die O-fuda, die an einem kleinen Fenster in der Rückwand des Hauses seines Herrn hing, zu entfernen. Tomozo versprach es zwar aus Furcht jedesmal, konnte sich jedoch bei Tage niemals entschließen, es auszuführen, da er fürchtete, seinem Herrn dadurch Böses zuzufügen.

Endlich, in einer stürmischen Nacht, schreckte ihn O-Yoné aus dem Schlummer, beugte sich über ihn und schrie ihn an: »Hüte dich, uns noch länger zum besten zu haben! Wenn du bis morgen nacht den Zettel nicht entfernt hast, wirst du erfahren, wie ich hassen kann!« – Und ihre Züge verzerrten sich zu einer so schrecklichen Fratze, daß Tomozo glaubte, vor Schrecken sterben zu müssen.

Bis dahin hatte O-Miné, sein Weib, von diesen nächtlichen Besuchen nichts gewußt, und auch er selbst hatte sie für Alpträume gehalten; in dieser Nacht jedoch wachte O-Miné plötzlich auf und hörte, daß eine Frauenstimme auf Tomozo einsprach. Fast im gleichen Augenblick verstummte die Stimme, und O-Miné sah beim Scheine der Nachtlampe, daß ihr Gatte sich aufgerichtet hatte, vor Entsetzen zitterte und totenblaß war. Das Phantom war verschwunden, die Tür fest verschlossen; daß jemand im Zimmer gewesen sein konnte, schien ein Ding der Unmöglichkeit zu sein. Nichtsdestoweniger quälte O-Miné die Eifersucht, und sie bestürmte Tomozo so lange mit Fragen und Vowürfen, bis er ihr endlich das Geheimnis verriet und das schreckliche Dilemma, in dem er sich befand, schilderte.

Die Eifersucht O-Minés machte den Gefühlen des Erstaunens und äußerster Bestürzung Platz, aber, da sie ein schlaues Weib war, reifte in ihr sofort ein Plan, wie sie ihren Gatten auf Kosten Shinzaburos retten könnte, und sie riet Tomozo, auf den Vorschlag der Toten einzugehen.

In der nächsten Nacht, wiederum in der Stunde des Ochsen, kamen die beiden Phantome, und O-Miné verbarg sich voll Furcht, als das Klappern der hölzernen Sandalen – Karan – Koron, Karan – Koron – draußen erklang.

Tomozo ging hinaus und sagte, was ihm seine Frau geraten hatte:

»Es ist wahr, ich verdiene Euren Tadel; aber es lag nicht in meiner Absicht, Euch zu erzürnen. Der Grund, weshalb ich die O-fuda nicht entfernt habe, ist der, daß wir von der Unterstützung des Hagiwara Samas leben und ihn einer Gefahr nicht aussetzen können, ohne uns selbst zu schädigen. – Aber wenn wir die Summe von 100 ryō in Gold bekämen, wären wir unabhängig und auf keines Menschen Hilfe mehr angewiesen. Wenn Ihr uns also die 100 ryō gebt, kann ich die O-fuda entfernen, ohne fürchten zu müssen, mittellos zu werden.«

O-Yoné und O-Tsuyu sahen einander einen Augenblick wortlos an, dann sagte O-Yoné:

»Herrin, ich habe Euch bereits vorgestellt, daß es Unrecht war, diesen Mann in Kümmernis zu stürzen, denn wir haben keinen Anlaß, ihm Böses zuzufügen. Bedenket, wie zwecklos es ist, sich um des Hagiwara Samas willen zu grämen, wo sein Herz doch nicht mehr für Euch schlägt. Noch einmal bitte ich Euch jetzt, meine teure, junge Herrin, denkt nicht mehr an ihn!«

Aber O-Tsuyu brach in Weinen aus und antwortete: »Liebe O-Yoné, was auch immer draus werden sollte, ich kann, ich kann, ich kann doch nicht anders! Ich muß an ihn denken! – Du weißt, du kannst die 100 ryō beschaffen! – Nur ein einziges Mal, ich bitte dich, O-Yoné, mach es möglich, daß ich den Hagiwara Sama sehen kann – ich flehe dich an!«

Und sie verhüllte ihr Antlitz mit einem Zipfel ihres Ärmels und klagte und jammerte.

»Ach, warum bittet Ihr mich, dies zu tun?« erwiderte O-Yoné. »Wo Ihr doch wißt, daß ich kein Geld habe! – Aber da Ihr darauf besteht, so bleibt mir nichts anderes übrig, als darüber nachzudenken, wie ich die Summe beschaffen und morgen hierher bringen kann.«

Dann wandte sie sich zu dem treulosen Tomozo: »Höre! Der Hagiwara Sama trägt an seinem Leibe eine Mamori mit dem Bildnis des Kai-On-Nyorai, und solange er sie trägt, können wir uns ihm nicht nähern. Du mußt also nicht nur die O-fuda, sondern auch die Mamori entfernen.«

Mit bebender Stimme versprach Tomozo: »Auch das will ich tun, wenn Ihr mir die 100 ryō bringt.«

»Gut, Herrin«, sagte O-Yoné, »so bleibt uns nichts übrig, als zu warten. – Nicht wahr, Ihr werdet Euch noch bis morgen gedulden?«

»Ach, liebe O-Yoné«, klagte schluchzend O-Tsuyu, »müssen wir also wirklich heute wieder fort, ohne den Hagiwara Sama gesehen zu haben! – Welch grausames

Verhängnis!« Und weinend ließ sich der Schatten der Herrin von dem Schatten der Dienerin wegführen.

X

Wiederum verging ein Tag, und eine Nacht kam, und mit ihr kamen die Toten; aber diesmal hörte man kein Jammern vor dem Hause des Hagiwara, denn der treulose Diener hatte seinen Judaslohn um die Stunde des Ochsen bekommen und die O-fuda entfernt. Er hatte es auch über sich gebracht, während sein Herr im Bade gewesen war, die goldene Mamori aus ihrem Gehäuse zu stehlen und sie durch ein Bildnis aus Kupfer zu ersetzen; dann hatte er den Kai-On-Nyorai-Talisman in einem brachliegenden Acker vergraben.

So kam es, daß die gespenstischen Besucherinnen kein Hemmnis mehr fanden, das ihnen den Eintritt verwehrt hätte.

Die Gesichter mit den Ärmeln ihrer Kleider verhüllt, schwebten sie empor und zogen wie Schleier aus Nebelhauch durch das kleine Fenster hinein, über dem der Streifen mit dem heiligen Text abgerissen war.

Was sich aber im Innern des Hauses begab, das hat Tomozo nie erfahren.

Die Sonne stand bereits hoch am Himmel, als er es endlich wagte, sich der Wohnung seines Herrn zu nähern und an die Schiebetüren zu klopfen.

Das erstemal seit Jahren, daß er keine Antwort bekam!

Die Stille machte ihn beklommen.

Er rief; auch da keine Antwort.

Mit Hilfe O-Minés lockerte er die Tür, zwängte sich durch die Öffnung und ging zum Schlafzimmer, wo er abermals vergeblich rief.

Er schob die laut rasselnden Jalousien auf, um Licht hereinzulassen; aber noch immer blieb es im Innern des Hauses totenstill.

Schließlich wagte er es, einen Zipfel des Moskitonetzes hochzuheben, aber kaum hatte er einen Blick darunter geworfen, da stieß er einen Schrei des Schreckens aus und floh ins Freie.

Shinzaburo war tot – auf gräßliche Weise ums Leben gekommen –; sein Gesicht war verzerrt wie das eines Menschen, der unter dem Eindruck furchtbarsten Entsetzens gestorben ist – und neben ihm im Bett lag das modrige Gebein einer Frau, die Knochen der Arme und Hände fest um seinen Nacken geschlungen.

XI

Hakuodo Yusai, der Wahrsager, war auf die Bitte Tomozos gekommen, die Leiche zu besichtigen.

Erstaunt und voll Schrecken über den Anblick, der sich ihm bot, spähte er dennoch mit scharfem Auge um sich und bemerkte bald, daß die O-fuda von dem kleinen Fenster abgerissen war; und als er den Toten untersuchte, fand er, daß die goldene Mamori fehlte und durch ein Kupferbild des Fudo ersetzt war.

Er sagte sich sofort, daß niemand anders als Tomozo

der Dieb gewesen sein könne. Die Entdeckung schien ihm so außergewöhnlich zu sein, daß er beschloß, bevor er weitere Schritte unternähme, den Priester Ryoseki zu Rate zu ziehen. Und so schnell, wie es ihm seine alten Beine erlaubten, lief er zum Tempel von Shin-Banzui-In.

Ohne zu fragen, worum es sich handle, lud ihn Ryoseki ein, in sein Privatgemach zu kommen:

»Du weißt, du bist hier immer willkommen. Bitte, mache es dir bequem. – Es tut mir leid, daß der Hagiwara Sama tot ist.«

»Ja, er ist tot. Aber wie konntest du das erfahren?« rief Yusai erstaunt.

»Der Hagiwara Sama stand unter den Folgen eines verhängnisvollen Karmas«, sagte der Priester ruhevoll, »und sein Diener war ein schlechter Mensch. Was dem Hagiwara Sama zugestoßen ist, war unabwendbar – sein Schicksal war vorausbestimmt lange vor seiner Geburt. – Aber es ist besser für dich, du grämst dich deshalb nicht weiter.«

Yusai erwiderte:

»Wohl habe ich gehört, daß ein Priester mit reinem Lebenswandel die Macht hat, hundert Jahre in die Zukunft zu schauen, aber es ist heute das erste Mal, daß ich Gelegenheit habe, Zeuge solcher Wahrheit zu sein. Doch es handelt sich außerdem noch um etwas, was mich bedrückt ...«

»Du meinst«, unterbrach ihn Ryoseki, »den Diebstahl der Mamori des Kai-On-Nyorai? Kümmere dich nicht weiter darum. Das Amulett ist in einem Acker vergraben worden und wird dort gefunden und mir im achten

Monat des kommenden Jahres zugestellt werden. Du brauchst dich also deswegen nicht zu grämen.«

Aufs höchste erstaunt, wagte der alte Ninsomi zu bemerken:

»Ich habe den In-Yo – die weiblichen und männlichen Prinzipien der Natur – gemäß der alten chinesischen Überlieferung studiert und alles, was auf Wahrsagekunst Bezug hat – und ich lebe doch davon, daß ich den Leuten die Zukunft deute; aber es ist mir ein vollkommenes Rätsel, wie du alle diese Dinge wissen kannst.«

»Grüble nicht darüber nach, wieso das möglich ist«, sagte Ryoseki ernst. »Ich will dir noch einiges sagen, was das Begräbnis Shinzaburos betrifft. Das Geschlecht der Hagiwaras hat eine eigene Familiengruft, aber es geht nicht an, daß man ihn dort beisetzt. Er muß neben O-Tsuyu begraben werden, denn seine karmischen Beziehungen zu ihr waren sehr enge. – Und es ist nur recht und billig, daß du auf deine Kosten ihm ein Grab errichtest, denn er hat dir viele Freundlichkeiten erwiesen.«

Und so geschah es, daß Shinzaburo neben O-Tsuyu auf dem Friedhof in Yanaka-no-Sasaki bestattet wurde.

Gottfried Keller

Die Geisterseher

Es ist bald geschehen, daß man alt wird (sagte der Oberst), so rasch, daß man beim Rückblicke auf den durchlaufenen Weg sich nur auf einzelnes etwa besinnen und sich namentlich nicht mit reumütigen Betrachtungen über die begangenen dummen Streiche aufhalten kann. Denn dieselben scheinen in der perspektivischen Verkürzung so dicht hintereinander zu stehen wie jene Meilensteine, welche der Reiter für die Leichensteine eines Kirchhofes ansah, als er auf seinem Zauberpferde an ihnen vorüberjagte. Dennoch gibt es eine Art von Fehlern, Begehungen oder Unterlassungen scheinbar ganz unbedeutender und harmloser Art, welche ihrer Folgen wegen zehnmal schwerer im Gedächtnis haftenbleiben, als die gröberen Vergehungen und Versäumnisse, und während wir diese in unserem Sinne längst genugsam bedauert und gebüßt haben, überkommt uns immer wieder Reu' und Ärger, sobald jene in der Erinnerung aufleben. Man verzögert den Besuch bei einem Kranken, und er stirbt, ohne ein letztes Wort gesagt zu haben, dessen man bedurfte. Einem guten Freunde haben wir Opfer gebracht und große Dienste geleistet; aber wir lassen ihn mit einer kleinen Freundlichkeit im Stiche, auf die er gerechnet hat; die Entfremdung, welche eintritt, halten wir für Undank, und nun erst überlassen wir den Mann auf schnöde Weise seinem Unstern und bereuen es zeitlebens. Statt, wie wir uns vorgenommen, ruhig an der Arbeit zu sitzen, laufen wir eines Morgens früh vom Hause weg, bleiben den ganzen Tag fort und verfehlen einen entscheidenden Besuch, der sich nie wiederholen wird. Wir lieben die Wahrheit und verhehlen sie aus blödem Hochmut oder aus einer Anwandlung von Mutlosigkeit das einzige Mal, wo es notwendig für uns war, sie zu sagen. Gegen Lust und Willen geht einer mit Menschen von schlechtem Rufe öffentlich spazieren und wird von einer ihm teueren Person gesehen, die sich von ihm abwendet, und was dergleichen Unstern mehr ist.

Wir haben schon von der westdeutschen Universitätsstadt gesprochen, wo Sie geboren sind, Herr Reinhart. Dort habe ich auch einmal als Student gelebt, zur Zeit, als der erste Napoleon noch regierte und die Frauensleute unter den Armen gegürtet waren. Ich sollte Jura studieren, fand aber nicht viel Muße dazu, da ich einen Anführer unter den Rauf- und Zechbrüdern vorstellte und sonst allerlei Verworrenes zu treiben hatte. Von der politischen Not des Vaterlandes mitleidend, suchte ich Erleichterung in aufgespannten Kraftgesinnungen und verzweifelt heroischem Dasein, welches bald in ein halb katholisches Romanzentum, bald in eine grübelnde Geisteskälte hinüberschillerte. Ich war bald mehr ein aufgeklärter Mystiker, bald mehr ein gläubiger Freigeist, alles natürlich, ohne die entsprechenden Kenntnisse zu pflegen, die mit solchen Richtungen damals verbunden wurden. Nichts verstand ich ganz, als die körperlichen Übungen, Fechten, Reiten und Trinken, zuletzteres nicht im Übermaß, aber doch genug, um zuweilen empfindsam zu werden und die moralischen Leiden der Zeit in erhöhtem Maße zu fühlen. Da war denn ein Freund vonnöten, der ohne Überhebung sein Herz dem Vertrauen eröffnete und ohne Spott den gewünschten vernünftigen und kühlen Zuspruch erteilte.

Einen solchen fand ich in einem Studenten, dem wir den altdeutschen Spitznamen Mannelin gegeben, wobei wir ihn einstweilen noch lassen wollen. Ich hatte in einem Kollegium den Platz neben ihm erhalten, und er war mir vielleicht dadurch anziehend geworden, daß er fast in allem das Gegenteil von mir zu sein schien. Immer ruhig, meistens fleißig, war er doch kein Spielverderber, und obschon er weder focht noch ritt, noch viel trank, nahm er an den allgemeinen Versammlungen und Hauptsachen teil und sah mit einer fast gelahrten und feinen Haltung schon als Jüngling in die Welt und war gern gesehen.

Engere Bekanntschaft machte ich mit diesem Mannelin in dem Bankhause, bei welchem ich empfohlen war und auch er seine Wechsel vorzuweisen hatte. Der Bankier pflegte auf jeden Sonntag einige Studenten zu seinen Tischgesellschaften einzuladen, und so trafen wir einstmals dort als Tischnachbarn zusammen und unterhielten uns so gut, daß wir nachher einen langen Spaziergang zusammen machten und uns auch in der Folge öfter sahen. Ich fühlte bald das Bedürfnis, meine Lustbarkeiten und Waffentaten häufiger zu unterbrechen und den ruhigen Genossen aufzusuchen, dem immer eine Stunde oder mehrere zur Verfügung standen, weil er immer vorher schon etwas getan hatte und auch nachher wieder gleichmütig arbeiten konnte, wenn es notwendig war, es mochte Tag oder Nacht sein.

Mit großer Duldsamkeit ertrug er meine Vorliebe für das Unerklärliche und Übersinnliche, das ich fortwährend in allen Dingen herbeizog und anrief, und verteidigte ohne allen Eifer seinen Standpunkt der Vernunft, wie einer, der es besser weiß, aber es nicht gerade fühlen lassen will. Er war schon von seinem Vater her ein geübter Kantianer und ließ, was darüber hinausging, sich nicht anfechten. Närrischerweise freute ich mich eigentlich dessen und war seiner Gesinnung und seines Wissens froh, während ich ihn mit phantastischen Reden bekämpfte. Es war mit mir, wie wenn jemand durch einen verrufenen Wald geht und auf seine Furchtlosigkeit pocht, im stillen aber sich auf das gute Schießgewehr verläßt, das ein Begleiter mit sich führt. Zuweilen wollte es mir allerdings vorkommen, als ob ich dem Mannelin ein bißchen zum stillen und am Ende gar spaßhaften Studium diente, wie es auf Hochschulen ja immer solche Leimsieder gibt, die für das Geld, das sie ihren Eltern kosten, von allem etwas glauben lernen zu sollen und sich allen Ernstes einbilden, sich für soundso viele Zehngroschenstücke selbst Lektionen in der Menschenkenntnis geben zu können. Die Zehngroschenstücke verwenden sie nämlich an einige Flaschen Bier oder Wein, die sie dabei wagen müssen, und sie bringen sie den Vätern unter der Rubrik: »Allgemeines zur Weltbildung« extra in Rechnung. Aber ein solcher Leimsieder war Mannelin doch nicht. Er liebte wirklich in mir das Widerspiel und den harmlosen Kerl, der ich im Grunde war, und wenn eine kleine Spitzbüberei dabei mitwirkte, so war es die Kunst, mit der er sich an meinen vielen Erholungen, wenn ich sie erzählte, förmlich selber erholte, ohne sie zu teilen.

Als unsere gute Freundschaft in dem Bankierhause bemerkt wurde, lud man uns immer zusammen ein, wie wir auch bald zu einer Art von Hausfreunden gediehen, deren erwartetes oder unerwartetes Erscheinen stets gern gesehen wurde. Wegen der Verschiedenheit unseres Wesens ging für die andern auch immer etwas Kurzweiliges um uns vor, woran vorzüglich die einzige Tochter Hildeburg ihr Vergnügen zu finden schien. Ohne in der Denkweise dem einen oder andern entschieden beizustimmen, brachte sie uns immer ins Gefecht, und wenn nicht ein besonders angesehener Gast vorhanden war, der auf die Gesellschaft der Tochter des Hauses Anspruch erhob, so nahm sie bei Tisch unfehlbar zwischen uns beiden oder ganz in der Nähe Platz. Als das endlich zu scherzenden Bemerkungen Anlaß gab, erklärte sie uns offen als ihre lieben und getreuen Diener, ernannte mich zu ihrem Marschall und den Mannelin zu ihrem Kanzler und was dergleichen Späße mehr waren. Eine vielbegehrte reiche Erbin und in allen Dingen verständige und, wie der Student sagt, patente Person, ein fixer Kerl, wie sie war, setzte sie sich durch solche Freiheiten keinerlei Mißdeutungen aus.

Das hinderte indessen nicht, daß wir beide uns in sie verliebten und es einander leicht anmerkten. Doch blieben wir dabei nicht nur friedlicher Gesinnung, sondern die gemeinsame Verehrung diente sogar dazu, unsere Freundschaft zu befestigen und den Verkehr angenehm zu beleben, weil ja ohnehin von ernsthaften Folgen für uns noch jahrelang nicht die Rede sein konnte, auch Hildeburg uns so vollkommen unparteiisch behandelte, daß keiner vor dem andern aufgemuntert oder gereizt wurde. Wie Mannelin im Innersten dachte, wußte ich freilich nicht; ich dagegen kann nicht leugnen, daß ich mich heimlich für prädestiniert hielt, weil die Schöne ebenso stark brünett war wie ich selber, Mannelin hingegen der blonden Menschenart angehörte. In der Tat waren ihre waagerechten Augenbrauen so sammetdunkel wie der heraldische schwarze Zobel auf den alten Wappenschilden, und über der Stirne hing die krause Nacht eines Tituskopfes – na, ich will keine Beschreibung zum besten geben, nur anmerken will ich noch, daß an festlichen Tagen ein paar kleine Brillantsterne aus der nächtlichen Wildnis funkelten wie Leuchtwürmchen. Und dennoch fiel der Blick, der von dem Schimmer angezogen wurde, sogleich hinunter in den warmen Glanz der dunklen Augen, die meistens gütig ihn empfingen. Aber trau, schau, wem!

Doch ein heißeres Feuer entflammte sich, in welchem die Stadt Moskau aufging und das dem Napoleon die Stiefelsohlen verbrannte. Es dauerte nicht lange, so hieß es bei der studierenden Jugend überall: heimgereist! Mir stand schon eine Stelle in einem kaiserlichen Dragonerregiment offen; Mannelin wollte als bescheidener Fußgänger in die preußische Infanterie treten, und beide rüsteten wir uns zum Abzuge. Vorher mußten wir aber nochmals im Bankierhause speisen und wurden mit aller Freundschaft behandelt. Der Ernst jener Tage hinderte nicht, daß an der Sonne der Hoffnung auch Fröhlichkeit und Scherz wieder aufblühten, und so wurde denn, als man auf das Wohl der scheidenden jungen Krieger trank, die Hildeburg ein wenig aufgezogen und gefragt, welchen von uns sie am unliebsten verliere?

»Das weiß ich wahrhaftig selber nicht!« rief sie; »erst war mir der Kanzler lieber; seit aber in seinem Umgange der wilde Marschall so gesittet und liebenswürdig geworden ist, verliere ich diesen auch ungern! Und doch ist es wieder nicht recht, wenn der andere, der die Quelle der Besserung ist, es büßen soll! Mag mir der Himmel helfen!«

Sie verbarg auf das artigste die Wehmut des Abschiedes hinter der Miene einer komischen Verlegenheit, ergriff endlich ein herzförmiges Zuckergebilde des Nachtisches, zerbrach es und gab jedem von uns eine Hälfte. Ich tauchte die meinige in das Weinglas und verschlang sie sogleich zum Zeichen meines Liebeshungers; Mannelin dagegen behielt die seinige in der Hand und spielte scheinbar damit, bis er sie unbeachtet in die Tasche schieben konnte.

Nach aufgehobener Tafel wurde ein Spaziergang durch den Garten gemacht, soweit die Wege in der frühen Jahreszeit gangbar waren; denn wir befanden uns in den ersten Monaten des Jahres 1813. Ich weiß nicht, wie es kam, daß wir uns mit dem Mädchen bald von den übrigen Gästen entfernten und ihr zu beiden Seiten gingen. Wir fühlten uns jetzt ernster und zugleich leidenschaftlicher gestimmt als früher, da wir uns der Tiefe unserer Neigung zu dem schönen Wesen deutlicher bewußt wurden; nur die Ungewißheit der Zukunft und die voraussichtliche Dauer und Gefährlichkeit des bevorstehenden Krieges mochten verhüten, daß sich die zwischen uns beiden bis anher waltende gleichmütige Freundschaft trübte.

Hildeburg merkte wohl an unserm stillen Wesen und an der Natur unserer Atemzüge, was uns bewegte, und sie selbst wurde fühlbar erregter. Als wir unversehens vor einem Pavillon anlangten, stieß sie die Türe auf, ging hinein und öffnete die vom Winter her noch verschlossenen Fensterläden, indem sie uns rasch mit einem Blicke überflog. Wir folgten ihr in den kleinen Saal und sie wandte sich uns zu.

»Ich bin in allem Ernste in einer so traurigen Lage, wie noch nie ein Mädchen gewesen ist; denn ich habe euch beide lieb und kann es nicht auseinander lösen. Du, Marschall, hast mein halbes Herz verschlungen; das ist töricht, aber es verführt mich; und du, Kanzler, hast die andere Hälfte aufbewahrt, das ist auch töricht, aber es ist treu und beglückt mich. Ich werde nie die Frau eines Mannes werden, es wäre denn einer von euch beiden; dazu müßte aber der eine fallen! Wenn beide fallen oder beide zurückkehren, werde ich ledig bleiben, als das Opfer eines heillosen unnatürlichen Naturspieles oder unvernünftigen Ereignisses, das in meiner Seele und meinen Sinnen vorgeht und das ich vor der Welt verbergen muß, wenn ich mich nicht mit Schmach bedecken will! Da ich mir aber keinen von euch tot denken kann und will, so lebt wohl auf ewig, liebste Brüder!«

Nach diesen Worten fiel sie jedem von uns um den Hals und küßte ihn heftig auf den Mund, zuerst mich und dann den Mannelin, hierauf den Mannelin und endlich mich noch einmal. Wir standen wie vom Himmel gefallen und vermochten uns nicht zu regen. Für uns war die Situation ganz verflucht, und ich habe weder im Krieg noch im Frieden eine ähnlich verzwickte Lage wieder erlebt. Denn wenn, wie wir es ja soeben erfahren hatten, ein ehrbares Frauenzimmer allenfalls in leidenschaftlicher Wallung zwei Männer nacheinander küssen kann, so werden diese, wenn sie das Weib lieben, niemals dazu kommen, dasselbe nun gemeinsam anzufassen und wieder zu küssen. Wir brauchten uns auch nicht darüber zu besinnen, weil sie, ehe das möglich war, uns enteilte und im Vorbeigehen, die Hand auf den Mund legend, ausrief: »Ihr verpfändet mir eure Ehre, daß ihr schweigt!«

Es war uns nicht möglich, noch länger zu weilen; wir verabschiedeten uns, wobei Hildeburg wie alle andern unsere Hände schüttelte und die Tränen der Rührung nicht verhehlte.

Da gingen wir nun mit unserem geteilten Glück und Mißglück von hinnen und sprachen, nachdem wir ein gezwungenes Lachen bald aufgegeben, über eine Stunde lang kein Wort miteinander, obgleich wir zusammenblieben. Wir konnten uns nicht sehr gehoben fühlen; denn ein Graf von Gleichen, der zwei Frauen hat, kann dabei ein guter Ritter oder Kreuzfahrer sein; zwei gute Gesellen aber, die der Gegenstand der Doppelneigung eines jungen Mädchens sind, müssen sich doch etwas zu zwiefältig, zu halbschürig vorkommen, und es ist nicht jedermanns Sache, ein siamesischer Zwilling zu sein. Dennoch hatte uns das seltsame Geständnis Hildeburgs und ihre leidenschaftliche Umarmung Herz und Sinn noch vollends gefangen genommen, und wir liebten das schöne schlanke Naturspiel unvermindert fort, zumal dasselbe ja noch tragischer als wir gestellt war, wenn es sich so mit ihm verhielt, wie es sagte.

Es half uns denn auch das Empfinden der Tragik über die gegenseitige Verlegenheit hinweg. Als wir den Versammlungsort aufsuchten, wo an die hundert junge Männer, die am nächsten Tage nach allen Seiten unter die Fahnen eilen mußten, den Abend noch zubringen wollten, da erhob sich unser Geist zu der Höhe der aufwogenden und rauschenden Vaterlands- und Kampfesfreude. Wir saßen dicht nebeneinander in der gedrängten Schar; und als gegen Mitternacht die Gläser unter dem donnernden Ruf: »Tod und Freiheit!« in die Höhe fuhren, da hielt Mannelin mir sein Glas entgegen und sagte: »Sollte es so kommen, daß einer von uns fällt und der andere das Weib gewinnt, so soll er leben! Auf sein Glück!«

Nicht minder pathetisch stieß ich an, daß beide Gläser klirrten, indem ich rief: »Und Friede dem Toten!«

So trennten wir uns als wackere Freunde, und nach wenigen Stunden fuhren wir auf getrennten Wegen dahin, ohne daß wir für die Zukunft irgendeine Abrede oder Bestimmung getroffen hatten. Wie das Kriegsglück wollten wir auch das Schicksal unserer ungewöhnlichen Liebesgeschichte sich selbst überlassen.

Mannelin hatte hellere Sterne als ich; während ich noch immer unter Österreichs zögernden Standarten harren mußte, stürmte der blonde Duckmäuser mit seiner Muskete schon von Schlacht zu Schlacht, und erst auf Leipzigs Feldern kam ich zum Tanze und atmeten wir den gleichen Pulverdampf, aber ohne uns zu sehen oder voneinander zu wissen.

Ich kann dem Verlaufe des gewaltigen Feldzuges jetzt nicht weiter folgen. Auch in Paris traf ich den Freund nicht, obgleich wir fast gleichzeitig dort einmarschiert waren. Schon zum Leutnant vorgerückt, war er sozusagen fast auf dem Pflaster jener Stadt noch schwer verwundet worden und lag, als ich seine Spuren suchte, unerreichbar in einem entlegenen Lazarett. Es hieß sogar, er werde bereits gestorben sein, als ich meine Nachforschungen fortsetzte; da widerstrebte es mir, mich von seinem Tode zu überzeugen, um an geweihter Stätte des Kampfes und Sieges nicht die nackte Selbstsucht in mir aufkommen zu lassen. Denn seit Streit und Mühsal aufgehört hatten und die Friedenspalmen winkten, waren auch die Gedanken an das verhexte Liebeswesen wieder stärker wach geworden, und ich blieb absichtlich im Dunkeln über Mannelins Tod, damit ich nicht gleich wie ein Wechselgläubiger vor das schöne Mädchen zu treten versucht würde, an dessen Verheißung, den Überlebenden zu heiraten, ich fest glaubte.

Im Monat Mai des Jahres 1814, zur Zeit wo das lange Rheintal blühte wie ein einziger Fliederbusch, zog unser Regiment über den Strom ostwärts; es bekam aber den Befehl, in der Rheingegend haltzumachen, um die ferneren Umstände abzuwarten, wie wir denn auch bald nachher nach der Lombardei gesandt wurden. Die Schwadron, in der ich ritt, kam aber nirgends anders hin zu stehen als in unsere gute Universitätsstadt. Mit welchen Gedanken sah ich die Pferde in den Marstall und die Reitbahn stellen, in denen sich der Student so oft getummelt hatte! Und als ich mein Quartier im Gasthofe bezog, in welchem ich vor fünf Vierteljahren so manche Flasche ausgestochen, waren Wirt und Dienerschaft sehr verwundert über den ernsthaften Kriegsmann.

Allein auch ich verwunderte mich, da ich auf Befragen vernahm, die Bankiersfamilie befinde sich zurzeit nicht in der Stadt, sondern auf einem Landsitze, der ungefähr eine Meile entfernt sei. Ein französischer Emigrant, der vor zwanzig Jahren das Grundstück an sich gebracht, hatte es nämlich augenblicklich zum Verkaufe ausgeboten, als die Ordnung der Dinge in Frankreich umgestürzt war; und der Bankier hatte nicht gesäumt, das Gut auf die leichte und billige Weise zu erwerben, die in solchen Zeit- und Kriegsläufen denen möglich ist, welche bares Geld haben.

Ich konnte daher am Tage der Ankunft nicht mehr vorsprechen, ritt aber um so zeitiger am andern Morgen hinaus, von meinem Reitknechte begleitet. Es regnete ein wenig an dem Tage, weshalb ich den Kragen des weißen Reitermantels aufgestellt und die Schirmmütze etwas tief in die Augen gezogen hatte, als ich durch eine lange Allee auf das alte, schloßartige Gebäude zuritt, das wenig gut unterhalten schien. Man mochte glauben, daß eine gewöhnliche Offiziers-Einquartierung angekommen sei, da auch in der Umgebung schon österreichische Reiterei erschienen war. Es trat daher nur ein Diener aus der Türe, mich zu empfangen und nach meinen Wünschen zu fragen. Statt ihm zu antworten, sprang ich vom Pferde, überließ die Zügel meinem Burschen und betrat sogleich das einst stattlich gebaute, jetzt etwas verfallene Vestibül des Hauses. Erst als ich ihm den

Mantel übergab, erkannte mich der Diener trotz des veränderten Aussehens, das der Krieg mir verliehen, und führte mich freundlich überrascht in einen Saal, wo der Herr und die Frau des Hauses die Zeitungen lasen. Auch sie erkannten mich nicht sofort, erhoben sich aber mit lebhafter Freude, als es geschah, und hießen mich willkommen. »Was wird Hildeburg sagen«, riefen sie, »wenn der Marschall wieder da ist! Und wo bleibt denn der Kanzler? Wissen Sie nichts von ihm? Wie oft haben wir von beiden Herren gesprochen!«

Eh' ich antworten konnte, trat Hildeburg in den Saal, die allein mich von einem Fenster aus erkannt hatte, sobald ich nur von der Landstraße in die Allee eingebogen war. Ich vergesse niemals die Erscheinung, wie sie mir entgegentrat. Wie ein weißes Tuch so bleich war das Gesicht, das Auge träumerisch erschreckt, und auf dem Munde doch ein Lächeln des Wiedersehens, das aus dem Herzen kam, blasse Trauer und errötende Freude mehrere Sekunden lang sich jagend: es war kein Zweifel, sie hielt den armen Mannelin für tot und mich für gekommen, mein Recht geltend zu machen!

Zum Glücke waren die Eltern an allerlei wunderliche Stimmungen gewöhnt, sonst hätten sie jetzt ihren wahren Zustand ahnen müssen, besonders als ich nicht länger vermeiden konnte, von Mannelin zu erzählen, was ich wußte, was freilich wenig und doch bedenklich genug war. Der Papa meinte, es sei doch zu hoffen, daß er sich noch unter den Lebenden befinde, ansonst gewiß der eine oder andere der jüngeren Freiwilligen, die in den letzten Wochen bereits in ihre Hörsäle zurückgekehrt seien, eine bestimmte Todeskunde gebracht hätte.

Auch in den Verlustlisten, die er ziemlich aufmerksam durchlaufen, sei ihm der Name so wenig vorgekommen als der meinige.

Allein als Hildeburg eine Viertelstunde später mit mir zu zweit durch eine Zimmerflucht wandelte, um mir das Haus zu zeigen, das erst neu hergestellt und eingerichtet werden müsse, hielt sie plötzlich an und sagte mit leise hallenden Klagetönen: »Es ist nur zu wahr! Mein kluger, lieber Kanzler Mannelin liegt in Frankreich unter dem grünen Rasen; sie haben ihm die Brust durchschossen und seine treuen blauen Augen ausgelöscht! Und du, Marschall, bist gekommen, es mir zu sagen!«

Und gleichzeitig sah sie mich mit tief aufflammenden Augen an, die ebensowohl aus Haß wie aus Liebe so erglüht sein konnten. Denn auf den blaß gewordenen Lippen lag jetzt nichts als bittere Trauer. Das Du, mit dem sie mich anredete, wagte ich nicht zu erwidern, so herrisch hatte es geklungen, beinahe, wie der Herr mit dem Diener oder der Offizier mit dem Soldaten sprach.

»Nein, Fräulein Hildeburg!« sagte ich, einen Schritt zurücktretend, doch mit scheuer Ehrerbietung, denn sie sah gar zu merkwürdig aus, fast wie wenn sie besessen wäre: »Ich weiß von nichts und hoffe, er lebt noch!«

»Den Teufel hoffst du!« rief sie mit funkelnden Augen und lachte jählings auf, indessen mich das Gewissen Lügen strafte. Denn in diesem Augenblicke schien es mir, daß ich nicht genug getan hatte, um über das Schicksal Mannelins ins klare zu kommen, und zugleich fühlte ich mich von brennender Eifersucht gegen den Abwesenden gepeinigt, der so leidenschaftlich betrauert wurde. Sie hatte ihn offenbar mehr geliebt oder liebte jetzt nur noch ihn. In dieser Beklemmung tat ich einen unfreiwilligen schweren Seufzer, worauf Hildeburg mich bei der Hand nahm und mit veränderter Stimme sagte: »Kommen Sie, und sprechen wir vorderhand nicht mehr davon!«

Ruhig ging sie neben mir in den Saal zurück, wo eine Erfrischung aufgetragen war, und als ich gegen Abend mich nach der Stadt begab, reichte sie mir treuherzig die Hand und sagte, sie hoffe mich noch öfter zu sehen, solange das Regiment in der Gegend bleibe. Da die Witterung meistens gut war, so fand sich fast täglich Ursache und Vorwand, den Spazierritt zu wiederholen, und wenn ich ausblieb, sagte Hildeburg am nächsten Tage sogleich: »Warum sind Sie gestern nicht gekommen?« Sie schien sich mir wieder mehr zuzuneigen, und das eine Mal verlor sie unversehens einen trauten Blick an mich, das andere Mal streifte sie mich leicht mit einer Berührung, kurz, sie beglückte mich mit jenen kleinen Zeichen, mit welchen Liebende anfangen, sich an den Gedanken eines dereinstigen Beisammenseins zu gewöhnen. Dann aber blieb sie wieder tagelang in sich gekehrt und lebte sichtlich mit düsteren Sinnen in der Ferne. Mein eigener Zustand schwankte daher fortwährend zwischen Hell und Dunkel hin und her, so daß ich ungeduldig das Ende herbeiwünschte. Allerdings stand es auch einem jungen Dragoner, der seit Jahr und Tag den Säbel in der Faust führte und über manche Blutlache hinweggesetzt hatte, nicht sonderlich gut an, um ein Frauenzimmer herumzuschmachten, das doch nicht dicker war als ein Spinnrocken, wenn auch noch so hübsch gedreht.

Als ich eines schönen Nachmittags auf den Landsitz hinausritt und eben in der langen Ulmenallee in unwilliger Gemütsbewegung das Pferd in eine unruhige und heftige Gangart versetzt hatte, ohne dessen bewußt zu sein, eilte mir aus dem Hause ein fröhliches Menschenpaar entgegen: Hildeburg, welche einen preußischen Infanterieoffizier, oder mein Freund Mannelin, der das Fräulein Hildeburg an der Hand führte; ich konnte in der Überraschung nicht erkennen, welches von beiden der Fall war. Meine erste Empfindung war die Freude über das unverhoffte Wiedersehen, die zweite ein Gefühl der Zufriedenheit über die Herstellung des früheren Zustandes zwischen den drei Personen, womit wenigstens für den Augenblick der quälende Zweifel beseitigt wurde. Auch Hildeburg gab ähnlichen Gefühlen Ausdruck, indem sie ausrief: »Nun ist alles gut, nun sind wir alle wieder beisammen!«

Mannelin vollends war unverkennbar glücklich und zufrieden, die Dinge so zu finden, da er schon gefürchtet haben mochte, zu spät zu kommen, denn er wußte, daß er irrigerweise für tot ausgegeben worden. Er war aber nicht so unrettbar verletzt gewesen und jetzt leidlich geheilt; doch hatte er einen mindestens halbjährigen Urlaub antreten müssen, um sich ganz zu erholen. Schon wieder mit Büchern versehen, war er auf dem Wege nach einem Badeort mit heißen Quellen begriffen und hielt kurze Einkehr in der Universitätsstadt. Erst auf dem Landgute des Bankherrn hatte er heute vernommen, daß ich ebenfalls im Lande sei. Mannelin hatte durch den Kriegsdienst sich sehr vorteilhaft verändert, was das Äußere betrifft. Ohne gerade martialisch dreinzuschauen, hatte er doch an fester Haltung gewonnen. Sein leichter blonder Bart auf Wangen und Oberlippe erhielt durch den Ernst der Ereignisse und Abenteuer, der in den Augen und auf dem Munde sich gelagert hatte, eine größere Bedeutung, als ihm sonst zugekommen wäre, und das militärische Wissen und Erfahren, um welches er reicher geworden, vereinigten sich vortrefflich mit seinem wissenschaftlichen Geiste. Aber ungeachtet er die bedeutendsten Kriegstaten mitgemacht und zahlreichere Gefechte und Gefahren bestanden als ich, hörte man ihn niemals davon sprechen, und wäre er nicht unfreiwillig in die zeitgemäßen Gespräche mit verflochten worden, so würde man vermutet haben, er sei die ganze Zeit über nie aus seiner Studierstube herausgegangen.

Das verlieh dem liebenswürdigen Duckmäuser einen neuen Glanz, der indessen auch mir zugute kam; denn als ich einst nach eifrigem Sprechen vom Hauen und Stechen in der darauffolgenden Stille plötzlich wahrnahm, wie renommistisch ich mich neben ihm ausnehmen mußte, suchte ich mich beschämt zu bessern und wurde auch hie und da bescheidener. Leider mußte ich nachher, da ich Soldat von Profession blieb, mich doch wieder an das Schreien und Rufen gewöhnen.

So verlebten wir noch eine Reihe von angenehmen, heiteren Tagen, bis nicht unerwartet und doch unverhofft der Abmarschbefehl für mein Regiment anlangte, und zwar hatte der Aufbruch in sechs Tagen stattzufinden. Von Stund' an war Hildeburg in ihrem Benehmen verändert. Bald unruhig und zerstreut, bald in sich gekehrt und über etwas brütend, das sie beschäftigte und drückte, wechselten ihre Launen unaufhörlich, und als ob sie es selbst nur zu wohl wüßte, entzog sie sich meist der Gesellschaft, die zuweilen ziemlich zahlreich wurde, je mehr die Umgebung des erst später wohnlich zu machenden Hauses zum Aufenthalt im Freien einlud. Indem ich, von dem veränderten Betragen des Mädchens abermals betroffen, über dasselbe nachdachte, fühlte ich mich geneigt, die Erscheinungen zu meinen Gunsten auszulegen und zu glauben, nun komme die Reihe, als Abwesender oder gar Verlorener zu glänzen und betrauert zu werden, an meine werte Person. Ich überlegte, wie ich mich dazu zu stellen habe: ob ich edel gesinnt die Dinge nach Abrede gehenlassen und dem Rivalen vertrauensvoll das Feld räumen oder ob ich den Vorteil benutzen und mit dem Gewicht der neuen Sachlage dem Zünglein der Waage einen leichten, aber plötzlichen Stoß geben solle?

Hildeburg selbst schien mir entgegenzukommen; sie veranlaßte ihre Eltern, mir zu Ehren ein Abschiedsessen zu geben, und mich forderte sie bei der Einladung auf, es so einzurichten, daß ich auch den Abend bleiben könne. Ein Bett für mich solle trotz der mangelhaften Einrichtung bereit sein, meinte sie, und vor Gespenstern würde ich mich wohl kaum genieren. Denn es gehe die Rede, daß in dem älteren Flügel des Hauses etwas nicht richtig sei.

In der Tat hatten die Dienstboten von einem alten Gärtner dergleichen Reden gehört und mit eigenen Beobachtungen, die sie zu machen glaubten, ergänzt. Während der Mahlzeit, welche reich und belebt genug war, geriet die Unterhaltung ebenfalls auf diesen Gegenstand. Die alte Mama beklagte sich über so beunruhigende Herumbietungen, die doch keinen vernünftigen Grund haben könnten; der alte Herr verwies darauf, daß mit Luft und Licht und frischer Tünche der neuen Arbeiten das Unwesen sich wohl verziehen werde. Mich aber stach der Vorwitz, mich wieder einmal der sogenannten Nachtseiten und der jenseitigen Geheimnisse und so weiter anzunehmen, und ich kehrte den ernsten Kriegsmann heraus, der auf nächtlichen Schlachtfeldern und zwischen Tod und Leben verlernt habe, über dergleichen zu spotten.

Mannelin, der bisher das Gespräch nicht teilnahmenswert gefunden, sah mich ganz verwundert an und fragte mich treuherzig lachend, ob ich noch unter die Geisterseher gehen wolle? Hierdurch gereizt, bejahte ich die Frage kühnlich, sofern ich nur das Glück wirklich haben sollte, ein Stück der andern Welt jetzt schon kennenzulernen; zugleich stellte ich aber ein wenig großtuerisch in Aussicht, den Dingen ins Gesicht sehen und sie zur Rede stellen zu wollen, wenn sie anders herankämen. Um was sich's eigentlich handle im vorliegenden Falle? schloß ich meine Prahlerei.

»Es soll ein Poltergeist sein, den man die alte Kratt nennt«, sagte Hildeburg, halb eingeschüchtert durch meine Reden, wie wenn sie befüchtete, es möchte am Ende etwas Wahres aus der Sache werden. Vor achtzig Jahren habe nachweisbar eine freiherrliche Familie Kratt das Gut besessen; weiteres habe man noch nicht herausgebracht, als daß es nur selten und nur in gewissen Nächten spuke.

Da die Mutter Hildeburgs ein ängstliches und noch

mehr verdrießliches Gesicht zu machen begann über die Verunzierung des neuen Besitzes und mein Freund Mannelin sich gleichgültig von dem Gespräch wieder abgewandt hatte, wurde dasselbe fallengelassen, und man kam nicht mehr darauf zurück. Ich hatte zwei Kameraden mitgebracht, lustige Donauleute, die sich das gute Leben im Privatkreise wohl gefallen ließen nach langen Entbehrungen, und es ging den Rest des Tages über sehr munter zu. Als sie am Abend, da auch die andern Gäste zurückkehrten, den leichten Wagen vorfahren ließen, in welchem wir gemeinschaftlich angekommen, schwankte ich einen Augenblick, ob ich nicht mit ihnen fahren sollte, da es wegen des bevorstehenden Abmarsches allerlei zu tun gab und ich mich doch in nichts verfehlen wollte. Ich brauchte nur Helm und Säbel zu holen und rasch adieu zu sagen, das heißt bis zum folgenden Tage. Da stand aber schon die Hildeburg bei uns auf der Freitreppe und sagte gleichmütig: »Ich dachte, Sie würden morgen noch mit uns im Garten frühstücken; doch lassen Sie sich nicht abhalten, wenn es nicht angeht. Jedenfalls steht Ihr Zimmer bereit.«

Natürlich blieb ich nun da; die zwei Österreicher küßten der Dame die Hand, schwangen sich in den Wagen und fuhren wie die Kugel aus dem Rohr davon, während ich mit Hildeburg dem leuchtenden Diener ins Haus zurückfolgte, mit einem geheimen Herzklopfen wegen der süßen Entscheidung, die ich halbwegs erwartete. Hildeburg zog sich jedoch bald in die Unsichtbarkeit zurück, und der Tag endigte für mich damit, daß ich in der Gesellschaft Mannelins und von Hildeburgs Vater noch mehrere Gläser starken Punsches trank, den die

Frauen uns hatten anrichten lassen. Dann plauderte ich noch eine Viertelstunde mit Mannelin auf seinem Zimmer und folgte endlich etwas schlaftrunken dem Diener, der mich in die Stube brachte, wo mein Nachtlager stand. Ich hatte fast alles vergessen, was mich vor Stunden noch erregte, und sah das Gemach nur flüchtig an, in dem ich mich befand. Es schien ein sehr großes, aber niedriges Zimmer, dessen Wände und Decke mit hölzernem Tafel- und Leistenwerke bekleidet waren. An den Wänden stand hie und da ein alter Polstersessel und in einer Ecke ein altertümliches Himmelbett, das von allen vier Seiten dunkle Umhänge umgaben. In der Nähe des Bettes befand sich ein Tisch mit Wasser und dergleichen, auf welchen der Diener seine zwei Leuchter stellte, eh' er sich zurückzog; weiter war nichts zu erblicken als in einer entfernten Ecke, dem Bette schräg gegenüber, eine alte Schreibkommode mit einem Aufsatz. Dicht dabei befand sich eines der Fenster, durch welche ein schwaches Mondlicht in den Raum fiel, und ich sah noch, wie die verdunkelte Politur des alten Hausrates das Licht matt reflektierte. Als ich die Uhr auf den Tisch legte, sah ich, daß es halb zwölf Uhr war. Das erinnerte mich nochmals an die Spukgeschichte; da es mir aber jetzt mehr um den Schlaf als um ein Abenteuer zu tun war, verließ ich mich unbedenklich wieder auf Mannelins guten Verstand, löschte die Lichter und legte mich, immerhin die Unterkleider anbehaltend, in das Bett, das übrigens vortrefflich war. In drei Minuten schlief ich fest; ich glaube, ich dachte nicht einmal mehr an die geliebte Hildeburg, kann es aber nicht bestimmt sagen. Mein Leichtsinn nahm diesmal ein übles Ende.

Ich mochte kaum eine halbe Stunde geschlafen haben, so wurde ich durch einen schrecklichen Knall oder Fall geweckt, der mitten im Zimmer erfolgt sein mußte. Ich sperrte die Augen auf, und halb schwindlig von den aufgestörten Geistern des genossenen Getränkes, von Schlaftrunkenheit und Überraschung, suchte ich mich zu besinnen, was ich denn gehört habe? Es dünkte mich, es könnte ein schwerer Gegenstand in oder außer dem Zimmer umgestürzt, ebensogut aber in dem baufälligen Hause oben oder unten etwas gebrochen sein. Zuletzt aber behielt ich wieder den Eindruck, daß der Ton in nächster Nähe entstanden sein müsse. Ich sah und horchte hin, aber nichts war zu sehen oder zu hören als der unheimliche Mondglanz auf der dunklen Schreibkommode. Auf einmal fegt' und kratzt' etwas hinter der Wand, dicht an meinem Bette. Ich warf mich herum und starrte; das war nun außer dem Spaß! Und wie ich starre, fährt mir ein eiskalter Luftzug über das Gesicht, die Bettvorhänge flattern einen Augenblick lang hin und her, und plötzlich wird mir die Decke vom Leibe gerissen.

»Donnerwetter!« rufe ich beklemmt und setze mich endlich aufrecht, jetzt ganz munter geworden. Es spukte wahrlich. Ich brachte die Beine aus dem Bett und saß nun quer auf demselben; mehr vermochte ich nicht zu tun, weil das Unbekannte trotz der possenhaften Form, in der es sich ankündigte, lähmend auf meine Glieder wirkte. Eben dies Possenhafte war ja selbst schreckhaft mit seinem Höllenhumor. Plötzlich wehten die Gardinen wieder, der eisige Hauch fährt mir über die linke Seite des Gesichtes und über den Nacken. Und indem ich mich schüttle, höre ich dicht hinter mir, wie durch die Wand hindurch, Schritte schlurfen, eine dünne, zitternde Weiberstimme stöhnt etwas Unverständliches, und indem ich mit neuem Schrecken hinhöre, steht schon einen Schritt links von mir eine gebeugte graue Weibergestalt mit einer verschollenen Schleiermantille um den Kopf. Sie muß hinter meinen Bettvorhängen und aus der Wand hervorgekommen sein. Nur einen Augenblick steht sie still, um Atem zu schöpfen; denn sie keucht wie eine engbrüstige Alte, die treppauf und -nieder und durch lange Korridore gegangen ist. Dann schlurft sie mit klatschenden Pantoffeln weiter, schräg über den Zimmerboden, auf die Schreibkommode zu, vor der sie anhält. Mit einer leichenblassen Hand tastet sie an dem alten Möbel herum, wie wenn sie das Schlüsselloch suchte; ich sehe die gespreizten mageren Finger herumfahren. Richtig zieht sie einen Bund kleiner Schlüssel hervor, sucht einen derselben aus, steckt ihn in das Schlüsselloch und schließt die Schreibklappe auf. Unmittelbar darauf zieht sie mit sicherem Griff eines von den vielen Schiebládchen des Innern ganz heraus, guckt in die leere Öffnung und fährt mit der Hand hinein. Ich höre dort abermals ein Schlüsselchen umdrehen und sehe die Gestalt ein zweites verborgenes Fach hervorziehen, aus welchem sie hastig ein Paket nimmt, es öffnet und ein darin liegendes Papier entfaltet, in welchem ein drittes enthalten ist, das sie wiederum auseinanderschlägt. Dies alles sah ich im Zwielicht des Mondes, der durch das Fenster scheint. Und weiter sah ich deutlich, wie die alte Frau ein anderes Lädchen zieht, ein Etwas aus demselben nimmt, das ein Radiermesser sein muß; denn sie bückt sich tiefer auf das aufgeschlagene

Papier, das jetzt einen stattlichen Foliobogen darstellt, und liest darin, liest, nachdem das Gespenst eine Brille aufgesetzt hat, einen veritablen Nasenklemmer! Jetzt setzt sie den Finger auf eine Stelle und fängt an, etwas auszuradieren. Obgleich sie mir den Rücken zukehrt, erkenne ich doch jede Bewegung. Sie keucht bei der Arbeit mit stärkeren Atemzügen, die in der Kehle wie boshafte Geister einander zu drängen und zu kratzen scheinen; sie bläst das Abgeschabte weg, hustet wie ein alter schwindsüchtiger Notarius publicus, bläst wieder, fährt mit dem Finger über die radierte Stelle und schabt abermals. Endlich scheint die Arbeit gelungen zu sein; ein niederträchtiges, kurzes, heiseres Gelächter mit Hi, Hi, Hi! dringt mir durch Mark und Bein, und ohne mich rühren zu können, denke ich doch: hier ist einstmals ein Vertrag gefälscht, ein Geburtsrecht, ein Erbe, ein Lebensglück gestohlen worden!

Plötzlich wird das Messerchen wieder hingelegt, wo es genommen worden, mit der scheinbaren historischen Natürlichkeit solcher Dämonen, das Papier oder die Urkunde zusammengefaltet, eins ins andere gelegt und ein Schubfach nach dem andern zugestoßen, die Klappe zugeschlagen und verschlossen. Plötzlich dreht sich die Gestalt um und schleppt sich nach der Richtung hin zurück, wo ich reglos sitze, bis sie beinahe dicht vor mir stillsteht und mich anschaut. Nie vergesse ich das infame Hexengesicht, obschon es nur seitwärts vom Monde gestreift wurde und der größte Teil im Schatten lag. Nase, Kinn, der Mund, alles grinst wie in blühendem Leichenwachs ausgeprägt mir entgegen, voll Hohn und Grimm, wie das dunkle Feuer in den doch unkenntlichen Augen. Ich war in Kartätschenfeuer geritten, das mir wie Zephirsäuseln vorkam gegen die Schauerlichkeit, die mich jetzt übernahm. Was hatte ich mit diesem verfluchten Wesen zu schaffen, dem ich nie ein Leides getan? Was sollte das für eine Vernunft in der Welt sein, wo ein beherzter ehrlicher Kerl macht- und wehrlos dem wesenlosen Scheusal gegenüber dasaß und bei der geringsten Bewegung vielleicht durch die Schrecken der Ewigkeit um Gesundheit und Leben kam? Dergleichen verworrenes Zeug schwirrte mir durch den Kopf, als das Gespenst mich anschaute; ich fühlte, wie das Haar mir zu Berge stand, der Atem versagte mir, und ich konnte gleich einem, den der Alp drückt, nur noch rufen: »Die alte Kratt!«, als mir für einen Moment die Sehkraft und Besinnung schwand. Eine Minute später war die Erscheinung verschwunden. Selbstverständlich schlug jetzt, zur Vollendung des Spukes, auch noch die erste Stunde nach Mitternacht an einer entfernten Turmuhr. Als das bekannte wohltätige Eins gehörig verhallt war, wagte ich endlich, mich zu rühren, und suchte Licht zu machen. Die Leuchter standen da, aber ich fand kein Feuerzeug; so blieb mir nichts übrig, als mich zu Bett zu legen, und ich spürte bei dieser Gelegenheit die Bettdekke, die auf dem Boden lag. Ich nahm sie an mich, und sobald ich mich wieder horizontal ausgestreckt und nichts Verdächtiges mehr geschah, schlief ich ein und erwachte, als es schon lange Tag war. Erst jetzt stellte ich einige Untersuchungen an. Die Türe, die sichtbar einzig ins Zimmer führte, war noch von innen verschlossen, und der besondere altmodische Riegel, der über dem Schlosse angebracht, überdies vorgeschoben.

Die Schreibkommode war am Tage ein ganz gemütliches Möbel. Auf dem Pultdeckel oder der Klappe war von buntem Holze eine Landschaft eingelegt. Aus einem See ragte eine Insel mit einem Schloß, und auf dem Wasser saßen zwei Herren mit langen Perücken und kleinen Dreieckhütchen in einem Nachen und schossen auf Enten. Im Vordergrunde standen ein paar ruinierte Tempelsäulen, unter welchen ein dritter Herr mit hohem Rohrstocke tiefsinnig promenierte; alles so idyllisch und unverfänglich als möglich. Was mich aber am meisten wunderte, war ein Schlüssel, der ruhig im Schlosse stak, während ich doch deutlich den Schlüsselbund klirren und den Schlüssel des Gespenstes umdrehen und ausziehen gehört hatte. Ich machte die Klappe auf und sah die Schubläden, zog eines nach dem andern auf, aber alle waren leer, kein Radiermesser und nichts. Auch das geheime Fach fand sich mit seinem Schlüsselchen, es war auch leer, und ich hatte doch das Paket und die Papiere gesehen.

Es blieb also nur noch die Umgebung des Bettes zu untersuchen. Dasselbe stand mit dem Kopfende eine gute Spanne von der Wand entfernt, so daß zwischen der Gardine und der Wand allerdings jemand, der nicht zu dick war, sich mit Not durchwinden konnte. Als ich jedoch die schwere Bettstelle mit Mühe etwas weggerückt hatte, fand ich ringsum nichts als das gleiche Holzgetäfel, wie es überall die Wände und auch die Decke bekleidete. Von einer Ursache des Knalles konnte ich auch nirgends eine Spur entdecken.

Desto ernster erneuerte sich der Eindruck des Gesehenen; die schnurrige und widerwärtige Seite des Spukes trat zurück vor der Ahnung der endlosen Unruhe einer Seelensubstanz, für die sich, wenn dies Landhaus einst lange vom Erdboden verschwunden sein wird, dasselbe stets wieder aufbaut mit dem alten Zimmer und der Kommode, in welcher die verbrecherischen Papiere liegen, sowie auch der Schlüsselbund und das Radiermesser immer vorhanden, obschon sie vom Roste längst aufgelöst sind. Ich grübelte über diese furchtbare Existenz und Fortdauer in der bloßen Vorstellung, deren reale Natur jedem einzelnen dereinst noch schrecklich klar werden könnte, und da der Tod in den Kriegszeiten mir als einem Soldaten sozusagen zur Seite stand, dachte ich über mich selbst nach, über meinen Leichtsinn und dies oder jenes, was ich verfehlt haben mochte. Erst jetzt, da ich keine Wahl mehr hatte, beschwerte mich die übersinnliche Jenseitigkeit mit ihren dunklen Schatten, und ich empfand ein Heimweh wie nach einem Beichtvater, während ich den Säbel umschnallte und die Gesellschaft aufsuchte, welche eben in einer Laube beim Frühstücke saß.

Man sprach eben von dem nächtlichen Knall, der demnach im ganzen Haus gehört worden war, und da ich mit düsterem Gesicht hinzutrat und mich erst schweigend verhielt, wurde die Stimmung noch betroffener und verlegener. Befragt, ob ich es auch gehört, bejahte ich, ohne Weiteres hinzuzufügen, da ich die Familie nicht erschrecken mochte und es der Zeit und dem Gespenste selbst überließ, die Herrschaft mit den Merkwürdigkeiten dieses Hauses bekanntzumachen. Erst als ich mit Hildeburg und Mannelin vor meinem Weggehen noch etwas auf und nieder ging und die erstere zu mir sagte: »Was ist Ihnen denn, daß Sie so ernst und schweigsam sind?« antwortete ich unwillkürlich: »Was wird es sein? Die alte Kratt hab ich gesehen!«

»Und haben Sie mit ihr gesprochen?«

Sie sagte das mit unbefangenem Lachen, wie man tut, wenn man etwas für einen Scherz hält. Doch sah sie mich dabei aufmerksam an. Ich antwortete nicht darauf, zumal Mannelin mich ebenfalls erstaunt anblickte und ich nicht aufgelegt war, eine Disputation mit ihm zu bestehen. Da der Kutscher bereit war, mich nach der Stadt zu fahren, nahm ich mit dem Versprechen Abschied, am nächsten Tage noch ein letztes Mal zu kommen, und fuhr nicht mit leichtem Herzen weg. Der Geisterbesuch, die Trennung von dem anziehenden und trefflichen Mädchen, die Ungewißheit der Zukunft und auch der Umstand, daß Mannelin allein bei Hildeburg zurückblieb, alles trug dazu bei, meine Gedanken trüb und schwer zu machen.

Ich will nur gleich den chronologischen Verlauf zu Ende erzählen. Nach meiner Abfahrt setzten Hildeburg und Mannelin die Gartenpromenade fort, und erst jetzt drückte der Freund seine mit einigem Unwillen vermischte Besorgnis über den Stand meiner geistigen und körperlichen Gesundheit aus, da ich nicht nur von Gewissensfurcht, sondern sogar von förmlichen Halluzinationen geplagt scheine. Es wäre schade für mich, wenn ich in dem krankhaften Wesen weiter dahinlebte und Fortschritte machte, und er frage sich, ob er mich nicht zur Einholung eines Urlaubes veranlassen und an den bewußten Badeort mit sich nehmen solle. Offenbar hätten die Kriegserlebnisse meinem beweglichen Wesen nicht gutgetan und so weiter.

Hildeburg erwiderte nachdenklich, ob er denn so sicher wisse, daß nur Täuschung sei, was ich gesehen zu haben vorgebe? Ihres Teils befürchte sie, allerdings gegen alle Vernunft, daß doch dies oder jenes möglich sein könnte, und für diesen Fall wäre es ihr mehr um die Eltern zu tun sowie um die übrigen Verwandten und Freunde, denen der Aufenthalt in dem verrufenen Gebäude kein Vergnügen mehr machen würde. Die Vornahme der baulichen Wiederherstellung schiene unter solchen Umständen geradezu nicht mehr ratsam und dergleichen mehr.

Jetzt schaute Mannelin die Sprecherin mit ebenso besorgtem als liebevollem Blicke an. Ihn bekümmerte, daß sie solchem Unsinn zugänglich schien. Sie las die Sorgen in seinen Augen und blickte wahrscheinlich hierfür wieder dankbar zurück; doch verharrte sie in ihrem Zweifel und sagte nach fernerem Nachdenken:

»Ich muß doch wenigstens wissen, ob andere in dem alten Gemache eine ähnliche Erfahrung machen oder ob es wirklich nur der Rittmeister ist, der etwas sieht. Ich werde den Johann beauftragen, dort eine Nacht zuzubringen.«

»Der alte Johann«, sagte Mannelin, »wird natürlich so viele Geister sehen, als man wünscht oder fürchtet! Wenn Sie einen zuverlässigen Bericht wollen, so lassen Sie die Stube für mich zurechtmachen! Ich will mich in Gottes Namen der kuriosen Aufgabe unterziehen, wenn durchaus etwas geschehen soll!«

»Sie?« rief Hildeburg, »nein, Sie dürfen es nicht tun!

Sie sind mir zu gut dazu! Wenn dennoch etwas an der Sache wäre, so könnte der Eindruck auf Sie gerade ein noch viel stärkerer sein als bei unserm Freunde und Ihnen ernstlich schaden!«

Mannelin blieb aber bei seinem Vorsatze, und so ließ er sich, als gegen elf Uhr man allerseits schlafen ging, in das Gemach leuchten, in welchem ich die letzte Nacht zugebracht hatte.

»Wollen Sie nicht wenigstens Ihren Degen und die Pistolen mitnehmen?« sagte der Diener, der aus dem früheren Zimmer die nötigen Sachen trug und von dem Vorhaben unterrichtet war.

»Nein!« antwortete Mannelin; »gegen Geister würden die Waffen nichts helfen, und wenn allenfalls lebendige Leute einen Unfug treiben, so muß man nicht gleich Blut vergießen!«

Genug, mein Mannelin befand sich endlich, gleich mir, allein in dem unheimlichen Zimmer. Er ging mit dem Leuchter darin herum, verriegelte die Tür und legte sich halb angekleidet zu Bett, nachdem er den Tisch an dasselbe gerückt. Dann las er eine Stunde oder länger, bis es am Turme Mitternacht schlug. Dann klappte er das Buch zu und horchte noch eine Weile mit offenen Augen. Als aber alles still blieb, wurde ihm das Ding langweilig; er löschte das Licht, legte sich auf die Seite und schlief ein. Kaum hatte er einige Minuten geschlafen, so erfolgte zwar kein Knall wie gestern, allein es klopfte dicht hinter ihm an die Wand, ein altes Mütterchen sagte vernehmlich: »Ja, ja!«, der kalte Luftzug strich über sein Gesicht, die Gardinen flatterten, und die Decke flog weg. Und indem Mannelin sich besann, aber ganz ruhig liegenblieb, wie wenn er nichts merkte, sah er schon die alte Kratt in der Mitte des Zimmers gegen die Fensterecke zuschlurfen, wo die Kommode stand und der Mond schien, wie gestern. Er war jetzt doch ziemlich überrascht, und das Herz klopfte ihm bedeutend, weil er die Natur und Tragweite des Abenteuers nicht kannte. Aber wie der Jäger, von einem Tiere überrascht, sein Gewehrschloß schnell in Ordnung bringt, stellte Mannelin geschwind seine Gedanken in eine kleine Reihe, als ob es Polizisten wären, und sich selbst an ihre Spitze. Ohne sich zu rühren, folgte er der Erscheinung aufmerksam mit den Augen und sah, wie sie an der Kommode tastete und die Klappe öffnete, kurz alles tat, wie ich es gesehen. Als sie nun auf dem Papiere radierte, war er schon leise aufgestanden und ihr auf unhörbaren Socken nachgeschlichen und stand hinter ihrem Rücken. Das grauenhafte buckelige Weibchen kratzte, schabte, keuchte und hustete und blies den Staub weg, kurz, war so geschäftig wie der Teufel, und Mannelin guckte dem Gespenste still über die Schulter, bis es fertig war und sein schändliches heiseres Gelächter aufschlug. Da sagte er plötzlich:

»Na, Frauchen, was treiben Sie denn da?«

Wie eine Schlange schnellte das Gespenst empor und stand um einen Kopf höher als vorher ihm gegenüber. Mit dem schrecklichen Gesichte starrte sie ihm entgegen; aber schon hatte er die Hand auf ihre Schultern gelegt; dann packte er sie unversehens um die Hüfte, um sie in die Gewalt zu bekommen und die graue Mantille wegzuziehen. Er fühlte einen allerdings schlangenförmigen, aber sehr lebenswarmen Körper, und da sie sich jetzt in seinen Armen hin und her wand und mit dem Leichengesicht nahe kam, faßte er unerschrocken die im Monde glänzende schreckliche Nase und behielt eine abfallende Wachsmaske in der Hand, während Hildeburgs feines Gesicht zu ihm emporlächelte. Leider küßte er es sogleich zu verschiedenen Malen und an verschiedenen Stellen, beschränkte sich aber doch endlich auf den Mund, nachdem derselbe ein unhöfliches: »Du lieber Kerl!« ausgestoßen hatte. Schließlich ließen sie sich auf einen Stuhl nieder, das heißt, Mannelin saß darauf und Hildeburg auf seinen Knien. Ich will nicht untersuchen, ob es nicht anständiger gewesen wäre, wenn sie einen zweiten Stuhl herbeigeholt hätten; die Außerordentlichkeit des Abenteuers und die einsame Nachtstille mögen zur Entschuldigung dienen; ich will nur die Tatsache meines Suppliziums erhärten: alles das wäre mein gewesen, wenn ich in der vorigen Nacht den einfachen Verstand des verfluchten Duckmäusers besessen hätte!

Denn in seinen Armen ruhend, erklärte sie ihm nun den Handel. Sie habe, seit wir beide wieder in ihrer Nähe gewesen, ihre Lage nicht länger ertragen und doch auch nicht zur früheren Entsagung so ohne weiteres zurückkehren mögen, und da sie die unglückliche Doppelliebe längst als eine unwürdige Krankheit erkannt, beschlossen, sich durch gewaltsame Wahl zu heilen. Die Idee der Ausführung sei ihr plötzlich durch das Gerede von der Spukgeschichte gekommen. Demjenigen von uns beiden, welcher dem Gespenste gegenüber den größeren Mut erweise, wolle sie sich ergeben und den andern freilassen; denn daß sie uns beide gefangenhalte, habe sie wohl gewußt. Nun habe sich die Verwirrung so klar ausgeschieden, wie wir alle nur wünschen könnten. Ich, der Rittmeister, so brav ich sei, habe der göttlichen Vernunft mankiert im rechten Augenblick; Mannelin sei ihr treu geblieben ohne Wanken, und sie trage ihm daher Herz und Hand an und so weiter und so weiter, muß ich abermals sagen, um das Unerträgliche nach soviel Jahren noch abzukürzen. Sie wurden in der Nacht noch handelseinig, daß sie heimlich verlobt sein wollten, bis der Augenblick gekommen sei, wo Mannelin bei ihren Eltern um sie werben könne.

Diese artigen Vorgänge wurden mir in einer Geheimsitzung, die zu dritt stattfand, am andern Tage feierlich eröffnet, als ich zum letzten Male hinausritt. Ich hatte ahnungsvoll das raschere Pferd gewählt, da ich jetzt um so unaufhaltsamer wieder davongaloppieren konnte. Vorher mußte ich jedoch mit dem Pärchen den Weg begehen, den Hildeburg als Gespenst gemacht hatte. Ich will nicht weitläufig beschreiben, wie schlau sie alles angestellt; wie sie den Knall einfach dadurch hervorgebracht, daß sie auf dem Boden über dem alten Zimmer einen wackeligen leeren Schrank mittels einer Hebelstange umgestürzt, ihn freilich nachher nicht mehr aufrichten konnte, weshalb auch in der zweiten Nacht die Detonation unterblieb; wie aus einem verborgenen Vorraume das Heizloch eines ehemaligen Ofens in das Zimmer ging und von einem verschiebbaren Felde des Holzgetäfels verdeckt war, das Gespenst aber eben dort durchkriechen und hinter den Bettvorhängen hervorschlüpfen konnte; wie sie die Bettdecke mittels eines Schnurgeschlinges wegziehen konnte, das in den Falten der Gardinen versteckt hing; wie sie den kalten Durchzug verursachte, indem sie im besagten Vorraume ein nach Norden gehendes Fenster aufgetan hatte, so daß im Augenblicke, wo sie das alte Ofenloch frei machte, die Luft durchstrich; wie sie den Charakter der Gespensterrolle mit merkwürdiger Phantasie ausstudiert, und zwar in der größten Schnelligkeit: das erklärte sie uns jetzt Schritt für Schritt, damit ja kein Zweifel übrigblieb, und besonders mich ermahnte sie auf dem Passionswege wiederholt, gewissermaßen bei jeder Station, doch nicht mehr so leichtgläubig zu sein. Dabei hing sie sich zuweilen traulich an meinen Arm, so daß mir nichts übrigblieb, als das Gesicht eines Ideals von Esel dazu zu schneiden und fromme Miene zum bösen Spiel zu machen.

Zum Überflusse mußte auch noch das Traurigste, was es gibt, der Zufall, sein Siegel darauf drücken. Um ganz unparteiisch zu verfahren, hatte das gute Mädchen vorher im stillen das Los gezogen, welchen von den zwei Liebhabern sie zuerst der Prüfung unterwerfen solle; denn, sagte sie, mancher zufällige Umstand konnte auf das Ergebnis von Einfluß sein, die Verschiedenheit des Wetters, der Mondhelle, des körperlichen Befindens und der Gemütsstimmung konnte eine veränderte Urteilskraft bedingen, wie ich denn auch geschehenermaßen am Tage vor meiner Prüfungsnacht mehr Getränke zu mir genommen, als der andere zu seiner Stunde wegen Mangel an Gesellschaft habe tun können, da ich ja fort gewesen sei! Also genau wie beim Pferderennen, wo bis aufs kleinste alles verglichen und abgewogen wird!

Daß durch den Sieg meines Nebenbuhlers trotz des technisch untadelhaften Verfahrens ihren geheimsten Wünschen besser entsprochen worden sei, als wenn ich gesiegt hätte, daran durfte ich schon damals nicht zweifeln. Denn sie schien von Stund an von jeder Last befreit und ungeteilten leichten Herzens zu leben, welches hat, was es wünscht.

Iwan Turgenjew

Gespenster

Der Schlaf wollte nicht kommen, und unablässig wälzte ich mich von der einen Seite auf die andere. Der Teufel hole diesen Unsinn! Tischrücken! dachte ich. Das zerrüttet einem nur die Nerven ... Aber schließlich begann der Schlummer mich zu überwältigen ...

Da war mir plötzlich, als töne in meinem Zimmer sanft und klagend ein Saitenklang.

Ich hob den Kopf. Der Mond war eben erst aufgegangen und schien mir gerade ins Gesicht. Weiß wie Kreide lag sein Licht auf dem Fußboden ... und vernehmbar erklang der sonderbare Ton aufs neue ...

Ich richtete mich auf. Eine kleine Angst zuckte durch mein Herz. – So verging eine Minute und noch eine ... Irgendwo ferne krähte ein Hahn.

Mein Kopf sank auf das Kissen zurück ... Es ist weit mit mir gekommen, dachte ich: Es fehlt nur noch das Ohrensausen. Gleich darauf muß ich wohl eingeschlafen sein, oder vielleicht kam es mir auch nur so vor, als ob ich einschliefe. Ich hatte einen ungewöhnlichen Traum. Mir träumte, ich läge in meinem Schlafzimmer auf meinem Bett – und könnte nicht schlafen und nicht einmal die Augen schließen.

Wieder der Ton ... Ich drehte mich um ... Der

Mondschein auf dem Fußboden gleitet langsam in die Höhe, nimmt Gestalt an und gewinnt an seinem oberen Ende eine leichte Rundung ... und plötzlich steht unbeweglich, durchsichtig wie Nebel, eine weiße Frau vor mir.

»Wer bist du?« Die Frage kostet mich große Mühe. Wie ein leises Rauschen von Blättern vernehme ich die Stimme: »Ich bin's ... ich ... ich ... Ich kam dich holen.«

»Mich holen? Wer bist du?«

»Komm nachts zur Waldecke, wo die alte Eiche steht. Dort wirst du mich finden.«

Aber bevor ich noch die Züge der geheimnisvollen Frau gesehen habe, muß ich unwillkürlich schaudern: eine Kälte fuhr über mich hin. Auch liege ich nicht mehr; ich sitze aufrecht auf meinem Bett. Dort aber, wo, wie mir schien, das Gespenst gestanden, schimmert auf dem Fußboden in breiten Streifen der Mond.

Irgendwie verging der nächste Tag. Ich weiß noch, ich versuchte zu lesen und zu arbeiten ... es ging nicht. Die Nacht kam. Mein Herz pochte, als erwarte es jemand. Ich ging zu Bett und drehte mich zur Wand.

»Warum kommst du nicht?« scholl durch mein Zimmer vernehmbar ein Flüstern.

Ich fuhr herum.

Wieder war es sie ... wieder das rätselhafte Gespenst: starre Augen, starres Gesicht und der Blick voll Trauer.

»Komm!« flüsterte es aufs neue.

»Ich werde kommen«, entgegnete ich, und es überlief mich. Der Schatten glitt leise nach vorn und verglitt sanft wogend wie Rauch – und wieder lag auf dem ebenen Fußboden schimmernd nur der weiße Mond.

Aufgeregt verbrachte ich den folgenden Tag. Zum Abendessen trank ich Wein, fast eine ganze Flasche, dann ging ich auf die Terrassse, aber ich blieb dort nicht lange und warf mich auf mein Bett. Mein Blut schlug schwer. Wieder der Ton ... Ich erbebte, aber ich wendete mich nicht um. Da umschlang es mich eng von hinten, und wie ein Hauch drang es in mein Ohr: »Komm, komm, komm ...!« Ich erbebte vor Grauen, ich stöhnte nur: »Ich werde kommen!« und richtete mich auf. Am Kopfende meines Bettes stand, über mich gebeugt, die Frau. Ein leichtes Lächeln ... sie verschwand. Diesmal aber hatte ich ihr Gesicht erblickt. Hatte ich es nicht schon früher gesehen? Wo war das? Wann?

Spät stand ich auf und strich tagsüber durch die Felder, ich kam auch zu der alten Eiche am Waldrand und sah mich aufmerksam um. Als es auf den Abend ging, saß ich lange in meinem Arbeitszimmer am offenen Fenster. Meine alte Haushälterin brachte mir ein Glas Tee – aber ich trank keinen Schluck ... Mich beschäftigte nur ein Gedanke: Bin ich von Sinnen oder nicht?

Die Sonne ging derweilen unter, und nicht nur der Himmel loderte auf – auch die ganze Luft war mit einem Male von einem fast übernatürlichen Purpur gesättigt. Regungslos ruhten Gras und Blatt, und ein Glanz lag auf ihnen, als wären sie mit frischem Lack überzogen; aber in ihrer versteinerten Unbeweglichkeit, in der grellen Schärfe ihrer Konturen, in dieser Vereinigung heftigen Leuchtens und roter Ruhe war etwas sehr Sonderbares und Rätselhaftes. Ein großer grauer Vogel ließ sich lautlos herab und setzte sich auf den äußeren Rand des Fensterbrettes ... Ich sah ihn an, und auch er musterte mich von der Seite mit seinen runden und dunklen Augen. Bist du vielleicht abgesandt, mich zu mahnen? ging es mir durch den Kopf. Da schwang der Vogel seine weichen Flügel und flog lautlos fort, wie er gekommen. Aber lange noch blieb ich am Fenster – und doch war kein Überlegen in mir: ich war, so schien es, in einen Zauberkreis geraten, und wie ein Boot, das lange vor dem Wasserfall schon von der Strömung ergriffen wird, so riß auch mich eine sanfte und unüberwindliche Kraft mit fort.

Endlich fuhr ich auf. Aus der Luft war der Purpur schon völlig verschwunden, die Farben waren dunkler geworden und die verzauberte Stille schon lange dahin. Ein Wind spielte, am dunkelblauen Himmel ging hell der Mond auf, und in seinen kalten Strahlen funkelten silbern und schwarz die Blätter der Bäume. Die gute Alte betrat mein Zimmer mit einer Kerze, aber da wehte es durchs Fenster und löschte das Licht aus. Ich konnte es nicht länger ertragen, ich sprang auf, stülpte die Mütze auf und begab mich zur Waldecke hin, zur alten Eiche.

Vor vielen Jahren schlug einmal der Blitz in diese Eiche; doch brach auch ihr Wipfel ab und verdorrte er, so verblieb ihr dennoch Lebenskraft auf Jahrhunderte hinaus. Als ich mich ihr näherte, trat der Mond gerade hinter ein kleines Wölkchen: tiefes Dunkel herrschte unter den breiten Zweigen. Ich konnte nichts Besonderes gewahren ... aber wie sank mir das Herz, als ich dann zur Seite blickte: denn zwischen Wald und Eiche stand regungslos neben einem hohen Strauch eine weiße Gestalt. Mein Haar begann sich zu sträuben, doch ich nahm mich zusammen und näherte mich dem Walde. Ja, sie war es, der Gast meiner Nächte.

Als ich näher trat, kam der Mond wieder hervor. Es war, als sei sie ganz aus milchigem Nebel gesponnen. Durch ihr Gesicht hindurch sah ich einen Zweig, leise vom Winde gewiegt, und nur ihre Augen und das Haar dunkelten kaum bemerkbar, und an einem Finger der gefalteten Hände blitzte ein schmaler goldener Ring. Ich machte vor ihr halt und wollte sprechen, aber ich konnte keinen Ton hervorbringen, obwohl ich nicht eigentlich mehr Furcht empfand. Die Augen waren auf mich gerichtet, doch weder Kummer war in ihnen noch Freude, nichts als eine sonderbare und leblose Aufmerksamkeit. Ich wartete, ob nicht ein Wort von ihr kommen würde, aber sie blieb, wie sie war, regungslos und stumm, und immer noch war ihr toter und prüfender Blick starr auf mich gerichtet ... Und wieder kam das Grauen über mich.

»Ich bin da!« rief ich endlich mit letzter Kraft. Meine Stimme klang sonderbar fremd und hohl.

»Ich liebe dich«, flüsterte es.

»Du liebst mich?« wiederholte ich erstaunt.

»Gib dich hin«, flüsterte es von neuem.

»Mich hingeben? Dir, einem Schatten, der keinen Körper hat?« Eine eigentümliche Entrücktheit gewann Macht über mich: »Woraus bestehst du eigentlich, aus

Rauch, aus Luft, aus Nebel? Mich dir hingeben! Sage mir zuvor, wer du bist! Sage mir, ob du vormals auf Erden lebtest und woher du kommst!«

»Gib dich hin. Ich werde dir nichts Böses antun. Sprich nur diese Worte: Nimm mich hin!«

Ich blickte sie an. – Was sagt sie da? überlegte ich. Was soll das alles? Wie will sie mich hinnehmen? Oder versuche ich's doch am Ende?

»Also, gut.« Ich sprach es – und sprach unerwartet laut, fast so, als hätte jemand, der hinter mir stünde, mir Mut gemacht: »Nimm mich hin!«

Die Worte waren kaum gesprochen, da glitt die rätselhafte Gestalt mit einem seltsamen inneren Lachen, von dem für eine Sekunde auch ihr Gesicht bewegt wurde, schnell auf mich zu, hob die Arme und streckte sie nach mir aus ... Ich prallte zurück, aber es war zu spät, denn ich war bereits in ihrer Gewalt. Sie umfing mich, und schon war mein Körper eine halbe Elle über dem Erdboden. Schon schwebten wir über dem unbewegten, nassen Gras.

Anfangs schwindelte mir, und unwillkürlich schloß ich die Augen ... Doch ich öffnete sie schon nach wenigen Sekunden. Der Wald war verschwunden: unter uns breitete sich eine mit dunklen Flecken besäte Ebene. Schaudernd wurde ich gewahr, daß wir uns in großer Höhe befanden.

Verloren bin ich, ich bin in der Gewalt Satans! fuhr es mir wie ein Blitz durch den Kopf. Denn bis dahin war mir keinerlei Gedanke an eine Versuchung der Hölle gekommen oder gar an die Möglichkeit des Verderbens.

Immer noch schossen wir dahin, und es war, als erreichten wir immer höhere Höhen.

»Wohin bringst du mich?« entrang sich mir ein Stöhnen.

»Wohin es dir gefällt«, antwortete meine Begleiterin. Eng schmiegte sie sich an mich, ihr Gesicht lehnte fast an dem meinen. Übrigens spürte ich diese Berührung kaum.

»Laß mich wieder auf die Erde zurück, ich kann diese Höhe nicht ertragen.«

»Gut, aber schließe die Augen und atme nicht.«

Ich tat's – und fühlte sogleich, daß ich stürzte, wie ein Stein stürzt ... Wind pfiff durch mein Haar. Als ich wieder zu mir kam, schwebten wir sanft über dem Erdboden dahin, so niedrig, daß wir die Spitzen der hohen Gräser berührten.

»Laß mich nieder!« bat ich. Meine Begleiterin wendete sich leicht zur Seite, und ich stand. Sie hielt vor mir und faltete die Hände. Nach und nach wurde ich ruhiger und sah sie an: demütige Trauer lag in ihrem Gesicht wie zuvor.

»Wo sind wir?« fragte ich. Die Gegend war mir unbekannt.

»Fern von deinem Hause, aber ein Augenblick, und du kannst dort sein.«

»Doch wie? Muß ich mich wieder dir anvertrauen?«

»Ich tat dir ja nichts Böses und werde dir nichts Böses tun. Fliegen wir, bis es tagt! Mehr will ich nicht. Ich kann dich hintragen, wohin es dich gelüstet – kein Land der Erde ist zu weit. Gib dich hin! Sag mir von neuem: Nimm mich hin!«

»Also dann ... nimm mich hin!«

Und wieder schmiegte sie sich an mich, meinen Füßen entglitt der Boden, und wir flogen.

Wundervoll war es, den Wald von oben zu sehen. Sein stachliger Rücken schimmerte im Mondlicht. Er lag unter uns wie ein großes schlafendes Tier, und sein weites ununterbrochenes Rauschen, das fast wie ein undeutliches Murren klang, folgte unserem Flug. Hie und da passierten wir eine kleine Lichtung, und wie schön dunkelte immer auf der einen Seite der zackige Rand des Schattens ... Ab und zu klagte unten ein Hase, oben schrie eine Eule, ebenso klagend. Es roch nach Pilzen, Knospen und Sumpfgräsern. Kaltes und strenges Mondlicht überflutete die Welt, und zu unseren Häuptern funkelte das Sternbild des Wagens.

Nun lag der Wald hinter uns, vor uns im freien Felde schwebte ein Nebelstreifen, der Fluß. Wir flogen längs seinem Ufer hin, über Büschen, die schwer und regungslos waren von Feuchtigkeit. Die Wellen des Flusses glitzerten in blauem Glanz. Zuweilen wogte seltsam ein dünner Dunst über ihnen – und keusch und herrlich schimmerten die Kelche der Wasserlilien. Langsam gewöhnte ich mich an die Empfindung des Fliegens, und nach und nach machte es mir sogar Spaß: jeder, der einmal im Traum geflogen ist, wird mich gewiß verstehen. Und nun erst schickte ich mich an, das sonderbare Wesen, das die Ursache dieser unglaubwürdigen Ereignisse war, mit größerer Aufmerksamkeit zu mustern ...

Es war eine Frau mit einem kleinen und gar nicht russischen Gesicht. Weiß mit einem grauen Grundton und halbdurchsichtig und kaum wahrnehmbarer Schattierung, erinnerte es an Figuren auf einer von innen erleuchteten Alabastervase – und wiederum kam es mir bekannt vor.

»Ist es erlaubt, mit dir zu sprechen?« fragte ich.

»Sprich.«

»Ein Ring ist an deinem Finger; dann lebtest du also bereits auf Erden und warst verheiratet?«

Ich verstummte ... keine Antwort.

»Wie heißt du – oder wie hast du geheißen?«

»Nenne mich Ellis.«

»Ellis! Hast du mich früher gekannt?«

»Nein.«

»Warum kamst du dann zu mir?«

»Ich liebe dich.«

»Ellis«, rief ich plötzlich, »vielleicht bist du eine arme sündige Seele?«

Der Kopf meiner Gefährtin neigte sich zur Seite.

»Ich kann dich nicht verstehen«, raunte sie.

»Im Namen Gottes ...«, begann ich.

»Was sagst du da?« murmelte sie erstaunt. »Ich kann dich nicht verstehen.« Aber mir war, als ob der Arm, der wie ein kalter Gürtel mich umschlang, sich ein wenig lockerte ...

»Keine Angst«, sprach Ellis. »Keine Angst, Geliebter!« Sie wendete mir voll ihr Gesicht zu und näherte es dem meinen ... Auf meinen Lippen war eine sonderbare Empfindung, wie die Berührung eines feinen und weichen Stachels ...

Ich blickte nach unten. Wir waren in beträchtlicher Höhe über einer mir unbekannten Provinzstadt, die am Abhang eines breiten Hügels lag. Aus der dunklen Masse der Holzdächer und Obstgärten ragten Kirchtürme. Schwarz lag über der Flußbiegung eine lange Brücke. All das schwieg in tiefem Schlaf. Selbst die Kuppeln und die Kreuze funkelten in schweigsamem Glanz, schweigsam ragten die hohen Brunnenstangen, umgeben von runden Weidenbüschen, schweigsam drang der feine Pfeil der bleichen Landstraße auf der einen Seite in die Stadt ein, und schweigsam eilte er auf der gegenüberliegenden Seite in die schattenhafte Weite der einförmigen Felder hinaus.

»Wie heißt diese Stadt?« fragte ich.

». . . ssow.«

»Im . . . schen Gouvernement?«

»Ja.«

»So weit bin ich von zu Hause?«

»Für uns gibt es keine Entfernungen.«

»Tatsächlich?« Wie ein Rausch flammte es in mir auf: »Dann trage mich nach Südamerika!«

»Dorthin kann ich nicht. Dort ist jetzt Tag.«

»Gleichviel, wohin es geht – nur möglichst weit.«

»Schließe die Augen und atme nicht«, sagte Ellis, und wie ein Orkan rasten wir dahin. Die Luft fegte mit betäubendem Rauschen um meine Ohren.

Wir hielten, aber der Lärm hörte nicht auf. Im Gegenteil: ein drohendes Brüllen war es jetzt, ein donnerndes Heulen.

»Du kannst die Augen öffnen«, sagte Ellis.

Ich gehorchte . . . Mein Gott, wo waren wir?

Uns zu Häupten schwere rauchgraue Wolken, sie drängten sich, sie rannten wie eine Herde wütender Ungeheuer ... Uns zu Füßen aber war ein zweites Ungeheuer: das tobende, tosende Meer ...

Weißer Gischt sprüht empor und schwillt kochend zu kleinen Hügeln auf, rasende Wogen krachen an die riesige, pechschwarze Klippe. Das Heulen des Sturmes, der eiskalte Atem des aufgerührten Abgrundes, das schwere Donnern der Brandung, das bald wie ein klagevolles Jammern, bald wie Kanonengebrüll und bald wie Glockenton schallt – das zerreißende Kreischen und Knirschen der Steine am Ufer, der jähe Schrei einer unsichtbaren Möwe, das schwarze Gerippe eines gescheiterten Schiffs am verhängten Horizont – in allem Tod, Tod in allem und Grauen ...

»Was ist dies? Wo sind wir?«

»Auf dem Südufer der Insel Wight, auf dem Vorgebirge Blackgant, an dem so häufig die Schiffe zerschellen«, entgegnete Ellis. Diesmal sprach sie mit besonderer Deutlichkeit, und es war etwas wie Schadenfreude in ihren Worten, wie mir scheinen wollte ...

»So trage mich fort, fort von hier ... nach Hause! Nach Hause!«

Ich preßte die Hände vors Gesicht, und schon spürte ich, wie wir noch schneller als zuvor dahinschossen: Das Geräusch des Windes war kein Heulen mehr, kein Pfeifen – er winselte in meinem Haar, winselte in meinen Kleidern ... mir verschlug es den Atem ...

»So steh doch!« Ellis rief es.

Ich gab mir alle erdenkliche Mühe, mich zusammenzureißen und wieder zur Besinnung zu kommen ...

Unter mir war fester Boden, und kein Laut war hörbar, als wäre alles Leben ringsum erstorben ... aber das Blut hämmerte immer noch ungleichmäßigen Schlages in meinen Schläfen, und im Kopfe sauste es mir. Endlich richtete ich mich auf und öffnete die Augen.

Der Ufersaum meines Teiches! Gerade vor mir schimmerte seine breite Fläche durch die spitzen Blätter des Weidengebüsches, und auf dem Wasser lagen noch hie und da flaumige Nebelschwaden. Rechts von ihm leuchtete in mattem Glanz das Roggenfeld, zur linken Seite aber ragten die Bäume meines Gartens regungslos und schlank empor und schienen naß zu sein ... Morgenluft hatte sie angeweht. Am Grau des reinen Himmels zogen einige Wölkchen wie Streifen Rauch hin, ein kaum merkliches Gelb spielte auf ihnen, der erste leise Widerschein der Morgendämmerung. Die Sterne erloschen, es rührte sich nichts, obwohl in der verzauberten Stille des ersten Zwielichts alles Leben sich bereits zu regen begann.

»Der Morgen! Der Morgen ist da!« rief Ellis dicht an meinem Ohr: »Leb wohl! Auf morgen!«

Ich fuhr herum ... Sie schwebte sanft empor und vorbei – und mit einem Male warf sie beide Arme nach oben. Im gleichen Augenblick nahmen Kopf, Arme und Schultern die warme Farbe des irdischen Leibes an, lebendige Lichter schimmerten in ihren dunklen Augen, und ein süßes, verschwiegenes Lächeln bewegte ihre blühenden Lippen ... Die schönste Frau stand plötzlich vor mir ... Gleich darauf aber sank sie, als wenn sie in Ohnmacht fiele, zurück und zerging wie ein Hauch.

Als ich mich wieder gesammelt hatte und mich umsah, war mir, als sei der Rosenton, in dem die Erscheinung aufgeblüht war, immer noch da, als erfülle er jetzt die Luft und umgäbe mich von allen Seiten ... Es war die Morgenröte. Plötzlich überkam mich die äußerste Erschöpfung, und ich begab mich ins Haus. Ich mußte am Geflügelhof vorüber und hörte dort das Morgengeschnatter der Gansküken (von allem Geflügel werden sie am frühesten wach); längs des Dachfirstes hockten Dohlen, die sich scharf vom milchweißen Himmel abhoben, und putzten sich stumm, aber geschäftig. Zuweilen stiegen sie alle zugleich auf, flatterten ein wenig und ließen sich dann alle in der gleichen Ordnung nieder, und alles ohne einen Laut ... Aus dem nahen Wäldchen drang zweimal das heisere Morgenknarren des Auerhahns, der sich soeben in das taufrische Gras begeben hatte, um Waldbeeren zu suchen ... Ich erreichte mein Bett und fiel gleich darauf in tiefen Schlaf.

In der folgenden Nacht schwebte Ellis, als ich mich der alten Eiche näherte, mir wie einem vertrauten Bekannten entgegen. Ich fürchtete mich nicht mehr vor ihr wie gestern. Ich war fast froh darüber, sie zu sehen, und ich versuchte nicht erst darüber nachzugrübeln, was in mir vorging: genug, daß ich den Wunsch hatte, zu fliegen.

Ihr Arm umschlang mich, und wieder schwangen wir dahin ...

»Nach Italien«, flüsterte ich ihr ins Ohr.

»Wohin es dir gefällt, Geliebter«, entgegnete sie still und feierlich – und feierlich und still sah sie mir ins Gesicht. Mir wollte scheinen, sie wäre nicht ganz so durchsichtig wie gestern. Sie war ein wenig weiblicher und wärmer und erinnerte mich an das wunderbare Geschöpf, das gestern, als wir um die Morgendämmerung voneinander schieden, vor mir entstanden war.

»Diese Nacht ist eine große Nacht«, fuhr Ellis fort: »Sie kommt selten, und nur wenn siebenmal dreizehn ...«

Die folgenden Worte konnte ich nicht hören.

»Heute wird sichtbar, was sonst verborgen bleibt.«

»Ellis!« rief ich flehend: »Wer bist du? Sage es mir endlich!«

Schweigend wies sie mit ihrem schlanken weißen Arm nach oben. Am dunklen Himmel funkelte dort, wohin der Finger zeigte, inmitten der Schar der kleinen Sterne wie ein roter Streif ein Komet.

Aber da lag Ellis' Hand auf meinen Augen ... Mir war, als umfinge mich der weiße Nebel eines feuchten Tales ...

»Nach Italien! Nach Italien!« hörte ich sie flüstern. »Diese Nacht ist eine große Nacht!«

Als der Nebel schwand, sah ich eine unendliche Ebene unter mir. Die warme und linde Luft, die um meine Wangen wehte, kündigte mir bereits an, daß ich nicht mehr in Rußland war, und auch die Ebene dort unten war anders als die russischen Ebenen. Es war eine riesenhafte dunkle Fläche, auf der, wie es schien, kein Gras wuchs und die völlig nackt war; hie und da glänzten stehende Gewässer wie kleine Scherben eines zertrümmerten Spiegels auf, und in der Ferne ahnte ich ungewiß das unhörbare, unbewegte Meer. Sterne, groß, wie ich sie nie zuvor erblickt hatte, brachen durch die schön geformten Wolken; ein tausendstimmiges, nicht enden wollendes und dennoch nicht lautes Trillern drang empor – wunderbar war dieser träumerische Klang, diese Nachtstimme der Wüste...

»Die Pontinischen Sümpfe«, erklärte Ellis.

»Warum brachtest du mich hierher, warum in diese traurige und verlassene Einöde? Fliegen wir nach Rom.«

»Rom ist nah«, erwiderte Ellis. »Mach dich bereit!«

Wir stießen hinab und flogen nun entlang der alten Römerstraße. Im Morast hob ein Büffel den gewaltigen Kopf mit dem kurzen borstigen Kraushaar zwischen den krummen, zurückgebogenen Hörnern. Seine nassen Nüstern schnaubten schwer, als hätte er uns gewittert. »Rom, Rom ist nah...«, flüsterte Ellis. »Schau nur, schau nach vorn...«

Ich blickte auf.

Da dunkelten am Horizont des nächtlichen Himmels die hohen Bogen einer gigantischen Brücke. Es war der alte Aquädukt. Rings dehnte sich der Campagna geheiligter Boden, und in der Ferne ragten die Berge von Albano. Ihre Gipfel schimmerten sanft in den Strahlen des aufgehenden Mondes.

Jäh ging es in die Höhe, und wir hielten in der Luft vor einer verlassenen Ruine. Keiner hätte sagen können, was hier früher einmal gewesen war: ein Grabmal, ein Palast oder ein Turm... Schwarzer Efeu umspann und überrankte die Ruine mit seiner alles überwindenden und ertötenden Kraft, unten aber gähnte wie ein Rachen ein halbverschüttetes Gewölbe. Ein schwerer und dumpfer Kellergeruch wehte von diesem Haufen eng ineinandergefügter Steine, von denen längst die Granitbekleidung abgebröckelt war.

»Hier«, rief Ellis und erhob den Arm. »Hier ist es! Sprich ihn laut aus, dreimal laut aus, den Namen eines großen Römers.«

»Und dann?«

»Du wirst sehen.«

Ich überlegte. »Divus Cajus Julius Caesar!« rief ich dann. »Divus Cajus Julius Caesar!« wiederholte ich langsam: »Caesar!«

Der Hall meiner Worte war noch nicht verstummt, da vernahm ich es ... Ich weiß nicht zu sagen, was es war. Anfangs war es wie ein wirres, kaum vernehmbares, aber unaufhörlich sich wiederholendes Hörnerblasen und Händeklatschen. Es war gleichsam, als ob in einer furchtbaren Ferne oder in einem bodenlosen Abgrund eine unzählige Menge von Menschen plötzlich in Fluß geraten sei und als stiege sie nun empor, stiege aufwärts in unablässiger Bewegung, und all das kaum hörbar, wie in einem Traum, einem lastenden, jahrtausendalten Traum. Schon begann die Luft zu wogen, und dunkler wurde es über der Ruine ... Schatten wirbelten rings um mich her, Tausende von Schatten, bald gerundet wie Helme, bald lang und spitz wie Speere; und auf diesen Helmen und Lanzen glitzerte das Mondlicht mit blitzartigen bläulichen Funken – und diese ganze unbeschreibliche Menge zog näher und näher heran und wuchs und wogte immer gewaltiger ...

Eine unsägliche Spannung, eine Spannung, stark genug, um die Welt aus den Angeln zu heben, bewegte diese Masse, aber es gelang mir nicht, auch nur eine einzige Gestalt klar zu sehen ... Mit einem Mal war mir, es ginge ein Beben durch die Menge, ganz so, als ob gigantische Wogen zurückprallten und sich verteilten ... »Caesar, Caesar venit!« rauschten die Stimmen auf, wie Blätter im Walde, in die jählings der Sturm stößt ... ein dumpfer Donner rollte – und im Lorbeerkranz und mit gesenkten Augenlidern kam bleich und streng das Haupt des Imperators hinter der Ruine hervor ...

Menschliche Sprache hat keine Ausdrücke für das Grauen, das mir das Herz zusammenpreßte. Wenn dieses Haupt die Augen aufgeschlagen oder die Lippen geöffnet hätte – ich wäre wohl auf der Stelle gestorben.

»Ellis!« stöhnte ich. »Fort von hier, fort!«

Hinter mir hörte ich den ehernen, donnernden Schrei der Legion ... und dann wurde alles dunkel.

»Schau«, sprach Ellis zu mir. »Schau und beruhige dich.«

Ich tat, wie sie befohlen – und ich weiß es noch gut: so süß war mein erster Eindruck, daß ich ein Seufzen nicht zu unterdrücken vermochte. Von allen Seiten ergoß sich ein wolkig blauer und gleichzeitig silberweicher Schimmer, der fast wie ein Nebel war. Zunächst konnte ich nichts unterscheiden, so sehr blendete mich dieser lasurene Glanz – aber nach und nach traten die Umrisse prächtiger Berge und Wälder hervor, ein See breitete sich unter mir, in seiner Tiefe flimmerte der Widerschein der Sterne, und lieblich brandeten die kleinen Wellen. Orangenduft umgab mich wie eine wohlriechende Flut, und wie eine Flut umströmten mich die starken und reinen Töne einer jungen Frauenstimme. Dieser Duft und dieser Klang zogen mich hinab – und ich sank nach unten ... nach unten zu einem herrlichen Marmorpalast, der heiter inmitten eines Zypressenhaines glänzte. Die Töne drangen aus seinen weit offenen Fenstern, an seinen Mauern plätscherten die von Blütenstaub bedeckten Fluten des Sees – und gerade gegenüber stieg, vom dunklen Grün der Orangen- und Lorbeerbäume bedeckt, überströmt von leuchtendem Nebel, übersät mit weißen Statuen, schlanken Säulen und Tempelhallen, eine hohe, sanft gerundete Insel aus dem Schoße des Wassers ... »Isola Bella!« bedeutete mir Ellis: »Lago Maggiore ...«

Immer lauter, immer vernehmlicher klang die Frauenstimme. Ich wollte es erblicken, das Antlitz der Sängerin, die mit solchen Tönen diese Nacht erfüllte. Wir hielten vor dem Fenster. Das Zimmer war im pompejanischen Geschmack gehalten und glich mehr einer antiken Tempelhalle als einem modernen Wohnraum, und inmitten dieses Raumes saß, von griechischen Bildwerken und etruskischen Vasen, von seltenen Gewächsen und teuren Geweben umgeben, eine junge Frau am Flügel. Sie sang. Sie sang und lächelte, und dennoch lag auf ihren Zügen ein großer Ernst, eine gewisse Strenge. Sie lächelte ... und es lächelte der Faun des Praxiteles, der ebenso jung war wie sie, träge, verwöhnt und wollüstig, er lächelte ihr aus seiner Ecke zu, wo er hinter Oleanderbüschen verborgen stand, vor ihm auf altertümlichem Dreifuß ein bronzenes Räucherbecken, aus dem eine feine Rauchsäule stieg.

Bezaubert von den Klängen, betört von der Schönheit, dem Glanz und Wohlgeruch der Nacht, bis in die Tiefe des Herzens erschüttert vom Anblick dieses jungen, sanften und leuchtenden Glückes, vergaß ich völlig, daß ich nicht allein war, vergaß, auf wie seltsame Weise ich dazu gekommen war, Zuschauer dieses so weit von mir entfernten und mir so fremden Lebens zu werden. Schon lag mir das Wort auf der Zunge ... Mein Körper erbebte von einem heftigen Stoß – drohend und finster war bei all seiner Durchsichtigkeit Ellis' Gesicht, Zorn brannte düster in ihren weit aufgerissenen Augen ...

»Fort!« kam es zischend von ihren Lippen – und wieder Sturm und Finsternis. Aber diesmal klang in meinen Ohren nicht der Schrei der Legionen, es sang in ihnen, tremulierend auf einer hohen Note, die Stimme der jungen Sängerin ... Die hohe Note tönte immer noch und wollte nicht enden, und doch war es eine ganz andere Luft, die mich umgab, ein ganz anderer Geruch ... Kräftige Frische wehte, als wäre ein großer Fluß in der Nähe, und es roch nach Heu, nach Rauch und nach Hanf. Dem unendlich gedehnten Ton folgte ein anderer und ein dritter, und alle von einer so unbezweifelbaren Eigenart, alle mit diesen vertrauten Übergängen, daß ich mir sogleich sagte: »Ein Russe singt sein russisches Lied« – und da sah ich auch alles schon deutlich.

Ein flaches Ufer ... Die gemähten Felder mit den riesenhaften Heuschobern verloren sich ins Unendliche, und ebenso endlos zog sich die glatte Fläche des großen wasserreichen Stromes dahin. Unweit vom Ufer schaukelten sanft an ihren Ankerketten die großen dunklen

Barken, und die Spitzen ihrer Mastbäume bewegten sich dabei, als wären es Zeigefinger. Die klangvolle Stimme, die ich gehört hatte, kam von einer der Barken, ein Feuerchen brannte dort, und weithin im Wasser schwankte und bebte der rote Widerschein. Aber noch andere Feuer waren sowohl auf dem Fluß als auch im Feld zu sehen, nur daß das Auge nicht zu unterscheiden vermochte, ob sie fern waren oder nah, bald zwinkerten sie flimmernd, bald wieder strahlten sie ruhig wie große funkelnde Punkte; zahllose Grillen zirpten genauso unermüdlich und so laut wie die Frösche in den Pontinischen Sümpfen – und am wolkenlosen, aber niedrigen und dunklen Himmel klangen Schreie von unbekannten Vögeln.

»Wir sind in Rußland?« fragte ich Ellis.

Sie nickte: »Diese Nacht ist eine große Nacht. Sie kommt nicht so bald wieder. Du wirst Zeuge sein ...«

Mit einem Male ging es schräg über die Wolga, dicht über dem Wasser, mit dem ruckweisen Flattern der Schwalben vor dem Sturm. Dumpf rauschten die schweren Wellen unter uns, und mit seinen kalten und heftigen Schwingen peitschte uns der scharfe Flußwind. Bald darauf tauchte das hohe rechte Ufer vor uns aus dem Dunkel. Die steilen Höhen und die tiefen Schluchten wurden sichtbar. Wir näherten uns ihnen.

»Rufe laut: Ssarynj na Kitschku!« * flüsterte mir Ellis zu.

Zwar stieg alsbald in meiner Erinnerung das Grauen auf, das ich beim Erscheinen der römischen Gespenster

* Kommandoruf der Wolga-Piraten: »Alle Mann an Bord!«

empfunden hatte, zwar fühlte ich mich müde und sonderbar schwermütig, als wollte mir das Herz in der Brust vergehen – und ich wollte sie nicht aussprechen, diese Worte, denn ich ahnte, daß etwas Ungeheuerliches darauf erfolgen mußte – allein es öffneten sich gegen meinen Willen meine Lippen, und gegen meinen Willen rief ich mit einer schwachen und überanstrengten Stimme: »Ssarynj na Kitschku!«

Wie vor der römischen Ruine, so herrschte auch hier anfangs eine Totenstille – dann aber dröhnte plötzlich dicht neben meinem Ohr ein wildes und barbarisches Gelächter – und stöhnend schlug etwas ins Wasser und zappelte und bekam keine Luft mehr ... Ich blickte mich um: nirgends war etwas zu sehen. Aber da kam schon vom Ufer das Echo – und mit einem Male erhob sich von überallher ein betäubender Lärm, ein Chaos von Lauten: Schreien, Kreischen, wütendes Schimpfen und Gelächter, Gelächter übermäßig, Ruderschläge und Beilhiebe, Krachen, wie wenn Türen und Kästen aufgebrochen würden, Knarren des Takelwerks und der Räder, Stampfen von Pferdehufen, Sturmläuten und Kettenrasseln, Toben und Heulen einer Feuersbrunst, trunkene Lieder und Knirschen der Erbitterung, trostloses Wimmern, jammerndes und verzweifelndes Flehen und über allem gebieterische Kommandos, das Röcheln der Sterbenden, verwegenes Pfeifen und das Johlen und Stampfen von Tanzenden ... Ich wollte Ellis fragen, aber sie legte den Finger an die Lippen ...

»Stenjka Rásin! Stenjka Rásin!«* schrie es ringsum:

* Stenjka Rásin: Berühmter Räuber und Rebell, Held vieler Volks-

»Unser Väterchen, unser Hauptmann, unser Ernährer!« Noch war nichts zu sehen, und doch war mir plötzlich, als bewege sich ein riesenhafter Körper gerade auf mich los ... »Hund, wo steckst du?« donnerte eine schreckliche Stimme. Glut einer Flamme ganz in der Nähe versengte mich fast, bitterer Brandgeruch raubte mir den Atem – und gleichzeitig schoß etwas Warmes, es konnte Blut sein, mir ins Gesicht und auf die Hände ... Wieherndes Gelächter ringsum. Ich verlor die Besinnung.

Als ich wieder zu mir kam, schwebten wir sanft am Rande meines Waldes gerade auf die alte Eiche zu ...

»Schau dort den Fußweg«, sagte Ellis. »Dort, wo der Mond so matt leuchtet und die zwei jungen Birken ihre Zweige herabhängen lassen ... Wollen wir nicht dorthin?«

Aber ich war so zerschlagen und so völlig erschöpft, daß ich nur das eine zu antworten wußte: »Nach Hause ... nach Hause ...«

»Du bist zu Hause«, erwiderte Ellis.

In der Tat, ich stand vor der Tür meines Hauses und war allein. Ellis war verschwunden. Mein Hofhund lief herbei und beschnupperte mich, heulte dann auf und lief davon ... Mit Mühe und Not erreichte ich mein Bett und schlief ein, ohne mich erst auszuziehen.

Entsetzliches Kopfweh plagte mich am nächsten Morgen, und ich konnte kaum meine Beine bewegen. Ich rief nach der alten Haushälterin.

lieder, der Mitte des 17. Jahrhunderts das gesamte Wolgagebiet beherrschte.

»Marfa, wie spät war es, als ich gestern schlafen ging – kannst du dich erinnern?«

»Weißt es selbst am besten, Väterchen ... Spät war's. Um die Abenddämmerung verließest du das Haus, und lange nach Mitternacht hörte ich im Schlafzimmer deine Schuhe klappern. Fast in der Morgenfrühe, ja, ja. Und vorgestern war's genauso. Ja, ja, da machst du dir wohl was zu schaffen.«

Aha, fuhr es mir durch den Kopf, das ist das Fliegen. Da gibt's also keinen Zweifel mehr. »Und was hältst du von meinem Aussehn heute?« fügte ich laut hinzu.

»Dein Aussehen? Laß dich anschaun! Etwas schmäler. Und blaß bist du, Väterchen: kein Blutströpfchen im Gesicht.«

Es durchfuhr mich ... Ich schickte sie fort.

So kann man unversehens verrückt werden, überlegte ich, still am Fenster sitzend: Ich muß ein Ende machen. Es ist zu gefährlich. Das Herz pocht so eigentümlich, und wenn ich fliege, dann ist mir jedesmal, als sauge jemand daran oder als tropfe etwas aus ihm heraus – so wie im Frühling der Saft aus der Birke quillt, wenn man mit der Axt hineinschlägt. Ellis ... Sie spielt mit mir, wie die Katze mit der Maus ... aber ich glaube nicht, daß sie Böses mit mir vorhat. Ich will mich ihr zum letzten Male hingeben – noch einmal schauen – und dann ...

Um zehn Uhr abends stand ich wieder vor der alten Eiche.

Kalt war die Nacht, trübe und grau, und in der Luft roch es nach Regen. Ich war sehr verwundert, als ich niemand unter der Eiche sah, ich ging einige Male um sie herum, schritt dann bis zum Waldrand und wieder zurück und schaute aufmerksam ins Dunkel ... Aber es war nichts zu sehen. Ich wartete ein wenig und rief dann mehrere Male ihren Namen, rief ihn lauter und immer lauter ... und dennoch erschien sie nicht. Ich wurde traurig, und es tat mir fast weh. Die Befürchtungen, die mir zuvor in den Kopf gekommen, waren jetzt fort, und ich wollte und konnte mich nicht an den Gedanken gewöhnen, daß meine Gefährtin nie wieder zu mir zurückkehren würde ...

»Ellis! Ellis! Erscheine!« rief ich zum letzten Male.

Meine Stimme hatte einen Raben aus seinem Schlaf gestört, er fuhr im Wipfel eines danebenstehenden Baumes hin und her und schlug heftig mit den Flügeln. Aber Ellis kam nicht. Ich ließ den Kopf hängen und ging heim. Vor mir dunkelten schon die Weidenbüsche am Teich, und durch die Apfelbäume schimmerte das Licht in meinem Zimmer und verschwand gelegentlich, fast wie ein Menschenauge, das auf der Lauer war – da hörte ich plötzlich das feine Zischen der Luft, die mit großer Schnelligkeit durchschnitten wird, und jäh umfing es mich und riß mich in die Höhe: So stößt ein Falke hernieder und schlägt die Wachtel ... Ellis war es, ihre Wange schmiegte sich an die meine, der Ring ihrer Arme umfing meinen Körper – und wie ein kalter, scharfer Lufthauch stach ihr Flüstern in mein Ohr: »Da bin ich ja.« Schreck und Freude erfüllten mich zu gleicher Zeit ... Wir flogen diesmal nicht so hoch wie sonst.

»Wolltest du heute nicht kommen?« fragte ich.

»Du hast dich nach mir gesehnt? Du liebst mich? Oh, dann bist du mein ...!«

Ihre Worte verstörten mich ... Ich wußte nicht, was ich erwidern sollte.

»Ich wurde aufgehalten«, fuhr sie fort. »Man bewacht mich.«

»Wer konnte dich aufhalten?«

»Wohin heute?« fragte Ellis, wie immer gab sie auf meine Frage keine Antwort.

»Nach Italien, zu jenem See – weißt du noch?«

Ellis wendete sich ab und schüttelte verneinend den Kopf ...

Und da bemerkte ich, daß sie nicht mehr durchsichtig war. Auch ihr Gesicht hatte Farbe bekommen; über der nebelgleichen Blässe spielte jetzt ein rosiger Hauch. Ich sah ihr in die Augen ... und da überlief es mich: In diesen Augen regte sich etwas, das den langsamen, unaufhaltsamen und gefährlichen Bewegungen einer erstarrten und zusammengeringelt liegenden Schlange glich, die im warmen Atem der Sonne aufzuleben beginnt.

»Ellis!« Ich schrie es fast: »Wer bist du? Sag mir endlich, wer du bist!«

Aber Ellis zuckte nur die Achseln.

Ich ärgerte mich ... und mir kam der Wunsch, mich zu rächen – und mit ihm der Gedanke, sie zu veranlassen, mit mir nach Paris zu fliegen. »Ellis«, sagte ich laut, »wie ist es, fürchtest du die großen Städte, fürchtest du Paris?« – »Nein.« – »Auch die Plätze nicht, wo es so hell ist wie auf den Boulevards?«

»Es ist ja kein Tageslicht.«

»Dann bringe mich zum Boulevard des Italiens.«

Ellis schlang das herabhängende Ende ihres weiten Ärmels um meinen Kopf. Ein weißes Dunkel umfing mich und mit ihm der einschläfernde Geruch des Mohns. Alles war fort; jedes Licht, jeder Laut und fast sogar das Bewußtsein. Nur die Empfindung, daß ich noch lebte, blieb zurück, und das war nicht unangenehm.

Als Ellis meinen Kopf aus dem Ärmel befreite, erblickte ich tief unten eine unbeschreibliche Menge auf kleinem Raum aneinandergedrängter Gebäude, und alles voll Glanz, voll Bewegung und Lärm ... Paris.

Ich erkannte den Ort, auf den Ellis zuflog, sofort. Der Garten der Tuilerien war es, mit seinen alten Kastanienbäumen, den Eisengittern und Festungsgräben. Wir flogen am Palast vorüber und an der Kirche St. Roch, auf deren Stufen der erste Napoleon zum ersten Male französisches Blut vergoß, und hielten schließlich in großer Höhe über dem Boulevard des Italiens, wo der dritte Napoleon das gleiche mit dem gleichen Erfolge unternommen hat ... Menschenmengen wogten auf den Trottoirs, junge und alte Gecken, Blusenmänner und Damen in schönen Kleidern; die Restaurants und die Kaffeehäuser strahlten in buntem Licht, Omnibusse und Wagen jeder Art und Gestalt schossen dahin, und überall, wohin der Blick auch fiel, war Glanz und Leben ... Dennoch, wie sonderbar, es fiel mir nicht ein, meine reine, dunkle und luftige Höhe zu verlassen, und ich verspürte gar keinen Wunsch in mir, mich diesem menschlichen Ameisenhaufen zu nähern. Es war mir, als stiege von dort ein heißer, schwerer, blutroter Dampf auf, halb Parfüm und halb Gestank: zu viele Leben drängten sich hier auf einem Platz. Ich zauderte ... Da erreichte mich in meiner Höhe die Stimme einer Straßen-Lorette, grell wie das Klirren von Eisen auf Eisen, schamlos und kreischend, und stach mich wie der Stachel eines widerlichen Insekts, und sogleich stellte ich es mir vor, das starre, gierige und flache Pariser Gesicht mit den Augen des Geizes und all die Schminken und Salben, das hochgesteckte Haar und den knalligen Strauß aus künstlichen Blumen am Hut, die wie Krallen geschnittenen Fingernägel ... Und sogleich sah mein inneres Auge auch einen meiner Steppen-Landsleute mit lächerlichen Sprüngen dieser käuflichen Puppe nachlaufen. Ich sah ihn, wie er, seine Verlegenheit durch konfuse Grobheit verbergend, sich alle Mühe gab, die Manieren der Garçons zu kopieren – und ein Gefühl des Abscheus kam über mich ... Nein, hier brauchte Ellis auf niemand eifersüchtig zu sein ...

Wir hatten uns inzwischen langsam gesenkt ... Paris bäumte sich mit all seinem Lärm und Qualm uns entgegen ...

»Halt!« rief ich Ellis zu. »Kannst du diese Schwüle ertragen?«

»Du batest mich doch, dich herzubringen!«

»Ich nehme den Wunsch zurück. Ich bitte dich, Ellis, trage mich fort von hier!«

»Schau nur«, entgegnete Ellis, »wir sind schon nicht mehr über Paris.«

So war es. Eine dunkle Ebene, durchschnitten von den weißen Linien der Landstraßen, fegte dort vorüber, und weit hinten am Horizont glänzte wie eine Feuersbrunst der Widerschein des Lichtermeeres von Paris.

Wieder fiel die Hülle über meine Augen ... Wieder kam das Vergessen über mich ... und wieder das Erwachen.

Dort unten – ein Park, Alleen, gestutzte Lindenbäume, hie und da Tännchen, zugeschnitten wie Schirme, Säulenhallen und Tempelchen, Statuen von Satyrn und Nymphen, Rokoko-Tritonen, hervorsteigend aus barock angelegten Teichen, deren Ufer von niederen Balustraden aus schwarz gewordenem Marmor eingefaßt waren. Nein, das war nicht Versailles. Hinter den Wipfeln dichtbelaubter Eichen schaute ein kleines Schlößchen vor. Trübe und neblig schien der Mond, und über dem Erdboden lag ein feiner Dunst. Doch das Auge vermochte nicht zu unterscheiden, woher er stammte, ob es Mondschein war oder Nebel. Auf einem der Teiche schlief ein Schwan: wie Steppenschnee, über den der Frost gefahren ist, schimmerte weiß sein Rücken, am Fuße der Statuen aber funkelten im bläulichen Schatten wie kleine Edelsteine unzählige Leuchtkäfer.

»Wir sind bei Mannheim«, sagte Ellis. »Und hier ist der Schwetzinger Park.«

In Deutschland also, dachte ich und horchte hinunter. Totenstille, einsam nur und unsichtbar plätscherte ein Springbrunnen. Es war, als bekräftige er unaufhörlich ein und dasselbe: »Ja, ja, ja, so ist das.« Und plötzlich glaubte ich inmitten einer der Alleen zwischen den zierlich beschnittenen grünen Hecken ein Paar zu sehen: der Kavalier auf roten Stöckeln, in goldverbrämtem Rock mit weißen Spitzenmanschetten, den leichten Stahldegen an der Seite, reichte einer Dame im geblümten Reifrock, deren Haar hoch aufgesteckt und gepudert war, graziös den Arm ... Seltsam und bleich waren ihre Gesichter ... Ich wollte sie näher betrachten ... Sie waren plötzlich verschwunden, und nur das Wasser rauschte wie zuvor ...

»Wandernde Träume«, flüsterte Ellis. »Gestern waren es ihrer viel mehr ... Viel, viel mehr. Heute fliehen sogar die Träume das menschliche Auge. Weiter! Weiter!«

Wir stiegen auf, und wieder ging's dahin. So sanft, so gleichmäßig war diesmal unser Flug, daß es mir vorkam, nicht wir bewegten uns, sondern als käme alles uns entgegengeflogen. Dunkel, wellig und bewaldet tauchten Berge vor uns auf, wuchsen empor und schwammen auf uns zu, flossen dann zu unseren Füßen vorbei, vorüber mit ihren Schluchten, Hohlwegen, Bergwiesen, mit den Lichtpünktchen der schlummernden Dörfer in den Tälern am Ufer der schnellen Gebirgsbäche. Wir waren im Schoß des Schwarzwaldes.

Berge, Berge ... und Wald, wundervoller alter und kräftiger Wald. Der Nachthimmel war klar, und so vermochte ich alle Baumarten zu unterscheiden, zumal die prächtigen Weißtannen mit ihren graden und hellen Stämmen. Am Waldsaum ästen Rehe, schlank und wachsam standen sie auf ihren zierlichen Beinen und horchten in die Nacht. Die Ruine eines Schlosses blickte traurig und stumm, mit halbverfallenen Zinnen, von ihrer nackten Klippe ins Land, über ihrem alten und vergessenen Gemäuer glänzte friedvoll ein Stern.

Land der Legenden! Ein zarter Mondnebel strömt durch die Täler, und je weiter die Berge auseinandertreten, desto dichter wird er. Ich kann fünf, sechs, ja zehn verschiedene Tönungen der Schatten auf den Berghängen zählen, und geheimnisvoll herrscht über all dieser schweigsamen Mannigfaltigkeit der Mond. Leicht und zärtlich strömt die Luft, und mich ergreift ein Gefühl, in dem heitere Ruhe ist und dennoch eine tiefe Schwermut.

»Ellis, dieses Land – du mußt es lieben!« – »Ich liebe nichts. Ich liebe nichts.« – »Nichts? Und mich?« – »Dich ... ja dich!« entgegnet sie, aber wie gleichgültig ist ihr Ton dabei. Mir ist, als umschlinge mich ihr Arm fester als zuvor.

»Weiter! Weiter!« ruft Ellis mit einer sonderbar kalten Begeisterung.

»Weiter!«

Über uns erklangen starke und helle Schreie und wiederholten sich gleich darauf ein wenig vor uns.

»Kraniche, die zu euch nach Norden ziehen«, erklärte Ellis. »Wollen wir uns ihnen anschließen?«

»Ja! Trage mich zu ihnen hinauf.«

Wir stiegen auf und waren sogleich neben dem Schwarm.

Die großen und schönen Vögel (dreizehn im ganzen) flogen in einem Dreieck, ihre Flügelschläge waren stark, aber nicht häufig. Haupt und Beine straff gestreckt, die Brust mächtig gewölbt, so zogen sie unaufhaltsam und schnell dahin. Wunderbar war das Bewußtsein, noch in dieser Höhe, in solcher Entfernung von allem Irdischen so starkes und warmes Leben anzutreffen, einen so unbeugsamen Willen. So schwangen sie sieghaft durch den Raum, und nur zuweilen wechselten die Kraniche mit dem vordersten Gefährten spärliche Schreie. Wieviel Stolz und Sicherheit, welch ein starkes Zutrauen zu sich selber lag in diesen lauten Rufen, in dieser Unterhaltung in Wolkenhöhe. Nordwärts – nordwärts flogen sie dahin.

»Wir fliegen nach Rußland«, sagte Ellis, und wieder einmal konnte ich wahrnehmen, daß sie fast immer wußte, woran ich dachte. »Willst du schon heim?«

»Ja, nach Hause ... oder nein! Ich war in Paris, trage mich nach Petersburg.«

Ellis hob den Arm ... doch noch ehe der Nebel mich umfing, fühlte ich auf meinen Lippen die Berührung jenes weichen und stumpfen Stachels ...

»A-achtung!« In meinen Ohren schallte ein langgezogener Ruf.

»A-achtung!« Verzweifelt kam aus der Ferne ein Widerhall.

»A-achtung!« verklang es irgendwo am Ende der Welt. Ich sah hinab. Eine hohe goldene Spitze ... Ich erkannte sogleich die Peter-Pauls-Festung.

Weiße, nordische Nacht! Darf man das noch Nacht nennen? Es ist eher ein blasser kranker Tag. Diese Petersburger Nacht habe ich nie geliebt, aber nun erst wurde mir unheimlich. Ellis' Gestalt war nicht mehr sichtbar, schmolz hin wie in der Julisonne ein Morgennebel, und plötzlich gewahrte ich meinen eigenen Körper schwer und einsam in der Höhe der Alexander-Säule in der Luft hängen! Petersburg, da war es also!

Diese öden, breiten und grauen Straßen, diese weißgrau, graugelb und lilagrau getünchten und immer ein wenig abbröckelnden Häuser, mit ihren tiefliegenden Fenstern, den grellen Ladenschildern, den kleinen eisernen Schutzdächern über den Haustüren und den schmutzigen Gemüseläden, diese Ziergiebel, Aufschriften, Postenhäuschen und Futtertröge, die goldene Mütze der Isaakskirche, die sinnlos bunte Börse, die Granitmauern der Festung und das ewig schadhafte Holzpflaster, die riesigen Barken mit Heu und Klafterholz, der sonderbare Geruch von Staub, Kohle, Bastmatten und Pferdestall, die erstarrten Nachtwächter, in ihren Schafspelzen vorm Haustor sitzend, und endlich die von bleiernem Schlaf überwältigten und ganz zusammengekrümmt auf dem Kutschbock ihrer schon völlig durchgesessenen Wägelchen hockenden Kutscher – ja, in der Tat, ich erkannte es, unser nordisches Palmyra. Und alles so unheimlich klar, so schreckhaft hell und deutlich, und alles in traurigem Schlaf, sonderbar grell in der dämmrigen, durchsichtigen Luft. Ein Abglanz der Abendröte – ein schwindsüchtiger Schimmer – lag noch immer am blassen und sternlosen Himmelsbogen (er bleibt bis zum Anbruch des Tages) und auf der seidenen Breite der Newa, die kaum hörbar und fast bewegungslos und dennoch mit großer Eile ihre kalten und blauen Wasser dem Meere zuführte ...

»Fliegen wir weiter«, bat Ellis.

Sie trug mich, ohne erst meine Antwort abzuwarten, über die Newa und quer über den Schloßplatz der Litejnaja zu. Unten wurden Schritte und Stimmen hörbar: eine Schar von jungen Männern mit verwelkten Gesichtern schritt dort und unterhielt sich über einen Ball. Ein verschlafener Soldat stand bei einer Pyramide aus rostigen Kanonenkugeln, und ein wenig weiter sah ich am offenen Fenster eines großen Hauses ein Mädchen in einem ärmellosen und zerknitterten Seidenkleid, ein Perlennetz auf dem Haar, im Mund die Zigarette.

»Fliegen wir weiter!« Diesmal sagte ich es.

Ein Augenblick – und schon zogen sich zu unseren Füßen modernde Tannenwäldchen und die mit Moos überwucherten Sümpfe hin, die rings um Petersburg liegen. Unser Weg führte nach Süden: nach und nach wurden Himmel und Erde wieder dunkler. Die kranke Nacht, der kranke Tag und die große kranke Stadt – sie blieben hinter uns zurück.

Langsamer als sonst war diesmal unser Flug, und so konnte ich sehen, wie sich gleich einem unendlichen Panorama meine heimatliche Ebene allmählich vor mir entfaltete. Wälder, Gebüsche, Felder und Flüsse – hie und da Dörfer und Kirchen – und wieder Felder und Wälder und Gebüsche ... Schwermut überkam mich und etwas wie gleichgültige Langeweile. Die Erde selber, diese ebene Oberfläche, die sich dort unter mir ausbreitete, der ganze Erdball mit seiner vergänglichen, hilflosen, von Not, Qual und Krankheit geplagten und unentrinnbar an die Scholle elenden Staubes gefesselten Menschheit, diese zerbrechliche rauhe Rinde, diese Kruste über dem flammenden Staubkörnchen, das wir unseren Planeten nennen, bedeckt von Schimmel, den wir als das organische Pflanzenreich preisen – und all die Menschen-Fliegen, tausendmal nichtiger als die wirklichen Fliegen, und ihre aus Dreck errichteten Behausungen, die winzigen Spuren ihres jämmerlichen und einförmigen Treibens, ihr komischer Kampf gegen das Unveränderliche und Unabwendbare – ah, wie widerlich wurde mir das alles mit einem Male! Das Herz drehte sich mir langsam im Leibe, und bald hatte ich genug davon, diese nichtssagenden Bilder zu betrachten, diese Ausstellung von Abgeschmacktheiten ... Ja, Langeweile überkam mich und sogar noch Schlimmeres als Langeweile. Nicht einmal Mitleid empfand ich mehr mit meinen Mitmenschen; alle Gefühle gingen in dem einen Gefühl unter, das zu nennen ich mich kaum getraue: das Gefühl des Ekels. Aber am stärksten, am fühlbarsten wuchs in mir der Ekel vor mir selber.

»Hör auf«, flüsterte Ellis. »Hör auf, sonst wird es mir unmöglich, dich zu tragen. Du wirst mir zu schwer.«

»Nach Hause!« entgegnete ich und schloß die Augen.

Doch wie bald schlug ich sie wieder auf! Ellis klammerte sich sehr sonderbar an mich; es war fast, als stieße sie mich. Ich sah sie an, und in meinen Adern erstarrte das Blut. Wer jemals auf dem Gesicht eines anderen den jähen Ausdruck tiefen Entsetzens erblickt hat, ohne die Ursache davon zu ahnen – vielleicht wird der mich verstehen. Entsetzen, quälendes Entsetzen verzerrte und entstellte die bleichen und beinahe ausgelöschten Züge.

»Was hast du, Ellis?« stieß ich endlich hervor.

»Er ... er ...« Sie konnte kaum sprechen. »Er!«

»Er? Ja, wer denn, wer?«

»Nicht nennen, nicht nennen«, stammelte Ellis hastig. »Fliehen, sonst ist alles aus – für immer ... Schau – dort!«

Ich wandte den Kopf, und da sah ich etwas ... ich sah etwas unsagbar Grauenhaftes.

Dieses Etwas war um so schrecklicher, als es keine festen Umrisse hatte. Etwas Schwerfälliges, Finsteres, aus dem Gelblichen ins Schwarze Spielendes und wie ein Eidechsenbauch Geschecktes kroch langsam und mit Schlangenbewegungen über die Erde hin und war nicht Wolke und nicht Rauch. Ein gleichmäßiges und breites Schaukeln von oben nach unten und von unten nach oben war es; es erinnerte an das drohende Flügelschlagen eines Raubvogels, der auf Beute aus ist, und manchmal kam dazu ein unbeschreiblich widerliches Sich-an-die-Erde-Schmiegen, wie die Spinne ähnlich die Fliege umarmt, die sie erwischt hat-... Wo diese schreckliche Masse hinkam, ich sah es, ich fühlte es, war Vernichtung ... Faulige, pestilenzialische Kälte stieg auf von ihr, und diese Kälte erregte Übelkeit, legte sich aufs Herz, trübte die Augen und sträubte die Haare. Sie bewegte sich, die Masse, sie war eine Kraft, gegen die es keinen Widerstand gab und der alles untertan war, obwohl sie weder Gesicht noch Gestalt, noch irgend Sinn hatte – die Kraft, die sich wie ein Raubvogel ihre Opfer aussucht, sie wie eine Schlange erdrückt und mit ihrer widerlichen Stachelzunge bedeckt ...

»Ellis! Ellis!« schrie ich wie von Sinnen. »Der Tod! Der Tod!« Der jammervolle Ton, den ich schon früher vernommen, entrang sich Ellis' Lippen, aber diesmal war es mehr ein menschliches Aufheulen der Verzweiflung – und schon rasten wir dahin. Aber wie seltsam war unser Flug, wie grauenhaft unsicher: Ellis überschlug sich mehrmals in der Luft und flog im Zickzack, wie ein

Rebhuhn, das auf den Tod verwundet ist oder von seiner Brut abzulenken sucht. Von der unbeschreiblich grauenhaften Masse aber trennten sich inzwischen sonderbar wellenförmige Glieder, wie greifende Hände, wie Krallen, und rollten durch die Luft ... Die gigantische Gestalt eines verhüllten Reiters auf fahlem Pferd stieg auf ... Noch erregter, noch verzweifelter wurde Ellis' Flucht.

»Er hat uns gesehen! Alles aus! Verloren ...!« Sie flüsterte stockend: »Oh, ich Unglückliche! Beinahe wäre es gelungen ... neues Leben drang in mich ... jetzt aber ... Vernichtung! Das Nichts!«

Ich konnte es nicht länger ertragen ... Ich verlor die Besinnung.

Als ich wieder zu mir kam, lag ich rücklings im Grase. In meinem Körper war ein dumpfer Schmerz, wie nach einem schweren Sturz. Der Morgen dämmerte bereits herauf, und alles ringsum wurde deutlich erkennbar. Da war ein Birkenwäldchen und eine von Weidenbüschen eingefaßte Landstraße. Nach und nach kam mir die Erinnerung an alles, was geschehen war, und ich zuckte zusammen, als ich an die letzte ungeheuerliche Erscheinung dachte ...

Warum aber erschrak denn Ellis so sehr? schoß es mir durch den Kopf. Ist es denkbar, daß auch sie *seiner* Gewalt unterworfen ist? Ist es möglich, daß auch sie sterblich ist? Auch sie der Vernichtung verfallen und dem Untergang? Wie kann das möglich sein?

Leises Stöhnen in der Nähe ... Ich wandte den Kopf. Zwei Schritte von mir lag regungslos hingestreckt eine junge Frau mit gelöstem dichtem Haar, in weißem Gewand, die eine Schulter entblößt. Ein Arm lag hinter dem Kopf, der andere war kraftlos auf die Brust gesunken. Die Augen waren geschlossen. Auf den fest zusammengepreßten Lippen zeigte sich ein leichter hellroter Schaum. Konnte das Ellis sein? Aber Ellis war doch nur ein Gespenst, ein Phantom, und die hier vor mir lag, war ein Geschöpf dieser Erde. Ich kroch näher heran und beugte mich über sie ...

»Ellis, bist du es?« rief ich.

Ein langsames Beben überlief sie, und sie öffnete die Augenlider; dunkle, durchbohrende Augen richteten sich auf mich, und im gleichen Augenblick saugten sich warme, feuchte, nach Blut dürstende Lippen in die meinen ... weiche Arme schlangen sich fest um meinen Hals, und eine heiße Brust schmiegte sich fiebernd an die meine. »Leb wohl! Leb wohl auf immer!« Deutlich flüsterte es die erlöschende Stimme – und dann war alles verschwunden.

Obwohl meine Beine mir wie einem Betrunkenen den Dienst versagten, erhob ich mich taumelnd, strich einige Male mit der Hand übers Gesicht und sah mich aufmerksam um. Es war die große Landstraße, und ich befand mich etwa zwei Werst von meinem Gut. Als ich endlich nach Hause kam, war die Sonne bereits aufgegangen.

Die Nächte darauf wartete ich – und ich gestehe es, ich wartete nicht ohne Angst – auf das Erscheinen meines Gespenstes, aber es kam nie wieder. Einmal war ich sogar in der Abenddämmerung bei der alten Eiche, aber es ereignete sich nichts Ungewöhnliches. Ich muß übrigens sagen, daß ich das Aufhören dieser sonderbaren Bekanntschaft nicht gerade sehr beklagte. Ich habe über diesen mir vollkommen unbegreiflichen und merkwürdig sinnlosen Fall oft und viel nachgedacht – und ich weiß nur das eine, daß ihn mir die Wissenschaft nicht erklären kann und daß ich auch in Märchen und Legenden nichts Derartiges gefunden habe. Ellis, wer war sie eigentlich? Ein Phantom, eine arme Seele, ein böser Geist, eine Sylphe oder gar ein Vampyr? Manchmal glaubte ich sogar, daß Ellis eine Frau war, die ich einmal gekannt hatte, und ich machte die qualvollsten Anstrengungen, um herauszubekommen, wo ich sie gesehen ... Und zuweilen glaubte ich: noch ein Augenblick, und ich habe es ... Aber alles zerrann wie ein Traum.

Viel und oft dachte ich nach, aber es kam, wie das so geht, nichts dabei heraus. Andere Leute um ihren Rat oder um ihre Meinung fragen wollte ich nicht, denn ich mußte fürchten, daß man mich für verrückt halten würde. So ließ ich denn endlich alle meine Überlegungen fallen, denn, offen gestanden, ich hatte an anderes zu denken. Da war einerseits inzwischen die Aufhebung der Leibeigenschaft gekommen mit der Verteilung des Besitzes, und anderseits war meine Gesundheit nicht die beste mehr: Ich litt an Schmerzen in der Brust, an Schlaflosigkeit und Husten. Mein Körper welkte hin; mein Gesicht wurde wächsern wie das Gesicht eines Leichnams. Der Arzt meinte, ich hätte viel zuwenig Blut, er bezeichnet mein Leiden mit dem griechischen Ausdruck ›Anämie‹ und sagt, ich solle nach Gastein. Mein Verwalter dagegen beteuert, daß er ohne mich mit den

Bauern nicht zu Rande käme ... Was soll man da machen.

Aber was bedeuten diese durchdringend-reinen und scharfen Töne, fast wie die Klänge einer Ziehharmonika, die ich jedesmal höre, spricht man in meiner Gegenwart von irgendeinem Todesfall? Immer lauter werden sie, immer durchdringender ... Und warum muß ich jedesmal so qualvoll zusammenzucken beim Gedanken an die Vernichtung, an das Nichts ...

Ambrose Bierce

Eine Sommernacht

Die Tatsache, daß man ihn beerdigt hatte, erbrachte für Henry Armstrong noch lange nicht den Beweis, daß er tot war: schon immer war es schwierig gewesen, ihn von irgend etwas zu überzeugen. Daß man ihn tatsächlich beerdigt hatte, mußte er allerdings aus eigener Erfahrung zugeben. Seine Körperhaltung – er lag flach auf dem Rücken, die Hände waren auf dem Magen gekreuzt und mit etwas zusammengebunden, das er leicht zerreißen konnte, ohne jedoch seine Lage dadurch wesentlich zu verbessern –, die Enge des Sarges, die schwarze Finsternis und die Totenstille, all das bildete eine Gewißheit, die nicht geleugnet werden konnte und die er auch nicht bestritt.

Aber tot – nein; er war nur sehr, sehr krank. Überdies besaß er die Apathie des Kranken und kümmerte sich nicht sonderlich um das ungewöhnliche Schicksal, dem er ausgeliefert war. Er war kein Philosoph, sondern nur ein ganz gewöhnlicher Alltagsmensch, der – im Augenblick jedenfalls – an einer pathologischen Unempfindlichkeit litt: das Organ, das er als Ursache ansah, war betäubt. Ohne besorgt über seine nächste Zukunft zu sein, schlief Henry Armstrong ein, und so war Frieden um ihn.

Oben aber, über der Erde, ging etwas vor sich. Es war eine dunkle Sommernacht, ab und zu zuckten schimmernde Blitze über den Himmel, ohne daß ihnen Donner folgte, ausgesandt von einer tiefliegenden Wolke im Westen, die Sturm verkündete. Dieses kurze, flackernde Aufleuchten machte die Grabmäler und Steine des Friedhofes in gespenstischer Weise sichtbar und ließ sie wie tanzend erscheinen.

Verständlicherweise fühlten sich jene drei Männer völlig sicher, die das Grab Henry Armstrongs aufgruben, denn es gab wohl niemanden, der mit einiger Glaubwürdigkeit würde behaupten können, gerade in dieser Nacht auf einem Friedhof spazierengegangen zu sein.

Zwei von ihnen waren Medizinstudenten an einer ein paar Meilen entfernten Medizinischen Fakultät; der dritte war ein riesiger Neger, der Jess hieß. Viele Jahre schon verrichtete Jess alle anfallenden Arbeiten auf dem Friedhof, und es bereitete ihm besonderes Vergnügen, ›jede Seele am Platz‹ auswendig zu wissen. Das allerdings, was er gerade bewerkstelligte, ließ den Schluß zu, daß auf dem Friedhof nicht mehr so viele lagen, wie es vielleicht das Friedhofregister ausgewiesen hätte.

Draußen vor der Mauer, von der Hauptstraße so weit wie möglich entfernt, warteten ein Pferd und ein leichter Wagen.

Das Ausschachten war nicht schwierig: die Erde, die erst einige Stunden zuvor in das Grab geschaufelt worden war, ließ sich leicht ausheben, was denn auch bald geschehen war. Den Sarg aus der Verschalung freizubekommen war weniger leicht, aber schließlich hob man ihn heraus, denn Jess hatte Erfahrung darin, weil das sein Nebenverdienst war; er schraubte vorsichtig den Deckel los und legte ihn beiseite; sichtbar wurde ein Körper, mit schwarzen Hosen und weißem Hemd bekleidet. In diesem Augenblick wurde die Luft wie von Feuer erhellt, ein krachender Donnerstoß erschütterte die erschrockene Welt, und Henry Armstrong richtete sich auf, ganz ruhig. Entsetzt flohen die Männer mit wilden Schreien, jeder in eine andere Richtung. Denn nichts auf der Welt hätte zwei von ihnen überreden können, zurückzukehren. Jess aber war aus anderem Holz geschnitzt.

Im Morgengrauen trafen sich die beiden Studenten vor der Medizinischen Fakultät; sie waren blaß und verstört, noch völlig außer Fassung durch das nächtliche Abenteuer.

»Hast du das gesehen?« schrie der eine.

»Großer Gott! Ja – was sollen wir jetzt tun?«

Sie gingen zum hinteren Teil des Gebäudes, wo sie einem Pferd begegneten, das vor einen leichten Wagen gespannt und am Torpfosten nahe dem Eingang zum Anatomiesaal befestigt war. Geistesabwesend betraten sie den Raum. Im Dunkel saß auf einer Bank der Neger Jess. Er stand auf und grinste über das ganze Gesicht.

»Ich warte auf mein Geld«, sagte er.

Ausgestreckt auf einem langen Tisch, lag der nackte Körper Henry Armstrongs; Blut und Erde besudelten seinen Kopf; sie rührten von einem Schlag mit dem Spaten her.

O. Henry

Das möblierte Zimmer

In den roten Backsteinblocks der unteren West Side von New York lebt eine zahlreiche Bevölkerung so ruhelos und flüchtig wie die Zeit selbst. Heimatlos haben sie tausend Heime. Sie flitzen von einem möblierten Zimmer zum andern, immer auf der Wanderung – Wanderer von einer Unterkunft zur andern, Wanderer im Herzen und im Geist. Sie singen ›Heimat, teure Heimat‹ im Jazz-Rhythmus; sie tragen ihre Laren und Penaten im Koffer bei sich, ihr Weinstock rankt sich um einen Strohhut, eine Gummipflanze ist ihr Feigenbaum.

Eigentlich müßten diese Häuser, die Tausende von Bewohnern gehabt haben, Tausende von Geschichten erzählen können. Zweifellos werden es meist langweilige Geschichten sein; aber es wäre doch seltsam, wenn nicht hinter all diesen umherziehenden Gästen das eine oder andere Gespenst zurückgeblieben wäre.

Eines Abends nach Dunkelwerden streifte ein junger Mann durch die Reihe der zerbröckelnden roten Gebäude und schellte an ihren Türen. An der zwölften stellte er sein mageres Handgepäck auf die oberste Stufe und wischte den Staub von Hutband und Stirn. Die Glocke hallte schwach, wie weit entfernt, in den hohlen Tiefen des Hauses wider. Eine Hausmeisterin kam an diese zwölfte Tür, deren Glocke er geläutet hatte. Sie erinnerte ihn an einen widerlichen Wurm, der an die Oberfläche kommt, nachdem er das Innere der Nuß leergefressen hat, und der nun nach eßbaren Bewohnern sucht, mit denen er die Leere füllen kann. Er fragte, ob ein Zimmer zu vermieten sei.

»Kommen Sie rein«, sagte die Hausmeisterin. Ihre Stimme kam aus einer Kehle, die mit Pelz gefüttert zu sein schien. »Auf dem dritten Stock nach hinten ist seit einer Woche was frei. Wollen Sie's mal ansehen?«

Der junge Mann folgte ihr die Treppe hinauf. Ein schwaches Licht, dessen Quelle man nicht sah, milderte die Schatten im Flur. Sie gingen geräuschlos auf einem Treppenläufer, den der eigene Webstuhl verleugnet hätte. Er schien zu etwas Pflanzlichem geworden zu sein, schien sich in dieser dumpfen, sonnenlosen Luft in üppige Flechten oder wucherndes Moos verwandelt zu haben, das in Polstern auf der Treppe wuchs und sich unter den Füßen wie eine zähe organische Masse anfühlte. Auf jedem Treppenabsatz befanden sich leere Nischen in der Wand. Vielleicht hatten einmal Pflanzen dort gestanden. Sie waren gewiß in dieser fauligen und verdorbenen Luft gestorben. Vielleicht hatten auch Heiligenstatuen dort gestanden, es war nicht schwer, sich vorzustellen, daß Kobolde und Teufel sie in die Dunkelheit und in die unheiligen Tiefen eines bewohnten Abgrundes hinuntergezerrt hatten.

»Das ist das Zimmer«, kam die Stimme der Hausmeisterin aus der pelzigen Kehle. »Es ist ein schönes Zimmer. Es steht nicht oft leer. Im vorigen Sommer haben ganz geschickte Leute dort gewohnt – die machten überhaupt keine Mühe und zahlten auf die Minute im voraus. Das Wasser ist hinten im Flur. Sprowls und Mooney haben drei Monate hier gewohnt. Die machten einen Varietésketch. Miss B'retta Sprowls – Sie haben sicher von ihr gehört –, oh, das waren nur die Künstlernamen – über dem Schrank dort hing die Heiratsurkunde in einem Rahmen. Hier ist das Gas und, wie Sie sehen, viel Platz im Wandschrank. Allen gefällt das Zimmer. Es steht nie für lange leer.«

»Haben Sie hier viele Leute vom Theater wohnen?« fragte der junge Mann.

»Sie kommen und gehen. Ein guter Teil meiner Mieter hat was mit dem Theater zu tun. Ja, das hier ist eine Theatergegend. Schauspieler bleiben nie lange an einem Ort. Ich hab viel mit ihnen zu tun. Sie kommen und gehen.«

Er mietete das Zimmer und bezahlte eine Woche im voraus. Er sagte, er sei müde und werde gleich hierbleiben. Er zählte das Geld auf den Tisch. Sie sagte, das Zimmer sei fertig, sogar Wasser und Handtücher seien da. Als die Hausmeisterin gehen wollte, stellte er zum tausendstenmal die Frage, die ihm auf der Zunge gelegen hatte.

»Ein junges Mädchen – Miss Vashner – Miss Eloise Vashner –, erinnern Sie sich, war sie unter Ihren Mietern? Wahrscheinlich singt sie auf einer Bühne. Ein blondes Mädchen, mittelgroß und schlank, mit rötlichem goldenem Haar und einem dunklen Leberfleck neben der linken Augenbraue.«

»Nein, an den Namen kann ich mich nicht erinnern. Die Leute vom Theater wechseln die Namen so oft wie ihre möblierten Zimmer. Sie kommen und gehen. Nein, an die kann ich mich nicht erinnern.«

Nein, immer nein. Fünf Monate endloser Fragen und unvermeidlicher Verneinungen. Soviel Zeit vertan: bei Tag durch Befragen von Managern, Agenten, Schulen und Chören; bei Nacht unter dem Publikum der Theater, angefangen mit denen, wo nur Stars auftreten, bis zu Varietés, die so billig waren, daß er fast fürchtete, seine Hoffnung könnte sich hier erfüllen. Er hatte sie geliebt und hatte versucht, sie zu finden. Sie war von zu Hause verschwunden, aber er war sicher, daß diese große, wasserumgürtete Stadt sie irgendwo enthielt. Doch diese Stadt war wie eine riesige Treibsandbank, deren einzelne Partikel sich dauernd verschoben, die keinen Grund hatte, die die Sandkörnchen, die heute oben waren, morgen im nassen Schlamm begrub.

Das möblierte Zimmer empfing seinen jüngsten Gast. Zuerst mit pseudogastlicher Wärme, einem hektischen, hohlwangigen geschäftsmäßigen Willkommen, der wie das falsche Lächeln einer Dirne war. Die abgenutzten Möbel, der zerschlissene Brokatbezug einer Couch und zweier Stühle, der schmale billige Spiegel zwischen den beiden Fenstern, ein paar vergoldete Bilderrahmen und die Messingbettstelle in der Ecke strahlten ein trügerisches Behagen aus.

Der Gast ließ sich auf einen Stuhl sinken und horchte regungslos in den Raum, der ihm in verworrener Sprache, als läge diese Wohnung in Babel, von seinen verschiedenen Insassen zu erzählen versuchte.

Ein bunter kleiner Teppich lag wie eine viereckige blumige Tropeninsel inmitten einer welligen See von fleckigem Bodenbelag. Auf der heiteren Tapete hingen die Bilder, die den Heimatlosen von Haus zu Haus verfolgen – Die Hugenottenbraut – Der erste Streit – Das Hochzeitsmahl – Psyche an der Quelle. Die keusche und strenge Linie des Kaminsimses war durch eine kecke Drapierung verdorben, die wie die Schärpen eines Amazonenballetts schräg angeordnet war. Darauf das ein wenig trostlose Strandgut, das jene, die hier angetrieben worden waren, zurückgelassen hatten, als ein frischer Wind sie zu einem neuen Hafen trug: ein paar elende Vasen, Fotos von Schauspielerinnen, eine Medizinflasche, ein paar einzelne Spielkarten.

Eines nach dem andern wurden die Zeichen der Geheimschrift lesbar, bekamen die Spuren, die der lange Zug der Wohnungsinhaber hinterlassen hatte, eine Bedeutung. Die verschlissene Stelle im Teppich vor dem Toilettentisch erzählte von schönen Frauen, die in dem Zug marschiert waren. Die winzigen Fingerspuren an der Wand sprachen von kleinen Gefangenen, die versucht hatten, sich zu Luft und Sonne hinzutasten. Ein Flekken, der wie der Schatten einer geplatzten Bombe auseinanderlief, war Zeuge eines Glases oder einer Flasche, die mit ihrem Inhalt an der Wand zersplittert war. Quer über den Spiegel war mit einem Diamanten in wackligen Buchstaben der Name ›Marie‹ gekritzelt worden. Es schien, daß die Bewohner sich in diesem möblierten Zimmer zu Wüterichen entwickelt hatten – vielleicht bis zur Weißglut gereizt von diesem kalten billigen Glanz – und sie hatten daran ihre Gefühle ausgelassen. Die Möbel waren zerkratzt und gesplittert; die Couch, bucklig von den gesprungenen Federn, sah wie ein schreckliches

Ungeheuer aus, das während eines grotesken Kampfes erschlagen worden ist. Während eines besonders heftigen Getümmels war eine große Ecke des marmornen Kaminsimses abgeschlagen worden. Jedes Brett des Fußbodens quietschte und stöhnte auf seine besondere Art wie in einer ganz persönlichen Qual. Es schien unglaublich, daß all diese Wunden und Verstümmelungen dem Zimmer von denen zugefügt worden waren, die es eine Zeitlang ihr Zuhause genannt hatten; und doch war es vielleicht gerade das betrogene Heimatgefühl, das blindlings überlebte, die Wut über falsche Hausgötter gewesen, die diesen Zorn hervorgerufen hatten. Eine Hütte, wenn sie nur unser eigen ist, können wir fegen und schmücken und lieben.

Der junge Mieter saß still in seinem Sessel und ließ diese Gedanken mit leichtem Schritt durch seinen Sinn ziehen, während von draußen möblierte Geräusche und möblierte Gerüche hereindrangen. Aus einem der Zimmer hörte er Gezwitscher und unaufhörliches, albernes Gelächter, aus einem anderen einen scheltenden Monolog, das Rappeln von Würfeln, ein Wiegenlied und jemanden, der dumpf schluchzte; über ihm klimperte munter ein Banjo. Irgendwo knallten Türen, in Abständen brauste die Hochbahn; auf einem Hinterhofzaun miaute jämmerlich eine Katze. Und er atmete den Atem des Hauses ein – eher einen naßkalten Geschmack als einen Geruch –, einen kalten, abgestandenen Dunst wie aus einem unterirdischen Gewölbe, vermischt mit den unangenehmen Ausdünstungen von Linoleum und schimmeligem und faulendem Holz.

Dann plötzlich, während er noch so dasaß, füllte sich

der Raum mit einem starken, süßen Resedaduft. Er kam mit einem einzelnen Windstoß und strömte mit einer solchen Bestimmtheit, einem so zarten Nachdruck herein, als wäre ein lebendiger Besucher eingetreten. Und der Mann rief laut: »Hier, meine Liebe«, so, als wäre er gerufen worden. Er sprang auf und blickte sich um. Der kräftige Duft schmiegte sich an ihn, hüllte ihn ein. Er streckte seine Arme danach aus, alle seine Sinne waren verwirrt und wie vertauscht. Wie konnte man von einem Duft mit solcher Bestimmtheit gerufen werden? Es mußte doch wohl ein Laut gewesen sein. Aber hatte dieser Laut ihn nicht berührt, ihn liebkost?

»In diesem Zimmer ist sie gewesen«, rief er aus, und er sprang auf, um dem Raum irgendein Pfand zu entreißen, denn er wußte, er würde den kleinsten Gegenstand erkennen, der ihr gehörte oder den sie berührt hatte. Dieser Resedaduft, der ihn umhüllte, dieser Geruch, den sie so geliebt und sich zu eigen gemacht hatte – woher kam er?

Das Zimmer war nur oberflächlich in Ordnung gebracht worden. Auf dem billigen Läufer, der den Toilettentisch bedeckte, lagen ein halbes Dutzend Haarnadeln – diese bescheidenen Freundinnen der Frauenwelt –, nicht voneinander zu unterscheiden, weiblichen Geschlechts, von unbestimmtem Modus und nicht mitteilbarer Zeit. Diese ignorierte er, denn er war sich ihres siegreichen Mangels an Identität bewußt. Er durchsuchte die Schubladen der Kommode und fand ein weggeworfenes, winziges zerfetztes Taschentuch. Er drückte es gegen sein Gesicht. Es roch scharf und frech nach Heliotrop; er schleuderte es auf den Boden. In einem anderen Schubfach fand er ein paar lose Knöpfe, ein Theaterprogramm, die Geschäftskarte eines Pfandleihers, zwei Bonbons, ein Traumbuch. In letzterem lag eine schwarzseidene Haarschleife, bei deren Anblick ihm heiß und kalt wurde. Aber auch eine schwarze Haarschleife ist ein demütiges, unpersönliches, allgemeines Schmuckstück der Weiblichkeit und trägt keine Nachricht.

Er lief kreuz und quer durch den Raum wie ein Hund auf der Spur, betastete die Wände, untersuchte auf Händen und Füßen die Ecken des welligen Bodenbelags, suchte den Kaminsims und die Tische, die Gardinen und Vorhänge, das wacklige Eckschränkchen nach einem sichtbaren Zeichen ab, unfähig zu bemerken, daß sie neben ihm war, um ihn, an ihm, in ihm, an ihn geschmiegt ihn umwarb, durch die feineren Sinne so dringend nach ihm rief, daß sogar seine gröberen den Ruf erkannten. Wieder antwortete er laut: »Ja, meine Liebe«, und wandte sich mit wildem Blick, um in die Leere zu starren, denn er konnte Form und Farbe und die Liebe und die ausgestreckten Arme im Resedaduft noch nicht erkennen. O Gott, woher kam dieser Duft, und seit wann haben Düfte eine Stimme, mit der sie rufen? So tastete er umher.

Er grub in Ritzen und Ecken, fand Korken und Zigaretten. Er ließ sie verächtlich beiseite. Aber einmal fand er in einer Falte des Teppichs eine halb gerauchte Zigarre, und diese zertrat er mit einem giftigen Fluch unter dem Absatz. Er siebte das Zimmer von einem Ende zum andern durch. Er fand die trüben und wenig erhebenden Spuren vieler zeitweiliger Bewohner, aber von ihr, die er suchte, die hier gewohnt haben mochte und deren Geist hier zu weilen schien, fand er keine Spur.

Dann dachte er an die Hausmeisterin.

Er lief aus dem verhexten Zimmer nach unten und fand eine Tür, unter der Licht hervorschien. Auf sein Klopfen hin kam sie heraus. Er unterdrückte seine Erregung, so gut er konnte.

»Sagen Sie mir doch«, flehte er sie an, »wer hat vor mir das Zimmer bewohnt?«

»Mein Herr, ich kann es Ihnen ja noch einmal sagen: Es waren Sprowls und Mooney, wie ich schon gesagt habe. Auf der Bühne hieß sie Miss B'rette Sprowls, aber sie war Mrs. Mooney. Mein Haus ist ein anständiges Haus, das ist bekannt. Die Heiratsurkunde hing gerahmt über –«

»Wie war denn Miss Sprowls – ich meine, wie sah sie aus?«

»Nun, schwarzhaarig, klein und stämmig, mit einem komischen Gesicht. Sie sind vorigen Dienstag ausgezogen.«

»Und wer hat vor ihnen da gewohnt?«

»Also, da war ein einzelner Herr, der etwas mit einem Fuhrunternehmen zu tun hatte. Er ist mir die Miete für eine Woche schuldig geblieben. Vor ihm Mrs. Crowder mit ihren beiden Kindern, die haben vier Monate da gewohnt, und vor ihnen der alte Mr. Doyle, für den seine Söhne bezahlten. Er hat das Zimmer sechs Monate gehabt. Das wäre das ganze letzte Jahr, und was davor war, daran erinnere ich mich nicht mehr.«

Er dankte ihr und stieg langsam wieder in das Zimmer hinauf. Der Raum war tot. Der Duft, der es lebendig gemacht hatte, war verflogen. Statt dessen herrschte wieder der alte abgestandene Geruch nach schimmligem Holz, nach eingesperrter Luft.

Mit dem Verebben der Hoffnung starb seine Zuversicht. Er saß da und starrte in das gelbe, summende Gaslicht. Dann ging er zum Bett und fing an, die Tücher in Streifen zu reißen. Mit der Klinge seines Messers stopfte er sie fest in jede Ritze um Fenster und Tür. Als alles dicht und fest verschlossen war, löschte er das Licht, dann drehte er den Gashahn wieder auf und legte sich voller Dankbarkeit auf das Bett.

Mrs. McCool war an diesem Abend an der Reihe, Bier zu holen. Sie holte es also und saß dann mit Mrs. Purdy in einem jener unterirdischen Zufluchtsorte, wo die Hausmeister sich versammeln und wo der Wurm selten stirbt.

»Ich habe heute abend das Zimmer auf dem dritten Stock nach hinten vermietet«, sagte Mrs. Purdy über eine prächtige Schaumkrone hinweg. »Ein junger Mann hat es genommen. Er ist vor zwei Stunden zu Bett gegangen.«

»Also tatsächlich, Mrs. Purdy«, sagte Mrs. McCool mit inniger Bewunderung. »Es ist phantastisch, wie Sie solche Zimmer vermieten. Und haben Sie's ihm gesagt?« fuhr sie in heiserem Flüsterton geheimnisvoll fort.

»Zimmer«, sagte Mrs. Purdy in ihrem pelzigsten Ton, »werden möbliert, um vermietet zu werden. Ich hab es ihm nicht gesagt, Mrs. McCool.«

»Da ha'm Se recht gehabt. Wir leben ja vom Zimmervermieten. Sie ha'm den richtigen Geschäftsverstand.

Viele Leute würden so 'n Zimmer nicht mieten, wenn man ihnen sagt, daß einer durch Selbstmord in dem Bett gestorben ist.«

»Wie Sie schon gesagt haben. Wir müssen ja leben«, bemerkte Mrs. Purdy.

»Ja, Mrs. Purdy, da ha'm Se recht. 's is grad 'ne Woche her, daß ich Ihnen geholfen hab, die im dritten Stock nach hinten aufzubahren. So ein hübsches kleines Ding, daß die sich mi'm Gas umbringen muß – ein liebes kleines Gesicht, nicht, Mrs. Purdy?«

»Wie Sie sagen, man hätte sie hübsch nennen können«, sagte Mrs. Purdy, zustimmend aber kritisch, »wenn sie nicht an der linken Augenbraue diesen Leberfleck gehabt hätte. Gießen Sie sich noch mal ein, Mrs. Purdy.«

Guy de Maupassant

Der Horla

. . . .

8. Mai. – Welch ein wunderschöner Tag! Den lieben langen Morgen lag ich im Gras vor meinem Haus unter der mächtigen Platane, die das Anwesen völlig überdeckt, ihm Schatten spendet und Schutz bietet. Ich lebe gern in dieser Gegend, ich liebe sie, weil ich hier verwurzelt bin, weil hier die tiefen, zarten Wurzeln verankert sind, die einen Menschen an das Land ketten, wo seine Vorfahren geboren und gestorben sind, die ihn mit all dem verbinden, was man denkt und was man ist, mit Brauchtum und Sitten so gut wie mit Speise und Trank, mit den landläufigen Redensarten und der besondern Klangfarbe und Sprechweise der Bauern, mit dem Geruch der Erdscholle, der Dörfer und sogar der Luft.

Ich liebe mein Haus, in dem ich groß geworden bin. Aus meinen Fenstern sehe ich hinab auf die Seine, die hinter der Landstraße meinem Garten entlangfließt, beinah auf meinem Grund und Boden, die große, breite Seine, die von Rouen hinunter nach Le Havre strömt, über und über mit vorbeifahrenden Schiffen bedeckt.

Linker Hand, weit hinten, liegt Rouen, die große Stadt mit ihren blauen Dächern, ausgebreitet unter dem Gewimmel von spitzigen gotischen Türmen. Zahllos sind sie, schlank und zierlich oder breit und gedrungen, und über alle hinaus ragt der gußeiserne Dachreiter der Kathedrale empor. Und überall sind Glocken, die im blauen Dunst des schönen Morgens läuten und bis zu mir herüber ihr sanftes, fernes, dröhnendes Klingen senden, ihren ehernen Gesang, den mir der Wind zuträgt, bald stärker und dann wieder schwächer, je nachdem die Brise anschwillt oder abnimmt.

Wie wohlig war mir an diesem Morgen zumute! Wie war das Leben schön!

Gegen elf Uhr glitt ein langer Schiffszug, gezogen von einem Schleppdampfer, der kaum größer aussah als eine Fliege und vor Anstrengung keuchte und röchelte und eine dicke Rauchsäule ausspie, vor meinem Gartengitter vorbei.

Nachher fuhren zwei englische Schoner flußabwärts, deren rote flatternde Wimpel sich vom blauen Himmel abhoben, und dann segelte ein prachtvoller brasilianischer Dreimaster vorüber, ein schneeweißes, blitzsauberes und funkelglänzendes Fahrzeug. Ich winkte ihm zu, warum, weiß ich nicht, so freute mich der Anblick dieses schmucken Schiffs.

11. Mai. – Seit ein paar Tagen habe ich leichtes Fieber. Ich fühle mich nicht recht wohl, oder vielmehr: ich bin mißgelaunt und traurig gestimmt.

Woher kommen wohl solche geheimnisvollen Einflüsse, die unser Glücksgefühl in Niedergeschlagenheit und unser Selbstvertrauen in Trostlosigkeit verwandeln? Man hat das Gefühl, die Luft, die unsichtbare Luft sei erfüllt von nicht wahrnehmbaren Gewalten und Mächten, deren rätselhafte Nähe wir spüren. Ich erwache munter und fröhlich, am liebsten möchte ich singen. – Weshalb nur? – Ich gehe dem Wasser entlang, und auf einmal, nach einem kurzen Spaziergang, kehre ich todestraurig und verzweifelt nach Hause zurück, als erwarte mich dort irgendein Unheil. – Warum? – Hat ein kalter Frostschauer meine Haut gestreift, meine Nerven zerrüttet und meine Seele verdüstert? Ist vielleicht die Form der Wolken daran schuld oder die Färbung des Tageslichts, die Farbe der Dinge, die immerzu wechselt und sich verändert? Hat sie mein Denkvermögen getrübt, meine Gedanken verwirrt, als sie durch meine Augen einging? Kann man das wissen? Alles, was uns umgibt, alles, was wir sehen, ohne daß wir es bewußt wahrnehmen, alles, was wir flüchtig berühren, woran wir streifen, ohne daß wir es zur Kenntnis nehmen, alles, was wir anrühren, ohne es greifbar zu spüren, alles, was wir antreffen, ohne es zu erkennen, hat auf uns, auf unsere Organe und durch sie auf unsere Vorstellungen und sogar auf unser Gemüt eine sofortige überraschende und unerklärliche Wirkung.

Wie ist es doch tief, dieses Mysterium des Unsichtbaren! Mit unseren unzulänglichen Sinnen vermögen wir es nie zu ergründen, sei es mit unseren Augen, die nicht das allzu Große und nicht das allzu Kleine wahrnehmen können, die weder Dinge, die zu nahe, noch solche, die zu entfernt sind, schauen können, weder die Bewohner eines Sterns noch die Inwohner eines Wassertropfens ... Auch nicht mit unseren Ohren, die uns täuschen und trügen, denn sie übermitteln uns die Schwingungen der Luft als tönende Klänge. Sie sind zauberkundige Feen, die das Wunder vollbringen, diese

Bewegung in Laute zu verwandeln, und lassen durch diese Metamorphose die Musik entstehen, die das stumme Weben der Natur zum Singen und Klingen bringt ... Nicht mit unserm Geruchssinn, der schwächer ist als die Witterung eines Hundes ... Nicht mit unserem Geschmack, der ja kaum das Alter eines Weines unterscheiden kann!

Ach, hätten wir doch andere Organe, die für uns andere Wunder vollbrächten, wie viele Dinge könnten wir rings um uns noch entdecken!

16. Mai. – Ich bin krank, soviel ist sicher! Dabei war ich im vergangenen Monat so wohlauf, so gesund fühlte ich mich! Ich habe Fieber, qualvoll zehrendes Fieber, oder vielmehr ein fieberhaftes Gereiztsein, unter dem mein Gemüt ebensoschwer leidet wie mein Körper. Ununterbrochen habe ich das gräßliche Gefühl einer drohenden Gefahr, jenes schaurige Angstgefühl eines Unglücks, das bevorsteht, oder des nahenden Todes, diese Vorahnung, die fraglos darauf hindeutet, daß mich eine unbekannte Krankheit befallen hat und nun in meinem Blut und meinem Fleisch keimt.

18. Mai. – Ich habe meinen Arzt aufgesucht, denn ich konnte nicht mehr schlafen. Er stellte fest, mein Puls sei zu rasch, die Augen seien erweitert, meine Nerven hochgradig gereizt, doch fand er keinerlei besorgniserregende Symptome. Ich soll mich kalt duschen und Brom schlucken.

25. Mai. – Keine Veränderung. Mein Zustand ist wirklich sonderbar beängstigend. Je näher der Abend vorrückt, um so quälender befällt mich eine unbegreifliche Unrast, ein Unruhegefühl, als berge die Nacht für mich eine fürchterliche Drohung. Ich schlinge rasch mein Essen hinunter, und dann versuche ich zu lesen. Aber ich verstehe kein Wort von dem Gelesenen. Ich kann kaum die Buchstaben unterscheiden. Nun wandere ich in meinem Wohnzimmer auf und ab, unter dem lastenden Druck einer unklaren, unüberwindbaren Angst; ich fürchte mich vor dem Schlaf, vor dem Zubettgehen.

Gegen zehn Uhr gehe ich hinauf in mein Schlafzimmer. Sobald ich es betreten habe, drehe ich den Schlüssel zweimal um und stoße den Riegel vor. Ich habe Angst ... wovor? ... Bisher fürchtete ich mich nie, vor gar nichts ... Ich mache meine Kästen sperrangelweit auf und schaue unters Bett. Ich lausche, horche ... worauf? ... Wie seltsam, daß ein einfaches Unwohlsein, eine Kreislaufstörung vielleicht, die Überreizung eines Nervenstrangs, eine leichte Verdauungsstörung, eine ganz belanglose, kleine Beeinträchtigung im unvollkommenen und so heiklen Funktionieren unseres lebenden Organismus aus dem heitersten Menschen einen melancholischen Schwarzseher, aus einem beherzten Mann einen memmenhaften Hasenfuß machen kann? Hierauf lege ich mich ins Bett und warte auf den Schlaf, wie man etwa dem Henker entgegenbangt. Ich erwarte ihn voll Todesangst, und voll Entsetzen schaudere ich seinem Kommen entgegen. Und mein Herz klopft rasend, meine Beine zittern, und mein ganzer Leib bebt und zuckt in den warmen Leintüchern, bis zu dem Augenblick, da ich mit einmal in Schlaf falle, so etwa, wie man in einen brackigen Wasserstrudel stürzt und darin ertrinkt. Ich fühle ihn nicht mehr herankommen wie früher stets, diesen arglistigen Schlaf, der in meiner Nähe versteckt auf der Lauer liegt, mich im nächsten Augenblick schon beim Kopf packen, mir die Augen schließen und mich gänzlich auslöschen und zunichte machen wird.

Ich schlafe – lange – zwei, drei Stunden. Dann würgt mich ein Traum, nein – ein Alpdruck. Ich fühle genau, wie ich daliege, daß ich schlafe ... Ich spüre und weiß es ... Und dabei spüre ich auch, wie sich jemand an mich heranschleicht, mich betrachtet, betastet, auf mein Bett steigt, auf meine Brust kniet, meinen Hals mit seinen Händen umkrallt und dann zudrückt ... mit aller Kraft zudrückt, um mich zu erwürgen.

Ich wehre mich dagegen und bin doch wehrlos, gebunden von der entsetzlichen Ohnmacht, die uns in den Träumen lähmt. Ich will schreien und kann doch nicht. Ich will mich bewegen und bin außerstande, es zu tun. Unter entsetzlichem Kraftaufwand und mit äußerster Anstrengung, keuchend und nach Luft ringend, versuche ich mich umzudrehen, dieses Wesen abzuschütteln, das mich erdrückt und erstickt – und ich kann es einfach nicht.

Und plötzlich wache ich auf, halb wahnsinnig vor Angst, mit Schweiß bedeckt. Ich zünde eine Kerze an. Ich bin allein. Nach diesem Anfall, der sich Nacht für Nacht wiederholt, schlummere ich endlich ein und schlafe dann ruhig bis zum Morgen.

2. Juni. – Mein Zustand hat sich noch verschlimmert. Was habe ich nur? Das Brom hilft nichts. Die Duschen sind wirkungslos. Letzthin wollte ich meinen ohnehin doch so abgematteten Körper so recht müde laufen und machte einen Spaziergang in den Wald bei Roumare. Zuerst glaubte ich, die frische Luft, die milde, lindleichte Witterung, erfüllt vom Wohlgeruch des satten Laubs und der Kräuter, lasse neues Blut in meine Adern einströmen und beschere meinem Herzen frische Kraft. Ich schlug einen langen, breiten Jagdweg ein und wandte mich dann La Bouille zu, über einen schmalen Pfad, der zwischen langen Reihen von übermäßig hohen Bäumen hinführt, so daß sich zwischen mir und dem Himmel ein dichtes grünes, beinah schwarzes Laubdach ausbreitete.

Ein Schauer erfaßte mich plötzlich, nicht etwa ein Kälteschauer, vielmehr ein seltsamer, sonderbarer Angstschauer.

Ich schritt rascher aus, weil mir nicht recht geheuer war so ganz allein in diesem Wald. Ich hatte Angst, grundlose, dumme, lächerlich einfältige Angst in dieser tiefen Waldeinsamkeit. Auf einmal war mir, als folge mir jemand, als bleibe mir jemand dicht auf den Fersen, ganz nahe, ganz dicht hinter mir, so daß er mich beinahe berührte.

Ich drehte mich jäh um. Ich war allein. Hinter mir sah ich nur die schnurgerade, breite Baumallee, leer, hoch und furchterregend leer. Und auch auf der andern Seite zog sie sich hin, so weit man sehen konnte, völlig gleich, erschreckend leer und öde.

Ich schloß die Augen. Weshalb? Und dann fing ich an, mich auf einem Absatz zu drehen, rasend schnell, wie ein Kreisel. Erst als ich taumelte, stolperte und fast hingeschlagen wäre, öffnete ich die Augen wieder. Die Bäume tanzten rundum, der Boden schwankte und wogte. Ich mußte mich niedersetzen. Und dann, ja, dann wußte ich nicht mehr, wo ich hergekommen war. Ein beklemmendes Gefühl! Seltsam! Eine sonderbare Wahnvorstellung! Ich wußte es einfach nicht mehr. Schließlich ging ich auf der Seite weiter, die zu meiner Rechten lag, und gelangte wieder auf den Weg, der mich mitten in den Wald hineingeführt hatte.

3. Juni. – Die Nacht war grauenvoll. Ich werde für ein paar Wochen verreisen. Eine kleine Reise wird mich bestimmt wiederherstellen.

2. Juli. – Ich bin wieder daheim. Ich bin gesund, geheilt. Übrigens habe ich eine wunderschöne Wanderung gemacht. Ich habe den Mont Saint-Michel besucht, den ich noch nicht kannte.

Welch ein erhabener Anblick, wenn man – wie ich – gegen Abend in Avranches ankommt! Die Stadt liegt auf einer Anhöhe. Man führte mich in den öffentlichen Park ganz am Ende der Stadt. Ich stieß vor Staunen und Überwältigung einen lauten Schrei aus. Eine mächtige Bucht dehnte sich vor mir aus, so weit mein Auge blickte, zwischen zwei breit auseinanderliegenden Küstenarmen, die sich in blauer Ferne im Dunst verloren. Und inmitten dieser unabsehbaren gelben Bucht ragte unter einem goldlichten, klaren Himmel, finster und spitz, ein eigenartig geformter Berg mitten aus den Sanddünen empor. Die Sonne war eben untergegangen, und auf dem blutroten Horizont hob sich der phantastische Felsen scharfumrissen ab, mit seinem überirdisch-großartigen Bauwerk zuoberst auf dem Gipfel.

Sobald der Morgen graute, machte ich mich auf den Weg dorthin. Es war Ebbezeit, wie am Abend zuvor, und ich sah, je näher ich herankam, wie sich die überwältigend eindrucksvolle Abtei vor mir immer jäher und himmelnaher auftürmte. Ich hatte mehrere Stunden Wegs zu gehen, bis ich zu dem ungeheuren Steinblock gelangte, der das Städtchen, überragt von der großen Kirche, trägt. Ich erklomm die enge, steile Gasse und betrat das wundersamste gotische Bauwerk, das je auf Erden zu Gottes Preis und Ehre aufgeführt ward, einen Bau, weit und geräumig wie eine Stadt, mit zahllosen niedrigen Sälen, die unter Gewölben und hohen Galerien, gestützt von zierlichen, schlanken Säulen, gleichsam erdrückt werden. Ich trat in dieses riesengroße Kleinod aus Granit, das luftig-leicht wirkt wie eine Brabanter Spitze, überdeckt mit Türmchen und schlanken Dachreitern, zu denen enggewundene Treppen emporführen, ein wahres Gewimmel von Türmen und Zinnen, die in den blauen Himmel der Tage und in den schwarzen Himmel der Nächte ihre bizarren Köpfe hinausrekken, starrend von wunderlich seltsamen Tiergestalten, Schimären, Teufelsfratzen, riesengroßen ungeheuerlichen Blumen, und untereinander durch zierliche, feingemetzte Bogen, mit reichem Bildwerk verziert, verbunden.

Als ich zuoberst angelangt war, sagte ich zu dem Mönch, der mich begleitete: »Wie müssen Sie sich hier wohl fühlen, Pater!«

»Viel Wind«, gab er mir zur Antwort, und nun entspann sich ein Gespräch zwischen uns, während wir dem heranflutenden Meer zuschauten, das immer höher stieg, über den Sand wogte und ihn mit einem stahlblauen Panzer überzog.

Und der Mönch erzählte mir Geschichten, eine um die andere, alle die alten Sagen, die an diesem Orte spielten, Legenden, Mären und immer wieder Heiligenlegenden.

Eine von ihnen machte mir tiefen Eindruck. Die Leute hierzulande, die Einwohner des Berges, behaupten, man höre nächtlicherweile in den Sanddünen sprechen, dann sei das Meckern von zwei Ziegen zu vernehmen; die eine Stimme töne laut, die andere schwach und leise. Ungläubige Zweifler versichern, das seien nichts weiter als Schreie von Meervögeln, die zuweilen anzuhören seien wie Blöken oder Gemecker, manchmal aber menschlichen Klagelauten ähnlich klängen. Dahingegen schwören verspätet heimkehrende Fischer, sie seien zwischen Ebbe und Flut, zwischen zwei Gezeiten, einem alten Schäfer begegnet, der auf den Dünen rund um das weltabgelegene Städtchen umherirrte. Seinen Kopf könne man nie sehen, er habe stets seinen Mantel darübergedeckt. Vor sich her treibe er einen Ziegenbock mit einem Männerantlitz und eine Ziege mit einem Frauenkopf. Beide hätten langes weißes Haar und sprächen in einem fort miteinander, zankten sich in einer unverständlichen Sprache und hörten dann plötzlich auf zu reden, um dafür aus Leibeskräften zu meckern.

»Glauben Sie daran?« fragte ich den Mönch.

Er murmelte: »Ich weiß nicht.«

»Gäbe es auf Erden andere Geschöpfe, als wir sind«, entgegnete ich, »wie wär's möglich, daß wir sie nicht längst schon kennen? Wieso hätten Sie diese Wesen nicht auch schon zu Gesicht bekommen? Und warum sollte ich sie noch nie gesehen haben?«

Da antwortete er: »Sehen wir denn den hundertsten Teil dessen, was west und ist? Sehen Sie, zum Beispiel der Wind, die gewaltigste Kraft, die es in der Natur gibt, der Männer zu Boden wirft, Häuser zum Einsturz bringt, Bäume entwurzelt, das Meer zu himmelhohen Wogenbergen aufwühlt, Dämme einreißt und große Schiffe auf die Klippen treibt, der Wind, der tötet, der pfeift und stöhnt und brüllt ... Haben Sie ihn jemals zu Gesicht bekommen? Können Sie ihn sehen? Und doch ist er da.«

Vor dieser einfachen, herzenseinfältigen Beweisführung verstummte ich. Dieser Mann war ein Weiser oder vielleicht ein Schwachkopf. Bestimmt hätte ich das nicht sagen können. Aber ich erwiderte nichts darauf. Was er da sagte, das hatte ich mir schon oftmals überlegt.

3. Juli. – Ich habe schlecht geschlafen. Sicherlich ist hier irgendein fieberhafter, krankmachender Einfluß spürbar, denn mein Kutscher leidet unter den gleichen Angstzuständen wie ich. Als ich gestern nach Hause kam, war mir seine eigenartige Blässe aufgefallen. Ich fragte ihn:

»Was fehlt Ihnen, Johann?«

»Was mir fehlt? Ich kann nicht mehr schlafen, kann mich nicht mehr ausruhen. Meine Nächte fressen meine Tage auf. Seit der gnädige Herr abgereist ist, hat mich das befallen, als wäre ich verhext.«

Den andern Bediensteten geht es soweit gut. Aber ich habe entsetzliche Angst, es könne mich wieder befallen.

4. Juli. – Es ist soweit. Ich bin wieder krank. Meine Angstträume sind erneut aufgetreten. Heute nacht habe ich gespürt, wie jemand auf mir kauerte, seinen Mund auf den meinen preßte und mir das Leben von meinen Lippen saugte. Ja, er sog es aus meiner Kehle wie ein Blutegel. Dann hob er sich von mir, gesättigt und vollgesogen, und ich erwachte so wund, so zerschlagen und todmüde, daß ich mich nicht mehr regen konnte. Wenn das noch ein paar Tage so weitergeht, reise ich bestimmt wieder ab.

5. Juli. – Habe ich den Verstand verloren? Was sich ereignet hat, was ich letzte Nacht mit angesehen habe, ist so sonderbar, so rätselhaft und merkwürdig, daß sich mein Kopf nicht mehr zurechtfindet, wenn ich daran denke!

Wie ich jetzt allabendlich zu tun pflegte, hatte ich meine Tür verriegelt und den Schlüssel umgedreht. Dann trank ich ein halbes Glas Wasser, weil ich durstig war, und dabei bemerkte ich ganz zufällig, daß die Flasche bis hinauf zum Kristallstöpsel mit Wasser gefüllt war.

Hierauf ging ich zu Bett und fiel in Schlaf, in den grauenvollen Schlaf, den ich nachgerade genugsam kannte, und zwei Stunden später wurde ich durch einen noch grauenhafteren Schock aus diesem bleischweren Alp gerissen.

Stellt euch einen Mann vor, den man im Schlaf ermordet und der mit einem Messer in der Lunge aufwacht, röchelnd, blutbesudelt, der nicht mehr atmen kann und mit dem Tode ringt und gar nicht begreift, was mit ihm geschieht ... So war mir zumute.

Als ich endlich wieder bei Verstand und Besinnung war, bekam ich erneut Durst. Ich zündete eine Kerze an und trat zu dem Tisch, auf dem meine Wasserkaraffe stand. Ich hob sie auf und neigte sie über mein Glas. Kein Tropfen Wasser floß heraus ... Sie war leer. Sie war vollkommen leer! Zuerst wurde ich gar nicht klug daraus und konnte es nicht begreifen. Dann auf einmal befiel mich eine so fürchterliche Erregung, daß ich mich setzen mußte oder vielmehr auf einen Stuhl hinsank. Alsbald aber fuhr ich mit einem Satz wieder auf und blickte mich um. Dann setzte ich mich erneut, vor Staunen und Angst fast von Sinnen, vor die durchsichtige Kristallflasche. Ich starrte sie mit stieren Augen unverwandt an und suchte das Rätsel zu lösen. Meine Hände zitterten. Jemand hatte also dieses Wasser ausgetrunken? Wer denn? Ich etwa? Ja, zweifellos hatte ich's getan! Ich allein konnte es getan haben! Dann war ich also ein Nachtwandler, ich lebte, ohne es zu wissen, dieses geheimnisvolle Doppelleben, das Zweifel aufkommen läßt, ob zwei Wesen in uns wohnen oder ob ein fremdes, nicht erkennbares und unsichtbares Wesen in manchen Augenblicken, wenn unsere Seele benommen und empfindungslos ist, unseren in Banden liegenden Körper belebt, der diesem fremden Wesen wie uns selbst gehorcht, ja noch mehr als uns selber.

Ach, wer wird meine entsetzliche Todesangst begreifen? Wer wird die Erregung eines Menschen verstehen können, der geistig gesund und hellwach, bei Verstand und Besinnung ist und voll Entsetzen durch das Glas einer Karaffe hindurch sieht, daß ein bißchen Wasser daraus verschwunden ist, während er schlief? Und ich blieb da sitzen, bis es Tag wurde, und wagte nicht wieder ins Bett zu gehen.

6. Juli. – Ich werde wahnsinnig! Heute nacht hat wieder jemand meine ganze Wasserflasche leergetrunken. Oder vielmehr: ich habe sie ausgetrunken!

War ich es aber wirklich? Bin ich's gewesen? Wer denn könnte es sonst gewesen sein? Wer? O mein Gott! Werde ich verrückt? Wer kann mich retten?

10. Juli. – Ich habe eben ganz erstaunliche Versuche angestellt.

Ganz entschieden, ich bin verrückt! Und doch ...!

Am sechsten Juli stellte ich vor dem Zubettgehen Wein, Milch, Wasser, Brot und Erdbeeren auf meinen Tisch.

Jemand hat – oder besser: ich habe alles Wasser und ein wenig Milch getrunken. Weder Wein noch Brot, noch Erdbeeren hat man angerührt.

Am siebenten Juli habe ich denselben Versuch nochmals vorgenommen, mit dem gleichen Ergebnis.

Am achten Juli ließ ich das Wasser und die Milch weg. Nun rührte man gar nichts an.

Endlich am neunten Juli stellte ich nur das Wasser und die Milch auf den Tisch, wickelte aber die Karaffen sorgfältig in weiße Musselintücher und machte die Stöpsel mit Schnüren fest. Dann rieb ich mir Lippen, Bart und Hände mit Graphitstaub ein und ging hierauf zu Bett.

Der unbezwingliche Schlaf übermannte mich wieder, dem bald das grauenvolle Erwachen folgte. Ich hatte mich überhaupt nicht bewegt. Sogar meine Leintücher und die Kissen wiesen nicht den kleinsten Fleck auf. Ich lief zum Tisch. Die Tücher, mit denen ich die Flaschen umwickelt hatte, waren weiß geblieben. Vor Angst zitternd, löste ich die Schnüre auf. Das ganze Wasser war ausgetrunken. Die ganze Milch hatte man getrunken! Ach mein Gott...!

Ich werde noch heute nach Paris fahren.

12. Juli. – Paris. Ich hatte also in den letzten Tagen den Verstand verloren. Ich muß ein Spielball meiner überreizten Phantasie gewesen sein, es sei denn, ich bin wirklich somnambul oder einem jener Einflüsse erlegen, deren Vorkommen man zwar festgestellt hat, die man jedoch bis jetzt nicht erklären kann, den sogenannten Suggestionen nämlich. Auf jeden Fall war ich dem Wahnsinn nahe, und ein vierundzwanzigstündiger Aufenthalt in Paris hat genügt, um mich wieder ins Gleichgewicht zu bringen.

Gestern erledigte ich Besorgungen und machte Besuche, und das brachte frische, neubelebende Luft in meine Seele und in mein Gemüt. Zum Abschluß des Abends ging ich ins Theater. Man spielte ein Stück von Alexandre Dumas dem Jüngeren. Dieser aufgeweckte, mächtige Geist hat mich dann vollends gesund gemacht. Sicher ist eins: die Einsamkeit ist für geistige Arbeiter gefährlich. Unsereiner braucht Menschen um sich, Menschen, die denken und reden. Bleiben wir längere Zeit allein und auf uns selber angewiesen, so bevölkern wir die leere Öde mit Gespenstern.

Ich bin höchst vergnügt und in heiterster Stimmung über die Boulevards ins Hotel zurückgegangen. Während ich mir so durch das dichte Menschengedränge einen Weg bahnte, dachte ich nicht ohne höhnische Untergefühle an meine Angstzustände, an meine Bedenken und Mutmaßungen der vergangenen Woche, denn ich hatte wirklich und allen Ernstes geglaubt, ein unsichtbares Wesen wohne unter meinem Dach. Wie ist unser Kopf doch schwach und gerät in Verwirrung und außer sich, sobald nur ein geringfügiges und unbegreifliches Vorkommnis uns zustößt!

Anstatt daß wir dann schlicht und einfach den Schluß ziehen: Ich begreife es nicht, weil mir die Ursache unfaßbar ist, ersinnen wir alsbald allerlei schreckenerregende Mysterien und übersinnliche Mächte.

14. Juli. – Feier der Republik. Ich bin durch die Straßen spazierengegangen. Die Knallfrösche, Raketen und Fahnen machten mir Spaß wie einem kleinen Kind. Es ist doch eigentlich reichlich dumm, wenn man an einem amtlich festgelegten Datum, auf ein Regierungsdekret hin, fröhlich ist. Das Volk ist eine stumpfsinnige Herde, die sich bald stupid-geduldig, dann aber wieder grausam und blutrünstig-aufständisch benimmt. Man sagt ihm: Vergnüge dich! Und folgsam vergnügt es sich. Dann befiehlt man ihm wieder: Geh hin und bekämpfe deinen Nachbarn! Und es geht hin und kämpft. Man gebietet ihm: Gib deine Stimme dem Kaiser. Und es stimmt für den Kaiser. Und hernach sagt man ihm: Gib deine Stimme der Republik! Und es stimmt für die Republik.

Seine Führer sind die gleichen Dummköpfe; aber anstatt Menschen zu gehorchen, folgen sie Grundsätzen, die ja nicht anders als albern, unfruchtbar und falsch sein können, eben weil es Grundsätze sind, das heißt Vorstellungen und Gedanken, die für sicher und unwandelbar gelten, und dies in einer Welt, wo man gar nichts mit Sicherheit weiß, ist doch sogar das Licht eine Illusion, sind doch auch Laute und Töne pure Illusion.

15. Juli. – Gestern habe ich Dinge gesehen, die mich tief verwirrten.

Ich speiste bei meiner Kusine, Madame Sablé, deren Gatte das 76. Jägerregiment in Limoges befehligt. Außer mir waren noch zwei junge Frauen da, von denen die eine einen Arzt, den Doktor Parent, geheiratet hat, der sich viel mit nervösen Erkrankungen und den merkwürdigen Manifestationen befaßt, zu denen augenblicklich die Experimente über Hypnose und Suggestion Anlaß bieten.

Er erzählte uns lange und eingehend von den erstaunlichen Ergebnissen, die gewisse englische Forscher und auch die Ärzte der Schule von Nancy erzielt haben.

Die Tatsachen, die er vorbrachte, schienen mir derart seltsam und unglaublich, daß ich erklärte, das glaube ich einfach nicht.

»Wir sind im Begriff«, behauptete er aufs bestimmteste, »eines der wichtigsten Geheimnisse der Natur zu lüften, ich meine damit eines ihrer wichtigsten Geheimnisse auf dieser Erde. Denn sie birgt sicherlich noch andere, die unvergleichlich viel wichtiger sind, dort in weiter, weiter Ferne, auf den Sternen. Seitdem der Mensch denkt, seit er seine Gedanken äußern und aufschreiben kann, fühlt er, wie ihn ein Geheimnis spürbar umgibt, das aber für seine groben und unvollkommenen Sinne undurchdringlich bleibt. Und er versucht, durch Aufbietung seiner ganzen Intelligenz die Ohnmacht seiner Organe wettzumachen. Als sich seine Intelligenz noch im Rudimentärzustand befand, nahm dieses Vertrautsein mit den unsichtbaren Phänomenen banal furcht- und schreckenerregende Gestalten an. Daraus entstanden dann die im Volk verbreiteten abergläubischen Vorstellungen vom Übersinnlichen, die Sagen von umgehenden Geistern, von Kobolden, Gnomen, Gespenstern, ja ich möchte sogar sagen: die Sage von Gott; denn unsere Konzeptionen von einem welterschaffenden Schöpfer, von welcher Religion sie auch immer gekommen sein mögen, sind wohl die stümperhaftesten, stumpfsinnigsten, aberwitzigsten und unglaubhaftesten Ausgeburten, die jemals dem verängstigten Gehirn der Geschöpfe entsprungen sind. Ich kenne keinen treffenderen und wahreren Ausspruch als das Wort Voltaires: Gott hat den Menschen nach seinem Bild geschaffen, aber der Mensch hat es ihm wahrlich heimgezahlt.

Aber seit etwas mehr als einem Jahrhundert ahnt man anscheinend doch etwas Neues. Mesmer und ein paar andere Männer haben uns auf eine unerwartete Spur geführt, und wir sind tatsächlich, besonders seit etwa vier, fünf Jahren, zu überraschenden Ergebnissen gelangt.«

Meine Kusine, die gleichfalls höchst ungläubig tat, lächelte. Da sagte der Doktor Parent zu ihr: »Soll ich einmal versuchen, Sie einzuschläfern, gnädige Frau?«

»Ja, mir soll's recht sein.«

Sie setzte sich in einen Lehnstuhl, und er fing an, ihr starr und faszinierend in die Augen zu blicken. Ich spürte dabei plötzlich, wie ich leicht verwirrt wurde; mein Herz pochte rasend, und meine Kehle war wie zugeschnürt. Ich sah, daß die Augen der jungen Frau immer schwerer mit dem Schlaf kämpften, wie sich ihr Mund verkrampfte und verzerrte und ihre Brust keuchte.

Zehn Minuten später schlief sie tief und fest.

»Stellen Sie sich hinter ihren Stuhl«, gebot mir der Arzt.

Und ich setzte mich in ihrem Rücken auf einen Sessel. Nun gab er ihr eine Visitenkarte in die Hände und sagte zu ihr: »Da haben Sie einen Spiegel. Was sehen Sie darin?«

Sie antwortete:

»Ich sehe meinen Vetter.«

»Was tut er?«

»Er zwirbelt seinen Schnurrbart.«

»Und jetzt?«

»Er zieht eine Fotografie aus der Tasche.«

»Was ist das für eine Fotografie?«

»Seine eigene.«

Das stimmte. Die Fotografie hatte man mir am gleichen Abend erst ins Hotel geschickt.

»Wie ist er auf dieser Fotografie abgebildet?«

»Er steht da und hält seinen Hut in der Hand.«

Sie sah also in dieser Karte, in diesem weißen Karton, genauso deutlich wie in einem Spiegel.

Die jungen Frauen standen Todesängste aus und baten immer wieder: »Genug! Es ist genug! Hören Sie auf!«

Doch der Doktor sagte befehlend: »Morgen stehen Sie um acht Uhr auf. Dann gehen Sie zu Ihrem Vetter ins Hotel und bitten ihn, er möge Ihnen fünftausend Franken vorstrecken; Ihr Gatte wolle das Geld von Ihnen haben und werde es bei seiner nächsten Reise fordern.«

Hierauf weckte er sie.

Als ich ins Hotel zurückging, dachte ich über diese seltsame Zusammenkunft nach, und es kamen mir allerhand Zweifel, nicht etwa an der unbedingten, über allen Argwohn erhabenen Zuverlässigkeit und Redlichkeit meiner Kusine, die ich von Kindesbeinen auf wie meine eigene Schwester kannte, sondern an einem möglichen Täuschungstrick des Arztes. Hielt er nicht vielleicht in seiner Hand einen Spiegel verborgen, den er der eingeschläferten Frau gleichzeitig mit der Visitenkarte vorhielt? Die berufsmäßigen Zauberkünstler wenden noch ganz andere merkwürdige Finten an.

Ich ging also nach Hause und legte mich ins Bett.

Heute vormittag nun wurde ich aber von meinem Diener gegen halb neun Uhr geweckt. Er meldete mir: »Madame Sablé ist da und wünscht Sie sofort zu sprechen.«

Ich kleidete mich eilig an und empfing sie.

Sie war schrecklich verstört, als sie sich setzte. Ohne ihren Schleier zu lüften und mit niedergeschlagenen Augen stammelte sie: »Lieber Vetter, ich muß Sie um eine große Gefälligkeit bitten.«

»Was steht zu Diensten, liebe Kusine?«

»Es fällt mir sehr schwer, es Ihnen zu sagen, und doch muß es sein. Ich brauche dringend fünftausend Franken.«

»Aber das ist doch nicht Ihr Ernst? Sie brauchen ...?«

»Ja, ich, oder vielmehr mein Mann. Er benötigt sie und hat mich beauftragt, sie ihm zu beschaffen.«

Ich war so verblüfft, daß ich nur noch irgend etwas Unverständliches, Zusammenhangloses als Antwort stammeln konnte. Ich fragte mich, ob sie sich wirklich nicht über mich lustig mache, ob sie nicht mit dem Doktor einen mutwilligen Streich abgekartet, einen Scherz verabredet habe, den sie nun höchst ungezwungen und äußerst geschickt spielte.

Als ich sie aber aufmerksam ins Auge faßte, schwanden alle meine Zweifel. Sie zitterte vor Angst, so peinlich war ihr dieser Schritt, so schmerzlich und schwer kam er sie an, und ich spürte, daß ein verhaltenes Schluchzen sie am Halse würgte.

Ich wußte, daß sie sehr reich war. Und so sagte ich zu ihr:

»Aber Sie wollen mir doch nicht weismachen, daß Ihr Mann keine fünftausend Franken flüssig hat? Überlegen Sie doch einmal! Sind Sie ganz sicher, daß er Ihnen den Auftrag gegeben hat, mich um das Geld zu bitten?«

Sie zögerte sekundenlang, als koste es sie große Anstrengung, in ihrer Erinnerung danach zu forschen. Schließlich antwortete sie: »Ja ... ja ... ich bin ganz sicher.«

»Hat er Ihnen geschrieben?«

Wiederum zögerte sie und dachte angestrengt nach. Ich erriet, wie qualvoll ihre Überlegung sein mußte. Sie wußte es nicht. Das einzige, was sie wußte, war, daß sie von mir fünftausend Franken für ihren Gatten borgen müsse. Sie log also sogar.

»Ja, er hat mir geschrieben.«

»Wann denn? Gestern haben Sie mir doch gar nichts davon gesagt.«

»Ich habe seinen Brief erst heute erhalten.«

»Können Sie mir den Brief zeigen?«

»Nein ... nein ... nein ... er enthielt allerlei vertrauliche Mitteilungen, Intimitäten ... die allzu persönlich sind ... Ich habe ... ich habe ihn verbrannt.«

»Dann macht Ihr Mann also Schulden?«

Sie zögerte wieder, dann flüsterte sie: »Ich weiß es nicht.«

Unvermittelt erklärte ich ihr nun rundheraus: »Leider kann ich momentan keine fünftausend Franken entbehren, liebe Kusine.«

Sie stieß einen unterdrückten Schmerzensschrei aus.

»Oh, bitte, bitte, treiben Sie das Geld auf!«

Sie steigerte sich in eine schreckliche Aufregung hinein, faltete die Hände und flehte mich an. Ich hörte, wie ihre Stimme eine völlig andere Klangfarbe bekam; sie weinte und stammelte, gepeinigt und gehetzt, im Banne des bindenden Befehls, den sie erhalten hatte und gegen den es kein Widerstreben gab.

»Oh! Oh! Ich bitte Sie, flehe Sie kniefällig an ... Wenn Sie wüßten, wie ich leide! ... Ich muß das Geld heute noch haben.«

Sie tat mir leid.

»Sie sollen es binnen kurzem bekommen, das verspreche ich Ihnen bestimmt.«

Da jubelte sie wie ein Kind: »Oh! Dank! Haben Sie tausend Dank! Wie gut Sie sind!«

Ich fragte sie nun: »Erinnern Sie sich noch, was gestern abend in Ihrem Salon vorgefallen ist?«

»Ja.«

»Wissen Sie noch, daß Sie Doktor Parent eingeschläfert hat?«

»Gewiß.«

»Nun denn, er hat Ihnen befohlen, mich heute am frühen Vormittag aufzusuchen und mich um ein Darlehen von fünftausend Franken zu bitten, und in diesem Augenblick gehorchen Sie seiner Suggestion.«

Sie dachte eine Weile angestrengt nach, dann gab sie mir zur Antwort: »Aber wenn doch mein Mann das Geld braucht ...«

Eine geschlagene Stunde lang versuchte ich sie zu überzeugen, aber alles war umsonst.

Als sie fortgegangen war, begab ich mich eilends zum Doktor. Er wollte gerade ausgehen und hörte mich lächelnd an. Dann fragte er: »Glauben Sie's jetzt?«

»Ja, ich muß wohl.«

»Kommen Sie mit, wir gehen zu Ihrer Kusine.«

Sie lag todmüde auf einem Ruhebett und schlief beinahe. Der Arzt fühlte ihr den Puls, hob dann eine Hand gegen ihre Augen und blickte sie scharf und starr an. Sie schloß langsam und nach und nach die Lider unter der unwiderstehlichen, zwingenden Gewalt dieser magnetischen Kraft.

Als sie eingeschläfert war, sprach er zu ihr:

»Ihr Mann hat die fünftausend Franken nicht mehr nötig! Sie werden somit vergessen, daß Sie Ihren Vetter gebeten haben, Ihnen das Geld zu leihen; und wenn er Sie je darauf anspricht, verstehen Sie nicht, was er meint.«

Dann weckte er sie auf. Ich zog meine Brieftasche hervor.

»Hier, liebe Kusine, ist das, worum Sie mich heute früh gebeten haben.«

Sie war dermaßen überrascht, daß ich nicht weiter darauf zu bestehen wagte. Immerhin versuchte ich, ihrem Gedächtnis nachzuhelfen, doch sie bestritt alles aufs bestimmteste, glaubte am Ende gar, ich mache mich über sie lustig, und es fehlte gar nicht viel, und sie wäre schließlich allen Ernstes böse geworden.

Das also habe ich erlebt! – Ich bin eben nach Hause gekommen und habe nichts essen können, so hat mich dieses Experiment erschüttert und aufgewühlt.

19. Juli. – Manche Bekannte, denen ich dieses Erlebnis erzählte, haben mich ausgelacht. Ich weiß gar nicht mehr, was ich denken soll. Der Weise spricht: Vielleicht.

21. Juli. – Ich war zum Nachtessen in Bougival. Dann habe ich den Abend auf dem Ball der Kahnfahrer verbracht. Es kommt doch entschieden immer drauf an, wo und in welcher Umgebung man sich befindet. Auf der Ile de la Grenouillère ans Übersinnliche zu glauben wäre schon der Gipfel des Irrsinns ... Auf der Höhe des Mont Saint-Michel jedoch! Und gar in Indien! Wir erliegen doch zum Erschrecken leicht dem Einfluß unserer Umgebung. Ich werde nächste Woche nach Hause fahren.

30. Juli. – Seit gestern wohne ich wieder in meinem Haus. Alles geht gut.

2. August. – Nichts Neues. Es ist prachtvolles Wetter. Den ganzen Tag schau ich zu, wie die Seine vorbeifließt.

4. August. – Es hat Streit zwischen meinen Dienstboten gegeben. Sie behaupten, jemand zerschlage des Nachts die Gläser in den Schränken. Der Diener bezichtigt die Köchin, die gibt der Wäschebesorgerin die Schuld, und diese wiederum behauptet, die beiden andern hätten es getan. Wer ist nun der Täter? Wer das sagen könnte, müßte schon das Gras wachsen hören!

6. August. – Diesmal bin ich nicht verrückt! – Ich habe es gesehen! ... Wirklich gesehen! ... Mit eigenen Augen gesehen! ... Ich kann nicht mehr zweifeln! ... Ich habe es gesehen! ... Es friert mich jetzt noch bis unter die Nägel ... Die Angst sitzt mir noch jetzt im Mark! ... Ich habe es gesehen! ...

Ich ging um zwei Uhr im strahlenden Sonnenschein in meinem Garten bei den Rosenbäumchen spazieren, zwischen den Herbstrosenstämmchen, die eben zu blühen anfangen.

Gerade als ich stehenblieb, um eine Géant des Batailles anzuschauen, die drei prachtvolle Blüten trug, da sah ich, sah ganz deutlich, dicht neben mir, wie sich der Stiel einer von diesen Rosen herabbog, als hätte ihn eine unsichtbare Hand abgedreht, und dann brach er ab, wie wenn diese Hand die Blume gepflückt hätte. Dann schwebte die Rose aufwärts, in einem weiten Bogen, dem gleichen, wie ihn ein Arm beschrieben hätte, um sie an einen Mund zu führen, und dann blieb sie in der durchsichtigen Luft gleichsam hängen, unbeweglich, ganz allein, ein grauenerregender roter Fleck, drei Schritte von meinen Augen entfernt.

In namenlosem Entsetzen warf ich mich auf die Blüte und wollte sie mit beiden Händen packen. Doch griff ich ins Leere. Sie war verschwunden. Da wütete ich in rasendem Zorn gegen mich selber; denn es geht einfach nicht an, daß ein vernunftbegabter, ernster Mann solche Halluzinationen hat.

War es aber wirklich eine Halluzination? Ich machte

kehrt, um den Blütenstiel zu suchen, und fand ihn auch ohne weiteres an dem Strauch. Er war frisch geknickt, zwischen zwei anderen Rosen, die noch an dem Ästchen blühten.

Da ging ich völlig verstört und innerlich im tiefsten Herzen erregt ins Haus. Denn jetzt bin ich sicher, so sicher, wie feststeht, daß Tag und Nacht immer abwechseln, jetzt ist kein Zweifel mehr möglich, daß in meiner unmittelbaren Nähe ein Wesen existiert, das sich von Wasser und Milch nährt, das die Dinge und Gegenstände anrühren, sie wegnehmen und vom Platz rücken kann, ein Wesen, das folglich eine materielle Natur besitzt, wenngleich es für unsere Sinne nicht wahrnehmbar ist, ein Wesen, das gleich mir unter meinem Dache wohnt.

7. August. – Ich habe ruhig geschlafen. Er hat das Wasser aus meiner Karaffe getrunken, meinen Schlaf aber hat er nicht gestört.

Ich frage mich, ob ich wahnsinnig bin. Neulich, als ich am hellichten Tag bei schönstem Sonnenschein den Fluß entlang spazieren ging, kamen mir Zweifel an meinem Verstand, nicht etwa nur so vage Zweifel, wie sie mich bisher geplagt hatten, sondern greifbar präzise, unumstößlich absolute Zweifel. Ich habe schon Wahnsinnige gesehen, ich habe welche gekannt, die waren klug und verständig, einsichtig, luzid, ja sogar ausgesprochen klarblickend in allen Belangen des Lebens, außer in einem Punkt. Sie redeten über alles und jedes klar, anpassungsfähig und wendig, gründlich und tiefsinnig, und unversehens prallte ihr Denken auf die Klippe ihres Wahnsinns und zerschellte, zerbarst in

Stücke, verzettelte sich und ging unter in dem grausigen und wilden Ozean voller aufpeitschender, himmelhoher Wogen, Nebelschwaden, Sturmgewitter, den man gemeinhin »Wahnsinn« nennt.

Gewiß, ich würde mich für verrückt, für gänzlich und vollkommen verrückt halten, wäre ich nicht bei vollem Bewußtsein, hätte ich nicht genaueste Kenntnis von meinem Zustand, könnte ich ihn nicht durchschauen, erforschen und mit ungeschwächter Hellsichtigkeit zergliedern. Ich wäre somit letztlich bloß ein vernünftig überlegender Mensch, der an Halluzinationen leidet. Vielleicht hat in meinem Gehirn sich irgendeine bisher noch nie aufgetretene Störung vollzogen, eine von jenen Störungen, die heute die Physiologen festzustellen, näher zu bestimmen und zu beschreiben versuchen. Und diese Störung hat möglicherweise in meinem Geist, in der Ordnung und Logik meines Denkens eine tiefe Spaltung ausgelöst. Ähnliche Erscheinungen treten im Traum auf, der uns durch die unwahrscheinlichsten Phantasmagorien führt, ohne daß wir darüber weiter erstaunt sind, weil unser Bewußtsein, das Kontrollorgan, ausgeschaltet ist, während die Phantasie, unsere Befähigung zu ausschweifenden Gedankenausgeburten, wach und in Tätigkeit ist. Ist es nicht möglich, daß eine der winzigkleinen und nicht wahrnehmbaren Tasten in der Klaviatur des Hirns bei mir gelähmt ist? Es gibt ja Menschen, die als Folge eines Unfalls das Namengedächtnis verlieren oder sich an keine Zeitwörter oder Ziffern oder auch nur an Daten mehr zu erinnern vermögen. Daß alle Parzellen unseres Denkapparates lokalisiert sind, gilt heute als erwiesen. Was ist nun also Erstaunliches daran, daß meine Fähigkeit, die Unwirklichkeit gewisser Halluzinationen zu kontrollieren, augenblicklich bei mir gehemmt oder ausgeschaltet ist?

An all dies dachte ich, während ich dem Flußufer entlangging. Das Wasser glitzerte und flimmerte im Sonnenschein, die ganze Erde war herrlich und köstlich, mein Herz war erfüllt von Lebenslust, voll Liebe zu den Schwalben, an deren flinkem, pfeilschnellem Fluge sich meine Augen weideten, zu den Gräsern am Flußbord, deren Rauschen und Flüstern mein Ohr beglückte.

Nach und nach beschlich mich indessen ein unerklärliches Unbehagen, durchdrang mich bis zuinnerst in meine Seele. Ein Zwang, so schien es mir, eine geheimnisvoll okkulte Macht lähmte mich, hielt mich auf, hinderte mich am Weitergehen, rief mich zurück, lockte mich rückwärts. Ich verspürte jene schmerzvolle Nötigung, nach Hause zu gehen, die einen manchmal quält und bedrückt, wenn man einen geliebten Kranken daheim alleingelassen hat und nun auf einmal das angstvolle Gefühl hat, sein Leiden habe sich plötzlich verschlimmert.

Ich kehrte also, ungern nur und wider meinen Willen, nach Hause zurück, in der sicheren Erwartung, daheim eine schlimme Nachricht, einen Brief oder eine Depesche vorzufinden. Aber es war nichts da; und ich war noch lange überrascht und unruhig, tief erschüttert, als wenn ich aufs neue eine phantastische Vision erlebt hätte.

8. August. – Gestern habe ich einen grauenhaft schaurigen Abend verlebt. Er macht sich nicht mehr bemerkbar; aber ich spüre ihn rings um mich, in meiner Nähe, fühle, daß er mich umlauert, beobachtet, in mich eingeht und mich durchschaut, mich beherrscht und noch weit furchterregender ist, weil er sich solchermaßen verborgen hält, als wenn er durch übernatürliche Erscheinungen seine unsichtbare und immerwährende Gegenwart kundtäte.

Ich habe trotz allem geschlafen.

9. August. – Nichts. Aber ich ängstige mich.

10. August. – Nichts. Was wird wohl morgen geschehen?

11. August. – Immer noch nichts. Ich kann nicht länger mit dieser Angst und diesen Gedanken, wie sie sich in meiner Seele eingenistet haben, in meinem Hause leben. Ich werde abreisen.

12. August, 10 Uhr abends. – Den ganzen Tag wollte ich fortgehen, konnte es aber nicht. Ich wollte diesen Akt des freien Willens vollbringen, der doch so einfach und leicht zu bewerkstelligen ist: ich brauche ja bloß aus dem Haus zu gehen, meinen Wagen zu besteigen und nach Rouen zu fahren – ich brachte es nicht fertig, konnte es einfach nicht. Warum?

13. August. – Wenn man von gewissen Krankheiten befallen wird, scheinen alle Triebfedern zerbrochen, alle Kräfte zunichte gemacht, alle Muskeln schlaff geworden, die Knochen erweicht wie Fleisch, und das Fleisch zu Wasser verflüssigt. Genau das Empfinden habe ich in meiner seelischen Verfassung, es ist seltsam, beängstigend und zum Verzweifeln! Ich habe keinerlei Kraft, keinerlei Mut, gar keine Selbstbeherrschung mehr, nicht einmal mehr so viel Macht über mich, daß ich meinen Willen betätigen oder auch nur wecken könnte. Ich kann nicht mehr wollen; dafür aber will jemand für mich, und ich gehorche.

14. August. – Ich bin verloren! Jemand hat Besitz von meiner Seele ergriffen und herrscht über sie! Jemand bestimmt gebieterisch alles, was ich tue, alle meine Regungen, alle meine Gedanken. Ich bin nichts mehr, habe keine Macht mehr über mich selber, ich bin nur noch ein sklavischer und verängstigter Zuschauer all der Dinge, die ich vollbringe. Ich möchte ausgehen, aber ich kann nicht. Er will es nicht, und ich bleibe in sinnlosem Entsetzen, zitternd und verzagt in dem Lehnstuhl sitzen, wo er mich festgebannt hält. Ich möchte nur aufstehen, mich bloß ein wenig erheben, damit ich glauben darf, ich sei noch Herr über mich selbst. Ich kann es nicht! Ich bin an meinem Stuhl festgenietet, und mein Sessel ist am Fußboden angewachsen, so daß keine Kraft der Welt uns von der Stelle zu rücken oder aufzuheben vermöchte.

Dann auf einmal muß ich, muß ich unbedingt und um jeden Preis, zuhinterst in meinen Garten gehen und Erdbeeren pflücken und sie essen. Und ich gehe hin. Ich pflücke Erdbeeren und esse sie! Oh, mein Gott! Mein Gott! Mein Gott! Gibt es einen Gott? Wenn es einen Gott gibt, so erlöse mich, rette mich! Hilf mir! Vergib mir! Gnade und Erbarmen! Rette mich! Oh, wie ich leide! Welche Qual muß ich ausstehen! Welch grauenvolle Todesqual!

15. August. – Sicherlich, so besessen und gebannt handelte meine arme Kusine, als sie zu mir kam und die fünftausend Franken von mir borgen wollte. Sie stand unter dem Zwang eines fremden Willens, der in sie eingegangen war wie eine andere, eine zweite Seele, eine schmarotzende und herrschsüchtige. Will denn die Welt untergehn?

Doch wer ist Der, der mich in seinen Bann zwingt und beherrscht, wer ist Er, dieser Unsichtbare? Wer ist dieser Unerkennbare, dieses schleichende, herumstreichende und nicht zu fassende Wesen von übersinnlicher Art?

Also gibt es unsichtbare Wesen! Weshalb haben sie sich dann seit Erschaffung der Welt noch nie in so erkennbarer und deutlicher Art manifestiert wie bei mir? Ich habe noch nie etwas Ähnliches gelesen, was in meinen vier Wänden geschehen ist. Oh, wenn ich mein Haus verlassen könnte, wenn ich fortgehen, fliehen und nie wieder hierher zurückkehren könnte! Dann wäre ich gerettet. Aber ich kann ja nicht.

16. August. – Heute habe ich ihm zwei Stunden lang entrinnen können, wie ein Sträfling, der ganz unverhofft und zufällig die Tür seines Kerkers offen findet. Ich fühlte, daß ich plötzlich frei war und daß Er fort war. Da gab ich Befehl, geschwind anzuspannen, und so entkam ich und gelangte nach Rouen. Was ist es doch für ein beseligendes Glücksgefühl, zu einem Menschen sagen zu können: »Fahren Sie nach Rouen!«

Ich ließ vor der Bibliothek haltmachen und bat, mir die umfängliche Abhandlung des Doktors Hermann Herestauss über die unbekannten Bewohner der antiken und heutigen Welt zu leihen.

Dann aber, gerade als ich wieder meinen Wagen besteigen und sagen wollte: »Zum Bahnhof!« – da schrie ich, ja, ich schrie es mit so lauter Stimme, daß sich die

Leute auf der Straße umdrehten: »Nach Hause!« und sank vor Angst halb ohnmächtig auf das Polster meines Wagens. Er hatte mich wiedergefunden und aufs neue von mir Besitz ergriffen.

17. August. – Ach, was für eine Nacht! Welch eine Nacht! Und doch will mich bedünken, ich müßte eigentlich von Herzen froh sein. Bis ein Uhr morgens habe ich gelesen. Hermann Herestauss, Doktor der Philosophie und Theologie, hat die Geschichte und die Manifestationen aller unsichtbaren Wesen, die um den Menschen herumlauern oder von denen er träumt, beschrieben. Er beschreibt ihre Herkunft, ihren Wirkungsbereich, ihre Macht. Doch keines von ihnen allen gleicht dem, das mich verfolgt und quält. Es ist, als ob der Mensch, seit er denkt, ein neues Wesen geahnt und gefürchtet hätte, das stärker ist als er, seine Nachfolger in dieser Welt, und als hätte er ihn nahe gefühlt und, da er die Wesenheit und Natur dieses künftigen Meisters nicht voraussehen konnte, in seinem Entsetzen das ganze phantastische Volk der okkulten Wesen geschaffen, der nebelhaften Phantome, der Ausgeburten seiner Angst.

Ich las also bis um ein Uhr früh und setzte mich dann ans offene Fenster, um meine Stirne und meine Gedanken im ruhigen Nachtwind zu kühlen.

Es tat gut, die Luft war lind und mild, ein laues Lüftlein wehte. Wie hätte ich früher eine solche Nacht genossen!

Eine mondlose Nacht. Die Sterne flimmerten am tiefschwarzen Himmel mit flackerndem Blinken. Wer bewohnt diese Welten? Was für Gestalten, welche Lebewesen, welche Tiere und Pflanzen sind dort zu finden? Was wissen die Geschöpfe in diesen himmelfernen Welten mehr als wir? Was vermögen sie mehr als wir? Was sehen sie, und wir kennen es nicht? Wird nicht eines von ihnen eines Tags den Weltenraum durchmessen und auf unserer Erde erscheinen, um sie zu erobern, wie einstmals die Normannen übers Meer gefahren kamen, um die schwächsten Völker zu versklaven?

Wir sind ja so anfällig, so schwächlich, so wehrlos, unwissend und klein, wir Menschlein auf diesem Kotspritzer, der in einem Wassertröpfchen schwimmt.

Unter solchen Träumereien schlummerte ich im kühlen Nachtwind ein.

Als ich nun etwa vierzig Minuten geschlafen hatte, schlug ich die Augen wieder auf, ohne mich zu rühren oder irgend zu bewegen, aufgeschreckt durch eine unerklärliche Erregung, ein seltsam unbestimmtes, rätselhaftes Angstgefühl. Zunächst sah ich gar nichts, dann plötzlich wollte mir sein, eine Seite des aufgeschlagenen Buches auf dem Tisch habe sich ganz von selbst umgewendet. Kein Lufthauch war durch das Fenster hereingekommen. Ich starrte ganz überrascht darauf hin und wartete. Nach etwa vier Minuten sah ich, ja, ich sah mit eigenen Augen, wie eine andere Seite sich aufhob und auf die vorhergehende niederfiel, als hätte sie ein Finger umgeblättert. Mein Lehnstuhl war leer, schien jedenfalls leer. Doch war mir bewußt, daß Er da war, daß Er an meinem Platz saß und las. Mit einem wütenden Sprung, dem Sprung einer wilden Bestie, die ihren Bändiger anspringt und ihm die Gedärme mit einem Pratzenhieb zerfetzen will, setzte ich quer durch mein

Zimmer, um ihn zu fassen, zu packen, ihn zu umschlingen und ihm den Garaus zu machen! ... Aber noch ehe ich meinen Sessel erreichen konnte, stürzte er um, wie wenn jemand vor mir geflohen wäre ... Mein Tisch schwankte, die Lampe fiel um und erlosch, und mein Fenster schloß sich, als hätte sich ein ertappter Einbrecher in die Nacht hinausgeschwungen und sich dabei mit beiden Händen an den Fensterflügeln festgehalten.

Er hatte also die Flucht ergriffen! Er hatte Angst gehabt, Angst vor mir! Er fürchtete sich vor mir!

Dann ... dann ... konnte ich also ... morgen ... oder später einmal, irgendwann einmal ... dann werde ich ihn also in die Hände bekommen, ihn darniederhalten und mit meinen Fäusten auf dem Boden zerdrücken! Beißen nicht auch die Hunde zuweilen ihre Herren und erwürgen sie?

18. August. – Ich habe den ganzen Tag nachgedacht. O ja, ich werde ihm gehorchen, allen seinen Einflüsterungen und Wünschen nachgeben, ihm stets seinen Willen tun, ich will unterwürfig, fügsam und feige kuschen. Er ist der Stärkere. Aber es wird eine Stunde kommen ...

19. August. – Ich weiß ... ich weiß ... jetzt weiß ich alles! Ich habe in der ›Revue du Monde Scientifique‹ folgendes gelesen: »Eine recht seltsame Nachricht kommt uns aus Rio de Janeiro zu. Danach wütet ein Wahnsinn, ein epidemisch auftretender Wahnsinn, vergleichbar den ansteckenden Wahnsinnsepidemien, die im Mittelalter die Völker Europas befielen, zur Zeit in der Provinz Sao Paolo. Die Bevölkerung verläßt, verrückt vor Angst, die Häuser, die Dörfer liegen verlassen da, die

Kulturen veröden unbestellt und liegen brach; die Leute behaupten, sie würden verfolgt, besessen, beherrscht, wie Vieh in Menschengestalt, von unsichtbaren, wenn auch spür- und greifbaren Wesen, von einer Art von Vampiren, die ihnen im Schlaf das Leben aussaugen und überdies Wasser und Milch trinken, ohne anscheinend andere Nahrung anzurühren.

Professor Don Pedro Henriquez ist in Begleitung mehrerer gelehrter Ärzte nach der Provinz Sao Paolo abgereist, um an Ort und Stelle Herkunft und Auftreten dieser überraschenden Wahnsinnsepidemie zu studieren und dem Kaiser die Maßnahmen vorzuschlagen, die ihm am ehesten geeignet scheinen, um diese dem Irrsinn verfallene Bevölkerung wieder zur Vernunft zu bringen.«

Aha! Ich weiß noch gut, wie damals der schmucke brasilianische Dreimaster unter meinen Fenstern seineaufwärts vorbeisegelte. Es war am 8. Mai letzthin. Ich fand ihn so hübsch, so blitzweiß, so lustig! Und das Wesen war darauf! Es kam von dorther, wo seine Rasse aufgekommen ist! Und er hat mich gesehen! Mein Haus, das auch so grellweiß ist, hat ihm in die Augen gestochen, und er ist vom Schiff aufs Ufer herabgesprungen. Oh, mein Gott!

Jetzt weiß ich, errate ich alles. Des Menschen Herrschaft ist vorbei.

Er ist gekommen, Er, den schon in frühester Zeit die kindlich unbefangenen Völker voll Schrecken und Entsetzen fürchteten, Er, den die Priester angstvoll beschwörten und austrieben, den die Hexer und Zauberleute in finsteren Nächten anriefen, ohne daß er ihnen dazumal schon erschienen wäre, Er, dem die zeitweiligen Herren der Welt ahnungslos alle ungeheuerlichen oder anmutigen Gestalten verliehen, den sie als Gnomen, Geister, Elfen, Genien, Irrlichter, als Feen und Kobolde umgehen sahen. Nach den grobschlächtigen und plump-vergröbernden Verkörperungen der primitiven Angstvorstellungen haben weitblickende und scharfsichtige Männer ihn deutlicher vorausgeahnt. Mesmer hatte ihn vorausahnend bereits gekannt, und die Ärzte haben schon seit zehn Jahren eindeutig und klar die Natur seiner Macht erkannt, noch ehe Er sie selbst ausgeübt hatte. Sie haben mit dieser Waffe des neuen Weltenherrn gespielt, der Herrschaft eines geheimnis- und rätselvollen Willens über die Menschenseele, die so versklavt wurde. Das nannten sie Magnetismus, Hypnose, Suggestion ... was weiß ich? Ich habe gesehen, wie sie sich, kleinen Kindern gleich, mit dieser schauerlichen Macht vergnügten. Weh uns! Wehe dem Menschen! Er ist gekommen, der ... der ... wie heißt er denn? ... Der ... Es ist mir, als schreie er mir seinen Namen zu, und ich verstehe ihn nicht ... der ... ja ... Er schreit ihn ... Ich horche ... ich kann nicht ... schreit ihn noch einmal ... der ... Horla ... Jetzt habe ich's verstanden ... der Horla ... er ist's! ... Der Horla ... Er ist gekommen! ...

Weh, der Geier hat die Taube zerrissen, der Wolf hat das Lamm gefressen. Der Löwe hat den Büffel mit den spitzen Hörnern verschlungen. Der Mensch hat den Löwen getötet, getötet mit dem Pfeil, dem Schwert, dem Feuergewehr. Aber der Horla wird den Menschen zu dem machen, wozu wir das Pferd und den Ochsen gemacht haben: zu seiner Sache, seinem Besitztum, seinem Diener und zu seiner Nahrung, einzig und allein durch die Übermacht seines Willens. Wehe über uns!

Und doch lehnt sich das Tier mitunter gegen seinen Bezwinger auf und tötet den, der es gezähmt hat ... Auch ich will ... Ich kann es ... Aber ich muß ihn kennen, ihn spüren und berühren, ihn sehen! Die Gelehrten behaupten, das Auge des Tieres unterscheide sich vom unsrigen, es sehe nicht scharf und deutlich wie das unsre ... Und mein Auge vermag den neuangekommenen Gebieter, der mich bedrängt und quält, nicht wahrzunehmen.

Warum? Oh, jetzt erinnere ich mich wieder an die Worte des Mönchs auf dem Mont Saint-Michel: »Sehen wir denn nur den hunderttausendsten Teil all dessen, was existiert? Sehen Sie, da ist zum Beispiel der Wind, die gewaltigste Kraft der Natur, der Wind, der Menschen umwirft, Gebäude einreißt, Bäume entwurzelt, das Meer zu himmelhohen Wogen aufpeitscht, Felsküsten zermürbt und die großen Meeresschiffe auf die Klippen wirft, der Wind, der tötet, der pfeift und heult und ächzt, der brüllt und tost. Haben Sie ihn je gesehen? Und können Sie ihn überhaupt sehen? Und doch existiert er!«

Und weiter überlegte ich: Mein Auge ist so schwach, so unvollkommen, daß es nicht einmal die harten Körper wahrnimmt, sobald sie durchsichtig sind wie das Glas! ... Versperrt mir ein Spiegel, der kein bißchen trüb ist, den Weg, läßt es mich daranprallen, wie der Vogel, der sich in ein Zimmer verfliegt, an den Scheiben sein Köpfchen einrennt. Tausenderlei Dinge täuschen es außerdem und führen es irre. Was ist also Erstaunliches dabei, wenn es einen neuen, unbekannten Körper nicht wahrnehmen kann, durch den das Licht hindurchscheint?

Ein neues, nie bisher gesichtetes Wesen! Warum denn nicht? Es mußte über uns kommen, das ist gewiß! Warum wären wir die letzten? Wir können ihn nicht sehen, wie alle andern, die vor unserer Zeit erschaffen worden sind? Seine Natur ist eben vollkommener, sein Körper feiner organisiert und vollendeter gebildet als der unsere, der doch so schwach, so mißlich und ungeschickt gebaut und angelegt, mit Organen behaftet, die immerfort überanstrengt und überspannt werden, gleich Federn, die allzu verwickelt sind. Unser Körper lebt ja wie eine Pflanze und wie ein Tier, er nährt sich mühsam von Luft, Gras und Fleisch, er ist eine belebte Maschine, die Krankheiten, Deformationen, ja der Zersetzung verfallen kann, eine kurzatmige, stößige, schlecht regulierte, lachhaft naive und verworrene Maschine, die sinnreich schlecht gebaut ist, ein zugleich plumpes und delikates Werk, ein Rohbau, ein unvollendeter Entwurf zu einem Wesen, das wohl einmal vollkommen weise und vollendet schön werden könnte.

Wir sind ein paar, wenige, so wenige Geschöpfe auf dieser Welt, von der Auster bis hinauf zum Menschen. Weshalb sollte nicht eines mehr Platz haben, nachdem die Periode abgeschlossen ist, die jeweils zwischen dem Auftreten der unterschiedlichen Gattungen liegt?

Weshalb nicht eines mehr? Warum keine andern Bäume mit riesengroßen Blüten? Mit Blumen, die leuchtende Farben haben und ganze Gegenden mit ihrem starken Duft erfüllen? Warum keine andern Elemente als Feuer, Luft, Erde und Wasser? – Vier sind sie, bloß ihrer vier, diese Nährväter der Lebewesen! Wie kümmerlich und kläglich! Warum nicht vierzig, vierhundert, viertausend? Wie armselig, schäbig, erbärmlich und elend ist alles! Wie kärglich und geizig geschenkt, wie dürftig erdacht, wie plump gemacht! Ah, der Elefant, das Nilpferd, wieviel Anmut ward an sie verschwendet! Und welche Eleganz an das Kamel!

Aber, wird man einwenden, der Falter! Eine Blume, die fliegt! Ich erträume einen Schmetterling, der so groß wäre wie das All, mit Flügeln, für deren Form, Schönheit, Farbe und Bewegung mir die Worte fehlen. Aber ich sehe ihn vor mir ... Er flattert von Stern zu Stern, spendet ihnen Kühlung, balsamische Düfte mit dem wohllautenden und leichten Hauch seines Fluges ... Und die Völker dort oben sehen verzückt und hingerissen zu, wenn er vorüberfliegt! ...

Was habe ich denn? Er ist's, der Horla, der mich heimsucht, er gibt mir alle diese aberwitzigen Gedanken ein! Er ist in mir, er wird meine Seele. Ich muß ihn töten, ich werde es tun!

19. August. – Ich werde ihn töten. Ich habe ihn gesehen! Gestern abend hab ich mich an den Tisch gesetzt; und ich tat, als schreibe ich hingegeben und aufmerksam. Ich wußte wohl, daß er dann kommen würde, daß er um mich herumstreichen würde, ganz nahe, so nahe, daß ich ihn vielleicht berühren und packen konnte. Und dann? ... Dann fände ich vielleicht die Kraft der Verzweiflung. Dann vermöchten meine Hände, meine

Knie, meine Brust, meine Stirn, meine Zähne ihn zu erwürgen, zu zermalmen, zu zerfleischen, in Stücke zu reißen.

Und ich belauerte ihn mit allen meinen überreizten, aufs äußerste gespannten Organen.

Ich hatte meine beiden Lampen angezündet und dazu noch die acht Kerzen auf dem Kamin, als hätte ich ihn in diesem hellen Licht entdecken können.

Mir gegenüber stand mein Bett, ein altes harthölzernes Säulenbett; rechts der Kamin; linker Hand die Tür, die sorgfältig abgeschlossen war, nachdem ich sie geraume Zeit hatte offenstehen lassen, um ihn zu mir hereinzulocken. Hinter mir stand in meinem Rücken ein hoher Spiegelschrank, den ich täglich zum Rasieren und auch zum Ankleiden benütze. Ich hatte mir angewöhnt, jedesmal, wenn ich daran vorbeiging, mich von Kopf bis Fuß darin zu betrachten.

Ich tat also, wie wenn ich schriebe, um ihn zu täuschen. Denn auch er belauerte mich. Und mit einemmal spürte ich, war ich ganz sicher, daß er über meine Schulter hinweg mitlas, daß er da war und mein Ohr streifte.

Ich fuhr mit ausgestreckten Händen auf, so schnell, daß ich fast hingefallen wäre. Und was sah ich? ... Es war taghell im Zimmer, und ich sah mich nicht im Spiegel! ... Er war leer, klar, tief, voll Licht! Doch mein Spiegelbild war nicht darin! ... Und dabei stand ich davor, gerade gegenüber! Ich sah das große, klar spiegelnde Glas von oben bis zuunterst. Und das starrte ich mit weitaufgerissenen, angstvoll geweiteten Augen an und wagte nicht näher zu gehen, einen Schritt vorwärts zu tun, ich wagte keine Bewegung mehr zu machen, und doch spürte ich deutlich, daß er da war, daß er mir aber auch diesmal wieder entwischen werde, Er, dieses Wesen, dessen unsichtbarer Leib mein Spiegelbild aufgezehrt hatte.

Ein tödliches Entsetzen packte mich. Dann, auf einmal, lichtete sich gleichsam der trübe Nebel im Spiegel, und ich konnte mich allmählich in einem Dunsthauch, wie durch einen Wassertümpel hindurch, wieder sehen. Und es war mir, das Wasser fließe langsam, ganz langsam von links nach rechts und mein Bild trete von Sekunde zu Sekunde immer deutlicher hervor. Es sah aus wie das Ende einer Sonnenfinsternis. Was mich verdeckte, schien keine festumrissenen Ränder zu besitzen, sondern eine Art milchigtrübe Durchsichtigkeit, die nach und nach immer klarer wurde.

Endlich konnte ich mich wieder ganz sehen, wie bisher jeden Tag, wenn ich mich im Spiegel betrachtete.

Ich hatte Ihn gesehen! Noch jetzt steckt mir das Entsetzen in allen Knochen, immer noch schaudere ich zusammen.

20. August. – Wie kann ich ihn töten? Wie? Ich kann ihn ja nicht fassen, kann ihn nicht greifen! Gift! Aber Er würde es ja sehen, wenn ich Gift ins Wasser mischte! Und hätten unsere Gifte überhaupt eine Wirkung auf seinen unsichtbaren, unwahrnehmbaren Körper? Nein ... nein ... bestimmt nicht ... Dann aber? ... Was dann? ...

21. August. – Ich habe aus Rouen einen Schlosser kommen lassen und bei ihm für mein Zimmer eiserne Rolläden in Auftrag gegeben, wie sie in Paris an gewissen Privathäusern im Erdgeschoß zu finden sind, als

Schutz gegen Diebe und Einbrecher. Er muß mir auch eine ebensolche Tür anfertigen. Ich habe mich als Hasenfuß hingestellt, doch das ist mir gleich.

10. September. – Rouen, Hotel Continental. Es ist vollbracht ... Es ist getan ... Ist er aber tot? Meine Seele ist zutiefst aufgewühlt und erschüttert von alldem, was ich erlebt habe.

Als gestern der Schlosser den eisernen Fensterladen und die Eisentür angebracht hatte, ließ ich beide bis um Mitternacht weit offen, obschon es allgemach recht kalt wurde.

Plötzlich spürte ich, daß Er da war, und eine tolle Freude, ein wildes Triumphgefühl packte mich. Langsam erhob ich mich, ging auf und ab, bald rechtshin, dann wieder linksherum, lange und immer wieder, damit Er nichts ahnte. Dann zog ich meine Schuhe aus und schlüpfte gemächlich und gleichmütig in meine Pantoffeln. Nun ließ ich den eisernen Laden herunter, ging dann ruhigen Schrittes zur Tür und verschloß auch die, und drehte zweimal den Schlüssel um. Hierauf kehrte ich zum Fenster zurück und machte es mit einem Hängeschloß fest, dessen Schlüssel ich in die Tasche steckte.

Nun wurde mir auf einmal bewußt, daß Er voll Unruhe um mich herumschlich, daß auch Er jetzt Angst hatte, daß Er mir befahl, ihm aufzumachen. Fast hätte ich nachgegeben; doch ließ ich mich nicht erweichen noch einschüchtern, sondern stellte mich mit dem Rükken an die Tür, öffnete sie einen Spalt weit, gerade so weit, daß ich rücklings hinausschlüpfen konnte. Da ich sehr groß bin, kam ich mit dem Kopf oben am Türbalken an. Ich war ganz sicher, daß Er nicht hatte entweichen können, und ich schloß ihn ganz allein ein, ganz allein! Wie jubelte ich in meinem Herzen! Ich hatte ihn in meiner Gewalt! Dann rannte ich die Treppe hinunter und holte in meinem Wohnzimmer, das gerade unter meinem Schlafzimmer lag, die beiden Lampen, goß das ganze Öl auf den Teppich, auf die Möbel, überallhin. Nun steckte ich das Ganze in Brand und brachte mich in Sicherheit, nachdem ich zuvor noch das große Eingangstor gut verschlossen und den Schlüssel zweimal umgedreht hatte.

Ich versteckte mich zuhinterst im Garten in einem Lorbeergehege. Wie lange es dauerte! Wie unerträglich lang ging es! Alles war pechschwarz, stumm, reglos. Kein Lüftlein ging, kein Stern war am Himmel zu sehen, Berge von Wolken, die man nicht sah, die aber schwer, so schwer auf meiner Seele lasteten.

Ich blickte unverwandt auf mein Haus und wartete. Wie lange es währte! Schon glaubte ich, das Feuer sei von selbst wieder erloschen oder Er habe es gelöscht, da zersprang eines der Fenster im Erdgeschoß unter dem Druck der Feuersbrunst, und eine Flamme, eine mächtige rote und gelbe Flamme schoß lang, weich, liebkosend an der Hausmauer hoch und bedeckte sie bis hinauf zum Dach. Ein Feuerschein lief über die Bäume hin, durch die Äste, die Blätter, und auch ein Schauer, ein Angstschauer! Die Vögel erwachten, ein Hund fing an zu heulen. Mir schien, der Tag graue eben. Zwei andere Fenster barsten bald darauf, und ich sah, daß der ganze untere Teil meines Hauses nur noch ein lichterloh brennender Glutofen war. Doch da gellte ein Schrei, ein grauenvoller Schrei, schrill, herzzerreißend durch die

Nacht, eine weibliche Stimme, die in Todesängsten um Hilfe schrie, und zwei Mansardenfenster wurden aufgerissen. Ich hatte meine Dienstboten vergessen! Ich sah ihre verstörten, angstverzerrten Gesichter, sah, wie sie verzweifelt winkten und die Arme vorwarfen! ...

Da rannte ich voll Entsetzen und halb irrsinnig vor Schrecken und Grauen ins Dorf und brüllte, daß mir die Stimme überschlug: »Zu Hilfe! Zu Hilfe! Es brennt! Es brennt!« Ich begegnete Leuten, die bereits herbeigelaufen kamen, und ich kehrte mit ihnen um. Ich wollte auch zuschauen!

Das Haus war jetzt nur noch ein grauenvoller und prachtvoller Feuerbrand, ein ungeheuerlicher flammender Holzstoß, der weithin das Land erhellte, eine Feuerlohe, in der Menschen verbrannten und wo auch Er brannte, Er, Er, mein Gefangener, das neue Wesen, der neue Herr, der Horla!

Jählings krachte das ganze Dach zusammen und verschwand zwischen den Hauswänden, und ein Vulkan von lodernden Flammen schoß funkensprühend himmelhoch empor. Durch die offenen Fensterlöcher sah ich hinein in den Glutofen, sah ich dieses flammenzüngelnde Feuerbecken und sagte mir, da drinnen liege Er, in diesem lodernden, glutverzehrten Ofen, tot ...

Tot? Wer weiß? ... Sein Körper? Sein Leib, durch den das Tageslicht hindurchschien, war er nicht vielleicht unzerstörbar für die Vernichtungsmittel, die unsere Körper töten?

Wenn Er nun nicht tot wäre? ... Vielleicht hat die Zeit allein Macht über das unsichtbare und furchtbare Wesen? Warum besäße Er diesen durchsichtigen, nicht erkennbaren Körper, diesen Geisterleib, wenn er, auch Er, Krankheiten, Wunden, Bresten und Übel, Siechtum und vorzeitige Vernichtung zu fürchten hätte?

Vorzeitige Vernichtung? Die ganze entsetzensvolle Angst, das Todesgrauen des Menschen kommt nur von ihr! Nach dem Menschen tritt der Horla auf! – Auf das Geschöpf, das sterben kann, alle Tage, zu jeder Stunde, allminütlich, ein Opfer jedes beliebigen Unfalls, ist nun Der gefolgt, der erst an seinem vorbestimmten Tag sterben muß, zu seiner Stunde, seiner Minute, weil Er an die Grenzen seines Daseins gerührt hat!

Nein ... nein ... es ist kein Zweifel möglich, jeder Zweifel ist ausgeschlossen ... Er ist nicht tot ... Dann ... dann ... werde ich mich umbringen müssen! Dann muß ich sterben!

Amadou Hampate Ba

Der Peulh und der Bozo

Soripullo wird heiraten. Es ist das erste Mal, daß er ein solches Abenteuer besteht. Er wird bei dieser Gelegenheit viel ausgeben müssen, um seiner Familie Ehre zu machen.

Ausgeben? Aber wie, wenn man nichts hat? Was tun? Unterbreiten wir unsere Sorgen meinem alten Hüttensklaven Allahoki: »Verlasse das Land«, antwortet er, »und arbeite irgend etwas, um das nötige Geld zu verdienen.«

Soripullo geht außer Landes. Doch nicht jeder Tag ist ein Freitag, nicht alle Fischzüge sind wunderbar, und nach einem mühseligen Jahr mit zwölf Vollmonden, ohne einen kranken Tag, ist der Bankrott da.

Es bleibt nur übrig, Bukari Tondu, den berühmten Wahrsager, zu Rate zu ziehen. Der befragt sein Zauberbuch. Und befragt es ein zweites Mal und ein drittes, als seien die Formeln durcheinandergeraten. Soripullo drängt den Seher ungeduldig. »Was von Gott kommt, ist unwiderruflich. Sage mir die Antwort des Geistes, wie immer sie auch lautet, ich habe Mut.«

Beeindruckt von soviel Standhaftigkeit, antwortet Bukari Tondu: »Ich sehe nichts Gutes für dich in diesem Land. Eine bösartige Krankheit im Verein mit massivem

Pech hält das Zeichen deines Glücks besetzt. Du mußt hier verschwinden, oder du wirst wegen Schulden betrieben werden.«

Soripullo überlegt. »Ich gehöre nicht zu den Leuten, die man auslacht. Ich werde in meine Familie zurückkehren: was macht es schließlich, wenn es mir gelingt, zu heiraten.« Und er nimmt, in seine Lumpen gehüllt, den Heimweg unter die Füße, aber nach zwei Tagemärschen ändert er seine Meinung.

»Wie«, sagt er sich, »kann ich mich meiner Familie präsentieren, abgezehrt, mit leeren Taschen und zerlumpt, wie ich bin? Was sollen meine Eltern, meine Schwiegereltern und vor allem, was soll die Braut von mir denken, die mich allen andern Bewerbern vorgezogen hat? Es ist besser, ich ertränke mich in einem Fluß, als den Meinen ein Elend heimzubringen, dessen sie sich schämen müßten ...«

Soripullo verläßt die Straße, er will in den Niger springen und schiebt im Gehen mechanisch das hohe Gras beiseite. Plötzlich kommt er an eine Gruppe Strohhütten: »Sieh da«, sagt er sich, seine Hellsichtigkeit wiederfindend, »ich bin hier in einem Bozo-Lager. Ich bin bei den Amboy-Ayenka: warum sollte ich ihre Naivität und Leichtgläubigkeit nicht ausnutzen, um mir zu verschaffen, was mir fehlt, statt mich stumpfsinnig umzubringen?«

Mit diesen Worten springt er über die Umfriedung und schleicht ins Haupthaus des Lagers. Dort wickelt er sich, nach Art der zur Bestattung vorbereiteten Leichen, in seine Lumpen, klettert auf das erste beste Bett, streckt sich der Länge nach aus und wartet.

Um eine Grabesstimme vorzutäuschen, hat er eine sinnvolle kleine Vorrichtung bei sich, bestehend aus den Scherben einer Kalebasse, die in der Mitte ein von einem Spinnweb bedecktes Loch aufweist.

Als Parmoye, die Familienmutter, ihre Hütte betritt, erblickt sie eine auf dem Bett ausgestreckte, unbewegliche Gestalt: »Wer bist du? Mit welchem Recht beanspruchst du das Bett meines Mannes?«

Die ausgestreckte Gestalt stöhnt, stößt unverständliche Laute aus und antwortet schließlich deutlich: »Ich bin ein von euren Toten geschicktes Gespenst. Ich benutze dieses Bett mit Erlaubnis von Gottes Donner ... Doch fürchte du nichts von mir, Parmoye, ich bringe dir gute Nachricht. Gott der Allmächtige ist zufrieden mit dir: du wirst sehr lange leben, und es wird dir im Jenseits an nichts fehlen; ich habe deinen Namen an der Tür einer prächtigen Behausung stehen sehen, direkt neben dem großen Laden, wo alle Fische des Paradieses, die frischen und die getrockneten, aufbewahrt werden. Man erwägt sogar sehr, dich später, wenn die Zeit gekommen ist, als Hüterin dieses Geschäfts einzusetzen. – Jetzt aber höre mir zu und gehorche. Geh hinaus und schließe sorgfältig die Tür, denn wir Gespenster sind überaus empfindlich gegen das Licht dieser Welt. Geh zu deinem Mann und bereite ihn vor, ohne alle Furcht mit mir zu reden.«

Überzeugt, eines Tages ins Paradies einzugehen und dort einen großen Laden voller Fische zu besitzen, läuft Parmoye zu ihrem Mann Mâma, der am Strande sitzt und seine Netze flickt. Sie nimmt ihn beiseite und kündigt ihm den erstaunlichen, aber gewinnbringenden Besuch des Gespenstes an. Die dicken Hinterbacken schwenkend, eilen Mâma und Parmoye, der Mann voraus, ins Lager.

Vor der Tür seiner Hütte durchwühlt der überaus eingeschüchterte Mâma mechanisch seine Kleider, faßt dann Mut und macht sich bemerkbar: »Selam aleikum, oh Gespenst, ich bin Mâ... Mâ... Mâma, Häuptling des Lagers, Mann der Parmoye und Herr dieses Hau... Hauses.«

Und das Gespenst antwortet mit seiner Grabesstimme: »Malekummasalam. Ich bin ein Abgesandter eurer alten und jüngsten Toten. Ich bin ihr Ratgeber und Vertrauensmann. Sie haben mich beauftragt, euch leihweise um eure schönsten Kleider und kostbarsten Schmuckstücke zu bitten, weil sie sie wirklich nötig brauchen: Gott gibt ein Fest im Paradies, ein Ereignis, das nur alle tausend Jahre eintritt, und sie alle sind persönlich dazu eingeladen.

Nun haben aber eure alten Toten ihre Leichentücher ganz abgenutzt und die der jüngeren Toten sind bereits in Fetzen. Sowohl die einen wie die anderen schämen sich, ganz nackt oder in Lumpen auszugehen.

In der anderen Welt erfolgt die Verteilung nämlich in der Rangordnung: Nahrung, Wohnung, Arbeitskleidung, Alltagskleidung, Festkleidung und Paradiesputz, beziehungsweise einen Tag, eine Woche, ein Jahr und zwei bis fünf Jahre nach dem Begräbnis. Bei der Verteilung werden sowohl der Zeitpunkt der Ankunft wie die in der Bilanz ausgewiesenen guten Taten des Verstorbenen berücksichtigt. Nun kommen eure Verwandten aber erst nach dem Fest an die Reihe ...

Natürlich müssen sie der Einladung des Allmächtigen Folge leisten, möchten aber nicht in Lumpen oder nackt vor der auserwählten Gesellschaft des Paradieses erscheinen. So haben sie gedacht, daß ihr ihnen vielleicht helfen und die Schande, die sie bedroht, ersparen könntet, indem ihr ihnen durch meine Vermittlung passende Sachen schickt.«

Aufs höchste verwundert, ein wirkliches Gespenst zu sehen und zu hören, nähert Mâma sich dem Bett, kniet nieder und antwortet: »Oh, reizendes Gespenst, sei willkommen unter uns. Möge mein Haus dir besonders angenehm sein. Ich werde die Bewohner unseres Lagers zusammenrufen, ihnen dein Kommen verkünden und deinen Auftrag darlegen. Und du kannst überzeugt sein, daß wir alles für unsere Angehörigen tun werden.«

Mâma versammelt seine Leute und hält ihnen die folgende Rede: »Unsere Toten ..., jawohl, ich sage *unsere* Toten, junge und alte, Männer und Frauen, erlauchte und bescheidene, wenden sich an euch. Sie haben in der anderen Welt offenbar bequeme Wohnungen erhalten, was aber die Kleider betrifft, so geht es dort eben nach der Reihe. Und jeder wartet auf Bedienung, denn die Arbeiter im Paradies sind überlastet.

So können unsere Verwandten ihre Wohnungen nicht mehr verlassen, wenn sie ihre Schamteile nicht zeigen wollen. Und nun hat der liebe Gott sie zu einem außergewöhnlichen Fest eingeladen, an dem teilzunehmen sie nicht absagen können. Dank der Hilfe eines Wächters konnten sie uns ihren Ratgeber und Vertrauensmann schicken, der uns in ihrem Namen um leihweise Überlassung von Kleidern und Schmuck bittet.

Ich bin euer Häuptling. Ich lege Wert darauf, daß unsere Toten geehrt seien und unsere Ergebenheit für sie den Bewohnern des Paradieses und, wenn nötig, dem Allerhöchsten selbst bekannt werde. Darum bitte ich euch im Namen der Familienehre und der Blut- und Fleischesbande, sofort, ohne Aufschub und Zögern, zu gehen und die für unsere verstorbenen Angehörigen bestimmten Kleider und Schmuckstücke bereitzumachen.«

»Einverstanden, einverstanden«, tönt es von allen Seiten. Jeder Einwohner wählt aus der Familienaussteuer, was er für würdig hält, seinen Toten geschickt zu werden. Eine lange Reihe defiliert bei Mâma: jeder Absender präsentiert sich, stellt mehr oder weniger dumme Fragen, gibt sein Paket ab und den Namen des Empfängers an und verschwindet.

Soripullo, der auf dem Bett ausgestreckt geblieben ist, als die Leute die Kleider und den Schmuck brachten, richtet sich halb auf und sagt zu Mâma: »Mach ein großes Paket aus all diesen kleinen Päckchen, um mir den Transport zu erleichtern. Und danach verkünde allen Bewohnern meinen Wunsch zu gehen. Dann muß jeder sich in seiner Hütte einschließen, denn meine Wirbelsäule trägt, wie die aller Gespenster, einen kleinen unheilbergenden Knochen an ihrem Ende. Er ist eine Verteidigungswaffe, die uns Gott gegeben hat, um uns gegen unsere Feinde zu schützen.

In dem Augenblick, da ich fortgehe, wird dieser Teil meines Körpers einen pestilenzartigen Gestank verbreiten, begleitet von ohrenbetäubendem Lärm, um die bösen Geister zu verscheuchen. Um nichts in der Welt möchte ich, daß ihr, meine besten Freunde, diesen Übelkeit erregenden Geruch einatmet, der für meine Feinde bestimmt ist.«

Mâma warnt alle vor der Todesgefahr, der der Unvorsichtige ausgesetzt wäre, der im Augenblick der Abreise des Gespenstes im Freien bliebe. Und jeder geht sich schön sorgsam zu Hause einschließen.

Nun besitzt Soripullo aber außer der kleinen Vorrichtung zur Veränderung der Stimme noch eine andere, ein rechteckiges, mit einem Aufhängeloch versehenes Brettchen, das man am Ende einer Schnur kreisen lassen kann.

Nachdem er sich überzeugt hat, daß alle verschwunden sind, verkündet Mâma es dem Gespenst und bringt sich selbst in Sicherheit.

Da erhebt sich Soripullo, lädt seinen kostbaren Ballen Kleider und Schmuck auf, faßt die Schnur seiner Rassel und läßt sie schnurren. Dann intoniert er mit seiner Grabesstimme eine Peulh-Klage über den Tod und seine Schrecken, über das Elend der Verstorbenen, die keinen Menschen haben, der ihnen Pakete schickt, und verschwindet diskret.

Die Bewohner in ihren Hütten glauben, Zeugen eines Höllenspektakels tanzender und singender Teufel gewesen zu sein, und begeben sich, als wieder Ruhe eingetreten ist, zu Mâma und Parmoye, um ihnen zu gratulieren, daß sie und sie selbst dem unheilvollen Steißbein des Gespenstes entgangen sind.

In diesem Augenblick kehrt Moriyere, Mâmas ältester Sohn und der kühnste aller Bozos seiner Zeit, vom Fischfang zurück: »Du hast eine gute Gelegenheit verpaßt, o Moriyere«, erklären ihm die Eltern und Freunde. »Und wieso das?« – »Weil du ein wirkliches Gespenst hättest sehen können. Es ist so wahr wie die Sonne: unsere alten und jüngst verstorbenen Verwandten haben uns ihren Vertrauensmann geschickt. Sie haben nämlich ihre Leichentücher ganz abgenutzt und befinden sich, in Erwartung einer bevorstehenden Kleiderverteilung, in einem Zustand vollkommener Nacktheit. Und gerade in diesem Moment hat der liebe Gott sie zu einem Fest eingeladen. Und sie waren in der größten Verlegenheit, weil sie nichts anzuziehen hatten.«

»Und was habt ihr getan?« fragt Moriyere, vor Ungeduld mit den Füßen stampfend.

»Was konnten wir tun, als die von Brauch und Sitte vorgeschriebenen Pflichten erfüllen. Wir haben dem ›reizenden Gespenst‹ das Schönste übergeben, was wir an Bubus und Schurzen besitzen, und unseren kostbarsten Schmuck, wie Perlen, Kugeln von Bernstein ...«

»Wehe«, ruft Moriyere empört. »Ich mußte also nur zwei Tage abwesend sein, damit ihr euch hereinlegen und bestehlen laßt. Ich habe einer Vorlesung des übersetzten Korans beigewohnt, und ich kann euch sagen, es steht geschrieben, daß die Toten niemals auf diese Erde zurückkehren. Sie brauchen nichts, überdies würden die Wächter jener anderen Welt sich nie bestechen lassen. In Wirklichkeit hat ein geschickter Räuber euch mit verdummenden Aufschneidereien zum besten gehalten, und ihr seid darauf hereingefallen. Glücklicherweise gibt es in diesem Lager einen Moriyere, der dem Dieb beweisen wird, daß die Bozos nicht so naiv sind, wie die ausgehungerten Peulh und ihre groben Rômaybes meinen. Hat euer ›Gespenst mit dem unheilvollen Steißbein‹ uns wenigstens unser einziges Pferd gelassen?«

»Ja«, antwortet Mâma schüchtern und ist außerstande, seinem Sohn in die Augen zu sehen.

»Dann werde ich dem Dieb nachreiten. Und ich bringe ihn gefesselt zurück, oder ich bin nicht wirklich der Sohn meines Vaters.«

Und Moriyere besteigt das Pferd und reitet davon.

Was Soripullo betrifft, so ist er vorerst weit genug gelaufen, um eine ansehnliche Entfernung zwischen sich und seine Opfer zu legen; dann ist er auf einen Baum geklettert, um sich auszuruhen und gleichzeitig den Weg zu überwachen. Frisch gestärkt, ist er im Begriff, im Geist seine Beute zu überschlagen, als er plötzlich in der Ferne ein Pferd in einer Staubwolke bemerkt, das, den Abstand »verschlingend«, auf ihn zugaloppiert. Er springt zu Boden, versteckt sein Bündel im Gebüsch, verändert sein Aussehen und stellt sich an den Wegrand.

Als er ihn sieht, zieht Moriyere am Zügel, das Pferd bäumt sich auf, weicht etwas zurück und bleibt stehen: »Hast du vielleicht einen mit einer ziemlich schweren Last beladenen Dieb vorbeikommen sehen?«

Soripullo mustert Moriyere und blickt dann nach rechts und links, wie wenn er Angst hätte zu reden.

»So sprich doch, Mann vom Stamme der Peulh, es soll dir nicht leid tun, mir gefällig gewesen zu sein.«

Darauf Soripullo: »Steig zuerst von deinem Pferd, ich kann dir's nur ins Ohr sagen«, und als Moriyere abgestiegen ist, flüstert er: »Mettakâta ist soeben vorbeigekommen, aber er hat mich beschworen, dir nichts zu sagen. Da er mir nichts gegeben hat, um mein Schweigen zu erkaufen, habe ich auch nichts versprochen. Aber wenn du mir ein schönes Geschenk gibst, mache ich dir nicht nur genaue Angaben, sondern höre sogar auf, nach meiner verirrten Kuh zu suchen, um dir zu helfen, deinen Dieb einzufangen.«

»Einverstanden«, sagt Moriyere, »du bekommst eine Bernsteinkette.«

»Nun«, fügt Soripullo hinzu, »ich habe Mettakâta in eine falsche Richtung geschickt, und er muß jetzt in den Sumpf geraten oder im Begriff sein, zurückzukommen. Steige leise und ohne dich zu zeigen auf die Spitze dieses Hügels, von wo du die Ebene leicht überblicken kannst. Du wirst Mettakâta entdecken, wir werden genau wissen, wo er sich befindet, und gemeinsam mit ihm fertig werden.«

»Halte mein Pferd fest«, sagt Moriyere, »und ich werde mich auf den Kamm schleichen. Aber reize das Tier nicht, damit es keinen Lärm macht, und falls Mettakâta auftaucht, weißt du, was du zu tun hast.«

Doch während Moriyere den Hügel erklimmt, verliert Soripullo keine Zeit. Er nimmt sein Bündel, bindet es hinter dem Sattel fest, springt auf das Pferd und galoppiert davon.

Als Moriyere auf dem Gipfel des Hügels angekommen ist, will er seinem Helfer ein Zeichen geben. Er dreht sich um und sieht gerade noch, wie Soripullo in gestrecktem Galopp auf seinem Pferd davonreitet. Und er gratuliert sich: ›Mein Helfer‹, denkt er, ›ist im Begriff, meinem Dieb nachzujagen. Und ich kann ruhig sein, denn mein Pferd ist das beste des Landes und wird den Reiter schnell einholen. Ich sehe die Szene, die sich zwischen den beiden Männern abspielen wird, schon vor mir. Mein Peulh wird schreien: ‚Dieb! Verfluchter! Dieb! Steh! Ergib dich!‘ Der Dieb wird nicht gehorchen wollen. Aber das Pferd wird ihm immer mehr auf den Leib rücken. Der Dieb wird versuchen, auszuweichen. Mein Peulh wird das Pferd steigen lassen. Der Dieb wird den Atem des Tieres im Nacken spüren, er wird das Bündel wegwerfen, um mehr Bewegungsfreiheit zu haben, aber es ist zu spät: der von meinem Pferd erregte Luftzug wird den Dieb hochheben wie einen Hirsehalm und ihn brutal in ein Dornendickicht schleudern, das ich schon von hier sehe. Dann wird mein Dieb rufen: ‚Oh, mein Vater, oh, meine Mutter, ich bin nicht Moriyeres Dieb, ich habe niemandem etwas weggenommen.‘ Und mein Peulh wird meinem Dieb eins mit der Peitsche überziehen und ihn zwingen, dort, in den Dornen, zu bleiben, bis ich komme und ihn an der Kehle packe. Ich werde hinzutreten und ihm gerade ins Gesicht sagen: ‚Dieb! Dieb! Schande über deinen Vater und deine Mutter. Meine Eltern mögen dein Steißbein gefürchtet haben; doch wenn es auch unheilbringend ist, ich, Moriyere, werde es dir abfeilen und sein Auspuffloch verstopfen.‘‹

Beruhigt tritt Moriyere wieder auf die Straße, ruht sich einen Augenblick aus und will dann zu seinem Helfer zurückkehren. Da ein Reisender vorbeikommt, fragt er ihn: »Kannst du mir sagen, ob mein Helfer den Dieb, den er verfolgte, festgehalten hat?«

»Bist du Moriyere?«

»Der bin ich.«

»Nun, ich kann dir keine Auskunft über deinen Dieb

geben, aber was den Reiter betrifft, so hat er mir aufgetragen, dir zu raten, ruhig in dein Lager zurückzukehren, das Gespenst habe ihn und das Pferd ›entführt‹ und sie seien auf dem Weg ins Jenseits.«

Moriyere beißt sich in den Finger bis zum zweiten Glied und vergießt Tränen. Mit gesenktem Kopf kehrt er ins Lager zurück, wo seine Eltern ihn mit Fragen bestürmen: »Oh, du als Reiter Ausgezogener und als Fußgänger Zurückgekehrter, wo hast du dein Pferd gelassen?«

»Eure Dummheit«, erwidert Moriyere, »hat uns nur arm gemacht. Was aber meine Dummheit betrifft, so hat sie das Lager ruiniert: das Pferd wurde mir von Mettakâta oder, wenn ihr lieber wollt, von dem Gespenst mit dem unheilvollen Steißbein, geraubt. Aber wir wollen uns trösten und bemühen, wieder zu Vermögen zu kommen. Es ist besser, leichtgläubig zu sein, wie wir, als frech und spitzbübisch, wie unser Dieb.« Darauf holen die Bozos ihre hallenden Tam-Tams hervor und verbringen einen guten Teil der Nacht mit Tanzen und dem Singen beißender Spottlieder auf ihre Nachbarn, die Peulhs. Und am nächsten Morgen, beim ersten Hahnenschrei, schultern sie ihre Netze, machen sich an die Arbeit und vergessen vollkommen ihr Abenteuer.

Die Zukunft bleibt immer voller Versprechen für sie, und darum arbeiten sie ohne Unterlaß: und eines Tages wird Gott sie dafür belohnen.

Anton Čechov

Der schwarze Mönch

I

Der Magister Andrej Vasiljič Kovrin hatte sich überanstrengt, und seine Nerven waren zerrüttet. Er ließ sich nicht behandeln, hatte aber so nebenher, bei einer Flasche Wein, mit einem befreundeten Arzt gesprochen, und dieser gab ihm den Rat, den Frühling und Sommer auf dem Lande zu verbringen. Da kam ihm ein langer Brief von Tanja Pesockaja sehr gelegen, die ihn bat, für eine Weile zu Besuch nach Borisovka zu kommen. Und er entschied, daß es für ihn tatsächlich notwendig sei zu verreisen.

Zuerst – es war im April – fuhr er nach Hause, auf sein Stammgut Kovrinka, und verbrachte dort drei Wochen in der Einsamkeit; als sich dann der Straßenzustand gebessert hatte, begab er sich im Wagen zu seinem ehemaligen Vormund und Erzieher Pesockij, einem in Rußland bekannten Gartenbauer. Von Kovrinka bis Borisovka, wo die Pesockijs lebten, rechnete man nicht mehr als siebzig Verst, und auf den weichen Frühjahrswegen in einer bequemen, gefederten Kutsche zu fahren war ein wirklicher Genuß.

Die Pesockijs hatten ein riesengroßes Haus mit Säulen, mit Löwen, von denen der Stuck abbröckelte, und einem befrackten Diener am Eingang. Der altertümliche Park, der griesgrämig und streng aussah, war in englischer Manier angelegt; er zog sich nahezu eine Verst weit vom Haus bis zum Fluß hin und endete hier an dem steil abfallenden, lehmigen Uferhang, auf dem Kiefern wuchsen, deren bloßliegende Wurzeln wie zottige Pfoten aussahen; unten glitzerte feindselig das Wasser, mit klagendem Piepen strichen Schnepfen darüber hin, und ständig herrschte dort eine Stimmung, daß man Lust bekommen konnte, sich hinzusetzen und eine Ballade zu schreiben. Dafür war es unmittelbar am Haus, im Hof und im Obstgarten, der zusammen mit den Baumschulen ungefähr dreißig Desjatinen einnahm, fröhlich und heiter, sogar bei schlechtem Wetter. Solche wunderbaren Rosen, Lilien, Kamelien, solche Tulpen in allen möglichen Farben, von leuchtendweißen angefangen bis hin zu rußschwarzen, überhaupt einen solchen Reichtum an Farben wie bei Pesockij hatte Kovrin an keinem anderen Ort zu sehen bekommen. Es war erst Frühlingsanfang, und die eigentliche Pracht der Blumenbeete verbarg sich noch in den Treibhäusern, aber auch das, was an den Alleen entlang und hier und da auf den Beeten blühte, genügte, um sich bei einem Spaziergang durch den Garten in einem Reich zarter Farben zu fühlen, besonders in den frühen Morgenstunden, wenn auf jedem Blumenblatt der Tau funkelte.

Der dekorative Teil des Gartens und das, was Pesockij selbst verächtlich als Lappalien bezeichnete, hatte auf Kovrin einst in der Kindheit einen märchenhaften Eindruck gemacht. Was gab es hier nicht alles an Seltsamkeiten, an ausgesuchten Verkrüppelungen und Verhöhnungen der Natur! Da gab es Spaliere von Obstbäumen, einen Birnbaum, der die Form einer Pyramidenpappel hatte, kugelförmige Eichen und Linden, einen schirmförmigen Apfelbaum, Arkaden, Monogramme, Kandelaber und sogar die Zahl 1862 aus Pflaumenbäumen, eine Ziffer, die das Jahr angab, in dem Pesockij angefangen hatte, sich mit Gartenbau zu beschäftigen. Hier fanden sich auch schöne, schlanke Bäumchen mit Stämmen, gerade und kräftig wie bei einer Palme, und erst wenn man genau hinsah, konnte man einen Stachelbeer- oder Johannisbeerstrauch in diesen Bäumchen erkennen. Was aber in dem Garten am fröhlichsten stimmte und ihm ein belebtes Aussehen verlieh, das war die ständige Bewegung. Vom frühen Morgen bis zum Abend tummelten sich wie die Ameisen zwischen den Bäumen und Sträuchern, in den Alleen und auf den Beeten Menschen mit Handwagen, Hacken, Gießkannen ...

Kovrin kam abends gegen zehn Uhr bei den Pesockijs an. Er fand Tanja und ihren Vater, Egor Semënyč, in großer Aufregung vor. Ein sternenklarer Himmel und das Thermometer prophezeiten Nachtfrost, der Gärtner Ivan Karlyč war jedoch in die Stadt gefahren, und es war niemand da, auf den man sich hätte verlassen können. Bcim Abendessen war nur vom Nachtfrost die Rede, und es wurde beschlossen, daß Tanja nicht schlafen gehen und nach zwölf Uhr einen Gang durch den Garten machen sollte, um nachzusehen, ob alles in Ordnung sei, während Egor Semënyč um drei Uhr oder noch früher aufstehen würde.

Kovrin blieb den ganzen Abend bei Tanja sitzen und begab sich nach Mitternacht mit ihr in den Garten. Es war kalt. Schon auf dem Hof roch es stark brandig. Im großen Obstgarten, der Wirtschaftsgarten genannt wurde und Egor Semënyč alljährlich einige Tausend Rubel Reingewinn einbrachte, breitete sich auf dem Erdboden schwarzer, dichter, beißender Rauch aus, der, die Bäume einhüllend, diese Tausende vor dem Frost rettete. Die Bäume standen hier in Schachbrettordnung, ihre Reihen waren gerade und regelmäßig wie eine Front Soldaten, und diese strenge, pedantische Regelmäßigkeit und der Umstand, daß sämtliche Bäume von gleichem Wuchs waren und vollkommen gleiche Kronen und Stämme hatten, machten das Bild eintönig und sogar langweilig.

Kovrin und Tanja gingen durch die Reihen, wo Feuer aus Mist, Stroh und allerhand Abfällen schwelten, und von Zeit zu Zeit begegneten ihnen Arbeiter, die wie Schatten in dem Rauch umhergingen. Es blühten nur die Kirschen, die Pflaumen und einige Apfelsorten, aber der ganze Garten ertrank in Rauch, und erst bei den Treibhäusern schöpfte Kovrin aus voller Brust Luft.

»Ich habe schon in meiner Kindheit hier vor Rauch geniest«, sagte er achselzuckend, »kann aber bis heute nicht begreifen, wie dieser Rauch vor dem Frost schützen kann.«

»Der Rauch ersetzt die Wolken, wenn diese fehlen ...«, erwiderte Tanja.

»Und wozu sind die Wolken nötig?«

»Bei trübem Wetter und bewölktem Wetter gibt es keine Nachtfröste.«

»So ist das also!«

Er lachte und nahm sie bei der Hand. Ihr breites, sehr ernstes verfrorenes Gesicht mit den feinen schwarzen Brauen, der hochgeklappte Mantelkragen, der sie daran hinderte, den Kopf frei zu bewegen, und ihre ganze magere, schlanke Gestalt in dem wegen des Taus hochgerafften Kleid rührten ihn.

»Herrgott, sie ist schon erwachsen!« sagte er. »Als ich das letzte Mal von hier wegfuhr, vor etwa fünf Jahren, waren Sie noch ganz und gar ein Kind. Sie waren so dünn, so langbeinig, immer ohne Kopfbedeckung, trugen ein kurzes Kleidchen, und ich neckte Sie und nannte Sie Reiher ... Was doch die Zeit macht!«

»Ja, fünf Jahre!« Tanja seufzte. »Viel Wasser ist seitdem flußabwärts geflossen. Sagen Sie, Andrjuša, sagen Sie die Wahrheit«, sprach sie lebhaft, ihm in die Augen schauend, »haben Sie sich uns entfremdet? Aber was frage ich denn? Sie sind ein Mann, Sie leben Ihr eigenes, interessantes Leben, Sie sind eine Größe ... Eine Entfremdung ist so natürlich! Doch wie es auch sein möge, Andrjuša, ich möchte, daß Sie uns zu den Ihrigen zählen. Wir haben ein Recht darauf.«

»Ich zähle euch dazu, Tanja.«

»Ehrenwort?«

»Ja, mein Ehrenwort.«

»Sie haben sich heute gewundert, daß wir so viele Fotografien von Ihnen haben. Sie wissen doch, daß mein Vater Sie vergöttert. Manchmal scheint es mir, als liebte er Sie mehr als mich. Er ist stolz auf Sie, Sie sind ein Gelehrter, ein ungewöhnlicher Mensch, Sie haben sich eine glänzende Stellung geschaffen, und er ist davon überzeugt, daß Sie deshalb so geworden sind, weil er Sie erzogen hat. Ich hindere ihn nicht, so zu denken. Soll er.«

Es dämmerte bereits, das war besonders an der Deutlichkeit zu merken, mit der sich die Rauchwolken und die Kronen der Bäume in der Luft abzeichneten. Die Nachtigallen sangen, und von den Feldern her erscholl Wachtelschlag.

»Jetzt ist es aber Zeit zum Schlafen«, sagte Tanja. »Und kalt ist es auch.« Sie nahm seinen Arm. »Ich danke Ihnen, Andrjuša, daß Sie gekommen sind. Wir haben nur uninteressante Bekannte und auch nur wenige. Wir haben allein den Garten, den Garten, den Garten – und weiter nichts. Hochstamm, Halbstamm«, sie lachte, »Oportoapfel, Renette, Winterapfel, Okulieren, Kopulieren ... Unser ganzes, ganzes Leben widmen wir dem Garten, ich träume sogar niemals von etwas anderem als von Apfel- und Birnbäumen. Natürlich, das ist gut, das ist nützlich, aber manchmal möchte man doch auch etwas Abwechslung haben. Ich erinnere mich, wenn Sie früher zu uns in die Ferien kamen oder uns einfach so besuchten, dann wurde es im Haus irgendwie lebendiger und heller, als hätte man von dem Kronleuchter und den Möbeln die leinenen Überzüge abgenommen. Ich war damals noch ein kleines Mädchen und habe das trotzdem gemerkt.«

Sie sprach lange und mit viel Gefühl. Ihm ging es plötzlich durch den Kopf, daß er im Laufe des Sommers eine Zuneigung zu diesem kleinen, schwachen und redseligen Wesen fassen, daß er Feuer fangen und sich verlieben könnte; in ihrer beider Situation war dies gut möglich und natürlich! Dieser Gedanke rührte ihn und brachte ihn zum Lachen; er beugte sich vor zu dem lieben, besorgten Gesicht und sang leise:

»Onegin! o du mußt es ahnen,
Unsagbar liebe ich Tatjanen!«

Als sie nach Hause kamen, war Egor Semënyč schon aufgestanden. Kovrin verspürte keine Lust zum Schlafen, er kam mit dem alten Herrn ins Gespräch und kehrte mit ihm zurück in den Garten. Egor Semënyč war hochgewachsen und breit in den Schultern, er hatte einen Bauch und litt an Kurzatmigkeit, ging aber immer so schnell, daß es schwer war, ihm zu folgen. Er sah immer äußerst besorgt aus, ständig hastete er irgendwohin und mit einem Ausdruck, als wäre alles verloren, wenn er sich auch nur um eine Minute verspätete.

»Siehst du, mein Lieber, das ist eine Geschichte ...«, begann er und blieb stehen, um Atem zu schöpfen. »Am Erdboden friert es, wie du siehst, hebst du aber das Thermometer mit einem Stock so vier, fünf Meter über den Erdboden, dann ist es dort warm ... Weshalb ist das so?«

»Das weiß ich wirklich nicht«, sagte Kovrin und lachte.

»Hm ... Alles kann man natürlich nicht wissen ... Der Verstand mag noch soviel fassen, alles bringt man dort nicht unter. Du bist ja wohl mehr für die Philosophie zuständig?«

»Ja. Ich lese über Psychologie, beschäftige mich jedoch ganz allgemein mit Philosophie.«

»Und es wird dir nicht langweilig?«

»Im Gegenteil, allein dafür lebe ich ja.«

»Nun, Gott geb's ...«, sagte Egor Semënyč und strich sich gedankenvoll über seinen grauen Backenbart. »Gott geb's ... Ich freue mich sehr für dich ... ich freue mich, mein Lieber ...«

Aber plötzlich lauschte er, machte ein ängstliches Gesicht, lief zur Seite und verschwand hinter den Bäumen in den Rauchwolken.

»Wer hat denn das Pferd an den Apfelbaum gebunden?« erklang sein verzweifeltes, herzzerreißendes Schreien. »Welcher Schuft, welche Kanaille hat es gewagt, ein Pferd an einen Apfelbaum zu binden? Mein Gott, mein Gott! Alles haben sie verdorben, verschandelt, verhunzt und besudelt! Der Garten ist verloren! Der Garten ist zugrunde gerichtet! Mein Gott!«

Als er zu Kovrin zurückkam, sah sein Gesicht abgespannt und beleidigt aus.

»Nun, was sollst du mit diesem verdammten Volk machen?« sagte er mit weinerlicher Stimme und ausgebreiteten Armen. »Stëpka hat in der Nacht Mist angefahren und das Pferd an einen Apfelbaum gebunden! Die Zügel hat der Halunke so fest um den Stamm gewickelt, daß die Rinde an drei Stellen durchgerieben ist. Wie gefällt dir das! Ich rede mit ihm, er aber – der blöde Tölpel – klappert nur mit den Augen! Aufhängen sollte man ihn, das wäre noch zu wenig!«

Als er sich beruhigt hatte, umarmte er Kovrin und küßte ihn auf die Wange.

»Nun, geb's Gott ... geb's Gott ...«, murmelte er. »Ich freue mich sehr, daß du gekommen bist. Unsäglich freue ich mich ... Ich danke dir.«

Dann hastete er wieder mit besorgtem Gesicht durch den ganzen Garten und zeigte seinem ehemaligen Zögling alle Orangerien, Treib- und Kalthäuser und seine beiden Bienenstände, die er das Wunder unseres Jahrhunderts nannte.

Während sie umherwanderten, war die Sonne aufgegangen und beschien jetzt strahlend den Garten. Es wurde warm. Im Vorgefühl eines klaren, frohen und langen Tages erinnerte sich Kovrin, daß es ja erst Anfang Mai war und vor ihm noch ein ganzer Sommer lag, ebenso klar, froh und lang, und plötzlich regte sich in seiner Brust ein freudiges, junges Gefühl, wie er es in der Kindheit verspürt hatte, als er in diesem Garten umhergelaufen war. Und er umarmte seinerseits den alten Mann und küßte ihn zärtlich. Beide gingen gerührt ins Haus und tranken aus altertümlichen Porzellantassen Tee mit Sahne und aßen sättigende Butterkringel – und alle diese Kleinigkeiten erinnerten Kovrin wieder an seine Kindheit und Jugend. Die herrliche Gegenwart und die in ihm erwachenden Eindrücke der Vergangenheit verschmolzen miteinander; sie beengten das Herz, aber es war ein gutes Gefühl.

Er wartete noch, bis Tanja aufgewacht war, trank mit ihr zusammen Kaffee und machte einen Spaziergang mit ihr, danach ging er in sein Zimmer und setzte sich an die Arbeit. Er las aufmerksam, machte Notizen und hob hin und wieder die Augen, um einen Blick auf die offenen Fenster oder auf die frischen, noch taunassen Blumen zu werfen, die in Vasen auf dem Tisch standen, dann ließ er die Augen wieder auf das Buch sinken, und ihm schien, jeder Nerv in ihm zittere und hüpfe vor Freude.

II

Auf dem Lande führte er ein ebenso nervöses und unruhiges Leben wie in der Stadt. Er las und schrieb viel, lernte Italienisch, und wenn er spazierenging, dachte er mit Vergnügen daran, daß er sich bald wieder an die Arbeit setzen würde. Er schlief so wenig, daß alle sich wunderten; wenn er am kommenden Tage zufällig für eine halbe Stunde einschlief, dann konnte er nachher die ganze Nacht nicht schlafen, fühlte sich aber nach einer solchen Nacht munter und vergnügt, als wäre nichts vorgefallen.

Er sprach viel, trank Wein und rauchte teure Zigarren. Zu den Pesockijs kamen häufig, beinahe jeden Tag, junge Mädchen aus der Nachbarschaft zu Besuch, sie spielten zusammen mit Tanja Klavier und sangen; manchmal kam auch ein junger Mann, ein Nachbar, der gut Geige spielte. Kovrin hörte der Musik und dem Gesang begierig zu und wurde ganz willenlos dabei, und letzteres äußerte sich physisch darin, daß ihm die Augen zufielen und sein Kopf sich zur Seite neigte.

Einmal, nach dem Abendtee, saß er auf dem Balkon und las. Unterdessen übten Tanja, die Sopran sang, eines der jungen Mädchen, das eine tiefe Altstimme hatte, und der junge Mann auf der Geige im Salon die bekannte Serenade von Braga ein. Kovrin lauschte den Worten – es waren russische – und konnte durchaus nicht ihren Sinn verstehen. Schließlich, als er das Buch sinken ließ und aufmerksam hinhörte, begriff er: Ein junges Mädchen mit krankhafter Phantasie hört nachts im Garten geheimnisvolle Klänge, die so herrlich und seltsam sind, daß sie darin eine heilige Harmonie erkennt, die uns Sterblichen unbegreiflich bleibt und deshalb zurück zum Himmel fliegt. Kovrin begannen die Augen zuzufallen. Er erhob sich und machte erschöpft einen Gang durch den Salon, dann durch den Saal. Als der Gesang zu Ende war, nahm er Tanjas Arm und ging mit ihr hinaus auf den Balkon.

»Mich beschäftigt heute seit dem frühen Morgen eine Legende«, sagte er. »Ich erinnere mich nicht, ob ich sie irgendwo gelesen habe, aber die Legende ist irgendwie seltsam und mit nichts in Zusammenhang zu bringen. Und sie zeichnet sich schon gar nicht durch Klarheit aus. Vor tausend Jahren ging ein Mönch, schwarz gekleidet, durch eine Wüste, irgendwo in Syrien oder Arabien ... Einige Meilen von dem Ort entfernt, wo er ging, sahen Fischer einen anderen schwarzen Mönch, der sich langsam über die Oberfläche des Sees bewegte. Dieser zweite Mönch war eine Luftspiegelung. Jetzt vergessen Sie alle Gesetze der Optik, die die Legende offenbar nicht anerkennt, und hören Sie weiter. Die Luftspiegelung ließ eine andere Luftspiegelung entstehen, dann entstand durch die zweite eine dritte, und so wurde die Gestalt des schwarzen Mönches ohne Ende aus einer Schicht der Atmosphäre in die andere weitergegeben. Er wurde bald in Afrika, bald in Spanien, bald in Indien, bald im hohen Norden gesehen ... Schließlich trat er über die Grenzen der Erdatmosphäre hinaus und irrt jetzt im Weltall umher, weil er nirgends die Bedingungen antrifft, unter denen er erlöschen kann. Vielleicht sieht man ihn jetzt irgendwo auf dem Mars oder auf einem Stern im Kreuz des Südens. Die Quintessenz aber, meine Liebe, der eigentliche Clou der Legende, besteht darin, daß die Fata Morgana genau tausend Jahre, nachdem der Mönch durch die Wüste gegangen ist, wieder in die Erdatmosphäre geraten und den Menschen erscheinen wird. Und es ist, als wären diese tausend Jahre bald abgelaufen ... Im Sinne der Legende können wir den schwarzen Mönch schon über kurz oder lang erwarten.«

»Eine merkwürdige Fata Morgana«, sagte Tanja, der die Legende nicht gefallen hatte.

»Das erstaunlichste aber ist«, sagte Kovrin lachend, »daß ich mich durchaus nicht erinnern kann, wie mir diese Legende in den Sinn gekommen ist. Habe ich sie irgendwo gelesen? Habe ich sie gehört? Oder kann es sein, daß ich von dem schwarzen Mönch geträumt habe! Ich schwöre bei Gott, daß ich mich nicht erinnern kann. Jedoch die Legende beschäftigt mich. Ich denke heute den ganzen Tag an sie.«

Nachdem er Tanja zu den Gästen hatte gehen lassen, trat er aus dem Haus und ging in Gedanken versunken zwischen den Blumenbeeten umher. Die Sonne war schon im Untergehen begriffen. Die Blumen strömten, da man sie soeben gegossen hatte, einen feuchten, erregenden Duft aus. Im Haus wurde wieder gesungen, und aus der Ferne rief die Geige den Eindruck einer menschlichen Stimme hervor. Während Kovrin seine Gedanken anstrengte, um sich zu erinnern, wo er diese Legende gelesen oder gehört hatte, lenkte er seine Schritte gemächlich in den Park hinein und kam unmerklich zum Fluß.

Auf einem schmalen Pfad, der an dem steilen Ufer

an den entblößten Baumwurzeln vorbeiführte, stieg er hinunter zum Wasser, versetzte dort die Schnepfen in Unruhe und scheuchte zwei Enten hoch. Auf den düsteren Kiefern leuchtete noch hier und da der Widerschein von den letzten Strahlen der untergehenden Sonne, aber auf der Oberfläche des Flusses war es bereits richtig Abend geworden. Kovrin ging über einen Steg aus schwimmenden Baumstämmen auf die andere Seite. Vor ihm lag ein weites Feld mit jungem, noch nicht blühendem Roggen. Keine menschliche Wohnung, keine lebende Seele weit und breit, es schien, als würde der schmale Pfad, ginge man darauf weiter, genau zu dem unbekannten, rätselhaften Ort führen, wo die Sonne soeben versunken war und wo so breit und majestätisch die Abendröte loderte.

Wie weiträumig, frei und still es hier ist! dachte Kovrin, während er den Pfad entlangschritt. Und es scheint, als schaue die ganze Welt auf mich, als halte sie den Atem an und warte darauf, daß ich sie begreife ...

Doch da liefen Wellen über den Roggen, und ein leichter Abendwind berührte zärtlich seinen unbedeckten Kopf. Einen Augenblick später kam wieder ein Windstoß, doch bereits stärker; der Roggen begann zu rauschen, und hinter ihm war ein dumpfes Murren in den Kiefern zu vernehmen. Kovrin blieb verwundert stehen. Am Horizont erhob sich gleich einem Wirbelsturm oder einer Windhose von der Erde bis zum Himmel eine hohe schwarze Säule. Ihre Umrisse waren undeutlich, aber sofort, im ersten Augenblick, konnte man erkennen, daß sie nicht auf einem Fleck stand, sondern sich mit einer furchtbaren Geschwindigkeit geradewegs auf Kovrin zu bewegte, und je näher sie herankam, desto kleiner und deutlicher wurde sie. Kovrin sprang zur Seite, ins Roggenfeld, um ihr den Weg freizugeben, und hatte es eben noch rechtzeitig tun können...

Ein Mönch in schwarzer Kleidung, mit grauem Haupt und schwarzen Augenbrauen, raste mit über der Brust gekreuzten Armen vorbei. Seine nackten Füße berührten nicht den Boden. Im Vorbeirasen, etwa zehn Schritte von ihm entfernt, blickte er sich nach Kovrin um, nickte und lächelte ihm freundlich und zugleich listig zu. Doch was für ein bleiches, schrecklich bleiches und mageres Gesicht war das! Er begann wieder zu wachsen, überquerte fliegend den Fluß, prallte unhörbar gegen das lehmige Ufer und die Kiefern und verschwand, durch sie hindurchgehend, wie Rauch.

»Da sieh einer an...«, murmelte Kovrin. »Also ist Wahrheit in der Legende enthalten.«

Ohne sich die merkwürdige Erscheinung erklären zu wollen, zufrieden allein damit, daß es ihm gelungen war, so nahe und so deutlich nicht nur das schwarze Gewand, sondern sogar das Gesicht und die Augen des Mönches zu sehen, kehrte er, angenehm erregt, nach Hause zurück.

Im Park und im Garten gingen die Leute ruhig umher, im Haus wurde musiziert – folglich hatte nur er allein den Mönch gesehen. Er verspürte große Lust, Tanja und Egor Semënyč von alledem zu erzählen, doch er überlegte, daß sie seine Worte sicher für ein Hirngespinst halten würden, und das könnte sie erschrecken; es war besser, zu schweigen. Er lachte laut, sang, tanzte

Mazurka, ihm war fröhlich zumute, und alle, die Gäste und Tanja, fanden, daß er heute ein ganz besonderes, hellstrahlendes, hinreißendes Gesicht habe und daß er sehr interessant sei.

III

Nach dem Abendessen, als die Gäste weggefahren waren, ging er in sein Zimmer und legte sich aufs Sofa: er wollte an den Mönch denken. Aber einen Augenblick später trat Tanja ein.

»Hier, Andrjuša, lesen Sie Vaters Aufsätze«, sagte sie und überreichte ihm ein Paket Broschüren und Sonderdrucke. »Es sind wunderbare Artikel. Er schreibt ausgezeichnet.«

»Na, was ist daran ausgezeichnet!« sagte Egor Semënyč, der nach ihr hereinkam und gezwungen lachte; er genierte sich. »Hör nicht auf sie, bitte, lies sie nicht! Übrigens, wenn du einschlafen willst, dann kannst du sie ja lesen: sie sind ein wunderbares Schlafmittel.«

»Und ich meine, es sind großartige Aufsätze«, sagte Tanja voll tiefer Überzeugung. »Lesen Sie sie, Andrjuša, und reden Sie Papa zu, öfter zu schreiben. Er könnte ein ganzes Lehrbuch über Gartenbau schreiben.«

Egor Semënyč brach in ein unnatürliches Gelächter aus, errötete und begann sich in Phrasen zu ergehen, wie sie Autoren in der Verlegenheit gewöhnlich sagen. Schließlich gab er nach.

»In diesem Fall lies zuerst den Artikel von Gaucher und diese kleinen russischen Aufsätze«, murmelte er, wobei er mit zitternden Händen die Broschüren durchblätterte, »sonst wirst du sie nicht verstehen. Bevor man meine Entgegnungen liest, muß man wissen, wogegen ich opponiere. Übrigens, es ist alles Unsinn ... höllisch langweilig. Und mir scheint, es ist Zeit zum Schlafen.«

Tanja ging hinaus. Egor Semënyč setzte sich zu Kovrin aufs Sofa und seufzte tief.

»Ja, mein Lieber ...«, begann er nach einigem Schweigen. »So ist das, mein allerbester Magister. Da schreibe ich Artikel und beteilige mich an Ausstellungen, auch Medaillen bekomme ich ... Bei Pesockij, heißt es, haben die Äpfel Kopfgröße, und Pesockij, heißt es, hat sich mit dem Garten ein Vermögen gemacht. Mit einem Wort, reich und berühmt ist Kočubej. Es fragt sich aber: Wozu das alles? Der Garten ist tatsächlich wunderschön, er ist mustergültig ... Das ist kein Garten, sondern eine ganze Institution von hoher staatlicher Bedeutung, weil das sozusagen die Vorstufe zu einer neuen Ära der russischen Wirtschaft und russischen Industrie ist. Doch wozu? Welchen Zweck hat das?«

»Die Sache spricht für sich selbst.«

»Ich meine das nicht in dem Sinne. Ich will fragen: Was wird mit dem Garten, wenn ich sterbe? In dem Zustand, wie du ihn jetzt siehst, wird er sich ohne mich keinen einzigen Monat halten. Das ganze Geheimnis des Erfolges liegt nicht darin, daß der Garten groß ist und daß ich viele Arbeiter habe, sondern darin, daß ich diese Arbeit liebe – verstehst du –, ich liebe sie vielleicht mehr als mich selbst. Sieh mich an: Ich mache alles selber. Ich arbeite vom Morgen bis in die Nacht. Das Pfropfen der Bäume besorge ich selbst, das Beschneiden mache ich selbst, das Pflanzen – alles mache ich selbst, alles. Wenn man mir dabei hilft, werde ich eifersüchtig und gereizt bis zur Grobheit. Das ganze Geheimnis besteht in der Liebe, das heißt in dem scharfen Auge des Herrn, in den Händen des Herrn und auch in dem Gefühl, das einen überkommt, wenn man gelegentlich für ein Stündchen irgendwohin zu Besuch fährt, du sitzt da, und das Herz läßt dir keine Ruhe: du hast Angst, es könnte im Garten etwas passiert sein. Und wenn ich sterbe, wer wird nachschauen? Wer wird arbeiten? Der Gärtner? Die Arbeiter? Ja? Ich will dir das eine sagen, mein lieber Freund: Der größte Feind bei unserem Geschäft ist nicht der Hase, nicht der Maikäfer und nicht der Frost, sondern es sind die fremden Menschen.«

»Und Tanja?« fragte Kovrin lachend. »Es kann doch nicht sein, daß sie schädlicher ist als ein Hase. Sie liebt und versteht die Sache.«

»Ja, sie liebt und versteht sie. Wenn sie nach meinem Tode den Garten erbt und die Herrin sein wird, dann wäre natürlich nichts Besseres zu wünschen. Na, und wenn sie, Gott behüte, heiratet?« Egor Semënyč fing an zu flüstern und blickte Kovrin erschrocken an. »Das ist es ja! Sie wird heiraten, Kinder kriegen, da hat sie doch keine Zeit mehr, an den Garten zu denken. Was ich hauptsächlich befürchte: Da wird sie so einen Burschen heiraten, und der, von der Habgier gepackt, verpachtet den Garten an irgendwelche Händlerinnen, und alles geht zum Teufel, gleich im ersten Jahr! Weiber sind in unserem Geschäft eine Geißel Gottes!«

Egor Semënyč seufzte und schwieg ein Weilchen.

»Vielleicht ist das auch Egoismus, aber ich sage es offen: Ich will nicht, daß Tanja heiratet. Ich fürchte mich davor! Da kommt immer so ein Stutzer mit der Geige zu uns gefahren und fiedelt; ich weiß, daß Tanja ihn nicht nimmt, ich weiß es genau, aber ich kann ihn nicht sehen! Überhaupt, mein Bester, ich bin doch ein großer Sonderling. Ich bekenne es.«

Egor Semënyč erhob sich und schritt in großer Erregung im Zimmer umher, und es war klar, daß er etwas sehr Wichtiges sagen wollte, sich aber nicht dazu entschließen konnte.

»Ich liebe dich herzlich und werde offen mit dir sprechen«, sagte er endlich und steckte die Hände in die Tasche. »Bei gewissen heiklen Fragen mache ich keine Umstände und sage einfach das, was ich denke; ich kann die sogenannten heimlichen Gedanken nicht ausstehen. Ich sage unumwunden: Du bist der einzige Mensch, dem ich meine Tochter ohne Furcht zur Frau geben würde. Du bist ein gescheiter Mann mit Herz und würdest mein geliebtes Werk nicht zugrunde gehen lassen. Aber die Hauptsache ist – ich liebe dich wie einen Sohn ... und bin stolz auf dich. Würde sich zwischen dir und Tanja etwas anbahnen, dann – nun ja, meinetwegen! Ich würde mich sehr freuen und sogar glücklich sein. Ich sage das rundheraus, ohne Ziererei, als ein ehrlicher Mensch.«

Kovrin lachte. Egor Semënyč öffnete die Tür, um hinauszugehen, und blieb auf der Schwelle stehen.

»Wenn du von Tanja einen Sohn hättest, dann würde ich aus ihm einen Gärtner machen«, sagte er nach einigem Überlegen. »Übrigens ist dies ein leerer Wahn ... Gute Nacht.«

Allein geblieben, legte sich Kovrin bequemer hin und machte sich an die Aufsätze. Der eine trug den Titel: ›Über die Zwischenkultur‹, ein anderer: ›Einige Worte anläßlich der Bemerkung des Herrn Z. über das Umgraben des Bodens für einen neuen Garten‹, ein dritter: ›Weiteres zum Okulieren aufs schlafende Auge‹ – und alles von dieser Art. Aber was für ein unruhiger, unausgeglichener Ton, was für eine nervöse, beinahe krankhafte Art, sich zu ereifern! Das war ein Artikel mit einem, so schien es, durchaus friedfertigen Titel und gleichgültigen Inhalt: es war darin die Rede von dem russischen Antonov-Apfel. Aber Egor Semënyč begann ihn mit ›audiatur et altera pars‹ und schloß mit ›sapienti sat‹, und zwischen diesen beiden Aussprüchen ergoß sich eine ganze Fontäne giftiger Redensarten über ›die gelehrte Unwissenheit unserer Herren Diplomgartenbauer, die die Natur von der Höhe ihrer Katheder beobachten‹, oder über Herrn Gaucher, ›dessen Erfolg von Laien und Dilettanten bewirkt worden ist‹, und dann noch ganz unpassenderweise ein gezwungenes und unaufrichtiges Bedauern darüber, daß die Bauern, die Obst stehlen und dabei die Bäume beschädigen, nicht mehr mit Ruten geprügelt werden dürfen.

Eine schöne, nette und gesunde Beschäftigung, doch auch hier gibt es Leidenschaften und Kampf, dachte Kovrin. Wahrscheinlich sind alle Menschen, die einer Idee dienen, nervös und zeichnen sich durch eine erhöhte Empfindlichkeit aus. Offensichtlich muß das so sein.

Ihm kam Tanja in den Sinn, der die Aufsätze von Egor Semënyč so gefielen. Sie war nicht groß von

Wuchs, blaß und so mager, daß man die Schlüsselbeine sah; ihre weit geöffneten, klugen dunklen Augen betrachteten alles genau und suchten immer etwas; sie ging wie ihr Vater stets eilig und machte kleine Schritte. Sie sprach viel, stritt gern ein wenig und begleitete jeden, auch den unbedeutendsten Satz, mit ausdrucksvoller Mimik und Gestik. Sicherlich war sie im höchsten Grade nervös.

Kovrin las weiter, verstand aber nichts und hörte auf. Von der angenehmen Erregung, in der er vorhin die Mazurka getanzt und der Musik zugehört hatte, war er jetzt ganz erschöpft, und unzählige Gedanken gingen ihm durch den Kopf. Er erhob sich und begann im Zimmer umherzugehen, dabei dachte er an den schwarzen Mönch. Es kam ihm in den Sinn, daß, wenn nur er allein den seltsamen, übernatürlichen Mönch gesehen hatte, er also krank sein müsse und bereits an Halluzinationen leide. Diese Überlegung erschreckte ihn, jedoch dauerte das nicht lange.

Mir ist aber doch wohl zumute, und ich tue niemandem etwas; folglich liegt in meinen Halluzinationen nichts Schlimmes, dachte er, und ihm war wieder besser.

Er setzte sich aufs Sofa und umfaßte den Kopf mit beiden Händen, die unverständliche Freude zügelnd, die sein ganzes Wesen erfüllte, danach ging er wieder ein bißchen umher und setzte sich an die Arbeit. Doch die Gedanken, die er in dem Buch las, befriedigten ihn nicht. Er suchte nach etwas Gigantischem, Unermeßlichem, Überwältigendem. Gegen Morgen zog er sich aus und legte sich unlustig zu Bett: Man mußte doch schlafen!

Als die Schritte von Egor Semënyč erklangen, der in den Garten ging, klingelte Kovrin und befahl dem Diener, Wein zu bringen. Er trank mit Genuß einige Gläser Lafitte, dann zog er sich die Decke über den Kopf; sein Bewußtsein umnebelte sich, und er schlief ein.

IV

Egor Semënyč und Tanja zankten sich oft und sagten einander unangenehme Dinge.

Eines Morgens hatten sie sich wegen irgend etwas gestritten. Tanja fing an zu weinen und ging in ihr Zimmer. Sie kam weder zum Mittagessen noch zum Tee heraus. Egor Semënyč ging zuerst wichtig und hochmütig umher, als wolle er zu verstehen geben, daß die Interessen der Gerechtigkeit und der Ordnung für ihn das Höchste auf der Welt waren, aber lange hielt er seine Rolle nicht durch, und er wurde kleinmütig. Traurig irrte er durch den Park und seufzte immerfort: »Ach, mein Gott, mein Gott!« – Und beim Mittagessen nahm er keinen Bissen. Schließlich klopfte er schuldbewußt, von seinem Gewissen gequält, an die verschlossene Tür und rief schüchtern:

»Tanja! Tanja!«

Und hinter der Tür ertönte als Antwort eine schwache, tränenerstickte und gleichzeitig entschlossene Stimme:

»Lassen Sie mich in Ruhe, ich bitte Sie.«

Die schlechte Laune der Herrschaft wirkte sich im ganzen Haus aus, sogar bei den Leuten, die im Garten arbeiteten. Kovrin war in seine interessante Arbeit vertieft, aber zum Schluß wurde es auch ihm langweilig und peinlich. Um die allgemeine schlechte Stimmung irgendwie zu zerstreuen, beschloß er, sich einzuschalten, und klopfte gegen Abend bei Tanja. Er wurde eingelassen.

»Ach, ach, welche Schande!« begann er scherzend und blickte erstaunt in Tanjas verweintes und von roten Flecken bedecktes, gramvolles Gesicht. »Ist es denn wirklich so ernst? Ach, ach!«

»Wenn Sie nur wüßten, wie er mich quält!« sagte sie, und Tränen, heiße, unzählige Tränen stürzten aus ihren großen Augen. »Er quält mich zu Tode!« fuhr sie, die Hände ringend, fort. »Ich habe nichts zu ihm gesagt ... nichts ... Ich habe nur gesagt, es ist nicht nötig ... überflüssige Arbeiter zu behalten, wenn ... man zu jeder Zeit Tagelöhner haben kann. Denn ... denn die Arbeiter tun schon eine ganze Woche lang nichts ... Ich ... ich habe nur dies gesagt, aber er hat angefangen zu schreien und hat mir ... viel Kränkendes, tief Beleidigendes gesagt. Wofür?«

»Schon gut, schon gut!« sagte Kovrin und strich ihr das Haar zurecht. »Ihr habt euch ein bißchen gezankt, habt ein bißchen geweint, und nun ist's genug. Man darf nicht lange zürnen, das ist nicht gut ... um so mehr, als er Sie grenzenlos liebt.«

»Er hat ... mir mein ganzes Leben verdorben«, fuhr Tanja schluchzend fort. »Ich bekomme nichts anderes zu hören als Beleidigungen und ... Kränkungen. Er meint, ich sei überflüssig in seinem Hause. Nun ja! Er hat recht. Ich werde morgen von hier wegfahren und eine Stellung als Telegrafistin annehmen ... Meinetwegen ...«

»Nun, nun, nun ... Nicht weinen, Tanja. Das dürfen Sie nicht tun, meine Liebe ... Ihr seid alle beide aufbrausend, reizbar und seid beide schuld. Kommen Sie, ich werde Sie versöhnen.«

Kovrin sprach freundlich und überzeugend, und sie fuhr fort zu weinen, ihre Schultern zuckten, und sie preßte die Hände zusammen, als hätte sie tatsächlich ein furchtbares Unglück betroffen. Sie tat ihm um so mehr leid, als ihr Kummer nicht ernst war, während sie doch so tief litt. Was für Kleinigkeiten genügten, um dieses Wesen für einen ganzen Tag unglücklich zu machen, ja womöglich für das ganze Leben! Während er Tanja tröstete, dachte Kovrin daran, daß außer diesem jungen Mädchen und ihrem Vater auf der ganzen Welt mit der Laterne keine Menschen zu finden waren, die ihn liebten wie jemanden, der zu ihnen gehörte wie ein Glied der Familie; wären diese beiden Menschen nicht gewesen, dann hätte er, der Vater und Mutter in früher Kindheit verloren hatte, vielleicht bis zu seinem Tode nicht gewußt, was aufrichtige Zärtlichkeit ist und jene naive Liebe, die nicht viel überlegt und die man nur ganz nahen, blutsverwandten Menschen entgegenbringt. Und er fühlte, daß die Nerven dieses weinenden, zuckenden jungen Mädchens auf seine halbkranken, verkrampften Nerven abgestimmt waren, wie das Eisen auf den Magneten. Er würde wohl niemals eine gesunde, kräftige rotwangige Frau lieben können, aber die blasse, schwache, unglückliche Tanja gefiel ihm.

Und es machte ihm Freude, ihr über das Haar und die

Schultern zu streichen, ihre Hände zu drücken und ihr die Tränen abzuwischen... Endlich hörte sie auf zu weinen. Sie beklagte sich noch lange über den Vater und ihr schweres, unerträgliches Leben in diesem Haus, und sie flehte Kovrin an, sich in ihre Lage zu versetzen; dann begann sie allmählich zu lächeln und darüber zu klagen, daß Gott ihr so einen schlechten Charakter gegeben habe, zum Schluß brach sie in lautes Lachen aus, nannte sich ein dummes Ding und lief aus dem Zimmer.

Als Kovrin nach einem Weilchen in den Garten hinaustrat, gingen Egor Semënyč und Tanja bereits, als wäre nichts gewesen, in der Allee nebeneinander spazieren, und beide aßen mit Salz bestreutes Roggenbrot, denn alle beide waren hungrig.

V

Zufrieden, daß ihm die Rolle des Friedensstifters so gut gelungen war, begab sich Kovrin in den Park. Während er auf einer Bank saß und Überlegungen anstellte, hörte er das Rollen von Kutschen und Frauenlachen: Besuch war gekommen.

Als abendliche Schatten sich über den Garten legten, drangen undeutlich Geigentöne zu ihm, singende Stimmen, und das erinnerte ihn an den schwarzen Mönch. Wo, in welchem Land oder auf welchem Planeten, eilte diese optische Ungereimtheit jetzt wohl dahin?

Kaum hatte er an die Legende gedacht und sich jenes dunkle Gespenst vorgestellt, das er auf dem Roggenfeld gesehen hatte, da trat ihm gegenüber hinter einer Kiefer, unhörbar und ohne das geringste Rascheln zu verursachen, ein Mensch von mittlerem Wuchs hervor, mit unbedecktem grauem Haupt, ganz dunkel gekleidet und barfuß, er sah aus wie ein Bettler, und auf seinem bleichen, totenähnlichen Gesicht hoben sich scharf schwarze Brauen ab. Freundlich den Kopf neigend, kam dieser Bettler oder Pilger lautlos auf die Bank zu und setzte sich, und Kovrin erkannte in ihm den schwarzen Mönch. Eine Minute lang blickten beide einander an – Kovrin voll Staunen, der Mönch freundlich und wie auch damals ein wenig listig, als hätte er es faustdick hinter den Ohren.

»Aber du bist doch eine Luftspiegelung«, sprach Kovrin. »Wieso bist du denn hier und sitzt auf einem Fleck? Das reimt sich schlecht mit der Legende.«

»Das ist ganz gleichgültig«, erwiderte der Mönch nach kurzem Zögern mit leiser Stimme, wobei er ihm das Gesicht zuwandte. »Die Legende, die Luftspiegelung und ich – das alles ist ein Produkt deiner erregten Phantasie. Ich bin ein Gespenst.«

»Also existierst du nicht?« fragte Kovrin.

»Denke, was du willst«, sagte der Mönch und lächelte schwach. »Ich existiere in deiner Einbildung, deine Einbildung aber ist ein Teil der Natur, folglich existiere ich auch in der Natur.«

»Du hast ein sehr altes, kluges und im höchsten Maße ausdrucksvolles Gesicht, als hättest du tatsächlich mehr als tausend Jahre gelebt«, sagte Kovrin. »Ich habe nicht gewußt, daß meine Einbildung fähig ist, solche Phänomene zu erschaffen. Aber was schaust du mich mit solcher Begeisterung an? Gefalle ich dir?«

»Ja. Du bist einer von den wenigen, die mit Recht Auserwählte Gottes genannt werden. Du dienst der ewigen Wahrheit. Deine Gedanken und Absichten, deine wunderbare Wissenschaft und dein ganzes Leben tragen den Stempel des Göttlichen, des Himmlischen, weil sie dem Vernünftigen und dem Schönen geweiht sind, das heißt dem, was ewig ist.«

»Du hast gesagt: der ewigen Wahrheit ... Aber ist den Menschen die ewige Wahrheit zugänglich und brauchen sie diese, wenn es kein ewiges Leben gibt?«

»Es gibt ein ewiges Leben«, sagte der Mönch.

»Glaubst du an die Unsterblichkeit der Menschen?«

»Ja, natürlich. Euch Menschen erwartet eine große, glänzende Zukunft. Und je mehr es solche wie dich auf der Erde gibt, um so schneller wird sich diese Zukunft verwirklichen. Ohne euch, die Diener des höchsten Prinzips, die ihr ein bewußtes und freies Leben führt, wäre die Menschheit bedeutungslos; wenn sie sich auf natürliche Weise entwickelte, würde sie noch lange auf das Ende ihrer Erdengeschichte warten müssen. Ihr aber werdet sie um einige tausend Jahre früher in das Reich der ewigen Wahrheit hineinführen – und darin besteht euer hohes Verdienst. Ihr verkörpert in euch den Segen Gottes, der auf den Menschen ruht.«

»Und was ist der Sinn des ewigen Lebens?« fragte Kovrin.

»Wie jeden Lebens – der Genuß. Der wahre Genuß besteht in der Erkenntnis, und das ewige Leben bietet zahllose und unerschöpfliche Quellen der Erkenntnis, und darum ist gesagt: In meines Vaters Haus sind viele Wohnungen.«

»Wenn du wüßtest, wie angenehm es ist, dir zuzuhören«, sagte Kovrin und rieb sich vor Vergnügen die Hände.

»Ich bin sehr erfreut.«

»Aber ich weiß: Wenn du weggehst, wird mich die Frage nach deiner Wesenheit beunruhigen. Du bist ein Gespenst, eine Halluzination. Also bin ich psychisch krank, nicht normal?«

»Mag es so sein. Was stört dich daran? Du bist krank, weil du über deine Kräfte gearbeitet hast und erschöpft bist, das bedeutet, daß du deine Gesundheit einer Idee geopfert hast, und die Zeit ist nahe, da wirst du ihr auch das Leben selbst hingeben. Was kann besser sein? Das ist das, was überhaupt alle hochbegabten edlen Naturen erstreben.«

»Wenn ich weiß, daß ich psychisch krank bin, wie kann ich mir dann glauben?«

»Und woher weißt du, daß die genialen Menschen, denen die ganze Welt glaubt, nicht auch Gespenster gesehen haben? Sagen doch die Gelehrten heute, daß das Genie dem Wahnsinn verwandt sei. Mein Freund, gesund und normal sind nur die Simplen, die Herdenmenschen. Überlegungen hinsichtlich des nervösen Zeitalters, der Überanstrengung, der Entartung und dergleichen können nur solche ernstlich aufregen, die den Sinn des Lebens in der Gegenwart sehen, das heißt die Herdenmenschen.«

»Die Römer sagten: Mens sana in corpore sano.«

»Nicht alles ist wahr, was die Römer oder Griechen gesagt haben. Die hochgestimmte Geistesverfassung, die Erregung, die Ekstase – all das, was die Propheten, die Dichter, die Märtyrer um der Idee willen von gewöhnlichen Menschen unterscheidet, widerstrebt der tierischen Seite des Menschen, das heißt seiner physischen Gesundheit. Ich wiederhole: Willst du gesund und normal sein, dann geh in die Herde.«

»Merkwürdig, du wiederholst das, was mir selber häufig durch den Kopf geht«, sagte Kovrin. »Es ist, als hättest du meine geheimsten Gedanken erspäht und erlauscht. Aber laß uns nicht von mir sprechen. Was verstehst du unter der ewigen Wahrheit?«

Der Mönch antwortete nicht. Kovrin blickte ihn an und konnte sein Gesicht nicht mehr erkennen: seine Züge verblaßten und verschwammen. Sodann begannen der Kopf und die Hände des Mönches zu verschwinden; sein Leib verschmolz mit der Bank und der Abenddämmerung, und er verschwand ganz und gar.

»Die Halluzination ist zu Ende«, sagte Kovrin und lachte. »Aber schade ist es doch.«

Er ging froh und glücklich zurück zum Haus. Das wenige, was ihm der Mönch gesagt hatte, schmeichelte nicht seiner Eigenliebe, sondern seiner ganzen Seele, seinem ganzen Wesen. Ein Auserwählter sein, der ewigen Wahrheit dienen, in der Reihe derer stehen, die um einige Jahrtausende früher die Menschheit des Reiches Gottes würdig machen, das heißt die Menschen von einigen überflüssigen Jahrtausenden des Kampfes, der Sünde und des Leides erlösen, der Idee alles geben – die Jugend, die Kräfte, die Gesundheit, bereit sein, für das allgemeine Wohl zu sterben –, welch ein hohes, welch ein glückliches Los! In seinem Gedächtnis zog seine Vergangenheit vorüber, eine reine und keusche Vergangenheit voller Arbeit, er erinnerte sich an das, was er gelernt hatte und was er selbst andere lehrte, und fand, daß in den Worten des Mönches keine Übertreibung enthalten war.

Tanja kam ihm durch den Park entgegen. Sie hatte schon ein anderes Kleid an. »Sie sind hier?« fragte sie. »Und wir suchen und suchen Sie ... Aber was ist mit Ihnen?« sagte sie erstaunt, als sie sein begeistertes, strahlendes Gesicht und die Augen sah, die voller Tränen standen. »Wie sind Sie sonderbar, Andrjuša.«

»Ich bin zufrieden, Tanja«, sagte Kovrin und legte ihr die Hände auf die Schultern. »Ich bin mehr als zufrieden, ich bin glücklich! Tanja, liebe Tanja, Sie sind ein außerordentlich sympathisches Wesen. Liebe Tanja, ich bin so froh, so froh!«

Er küßte ihr glühend beide Hände und fuhr fort:

»Ich habe soeben lichte, wunderbare, unirdische Augenblicke erlebt. Aber ich kann Ihnen nicht alles sagen, weil Sie mich einen Wahnsinnigen nennen und mir nicht glauben würden. Wollen wir von Ihnen sprechen. Liebe, entzückende Tanja! Ich liebe Sie und bin es schon gewohnt, Sie zu lieben. Ihre Nähe, unsere Begegnungen – zehnmal am Tage – sind zu einem Bedürfnis meiner Seele geworden. Ich weiß nicht, wie ich ohne Sie auskommen werde, wenn ich nach Hause fahre.«

»Nanu!« Tanja lachte. »Sie werden uns nach zwei Tagen vergessen haben. Wir sind kleine Leute, Sie aber sind ein großer Mann.«

»Nein, lassen Sie uns ernsthaft reden«, sagte er. »Ich werde Sie mit mir nehmen, Tanja. Ja? Werden Sie mit mir fahren? Wollen Sie die Meine sein?«

»Nanu«, sagte Tanja und wollte wieder lachen, aber das Lachen gelang nicht recht, und auf ihrem Gesicht zeigten sich rote Flecke. Sie begann hastig zu atmen und ging schnell weiter, aber nicht dem Haus zu, sondern weiter in den Park hinein.

»Ich habe daran nicht gedacht ... nein, gewiß nicht«, sagte sie und preßte wie in Verzweiflung die Hände zusammen.

Und Kovrin folgte ihr und sprach, immer noch mit demselben strahlenden, begeisterten Gesicht: »Ich will eine Liebe, die mich ganz und gar erfüllt, und diese Liebe können nur Sie, Tanja, Sie mir geben. Ich bin glücklich! Glücklich!«

Sie war wie betäubt, beugte tief den Kopf und zog sich ganz in sich zusammen, es sah aus, als wäre sie um zehn Jahre älter geworden, er aber fand sie wunderschön und äußerte laut seine Begeisterung:

»Wie hübsch sie ist!«

VI

Als Egor Semënyč von Kovrin erfahren hatte, daß sich nicht nur eine Liebelei angebahnt hatte, sondern daß es sogar eine Hochzeit geben würde, ging er lange aus einer Ecke in die andere, bemüht, seine Aufregung zu verbergen. Seine Hände begannen zu zittern, der Hals schwoll an und wurde purpurrot, er befahl, die Renndroschke anzuspannen, und fuhr irgendwohin. Tanja, die gesehen hatte, wie er auf das Pferd einschlug und wie tief, beinahe bis an die Ohren, er die Mütze über den Kopf gezogen hatte, verstand seine Stimmung; sie schloß sich in ihrem Zimmer ein und weinte den ganzen Tag.

In den Orangerien waren schon die Pfirsiche und Pflaumen reif geworden; das Verpacken und der Versand dieser zarten und empfindlichen Fracht erforderte viel Aufmerksamkeit, Arbeit und Mühen. Da der Sommer sehr heiß und trocken war, mußte jeder Baum gegossen werden, was viel Zeit und Arbeitskräfte in Anspruch nahm, und es traten unzählige Raupen auf, die die Arbeiter und sogar Egor Semënyč und Tanja zu Kovrins großem Entsetzen einfach mit den Fingern zerdrückten. Dabei war es bereits notwendig, für den Herbst Bestellungen auf Obst und Bäume entgegenzunehmen und eine große Korrespondenz zu führen. Und in der Zeit, als es die meiste Arbeit gab, als niemand auch nur eine einzige freie Minute zu haben schien, begann die Feldarbeit, die dem Garten mehr als die Hälfte der Arbeiter wegnahm; Egor Semënyč, von der Sonne stark gebräunt, erschöpft und böse, rannte bald in den Garten, bald aufs Feld und schrie, daß man ihn in Stücke reiße und er sich eine Kugel in den Kopf jagen werde.

Und dazu kam noch die Schererei mit der Aussteuer, der die Pesockijs keine geringe Bedeutung beimaßen; vom Klappern der Scheren, dem Lärm der Nähmaschinen, dem Kohlendunst der Bügeleisen und von den Launen der Modistin, einer nervösen und empfindlichen Dame, schwindelte allen im Haus der Kopf. Und wie mit Absicht kamen jeden Tag Gäste, die man unterhalten, verpflegen und sogar über Nacht dabehalten mußte. Aber diese ganze Plackerei verging unmerklich, wie in einem Rausch. Tanja hatte ein Gefühl, als sei sie von der Liebe und dem Glück überrumpelt worden, obwohl sie seit ihrem vierzehnten Lebensjahr aus irgendeinem Grunde davon überzeugt war, daß Kovrin gerade sie heiraten werde. Sie wunderte sich, konnte es nicht begreifen, glaubte sich selbst nicht ... Bald überflutete sie eine solche Freude, daß sie am liebsten zu den Wolken emporgeflogen wäre, um dort zu beten, und dann wieder erinnerte sie sich plötzlich daran, daß sie im August vom heimatlichen Nest Abschied nehmen und den Vater verlassen mußte, oder es überfiel sie, weiß Gott woher, der Gedanke, daß sie unbedeutend, gering und eines so großen Mannes wie Kovrin nicht würdig sei – und dann ging sie fort, schloß sich in ihrem Zimmer ein und weinte bitterlich mehrere Stunden lang. Wenn Besuch da war, schien ihr auf einmal, daß Kovrin ungewöhnlich schön sei und daß alle Frauen ihn liebten und sie beneideten, und ihre Seele war voll Entzücken und Stolz, gerade als hätte sie die ganze Welt besiegt, doch er brauchte nur einer jungen Dame freundlich zuzulächeln, und sie bebte bereits vor Eifersucht, ging in ihr Zimmer – und wieder gab es Tränen. Diese neuen Empfindungen hatten vollkommen von ihr Besitz ergriffen, mechanisch half sie dem Vater und bemerkte weder die Pfirsiche noch die Raupen, noch die Arbeiter, noch wie schnell die Zeit verflog.

Mit Egor Semënyč geschah beinahe dasselbe. Er arbeitete vom Morgen bis in die Nacht, eilte ständig irgendwohin, geriet außer sich, war reizbar, aber dies alles wie in einem Zauberschlaf. Es war, als säßen in ihm bereits zwei Menschen: der eine war der richtige

Egor Semënyč, der empört war und sich vor Verzweiflung an den Kopf faßte, wenn er dem Gärtner Ivan Karlyč zuhörte, der ihm von Unregelmäßigkeiten Meldung machte, und der andere war der unrichtige, der – gerade wie ein Halbtrunkener – eine geschäftliche Unterredung plötzlich mitten im Wort abbrach, den Gärtner an der Schulter berührte und anfing zu murmeln:

»Was man auch sagen mag, aber das Blut bedeutet viel. Seine Mutter war eine wunderbare, sehr edle und sehr kluge Frau. Es war ein Genuß, in ihr gütiges, klares und reines, engelgleiches Gesicht zu schauen. Sie zeichnete gut, schrieb Gedichte, sprach fünf Fremdsprachen und sang ... Die Ärmste, Gott schenke ihr die himmlische Ruhe, sie starb an der Schwindsucht.«

Der unrichtige Egor Semënyč seufzte und fuhr nach einem kurzen Schweigen fort:

»Als er ein Knabe war und bei mir aufwuchs, hatte er genau solch ein klares und gutes Engelsgesicht. Auch sein Blick, seine Bewegungen, seine Art zu sprechen waren zart und fein wie bei seiner Mutter. Und sein Verstand? Er hat uns immer mit seinem Verstand in Erstaunen versetzt. Ja, und das muß man sagen, er ist nicht umsonst Magister! Nicht umsonst! Und warte nur, Ivan Karlyč, wie er in etwa zehn Jahren sein wird! Dem wird niemand das Wasser reichen können!«

Aber da machte der richtige Egor Semënyč, der sich auf einmal besonnen hatte, ein schreckliches Gesicht, faßte sich an den Kopf und schrie:

»Teufel! Alles haben sie verdorben, verhunzt und besudelt! Der Garten ist verloren! Der Garten ist zugrunde gerichtet!«

Kovrin aber arbeitete weiter mit demselben Eifer und bemerkte den Wirrwarr nicht. Die Liebe hatte nur Öl in das Feuer gegossen. Nach jedem Zusammensein mit Tanja ging er glücklich und begeistert in sein Zimmer zurück, und mit derselben Leidenschaft, mit der er soeben Tanja geküßt und ihr Liebeserklärungen gemacht hatte, setzte er sich an ein Buch oder an sein Manuskript. Was der schwarze Mönch von den Auserwählten Gottes gesagt hatte, von der ewigen Wahrheit, von der glänzenden Zukunft der Menschheit und so weiter, gab seiner Arbeit eine besondere, ungewöhnliche Bedeutung und erfüllte seine Seele mit Stolz, mit dem Bewußtsein der eigenen Größe.

Ein- oder zweimal in der Woche traf er im Park oder im Haus mit dem schwarzen Mönch zusammen und unterhielt sich lange mit ihm, aber das erschreckte ihn nicht, ganz im Gegenteil, es entzückte ihn, denn er war bereits fest davon überzeugt, daß derartige Erscheinungen nur auserwählte, hervorragende Menschen heimsuchten, solche, die sich dem Dienste einer Idee geweiht haben.

Einmal erschien der Mönch während des Mittagessens und setzte sich im Eßzimmer ans Fenster. Kovrin freute sich und lenkte sehr geschickt das Gespräch mit Egor Semënyč und mit Tanja auf etwas, was für den Mönch interessant sein konnte; und Egor Semënyč und Tanja hörten ihm ebenfalls zu und lächelten fröhlich, ohne zu ahnen, daß Kovrin nicht mit ihnen redete, sondern mit seiner Halluzination.

Unmerklich rückten die Fasten vor Mariä Himmelfahrt heran und bald danach auch der Tag der Hochzeit, die auf den beharrlichen Wunsch von Egor Semënyč ›mit Pomp‹ gefeiert wurde, das heißt mit einer sinnlosen Völlerei, die zwei Tage dauerte. Es wurde für etwa dreitausend Rubel gegessen und getrunken, aber bei der schlechten Musik, den lauten Trinksprüchen und dem Hinundherlaufen der Lakaien, bei dem Lärm und der Enge wurden weder die teuren Weine noch die wunderbaren Delikatessen gewürdigt, die man aus Moskau bestellt hatte.

VII

In einer der langen Winternächte lag Kovrin im Bett und las einen französischen Roman. Die arme Tanja, die abends Kopfschmerzen litt, weil sie das Leben in der Stadt nicht gewohnt war, schlief schon lange und sprach nur hin und wieder im Traum irgendwelche zusammenhanglose Sätze.

Die Uhr schlug drei. Kovrin löschte das Licht und streckte sich aus; lange lag er mit geschlossenen Augen, konnte aber nicht einschlafen, weil es, wie ihm schien, im Schlafzimmer sehr warm war und Tanja phantasierte. Um halb fünf zündete er die Kerze wieder an, und da erblickte er den schwarzen Mönch, der auf einem Sessel neben dem Bett saß.

»Guten Tag«, sagte der Mönch und fragte, nachdem er ein Weilchen geschwiegen hatte: »Woran denkst du jetzt?«

»An den Ruhm«, antwortete Kovrin. »In dem französischen Roman, den ich eben gelesen habe, wird ein Mensch geschildert, ein junger Gelehrter, der Dummheiten macht und vor Sehnsucht nach Ruhm dahinsiecht. Mir ist diese Sehnsucht unbegreiflich.«

»Weil du klug bist. Der Ruhm ist dir gleichgültig wie ein Spielzeug, das dich nicht interessiert.«

»Ja, das ist wahr.«

»Die Berühmtheit macht dir keine Freude. Was kann daran schmeichelhaft oder ergötzlich oder erbaulich sein, daß dein Name auf einem Grabdenkmal eingeschnitten wird und die Zeit dann diese Inschrift mitsamt der Vergoldung verwischt? Ja, und zum Glück sind es eurer allzu viele, als daß das schwache menschliche Gedächtnis eure Namen behalten könnte.«

»Begreiflich«, pflichtete Kovrin bei. »Ja, und warum soll man sie behalten? Aber laß uns von etwas anderem reden. Zum Beispiel vom Glück. Was ist Glück?«

Als die Uhr fünf schlug, saß er auf dem Bett, ließ die Füße auf den Teppich hängen und sprach, zu dem Mönch gewandt: »Im Altertum erschrak ein glücklicher Mensch zu guter Letzt vor seinem Glück – so groß war es! – Und um die Götter gnädig zu stimmen, brachte er ihnen seinen liebsten Ring zum Opfer. Weißt du? Wie Polykrates beginnt auch mich mein Glück ein bißchen zu beunruhigen. Mir kommt das merkwürdig vor, daß ich vom Morgen bis zum Abend einzig nur Freude empfinde, sie erfüllt mich ganz und betäubt alle anderen Gefühle. Ich weiß nicht, was Betrübnis, Traurigkeit oder Langeweile ist. Da – ich schlafe nicht, ich leide an Schlaflosigkeit, aber ich langweile mich nicht. Im Ernst gesprochen: Ich bekomme langsam Bedenken.«

»Warum denn?« Der Mönch wunderte sich. »Ist Freude etwa ein übernatürliches Gefühl? Muß sie nicht der normale Zustand des Menschen sein? Je höher ein Mensch in seiner geistigen und sittlichen Entwicklung steht, je freier er ist, um so größeres Vergnügen gewährt ihm das Leben. Sokrates, Diogenes und Mark Aurel haben Freude empfunden und keine Traurigkeit. Und der Apostel sagt: Freuet euch allewege. Freue dich also und sei glücklich.«

»Und wenn die Götter plötzlich erzürnt sind?« scherzte Kovrin und lachte. »Wenn sie mir den Komfort nehmen und mich frieren und hungern lassen, dann wird das kaum nach meinem Geschmack sein.«

Tanja war unterdessen aufgewacht und blickte voll Staunen und Entsetzen auf ihren Mann. Er redete, sich an den Sessel wendend, gestikulierte und lachte. Seine Augen blitzten, und in seinem Lachen lag etwas Seltsames.

»Andrjuša, mit wem sprichst du?« fragte sie und griff nach der Hand, die er dem Mönch entgegengestreckt hatte. »Andrjuša! Mit wem?«

»Wie? Mit wem?« Kovrin war verlegen. »Da, mit ihm ... Da sitzt er«, sagte er und wies auf den schwarzen Mönch.

»Hier ist niemand ... niemand! Andrjuša, du bist krank!«

Tanja umarmte ihren Mann und schmiegte sich an ihn, als wolle sie ihn vor den Erscheinungen schützen, und verdeckte ihm die Augen mit der Hand.

»Du bist krank!« schluchzte sie, am ganzen Körper zitternd. »Verzeih mir, mein Lieber, Teurer, aber ich habe schon lange gemerkt, daß deine Seele durch irgend etwas verwirrt ist ... Du bist psychisch krank, Andrjuša ...«

Ihr Zittern teilte sich auch ihm mit. Er blickte noch einmal zu dem Sessel hin, der bereits leer war, fühlte plötzlich eine Schwäche in Armen und Beinen, erschrak und begann sich anzukleiden.

»Das macht nichts, Tanja, das macht nichts ...«, murmelte er zitternd. »Ich bin tatsächlich ein bißchen unpäßlich ... es ist wirklich an der Zeit, das einzusehen.«

»Ich habe es schon lange bemerkt ... auch Papa hat es bemerkt«, sagte sie, bemüht, das Weinen zu unterdrükken. »Du redest mit dir selbst, lächelst so sonderbar ... schläfst nicht. O mein Gott, mein Gott, hilf uns!« sprach sie voll Entsetzen. – »Aber hab keine Angst, Andrjuša, hab keine Angst, um Gottes willen hab keine Angst ...«

Sie kleidete sich ebenfalls an. Erst jetzt, als er sie ansah, begriff Kovrin die ganze Gefährlichkeit seiner Situation, begriff, was der schwarze Mönch und die Unterhaltungen mit ihm bedeuteten. Für ihn stand es jetzt fest, daß er wahnsinnig war. Ohne zu wissen, warum, zogen sich beide an und gingen in den Saal: sie voran, er hinter ihr her. Dort stand schon, aufgeweckt von dem lauten Weinen, im Schlafrock und mit einer Kerze in der Hand, Egor Semënyč, der bei ihnen zu Besuch weilte.

»Hab keine Angst, Andrjuša«, sagte Tanja, wie im Fieber zitternd, »hab keine Angst ... Papa, das wird alles vergehen ... alles wird vergehen ...«

Kovrin konnte vor Aufregung nicht sprechen. Er wollte zu dem Schwiegervater in scherzendem Ton sagen: Gratulieren Sie mir, ich habe, scheint's, den Verstand verloren, aber er bewegte nur die Lippen und lächelte bitter.

Um neun Uhr morgens wurden ihm Rock und Pelz angezogen, man legte ihm einen Schal um und brachte ihn in einem Wagen zum Arzt. Er begab sich nun in Behandlung.

VIII

Wieder kam der Sommer heran, und der Doktor verordnete, daß Kovrin aufs Land fahren sollte. Er war bereits gesund, sah nicht mehr den schwarzen Mönch und mußte nur noch physisch zu Kräften kommen. Beim Schwiegervater auf dem Lande trank er viel Milch, arbeitete nur zwei Stunden am Tag, trank keinen Wein und rauchte nicht.

Am Abend vor dem Eliastag wurde im Haus ein Abendgottesdienst abgehalten. Als der Küster dem Geistlichen das Räucherfaß übergab, begann es in dem alten, riesigen Saal gleichsam nach Friedhof zu riechen, und Kovrin fühlte sich gelangweilt. Er ging hinaus in den Garten. Ohne die prachtvollen Blumen zu bemerken, spazierte er ein bißchen im Garten umher, saß ein wenig auf einer Bank und machte dann einen Gang durch den Park; am Fluß angekommen, stieg er hinunter, und dort stand er eine Weile und blickte in Gedanken versunken auf das Wasser. Die düsteren Kiefern mit den zottigen Wurzeln, die ihn im vorigen Jahr hier so jung, freudig und munter gesehen hatten, flüsterten jetzt nicht miteinander, sondern standen unbeweglich und stumm, als hätten sie ihn nicht erkannt. Und in der

Tat, sein Kopf war geschoren, das schöne, lange Haar war nicht mehr da, sein Gang war schlaff, und das Gesicht war im Vergleich zum vergangenen Sommer voller und blasser geworden.

Über den schwimmenden Steg ging er hinüber zum jenseitigen Ufer. Dort, wo im vorigen Jahr Roggen gestanden hatte, lag jetzt in Reihen gemähter Hafer. Die Sonne war bereits untergegangen, und am Horizont lohte ein breiter roter Schein, der für morgen windiges Wetter verhieß. Es war still. Kovrin blieb etwa zwanzig Minuten stehen und blickte aufmerksam in jene Richtung, wo sich ihm im vergangenen Jahr zum erstenmal der schwarze Mönch gezeigt hatte, so lange, bis die Abendröte verblaßte …

Als er erschöpft und unbefriedigt nach Hause kam, war der Abendgottesdienst bereits zu Ende. Egor Semënyč und Tanja saßen auf den Stufen der Terrasse und tranken Tee. Sie sprachen über etwas, als sie jedoch Kovrin erblickten, verstummten sie plötzlich, und er schloß aus ihren Gesichtern, daß sich das Gespräch um ihn gedreht hatte.

»Mir scheint, du mußt jetzt deine Milch trinken«, sagte Tanja zu ihrem Mann.

»Nein, ich muß jetzt nicht …«, antwortete er und setzte sich auf die unterste Stufe. »Trink selber. Ich will nicht.«

Tanja wechselte mit dem Vater besorgte Blicke und sagte mit schuldbewußter Stimme:

»Du merkst selbst, daß die Milch dir guttut.«

»Ja, sehr gut!« Kovrin lächelte spöttisch. »Ich gratuliere euch: seit Freitag habe ich noch ein Pfund zugenommen.« Er preßte seinen Kopf fest mit den Händen und sagte melancholisch: »Wozu, wozu habt ihr mich in ärztliche Behandlung gegeben? Die Brompräparate, das Nichtstun, die warmen Bäder, die Aufsicht, die kleinmütige Angst bei jedem Schluck, bei jedem Schritt – das alles macht mich zu guter Letzt zum Idioten. Ich war im Begriff, den Verstand zu verlieren, ich litt an Größenwahn, aber dafür war ich vergnügt, frisch und sogar glücklich, ich war interessant und originell ... Jetzt bin ich vernünftiger und ernster, aber dafür bin ich so wie alle: ich bin eine Mittelmäßigkeit, das Leben langweilt mich ... Oh, wie grausam seid ihr mit mir umgegangen! Ich habe Halluzinationen gehabt, aber wen hat das gestört? Ich frage: Wen hat das gestört?«

»Du sprichst weiß Gott was!« Egor Semënyč seufzte. »Es ist einfach langweilig, dir zuzuhören.«

»Dann hören Sie nicht zu.«

Die Anwesenheit von Menschen, besonders von Egor Semënyč, brachte Kovrin jetzt schon auf, er antwortete ihnen trocken, kalt und sogar grob und blickte auf ihn nicht anders als spöttisch und voller Haß; und Egor Semënyč wurde verlegen und räusperte sich schuldbewußt, obgleich er sich durchaus nicht schuldig fühlte. Tanja, die nicht verstand, weshalb sich ihre herzlichen, friedlichen Beziehungen so schroff geändert hatten, schmiegte sich an den Vater und blickte ihm voller Unruhe in die Augen; sie wollte verstehen und konnte es nicht, und für sie war nur klar, daß die Beziehungen mit jedem Tag schlechter und schlechter wurden, daß der Vater in der letzten Zeit sehr gealtert, ihr Mann aber reizbar, launisch, händelsüchtig und uninteressant geworden war. Sie konnte nicht mehr lachen und singen, zu Mittag aß sie nichts, sie schlief ganze Nächte nicht, weil sie auf irgend etwas Entsetzliches wartete, und hatte sich so aufgerieben, daß sie einmal vom Mittag bis zum Abend in Ohnmacht lag. Während des Abendgottesdienstes war es ihr vorgekommen, als habe der Vater geweint, und jetzt, da sie zu dritt auf der Terrasse saßen, mußte sie sich zwingen, um nicht daran zu denken.

»Wie glücklich waren Buddha und Mohammed oder Shakespeare, daß die lieben Verwandten und die Ärzte sie nicht von der Ekstase und der Inspiration geheilt haben«, sagte Kovrin. »Wenn Mohammed für seine Nerven Bromkali genommen, nur zwei Stunden am Tag gearbeitet und Milch getrunken hätte, dann wäre von diesem bemerkenswerten Menschen ebensowenig übriggeblieben wie von seinem Hund. Die Ärzte und die lieben Verwandten werden es zu guter Letzt dahin bringen, daß die Menschheit verdummt, die Mittelmäßigkeit wird als Genie gelten, und die Zivilisation wird untergehen. Wenn ihr wüßtet«, sagte Kovrin voller Ärger, »wie dankbar ich euch bin!«

Er fühlte eine heftige Erbitterung, und um nicht zuviel zu sagen, stand er rasch auf und ging ins Haus. Es war still, und durch die offenen Fenster drang der Duft des Tabaks und der Jalape herein. In dem riesigen dunklen Saal lag auf dem Fußboden und auf dem Flügel in grünen Flecken das Mondlicht. Kovrin kamen die Exaltationen des vergangenen Sommers in Erinnerung, als es ebenso nach Jalape geduftet und der Mond durchs Fenster geschienen hatte. Um die vorjährige Stimmung zurückzurufen, ging er rasch in sein Arbeitszimmer, zündete sich eine starke Zigarre an und befahl dem Diener, Wein zu bringen. Aber von der Zigarre bekam er einen bitteren und widerwärtigen Geschmack im Mund, und der Wein schmeckte auch nicht so wie im vorigen Jahr. Was doch die Entwöhnung ausmachte! Von der Zigarre und den zwei Schluck Wein wurde ihm schwindlig, und sein Herz begann stark zu klopfen, so daß er Bromkali einnehmen mußte.

Vor dem Schlafengehen sagte Tanja zu ihm:

»Vater vergöttert dich. Du zürnst ihm aus irgendeinem Grunde, und das bringt ihn um. Sieh doch: Er altert nicht mit jedem Tag, sondern mit jeder Stunde. Ich flehe dich an, Andrjuša, um Gottes willen, um deines verstorbenen Vaters willen, um meiner Ruhe willen, sei freundlich zu ihm!«

»Ich kann nicht und will nicht.«

»Aber warum?« fragte Tanja und begann am ganzen Leibe zu zittern. »Erkläre mir, warum?«

»Darum, weil er mir unsympathisch ist, das ist alles«, sagte Kovrin geringschätzig und zuckte mit den Achseln, »aber wir wollen nicht von ihm sprechen; er ist dein Vater.«

»Ich kann und kann es nicht begreifen«, sagte Tanja, die Schläfen zusammenpressend und auf einen Punkt blickend. »In unserem Hause geht etwas Unfaßbares, etwas Entsetzliches vor. Du hast dich verändert, bist dir selbst nicht mehr ähnlich ... Du, ein kluger, ein ungewöhnlicher Mensch, gerätst wegen Nichtigkeiten in Zorn, mischst dich in Streitigkeiten ein ... Dich regen derartige Kleinigkeiten auf, daß man so manches Mal einfach staunt und es nicht glauben kann, daß du das bist! Nun, nun, sei nicht böse, sei nicht böse«, fuhr sie fort, über ihre eigenen Worte erschrocken, und küßte ihm die Hände. »Du bist klug, du bist gut und edel. Du wirst gerecht zum Vater sein. Er ist so gut!«

»Er ist nicht gut, sondern gutmütig. Operettenonkelchen von der Art deines Vaters, mit satten gutmütigen Visagen, die ungewöhnlich gastfrei und schrullenhaft sind, haben mich früher einmal gerührt und zum Lachen gebracht, in Romanen, in Operetten und im Leben, jetzt aber sind sie mir widerwärtig. Das sind Egoisten bis auf die Knochen. Am widerwärtigsten ist mir ihre Sattheit und dieser vom Magen herkommende, rein tierische Optimismus eines Stiers oder Ebers.«

Tanja setzte sich aufs Bett und legte den Kopf auf das Kissen.

»Das ist eine Folter«, sagte sie, und ihrer Stimme war anzuhören, daß sie bereits über die Maßen erschöpft war und daß ihr das Sprechen schwerfiel. »Seit dem Winter schon keine einzige ruhige Minute ... Das ist doch entsetzlich, mein Gott! Ich leide ...«

»Ja, natürlich, ich bin ein Unmensch, und du und dein Vater, ihr seid die ägyptischen Kindlein. Natürlich!«

Sein Gesicht erschien Tanja unschön und unangenehm. Haß und ein spöttischer Ausdruck paßten nicht zu ihm. Ja, und auch früher schon hatte sie bemerkt, daß in seinem Gesicht etwas fehlte, als hätte sich auch sein Gesicht verändert, seit er das Haar kurz geschoren hatte. Sie bekam Lust, ihm etwas Kränkendes zu sagen, ertappte sich aber sogleich bei dem feindseligen Gefühl, erschrak und verließ das Zimmer.

IX

Kovrin hatte einen eigenen Lehrstuhl erhalten. Die Antrittsvorlesung war auf den zweiten Dezember anberaumt, und im Korridor der Universität war eine diesbezügliche Ankündigung ausgehängt worden. Aber am festgesetzten Tag benachrichtigte er den Universitätsinspektor mit einem Telegramm, daß er die Vorlesung wegen Erkrankung nicht halten werde.

Er hatte einen Blutsturz. Blut spuckte er ständig, aber etwa zweimal im Monat geschah es, daß es reichlich floß, und dann wurde er außerordentlich schwach und verfiel in einen Dämmerzustand. Diese Krankheit schreckte ihn nicht besonders, denn ihm war bekannt, daß seine verstorbene Mutter mit einem solchen Leiden zehn Jahre und sogar länger gelebt hatte; auch die Ärzte versicherten, daß es nicht gefährlich sei, und rieten ihm nur, sich nicht aufzuregen, ein geregeltes Leben zu führen und weniger zu sprechen.

Im Januar konnte die Vorlesung aus demselben Grund wieder nicht stattfinden, und im Februar war es bereits zu spät, einen Kursus anzufangen. Er mußte auf das nächste Lehrjahr verlegt werden.

Er lebte nicht mehr mit Tanja zusammen, sondern mit einer anderen Frau, die zwei Jahre älter war als er und ihn wie ein Kind pflegte. Seine Stimmung war friedfertig und ergeben: er ordnete sich gern unter, und als Varvara Nikolaevna – so hieß seine Freundin – sich anschickte, ihn auf die Krim zu bringen, war er einverstanden, obgleich er vorausahnte, daß bei dieser Reise nichts Gutes herauskommen würde.

Sie kamen abends in Sevastopol an und stiegen in einem Gasthof ab, um auszuruhen und am nächsten Tag nach Jalta zu fahren. Beide waren von der Reise ermüdet. Varvara Nikolaevna hatte Tee getrunken, sich niedergelegt und war bald eingeschlafen. Aber Kovrin legte sich nicht hin. Noch zu Hause, eine Stunde vor der Abfahrt zum Bahnhof, hatte er einen Brief von Tanja erhalten und sich nicht entschließen können, ihn zu öffnen, und jetzt lag er in seiner Seitentasche, und der Gedanke daran regte ihn in unangenehmer Weise auf. In der Tiefe seines Herzens glaubte er jetzt aufrichtig, daß seine Ehe mit Tanja ein Irrtum gewesen war, er war zufrieden, daß er sich endgültig von ihr getrennt hatte, und die Erinnerung an diese Frau, die sich zu guter Letzt in einen zum Skelett abgemagerten lebenden Leichnam verwandelt hatte und an der, wie es schien, alles schon gestorben war außer den großen, unverwandt und wachsam blikkenden klugen Augen, die Erinnerung an sie erweckte in ihm jetzt einzig Mitleid und Verdruß über sich selbst. Die Handschrift auf dem Umschlag erinnerte ihn daran, wie ungerecht und grausam er vor etwa zwei Jahren gewesen war, wie er seine seelische Leere, sein Mißbehagen, seine Einsamkeit und Unzufriedenheit mit dem Leben an völlig unschuldigen Menschen ausgelassen hatte. Dabei dachte er auch daran, wie er einmal seine Dissertation und sämtliche während seiner Krankheit geschriebenen Aufsätze in kleine Fetzen gerissen und zum Fenster hinausgeworfen hatte und wie die Fetzen, im Wind fliegend, an den Bäumen und Blumen hängengeblieben waren; in jeder Zeile hatte er merkwürdige, jeder Grundlage entbehrende Ansprüche gesehen, ein leichtsinniges Selbstvertrauen, Vermessenheit, Größenwahn, und das hatte auf ihn einen Eindruck gemacht, als läse er die Beschreibung seiner Fehler; als jedoch das letzte Heft zerrissen und zum Fenster hinausgeflogen war, da ärgerte er sich plötzlich, und mit einem Gefühl der Bitterkeit war er zu seiner Frau gegangen und hatte ihr viele unangenehme Dinge gesagt. Mein Gott, wie hatte er sie gequält! Einmal hatte er, weil er ihr weh tun wollte, zu ihr gesagt, ihr Vater habe bei ihrer Liebesgeschichte eine wenig gewinnende Rolle gespielt, da er ihn gebeten habe, sie zu heiraten; Egor Semënyč hatte dies zufällig mit angehört, kam ins Zimmer gelaufen und konnte vor Verzweiflung kein einziges Wort aussprechen; er trat nur auf einem Fleck hin und her und gab sonderbare unartikulierte Laute von sich, als gehorche ihm die Zunge nicht, während Tanja beim Anblick des Vaters mit einem herzzerreißenden Aufschrei in Ohnmacht gefallen war. Es war gräßlich gewesen.

Das alles erstand neu in seinem Gedächtnis beim Anblick der bekannten Handschrift. Kovrin ging hinaus auf den Balkon; das Wetter war ruhig und warm, und es roch nach dem Meer. Die herrliche Bucht spiegelte den Mond und die Lichter und hatte eine Farbe, der man schwer einen Namen geben konnte. Es war eine zarte und sanfte Verbindung von Blau und Grün; stellenweise ähnelte die Farbe des Wassers dem blauen Kupfervitriol, an anderen Stellen wieder schien sich das Mondlicht verdichtet zu haben und anstatt des Wassers die Bucht anzufüllen, und alles in allem, welch eine Harmonie der Farben, welch eine friedliche, ruhige und erhabene Stimmung!

Im unteren Stockwerk, unterhalb des Balkons, standen wahrscheinlich die Fenster offen, denn man hörte deutlich zwei weibliche Stimmen und Lachen. Offenbar fand dort eine kleine Abendgesellschaft statt.

Kovrin überwand sich mit einiger Anstrengung, öffnete den Brief und las, in sein Zimmer zurückkehrend:

›Soeben ist mein Vater gestorben. Das verdanke ich Dir, denn Du hast ihn getötet. Unser Garten geht zugrunde, in ihm wirtschaften bereits Fremde, das heißt, es geschieht genau das, was der arme Vater so gefürchtet hat. Dies verdanke ich ebenfalls Dir. Ich hasse Dich von ganzem Herzen und wünsche, daß Du recht bald zugrunde gehst. Oh, wie ich leide! In meiner Seele brennt ein unerträglicher Schmerz ... Du sollst verflucht sein! Ich habe Dich für einen ungewöhnlichen Menschen gehalten, für ein Genie, ich hatte Dich liebgewonnen, doch Du warst ein Wahnsinniger ...‹

Kovrin konnte nicht weiterlesen, er zerriß den Brief und warf ihn fort. Eine der Angst ähnliche Unruhe bemächtigte sich seiner. Hinter dem Wandschirm schlief Varvara Nikolaevna, und man konnte hören, wie sie atmete; aus dem unteren Stockwerk tönten weibliche Stimmen und Lachen herauf, aber er hatte ein Gefühl, als wäre in dem ganzen Gasthof außer ihm keine einzige lebende Seele. Weil die unglückliche, vor Gram vergehende Tanja ihn in ihrem Brief verfluchte und ihm seinen Untergang wünschte, war ihm unheimlich geworden, und er blickte flüchtig auf die Tür, als fürchte er, jene unbekannte Macht, die in kaum zwei Jahren soviel Zerstörung in sein Leben und in das Leben ihm nahestehender Menschen hineingetragen hatte, könnte in das Zimmer treten und wieder über ihn verfügen.

Wenn die Nerven durchgingen, das wußte er schon aus Erfahrung, war das beste Mittel dagegen die Arbeit. Er mußte sich an den Tisch setzen und sich, koste es, was es wolle, mit aller Gewalt auf irgendeinen Gedanken konzentrieren. Er holte aus seinem roten Portefeuille ein Heft hervor, in dem der Konspekt einer wenig umfangreichen kompilatorischen Arbeit entworfen war, die er sich für den Fall ausgedacht hatte, daß er sich auf der Krim langweilen würde. Er setzte sich an den Tisch und beschäftigte sich mit diesem Konspekt, und es schien ihm, seine friedfertige, ergebene, gleichmütige Stimmung kehre zurück. Das Heft mit dem Konspekt brachte ihn sogar zu einer Betrachtung über die Eitelkeit der Welt. Er dachte daran, wieviel das Leben für jene geringen oder überaus gewöhnlichen Güter nimmt, die es den Menschen geben kann. Zum Beispiel, um mit vierzig Jahren einen Lehrstuhl zu erhalten, um ein gewöhnlicher Professor zu sein, in einer müden, langweiligen und schwerfälligen Sprache gewöhnliche und noch dazu fremde Gedanken darzulegen, mit einem Wort, um die Stellung eines durchschnittlichen Gelehrten zu erlangen, hatte er, Kovrin, fünfzehn Jahre studieren, Tage und Nächte hindurch arbeiten, eine schwere psychische Krankheit durchmachen, eine mißglückte Ehe erleben und eine Menge aller möglichen Dummheiten und Ungerechtigkeiten begehen müssen, an die man besser gar nicht dachte. Kovrin erkannte jetzt klar, daß er ein Durchschnittsmensch war, und er fand sich gern damit ab, weil nach seiner Meinung jeder zufrieden sein sollte mit dem, was er war. Der Konspekt hatte ihn so gut wie ganz beruhigt, aber der zerrissene Brief schimmerte weiß auf dem Fußboden und hinderte ihn, sich zu konzentrieren. Er stand vom Tisch auf, suchte die Stücke des Briefes zusammen und warf sie aus dem Fenster, doch es wehte ein leichter Wind vom Meer, und die Papierfetzen verstreuten sich auf dem Fensterbrett. Wieder bemächtigte sich seiner eine Unruhe, ja fast Angst, und es kam ihm so vor, als wäre in dem ganzen Gasthof außer ihm keine einzige Menschenseele ... Er ging hinaus auf den Balkon. Die Bucht schaute, als wäre sie lebendig, mit zahllosen hell- und dunkelblauen, türkisfarbenen und feurigen Augen auf ihn und lockte ihn zu sich. Es war tatsächlich heiß und schwül, und es konnte nicht schaden, ein Bad zu nehmen.

Plötzlich begann im unteren Stockwerk, unterhalb des Balkons, eine Geige zu spielen, und zwei zarte weibliche Stimmen fingen an zu singen. Es war etwas Bekanntes. In der Romanze, die unten gesungen wurde, war die Rede von einem jungen Mädchen mit einer krankhaften Phantasie, das nachts im Garten geheimnisvolle Klänge hörte und zu der Überzeugung gelangte, dies sei eine heilige und für Sterbliche unbegreifliche Harmonie ... Kovrin stockte der Atem, sein Herz zog sich vor Traurigkeit zusammen, und eine wundersame, süße Freude, die er schon längst vergessen hatte, zitterte in seiner Brust.

Eine hohe schwarze Säule, einem Wirbel oder einer Windhose ähnlich, zeigte sich am jenseitigen Ufer der Bucht. Sie bewegte sich mit furchtbarer Geschwindigkeit über die Bucht auf den Gasthof zu, wurde immer kleiner und dunkler, und Kovrin hatte kaum Zeit, beiseite zu treten, um ihr den Weg freizugeben ... Der Mönch, mit unbedecktem grauem Haupt und schwarzen Augenbrauen, barfuß, mit auf der Brust gekreuzten Armen, raste heran und blieb mitten im Zimmer stehen.

»Warum hast du mir nicht geglaubt?« fragte er vorwurfsvoll und blickte Kovrin freundlich an. »Wenn du mir damals geglaubt hättest, daß du ein Genie bist, dann hättest du diese zwei Jahre nicht so traurig und armselig verbracht.«

Kovrin glaubte schon wieder, daß er ein Auserwählter Gottes und ein Genie sei, er rief sich rasch alle seine früheren Gespräche mit dem schwarzen Mönch ins Gedächtnis zurück und wollte sprechen, aber aus seiner Kehle floß Blut unmittelbar auf die Brust, er wußte nicht, was er tun sollte, und fuhr sich mit den Händen über die Brust, und die Manschetten wurden naß vom Blut. Er wollte Varvara Nikolaevna rufen, die hinter dem Wandschirm schlief, strengte sich an und sagte:

»Tanja!«

Er fiel zu Boden, und sich auf den Händen erhebend, rief er wieder:

»Tanja!«

Er rief Tanja, er rief den großen Garten mit den prachtvollen, vom Tau benetzten Blumen, rief den Park, die Kiefern mit den zottigen Wurzeln, das Roggenfeld, seine wunderbare Wissenschaft, seine Jugend, Kühnheit, Freude, rief das Leben, das so herrlich war. Er sah auf dem Boden neben seinem Gesicht eine große Blutlache und konnte vor Schwäche kein einziges Wort mehr herausbringen, aber ein unaussprechliches, grenzenloses Glück erfüllte sein ganzes Wesen. Unterhalb des Balkons wurde eine Serenade gespielt, und der schwarze Mönch flüsterte ihm zu, er sei ein Genie und er sterbe nur deshalb, weil sein schwacher menschlicher Körper bereits das Gleichgewicht verloren habe und nicht mehr als Hülle für ein Genie dienen könne.

Als Varvara Nikolaevna erwachte und hinter dem Wandschirm hervorkam, war Kovrin schon tot, und ein seliges Lächeln war auf seinem Gesicht erstarrt.

Tania Blixen

Die Geschichte eines Schiffsjungen

Die Bark ›Charlotte‹ segelte nach drei Tagen heftigen Sturmes bei diesigem Wetter in schwerer Dünung ihren Kurs von Marseille nach Athen. Ein kleiner Schiffsjunge namens Simon stand auf dem nassen, schwankenden Deck, an eine Wante festgeklammert, und schaute empor ins treibende Gewölk und zur Bramsegelrahe des Hauptmastes.

Da oben hatte ein Vogel, der auf dem Mast Zuflucht gesucht hatte, sich am Fall in einem Taljenbändsel verheddert und versuchte, sich freizustrampeln. Der Junge auf dem Deck konnte ihn mit den Flügeln schlagen und den Kopf hierhin und dorthin wenden sehen.

Aus seiner eigenen Lebenserfahrung hatte er die Überzeugung gewonnen, daß in dieser Welt jeder für sich selber sorgen muß und keine Hilfe von anderen zu erwarten hat, aber der stumme, verbissene Kampf fesselte ihn doch, mehr als eine Stunde. Er hätte gerne gewußt, was für eine Art Vogel es war. Während der stürmischen Tage waren verschiedene Vögel gekommen, in der Takelage der Bark auszurasten: Schwalben, Wachteln und ein Pärchen Wanderfalken. Er meinte, dies müßte ein Wanderfalke sein. Ihm fiel ein, wie er vor vielen Jahren in seiner Heimat, unweit von seinem Elternhause, einen Wanderfalken ganz aus der Nähe gesehen hatte. Er saß auf einem Stein und flog senkrecht von ihm auf. Vielleicht war das derselbe Vogel. Er dachte: Dem Vogel geht's wie mir. Damals war er dort, und jetzt ist er hier.

Bei dieser Überlegung erwachte in ihm ein Gefühl von Kameradschaft, wie von gemeinsamer Not. Er stand und schaute den Vogel an, und das Herz pochte ihm bis in die Kehle. Von den Matrosen war niemand da, ihn auszulachen, und er fing an zu überlegen, wie er an den Wanten hochkommen könnte, um dem Vogel herauszuhelfen. Er strich sich die Haare zurück und krempelte die Ärmel hoch, warf einen letzten Blick übers Deck und kletterte hinauf. Er mußte ein paarmal innehalten in der schwankenden Takelage.

Als er am Top des Mastes ankam, sah er, daß es wirklich ein Wanderfalke war. Als sein Kopf auf gleicher Höhe mit ihm war, gab der Vogel das Strampeln auf und blickte ihn mit einem Paar wütender gelber Augen an, in denen die Verzweiflung saß. Er mußte ihn mit einer Hand festhalten, während er sein Messer herausholte und das Bändsel abschnitt. Ihm gruselte, als er hinunterschaute, aber zugleich schwellte ihn der Gedanke, daß ihn niemand geheißen hatte heraufzuklettern, daß es durchaus sein eigenes Abenteuer war, und das gab ihm ein stolzes, sicheres Gefühl, als wäre das Meer und der Himmel, das Schiff, der Vogel und er selber alles eins. Als er den Falken oben befreit hatte, hackte ihn der Vogel in den Daumen, so daß Blut herausrann und er ihn beinahe hätte fahren lassen. Er wurde böse und versetzte dem Tier einen Klaps auf den Kopf, dann steckte er ihn in seine Jacke und kletterte wieder hinunter.

Als er an Deck kam, standen der Maat und der Koch da, guckten hinauf und brüllten ihm zu: Was er auf dem Mast zu suchen gehabt hätte. Er war so erschöpft, daß er Tränen in den Augen hatte. Er holte den Falken heraus und zeigte ihn ihnen. Das Tier hielt jetzt ganz still in seiner Hand. Sie lachten und gingen davon. Simon setzte den Falken ab, trat zurück und beobachtete ihn; nach einer Weile kam ihm in den Sinn, daß der Vogel vielleicht vom schlüpfrigen Deck nicht aufsteigen konnte. Er fing ihn wieder ein und setzte ihn auf ein Stück Segeltuch. Nach kurzer Zeit fing der Vogel an, sein Gefieder zu putzen, machte zwei- oder dreimal einen scharfen Ruck vorwärts und flog dann plötzlich davon. Der Junge konnte den Flug ein Stück weit über die Wogentäler des grauen Meeres verfolgen; er dachte sich: Da fliegt er, mein Falke.

Als die ›Charlotte‹ heimkam, ließ sich Simon auf einem anderen Schiff anheuern, und drei Jahre später war er Leichtmatrose auf dem Schoner ›Dagrun‹, der vor Bodö hoch oben an der norwegischen Küste lag, um Heringe einzukaufen.

Zu den großen Heringsmärkten von Bodö kamen Schiffe von allen Enden der Welt, da gab's schwedische, finnische und russische Boote, einen Wald von Masten und an Land ein wildes, zügelloses Treiben, ein Gewirr von Sprachen und mächtige Raufereien. Am Ufer waren Buden aufgestellt, und die Lappen, kleine, gelbhäutige Leute, geräuschlos in ihren Bewegungen, mit wachsamen Augen, wie Simon sie noch nie gesehen hatte, waren gekommen, ihre perlenbestickten Lederwaren zu verkaufen. Es war April, Himmel und Meer leuchteten so hell, daß es beschwerlich war, die Augen offenzuhalten. Salzgeruch war in der Luft, unendliche Weite und ein Vogelgekreisch ringsum in der Höhe, als würden unsichtbare Messer gewetzt.

Simon mußte staunen über die Lichtfülle dieser Aprilabende. Er verstand nichts von Geographie, er erklärte sich die Helligkeit nicht mit der hohen nördlichen Breite, sondern er nahm sie als Zeichen unverhüllter Güte im All, als reine Gunst. Simon war immer klein für sein Alter gewesen, aber in diesem Winter war er aufgeschossen und starkgliedrig geworden. Dieser Gewinn, meinte er, mußte aus der gleichen Quelle sprießen wie die Lauheit des Wetters, aus einer neuen Wohlgesonnenheit in der Welt. Er hatte einer solchen Ermunterung bedurft, denn er war schüchtern von Natur. Jetzt aber fragte er nach nichts mehr. Was nun noch fehlen mochte, wollte er sich schon besorgen. Er schritt gemessen und stolz einher.

Eines Abends hatte er Landurlaub und schlenderte am Strande der Bude eines kleinen russischen Trödlers zu, eines Juden, der goldene Uhren verkaufte. Die Seeleute wußten alle, daß die Uhren aus schlechtem Metall gemacht waren und nicht ordentlich gingen, aber sie kauften sie doch und paradierten damit herum. Simon schaute sich die Uhren lange Zeit an, kaufte aber keine. Der Alte hatte allerhand Waren in seinem Laden, unter anderem auch eine Kiste Orangen. Simon hatte auf seinen Fahrten schon Orangen gekostet, er kaufte eine und steckte sie zu sich. Er dachte auf einen Berg hinaufzusteigen, von dem man aufs Meer schauen konnte, und sie da auszuschlürfen.

Als er seines Weges ging und den Rand der Ortschaft erreicht hatte, sah er ein kleines Mädchen in blauem Kleid hinter einem Zaune stehen und ihn anschauen. Sie mochte dreizehn oder vierzehn Jahre alt sein, schlank wie ein Aal, aber mit einem runden, hellen, sommersprossigen Gesicht und ein paar langen Zöpfen. Die beiden sahen einander an.

»Nach wem schaust du denn aus?« sagte Simon, um irgendwas zu sagen. Das Gesicht des Mädchens verzog sich zu einem kecken, hochfahrenden Lächeln.

»Nach dem Mann, den ich heiraten werde, natürlich.«

Etwas in ihrer Miene machte den Burschen zuversichtlich und froh. Er lachte sie an. »Vielleicht werd ich es sein«, sagte er.

»Ho, ho«, sagte das Mädchen, »der wird wohl ein paar Jährchen älter sein als du, das kann ich dir sagen.«

»Warum«, sagte Simon, »du bist ja selber noch nicht erwachsen.«

Das Mädchen schüttelte wichtig den Kopf. »Nein«, sagte sie, »aber wenn ich groß bin, dann werde ich unglaublich schön und trage braune Schuhe mit Absätzen und einen Hut.«

»Magst du eine Orange?« fragte Simon, der ihr nichts von dem geben konnte, was sie da alles aufgezählt hatte.

Sie schaute auf die Orange und auf ihn.

»Die sind schön zu essen«, sagte er.

»Warum ißt du sie dann nicht selber?« fragte sie.

»Ich habe schon viele gegessen«, sagte er. »Als ich in Athen war. Hier hab ich eine Mark dafür zahlen müssen.«

»Wie heißt du?« fragte sie.

»Ich heiße Simon«, sagte er. »Wie heißt du?«

»Nora«, sagte das Mädchen, »und was willst du für deine Orange, Simon?«

Als er seinen Namen aus ihrem Munde hörte, wurde er kühn.

»Willst du mir einen Kuß für die Orange geben?« fragte er.

Nora sah ihn eine Weile ernsthaft an. »Ja«, sagte sie, »ich kann dir gern einen Kuß geben.«

Ihm wurde so warm, als wäre er schnell gerannt. Als sie nach der Orange langte, griff er nach ihrer Hand. In diesem Augenblick rief jemand aus dem Hause nach ihr.

»Das ist mein Vater«, sagte sie und versuchte, ihm die Orange zurückzugeben, aber er wollte sie nicht nehmen. »Dann komm morgen wieder«, sagte sie rasch, »dann will ich dir einen Kuß geben.« Dann schlüpfte sie davon. Er stand und sah ihr nach, und bald darauf ging er zu seinem Schiff zurück.

Simon hatte nicht die Gewohnheit, Pläne für die Zukunft zu machen, so wußte er auch jetzt nicht, ob er noch mal zu ihr zurückkäme oder nicht.

Am nächsten Abend mußte er an Bord bleiben, weil die anderen Matrosen an Land gingen, aber das machte ihm weiter nichts aus. Er wollte sich an Deck setzen, mit dem Schiffshund Balthasar, und auf einem Schifferklavier üben, das er sich vor einiger Zeit gekauft hatte. Der bleiche Abend hüllte ihn ein, der Himmel war leicht gerötet, die See war ganz still wie Milch und Wasser, nur im Kielwasser der Boote, die an Land gingen, zerteilte sie ein Streifen von leuchtendem Indigo. Simon setzte sich und spielte. Nach einer Weile sprach ihn seine Musik so heftig an, daß er innehielt, aufstand und emporschaute. Da sah er, daß der volle Mond hoch am Himmel stand.

Der Himmel war so licht, daß er des Monds kaum bedurft hätte, es war, als schwebe er da aus eigener Lust und Laune, so rund, so keusch und hochgemut. Und da wußte Simon, daß er an Land gehen mußte, was es auch kosten möge. Aber er wußte nicht, wie er wegkommen sollte, da die anderen das Beiboot mitgenommen hatten. Er stand lange an Deck, das sprechende Bildnis des verlassenen kleinen Schiffsjungen auf seinem Schiff. Da gewahrte er eine Jolle, die von einem Schiff weiter draußen herkam, und rief sie an. Es war die russische Mannschaft von einem Schiff namens ›Anna‹, die an Land ging. Als er sich ihnen verständlich machen konnte, nahmen sie ihn mit; sie verlangten erst Geld von ihm für die Überfahrt, dann gaben sie es ihm lachend wieder zurück. Er dachte, diese Kerle werden meinen, ich will in die Stadt zum Huren, und merkte dann mit einigem Stolz, daß sie ja recht hatten, zur gleichen Zeit aber hatten sie unrecht und keine Ahnung.

Als sie an Land kamen, luden sie ihn ein, mit ihnen einzukehren und zu trinken, und er wollte es nicht ablehnen, weil sie sich hilfreich gezeigt hatten. Einer von den Russen war ein Riese, so groß wie ein Bär, der erzählte Simon, er heiße Iwan. Er wurde schnell betrunken und fiel über den Buben her in bärischer Zärtlichkeit, streichelte ihn mit seiner Pranke, lächelte und grinste ihm ins Gesicht, schenkte ihm eine goldene Uhrkette und küßte ihn auf beide Backen. Dabei fiel Simon ein, daß er Nora auch ein Geschenk geben mußte, wenn sie sich wiedersahen, und sowie er von dem Russen loskommen konnte, machte er sich auf zu einem Laden, den er kannte, und kaufte ein kleines blaues Seidentüchlein von der gleichen Farbe wie ihre Augen.

Es war Samstagabend, und viele Leute waren unterwegs auf den Gassen, sie kamen in langen Reihen, viele singend, und alle versprachen sich auf die Nacht eine Lustbarkeit. Simon, inmitten dieses bunten, grölenden Getriebes im hellen Mondesglanz, fühlte seinen Kopf leicht von der geglückten Flucht und von den scharfen Getränken; er knautschte das Tüchlein in der Tasche, es war von Seide, und die hatte er noch nie zuvor berührt, ein Geschenk für sein Mädchen.

Er konnte sich auf den Pfad zu Noras Haus nicht besinnen, verlor seinen Weg und ging nochmals zurück, bis wo er ausgegangen war. Dann bekam er Angst, daß er sich verspäten könnte, und fing an zu rennen. In einer engen Gasse, zwischen zwei Holzhütten, lief er geradewegs in einen großen Kerl hinein und merkte, daß es wieder Iwan war. Der Russe schlang seine Arme um ihn und hielt ihn fest. »Gut, gut«, rief er voll Wonne, »ich habe dich wiedergefunden, mein Hähnchen! Überall habe ich nach dir gesucht, und der arme Iwan hat geweint, weil er seinen Freund verloren hatte.«

»Laß mich los, Iwan!« rief Simon.

»Oho«, sagte Iwan, »ich gehe mit dir und kauf dir alles, was du willst. Mein Herz und mein Geld gehört alles dir, ich bin auch mal siebzehn gewesen, ein kleines Gotteslamm, und ich will wieder so sein heute nacht.«

»Laß mich los«, rief Simon, »ich habe Eile.«

Iwan hielt ihn fest, daß es weh tat, und tätschelte ihn mit der anderen Hand. »Na schau mal, na schau mal«, sagte er, »nun komm schon her, mein Kleiner, nichts soll uns trennen, dich und mich. Ich höre die anderen kommen, wir wollen eine Nacht miteinander haben, an die denkst du noch als Großpapa.«

Plötzlich preßte er den Jungen an sich wie ein Bär, der ein Schaf davonträgt. Das widerliche Gefühl der männlichen Lebenswärme und das Gesicht von dem Kerl so dicht an ihm machte den Jungen wütend. Er dachte an Nora, die ihn erwartete, ein schmales Boot in der dämmrigen Luft, und er in der heißen Umarmung eines haarigen Tieres. Er versetzte Iwan mit aller Wucht einen Schlag.

»Ich bringe dich um, Iwan«, schrie er, »wenn du mich nicht losläßt!«

»Oh, du wirst mir noch Dank sagen«, sagte Iwan und fing zu singen an. Simon tastete in der Tasche nach seinem Messer und klappte die Klinge auf. Er konnte mit der Hand nicht ausholen, aber er zwängte das Messer mit wilder Anstrengung dem dicken Mann unter dem Arm in den Leib. Fast im gleichen Augenblick fühlte er das Blut herausquellen und ihm warm in den Ärmel laufen.

Iwan hielt mit Singen inne, der Griff um den Jungen erschlaffte, er keuchte zweimal lange tief auf, gleich darauf taumelte er auf die Knie. »Armer Iwan, armer Iwan«, stöhnte er. Er stürzte vornüber auf's Gesicht.

In diesem Augenblick hörte Simon die anderen Matrosen singend aus der Nebenstraße herankommen.

Er blieb einen Augenblick stehen, wischte sein Messer ab und schaute, wie das Blut unter dem großen Körper hervor in einer dunklen Lache sich ausbreitete; dann rannte er davon. Als er einen Augenblick anhielt, um den Weg zu wählen, hörte er die Matrosen hinter sich bei ihrem toten Kameraden aufschreien. Er dachte: Ich muß hinunter ans Meer, wo ich mir die Hand abwaschen kann. Aber gleichzeitig rannte er in der entgegengesetzten Richtung fort. Nach einer kleinen Weile merkte er, daß er den Pfad entlanglief, den er tags zuvor gegangen war, und er erschien ihm so vertraut, als wäre er ihn schon viele hundertmal im Leben gegangen.

Er verlangsamte den Schritt, um sich umzuschauen, und sah plötzlich Nora hinterm Zaune stehen. Sie war dicht vor ihm, als er ihrer im Mondschein ansichtig wurde. Zitternd und außer Atem sank er auf die Knie, einen Augenblick lang konnte er nicht sprechen.

Das Mädchen blickte auf ihn herunter. »Guten Abend, Simon«, sagte sie mit ihrer spröden Stimme. »Ich habe lange auf dich gewartet.« Nach einer Weile fügte sie hinzu: »Ich habe deine Orange gegessen.«

»Ach, Nora«, rief der Junge, »ich habe einen Menschen getötet.«

Sie starrte ihn an, rührte sich aber nicht. »Warum hast du einen Menschen getötet?« fragte sie dann.

»Um herzukommen«, sagte Simon. »Er wollte mich festhalten, aber er war mein Freund.« Er raffte sich langsam auf. »Er hat mich liebgehabt«, rief er und brach in Tränen aus.

»So«, sagte sie langsam und nachdenklich. »So, weil du rechtzeitig hier sein mußtest?«

»Kannst du mich verstecken?« fragte er. »Sie sind hinter mir her.«

»Nein«, sagte Nora, »ich kann dich nicht verstecken. Mein Vater ist Pfarrer hier in Bodö, er würde dich ihnen herausgeben, wenn er erführe, daß du einen Mann getötet hast.«

»Dann gib mir«, sagte Simon, »etwas, womit ich meine Hand abwischen kann.«

»Was ist mit deiner Hand?« fragte sie und tat einen kleinen Schritt vorwärts.

Er streckte ihr seine Hand hin.

»Ist das dein Blut?« fragte sie.

»Nein«, sagte er, »seins.«

Sie trat wieder von ihm zurück.

»Haßt du mich?« fragte er.

»Nein, ich hasse dich nicht«, sagte sie. »Aber tu deine Hände auf den Rücken.«

Er tat es, und sie kam auf der andern Seite des Zaunes dicht an ihn heran und schlang ihre Arme um seinen Hals. Sie drückte ihren jungen Leib an ihn und küßte ihn zärtlich. Er spürte ihr Gesicht, kühl wie das Mondlicht, an seinem, und als sie ihn losließ, war ihm schwindlig im Kopfe, und er wußte nicht, ob der Kuß eine Sekunde gedauert hatte oder eine Stunde.

Nora richtete sich auf, die Augen weit offen. »Und nun«, sagte sie langsam und stolz, »schwöre ich, daß ich niemals einen heirate, solange ich lebe.«

Der Junge blieb vor ihr stehen, die Hände auf dem Rücken, als hätte sie sie dort festgebunden.

»Nun«, sagte sie, »mußt du laufen, sonst kommen sie.«

Sie sahen sich an.

»Vergiß Nora nicht«, sagte sie. Er wandte sich und rannte davon.

Er sprang über einen Zaun; und als er hinunterkam, wo die Häuser anfingen, verlangsamte er den Schritt. Er wußte nicht, wohin er gehen sollte. Als er an ein Haus kam, aus dem Musik und Lärm herausschollen, trat er zögernd durch die Türe. Der Raum war voll von tanzenden Menschen. Eine Lampe hing von der Decke herab und warf ihren Schein auf sie. Die Luft war dick und braun vom Staub, der vom Boden aufstieg. Es waren einige Frauen da, aber viele von den Männern tanzten miteinander und stampften mit ernsten oder lachenden Mienen den Boden. Gleich nachdem Simon eingetreten war, wich die Menge an die Wände zurück, um den Platz freizumachen für zwei Seeleute, die einen Tanz aus ihrer Heimat zeigen wollten.

Simon dachte: Jetzt werden gleich die Männer vom Boot herüberkommen, um den Mörder ihres Kameraden zu suchen, und an meinen Händen werden sie sehen, daß ich es getan habe.

Die fünf Minuten, die er an der Wand des Tanzraumes mitten unter den lustigen, verschwitzten Tänzern stand, waren für den Jungen von großer Bedeutung. Für ihn selbst war es so, als ob er während der Zeit wüchse und würde wie einer von den anderen. Er hatte keinen Wunsch an das Schicksal und auch keine Klage. Da stand er, er hatte einen Mann getötet und hatte ein Mädchen geküßt, er verlangte nicht mehr vom Leben, und auch das Leben verlangte nun nicht mehr von ihm. Er war Simon, ein Mann wie die anderen, und mußte sterben, wie alle Männer sterben mußten.

Er wurde erst gewahr, was um ihn vorging, als er sah, wie eine Frau, die hereingekommen war, mitten auf dem freigewordenen Platz stand und um sich schaute. Es war eine untersetzte, breite Frau in der Kleidung der Lappen, und sie bezog ihren Posten mit einer Hoheit und Gewaltsamkeit, als ob das ganze Lokal ihr gehörte. Offenbar kannten die meisten Leute sie und hatten Angst vor ihr, obgleich einige lachten. Das Gesumm des Tanzraumes verstummte, als sie zu reden anfing.

»Wo ist mein Sohn?« fragte sie mit einer Stimme, hoch und schrill wie eines Vogels Stimme.

Im nächsten Augenblick fiel ihr Auge auf Simon, und sie steuerte auf die Menge zu, die sich vor ihr öffnete, streckte ihre alte, dunkle, runzlige Hand aus und packte ihn am Ellenbogen. »Komm nach Haus mit mir«, sagte sie. »Du brauchst heute nicht hier zu tanzen. Du wirst vielleicht bald höher oben tanzen müssen.«

Simon wich zurück, er dachte, sie sei betrunken. Aber als sie ihm gerade ins Gesicht schaute mit ihren gelben Augen, da kam es ihm vor, als hätte er sie schon einmal gesehen und als möge es vielleicht gut sein, auf sie zu hören.

Die alte Frau zog ihn mit sich über den Tanzboden, und er folgte ihr wortlos.

»Hau deinen Jungen nicht zu arg, Sunniva«, rief einer der Männer im Saal ihr zu. »Er hat nichts Unrechtes getan, er wollte nur beim Tanzen zugucken.«

In dem Augenblick, als sie durch die Tür hinaustraten, war ein Lärmen auf der Straße, ein Haufen Leute kam gerannt, und einer davon, der sich ins Haus wandte, stieß gegen Simon, er schaute ihn und die Alte an und rannte weiter.

Als die zwei die Straße entlanggingen, hob die Alte ihren Rock hoch und gab einen Zipfel davon dem Jungen in die Hand ... »Wisch deine Hand an meinem Rock ab«, sagte sie. Sie waren nicht weit gegangen, da kamen sie zu einem kleinen Holzhaus und blieben stehen; die Tür war so niedrig, daß sie sich bücken mußten, um durchzukommen. Als das Lappenweib vor Simon hineinging, immer noch ihn am Arm haltend, blickte er einen Augenblick in die Höhe. Die Nacht war nebelig geworden, ein großer Ring hing um den Mond.

Das Zimmer der Alten war eng und dunkel, es hatte nur ein Fenster, am Boden stand eine Lampe und erleuchtete es düster. Es war ganz angefüllt mit Rentierhäuten und Wolfspelzen und mit Rentierhörnern, wie sie die Lappen zu ihren geschnitzten Knöpfen und Messergriffen benutzen. Die Luft war eklig und stickig.

Kaum daß sie drin waren, drehte die Frau sich zu Simon um, griff nach seinem Kopf und zerteilte mit krummen Fingern seine Haare und kämmte sie nach Lappenart herunter, stülpte eine Lappenkappe darauf und trat zurück, um ihn zu betrachten. »Setz dich auf meinen Hocker«, sagte sie, »aber erst hol dein Messer heraus.«

Sie hatte etwas so Befehlendes in Stimme und Gehaben, daß der Junge nicht anders konnte als gehorchen. Er setzte sich auf den Stuhl und konnte die Augen nicht von dem Gesicht wenden, das flach und braun war und wie mit Schmutz verschmiert vor lauter feinen Fältchen. Als er da hockte, hörte er viele Leute draußen kommen und am Hause stehenbleiben, und dann klopfte jemand an die Tür, wartete einen Augenblick und klopfte wieder.

Die alte Frau stand und horchte, still wie eine Maus.

»Nein«, sagte der Junge und erhob sich, »das geht nicht, die suchen nach mir. Es wird besser für dich sein, wenn du mich zu ihnen rausgehen läßt.«

»Gib dein Messer«, sagte sie. Als er es ihr reichte, stach sie es sich mitten in den Daumen, daß das Blut herausspritzte, sie ließ es voll über ihren Rock laufen. »Kommt nur herein!« rief sie dann.

Die Tür öffnete sich; zwei von den russischen Seeleuten traten ein und blieben in der Öffnung stehen; draußen waren noch mehr Leute. »Ist hier jemand hereingekommen?« fragten sie. »Wir sind hinter einem Mann her, der unseren Maat erstochen hat. Er ist uns entwischt. Hast du hier irgendwo jemanden gesehen?«

Die alte Lappin drehte sich zu ihnen um, und ihre Augen schimmerten wie Gold im Schein der Lampe. »Ob ich was gesehen oder gehört habe?« rief sie. »Euch habe ich Mord schreien hören in der ganzen Stadt. Ihr habt mich so erschreckt mit meinem armen blöden Jungen da, daß ich mich in den Daumen geschnitten habe beim Ledereinsäumen, und der Junge ist ganz verdattert und hilft mir nicht, und der ganze Lederstreifen ist verdorben. Ihr sollt mir dafür zahlen! Wenn ihr einen Mörder sucht, dann kommt nur und sucht mir das Haus durch, und ich werde euch schon wiedererkennen, wenn ich euch treffe.«

Sie war so wütend, daß sie auf der Stelle, wo sie stand, zu hopsen anfing, und mit ihrem Kopfe stieß sie wie ein zorniger Raubvogel.

Der Russe kam herein und schaute im Zimmer herum und auf sie und ihre blutbespritzte Hand und Schürze. »Verfluch uns bloß nicht, Sunniva«, sagte er zaghaft. »Wir wissen, daß du allerhand Sachen machen kannst, wenn du willst. Hier ist eine Mark für das Blut, das du verloren hast.«

Sie streckte die Hand aus, und er legte ein Geldstück hinein.

Sie spie darauf. »Geh nur, und es soll kein Groll zwischen uns sein«, sagte sie und schloß die Tür hinter ihnen. Sie steckte den Daumen in den Mund und kicherte vor sich hin.

Der Junge stand vom Stuhl auf, stellte sich aufrecht vor sie hin und starrte ihr ins Gesicht. Er hatte das Gefühl, als schwinge er hoch in der Luft und hätte kaum Halt mit den Füßen.

»Warum hast du mir geholfen?« fragte er.

»Weißt du das nicht?« erwiderte sie. »Hast du mich noch nicht erkannt? Aber an den Wanderfalken erinnerst du dich, der sich in der Takelung von eurem Schiff verflogen hatte, der ›Charlotte‹, wie sie im Mittelmeer kreuzte? Da bist du durch die Wanten auf die Bramsegelrahe geklettert in einer steifen Brise und bei hoher See. Der Falke war ich. Wir Lappen fliegen öfter auf die Art aus, um die Welt zu sehen. Als ich dich zum erstenmal traf, war ich unterwegs nach Afrika, meine junge Schwester und ihre Kinder zu besuchen. Sie ist auch ein Falke, wenn sie will. Damals lebte sie in Takaunga, in einem alten verfallenen Turm, den sie dort unten ein Minarett nennen.«

Sie wickelte eine Ecke ihres Rockes um den Daumen und biß darauf. »Wir vergessen nie«, sagte sie. »Ich habe dich in den Daumen gehackt, als du mich packtest, und es ist nur gerecht, daß ich mir heute für dich in den Daumen geschnitten habe.«

Sie trat dicht an ihn heran und rieb ihre zwei braunen, krallengleichen Finger gegen seine Stirne. »So einer bist du also, der lieber einen Mann umbringt, als daß er zu spät zu seiner Liebsten kommt! Wir halten zusammen, wir Weiberleute auf Erden. Ich werde deine Stirn zeichnen, daß die Mädchen es erkennen sollen, wenn sie dich anschauen; sie werden dich liebhaben dafür.« Sie spielte mit seinem Haar und wickelte es sich um den Finger.

»Horch nun zu, mein kleiner Vogel«, sagte sie. »Meines Enkels Schwager liegt grad mit seinem Boot unten beim Landungsplatz, er muß eine Ladung Häute hinausfahren zu einem dänischen Schiff. Der bringt dich zur Zeit zurück auf dein Schiff, bevor dein Maat wieder da ist. Die ›Dagrun‹ segelt in der Frühe, nicht wahr? Wenn du an Bord bist, gib ihm meine Kappe wieder mit.«

Sie nahm sein Messer, wischte es an ihrem Rock ab und reichte es ihm. »Da hast du dein Messer«, sagte sie. »Du wirst keinen Mann mehr damit erstechen, du wirst's nicht nötig haben, denn von nun an wirst du die Meere befahren als ehrlicher Seemann. Wir haben Sorgen genug mit unseren Söhnen ...«

Der Junge in seiner Verwirrung konnte kaum seinen Dank stammeln.

»Wart noch«, sagte sie, »ich will dir eine Tasse Kaffee machen, daß dir die Lebensgeister wieder kommen, solang ich dir deine Jacke abwasche.«

Sie ging und schob mit Geklapper einen alten Kupferkessel auf die Feuerstelle; nach einer Weile reichte sie ihm einen heißen schwarzen Trank in einer Tasse ohne Henkel. »Nun hast du mit Sunniva getrunken«, sagte sie, »hast ein bißchen Weisheit geschluckt, daß dir hinfort deine Gedanken nicht wie Regentropfen ins salzige Meer fallen.«

Als er ausgetrunken und die Tasse niedergesetzt hatte, brachte sie ihn an die Tür und öffnete ihm. Er war erstaunt, daß die Nacht draußen immer noch klar war. Das Haus lag so hoch, daß der Junge das Meer sehen konnte und den Mond, der seinen Schein darüber ergoß. Er hielt ihr seine Hand zum Abschied hin.

Sie starrte in sein Gesicht. »Wir vergessen nichts«, sagte sie. »Du hast mich auf den Kopf gehauen damals, da oben auf dem Mast. Den Hieb will ich dir heimzahlen.« Damit haute sie ihm hinter's Ohr, so fest sie konnte.

»Nun sind wir quitt«, sagte sie, warf ihm einen tiefen, bösen, funkelnden Blick zu, stieß ihn über die Schwelle und nickte hinter ihm her.

Auf diese Weise gelangte der Schiffsjunge wieder auf sein Schiff, das am anderen Morgen segeln sollte, und wahrte sein Leben, zu berichten, was ihm geschehen war.

Walter De la Mare

Die Prinzessin

Gibt es einen Menschen in dieser traurigen, zynischen Welt, frage ich mich, der sich keine einzige Erinnerung an seine Kindheit bewahrt hat? Sei sie nun albern, sentimental, kläglich, tragisch, leidenschaftlich, ja sogar häßlich realistisch – welcher Art spielt gar keine Rolle. Wir wärmen unsere alternden Hände immer wieder an irgendeinem kleinen Feuer, das vielleicht schon vor dreißig, vierzig oder auch sechzig Jahren erloschen ist!

Warum wohl? Weil, nehme ich an, die so aufbewahrten Erfahrungen ein gewisses, tief in uns verborgenes Allerinnerstes angehen – sie waren tief darin verwurzelt und eingeschlossen ...

Eine Erfahrung, zum Beispiel, wie das Sichverlieben. Und zwar nicht nur in ein hübsches Gesicht, sondern, sagen wir, in eine Szene, in ein Buch, in einen Charakter aus einer Erzählung, ja vielleicht sogar in ein Traumwesen. Lord Byron hatte seine Liebesabenteuer. Aber ich zweifle, ob er je wahrer, selbstloser und treuer geliebt hat, als er, damals ein Junge von ungefähr neun Jahren, ein Mädchen liebte, Mary Duff, die auch noch ein Kind war.

Er hat selber damit geprahlt, indem er es offen zugab.

Er machte sich sogar über diese Episode lustig und bagatellisierte sie spöttisch als kindliche Liebe. Aber nichtsdestoweniger gab er auch zu, daß ihm, als er sechzehn war, die Nachricht von ihrer Heirat einen derartigen Schock versetzte, daß er fast Krämpfe bekam. Krämpfe!

Auch braucht es sich bei einer solchen Verliebtheit nicht um ein anderes *Kind* zu handeln. Ein Freund von mir hat mir einmal gestanden, daß er als Junge von noch nicht dreizehn Jahren Stunden damit verbrachte, sich, verdeckt von den Zweigen eines wilden Kirschbaums, an einer alten Backsteinmauer herumzudrücken, einzig und allein in der Hoffnung, die blonde Witwe für ein paar flüchtige Augenblicke zu sehen, die in der Nähe wohnte – eine junge Frau von achtundzwanzig Jahren! Natürlich hat er seiner Geliebten nie ›seine Liebe *gestanden*‹ – nie hat er, der verliebte Knirps, über seine Qual gesprochen –, bis es keinen Wert mehr hatte und er, in demselben Grade frühreif, auch wertlos geworden war, weil er sich zu einem jugendlichen Roué entwickelt hatte.

Die Blüte der wilden Kirsche ist so empfindlich wie Rauhreif und so kühl und schön wie Schnee. Viel mehr läßt sich eigentlich weder über sie noch über ihre herbe, harte Frucht sagen, höchstens die Vögel sind möglicherweise anderer Meinung. Doch ihre Gesänge sind Lieder ohne Worte.

Ich muß gestehen, ich habe eine ähnliche Erinnerung.

Wie die meisten Kinder liebte ich die alten, unglaublich phantastischen Märchen – *Grimms, Andersens* und die von *Tausendundeiner Nacht.* Auch alte Häuser liebte ich und besonders solche, in denen es zu ›spuken‹ schien – selbst wenn ich mich nach den Geschichten darüber schlotternd im Bett verkroch.

Und einmal, in grauer Vorzeit, ist es mir gelungen, alle diese absonderlichen Phantastereien in einem Buch zusammenzufassen. Nicht daß es ein großer Erfolg gewesen wäre – nicht einmal für *la belle Dame*! Aber deswegen brauchen Erinnerungen, ›kindische‹ Erinnerungen dieser Art, durchaus nicht zu verblassen oder in unseren Händen zu sterben. Sie brauchen auch keine nicht zu besänftigenden Skrupel zu hinterlassen.

Zu der Zeit, von der ich spreche, kann ich höchstens im Anfang meiner Entwicklungsjahre gewesen sein. Ich war noch recht kindlich – gleichzeitig vielleicht auch ein bißchen frühreif – für mein Alter. Meine Mutter war gestorben, als ich fünf war, und von da an war ich ziemlich viel mir selbst überlassen gewesen. Wir lebten damals in Schottland, in Inverness-shire, in einem alten und ziemlich häßlichen Haus. Eine trostlos aussehende Landschaft breitete sich unter seinen Fenstern aus, besonders wenn man seine Nase platt gegen die Scheiben drückte und durch die häufigen schottischen Nebel über sie hin schaute. Aber Vertrautheit kann mit der Zeit Zuneigung erwecken. Schade! Das Haus war leider nur gemietet. Ein abgeschiedenes Fleckchen.

Ich wußte während jener Sommerferien damals nichts Rechtes anzufangen, und in der Schule hatte ich schlecht abgeschlossen. Um den vorwurfs- oder kummervollen Blicken meines Vaters so lange wie möglich zu entrinnen, hatte ich mir angewöhnt, mich, phantastischen Träumereien hingegeben, auf der Heide herumzutreiben, und sehnte mich doch so nach Gesellschaft. Ohne mir darüber klar zu sein, war ich aber auch auf der *Suche* nach etwas. Es lag Methode in meinem Umherstreifen. Dieses Etwas war ein Haus, und mit dem Haus war eine Geschichte verbunden.

Nicht daß ich seine Geschichte zu der damaligen Zeit schon zur Gänze gekannt hätte. Aber die paar Brocken, welche ich zufällig in der Küche aufgeschnappt hatte oder während ich dem unbestimmten Gerede der Erwachsenen zuhörte, hatten so manche einsame Stunden reichlich mit Nahrung versorgt. Ich hatte sogar schon mehrmals von diesem Haus geträumt und schließlich geglaubt, daß es dort spuke. Schon bei dem Wort allein denkt man natürlich sofort an alte, verwilderte und zersetzende Massen wuchernden Efeus, an Eulen, die Todesfee und an einen zwischen am Himmel wild dahinjagenden Wolken gespenstisch aussehenden Mond. *Ich* jedenfalls dachte an nichts dergleichen.

Im Gegenteil ... Es war an einem Sonntagmorgen im Sommer, als ich zum erstenmal zufällig auf das Haus stieß, nachdem es mir wieder mal gelungen war, mich von der Kirche zu drücken. Es war gar nicht zu verkennen. Sein Name war in das Rankenwerk seiner gußeisernen Tore verflochten. Es war ein stiller, klarer Tag, erinnere ich mich, und strahlender, aber milder Sonnenschein. Das Haus hatte eine einzigartige, wunderschöne Lage – Hügel und Tal. Auf seiner Rückseite, nur einen Katzensprung entfernt, rauschte ein Bergbach in Kaskaden zu Tal, der nach jedem Regen anschwoll und tief war, aber sonst zu allen Zeiten ein natürliches Gefälle hatte und über einige etwa sechs Meter unterhalb liegende Felsblöcke hinabstürzte. Dieser Wasserfall verursachte ein leises, ständiges, melodisches Brausen wie ein Gemisch von Glockengeläut und Stimmengemurmel. So tönte es Tag und Nacht.

Das Haus gehörte, wie ich wußte, einer Prinzessin, einer orientalischen Prinzessin, und deshalb, wie ich vermutete, einer dunkelhäutigen aus Indien, vielleicht auch aus Ceylon oder Siam, irgendwoher aus dem Osten. (Es war mir gar nicht in den Sinn gekommen, daß man auch so eine Prinzessin sein und trotzdem – nun, so durchsichtig aussehen könnte wie eine Narzisse – ja sogar wie der *narcissus poeticus*!) Kein Schild verriet, daß das Haus zu vermieten sei. Auch kein vorübergehender Interessent hatte es je gemietet, soviel ich wußte. Doch sie, die Prinzessin selber, hatte sich schon seit Jahren nicht mehr dort in der Nähe sehen lassen. Seit wie vielen Jahren, davon hatte ich allerdings nicht die leiseste Ahnung. Es sah jedenfalls äußerst verschlossen und unbewohnt aus. Eine Tragödie – eine Liebestragödie, hieß es – habe seine Besitzerin daraus vertrieben. Wenn immer die Rede darauf gekommen war, hatte ich bemerkt, daß die Gesichter sich umwölkten und die Zungen diskret schwiegen.

Ich machte mir meinen eigenen Vers zurecht, wie Kinder das tun, und war zu dem Schluß gekommen, daß meine Prinzessin erstens so schön gewesen sein mußte wie die Königin von Saba (und der Weise war König Salomon gewesen); zweitens, nur jünger als seine Königin; drittens, daß sie in ihrem kurzen Leben immer einsam und verlassen gewesen sein mußte – eine Mariana auf einer von einem Wassergraben umgebenen Burg;

und viertens, daß sie tot sei! Das letztere für sicher zu halten, zögerte ich noch. Und dennoch: Sie mußte tot sein, bildete ich mir krampfhaft ein, denn nur so konnte ich meine romantischen Vorstellungen von ihr aufrechterhalten. Und hoffte doch wiederum in ganz dummer Weise, daß es *nicht* der Fall sein möge. Andererseits: Hieß es nicht, das Haus sei ein Geisterhaus? Und könnte ich da nicht am Ende gleich zwei Fliegen mit einer Klappe schlagen? Sie werden sich schon denken können, was ich meine.

Auf alle Fälle hatte ich mit diesen Grübeleien ein ganz besonderes Traumwesen aus meiner Prinzessin gemacht. Etwas so unbeschreiblich Liebliches, wie es nur junge Menschen hervorzuzaubern imstande sind; wenn es auch, meine ich, die Aufgabe der Dichter ist, das gleiche zu versuchen. Und romantisch? Ja, wirklich, ist denn *das* nicht des Wortes wirklich wahrste Bedeutung? Und tatsächlich – so lächerlich es auch klingen mag, auch ich Grünschnabel war damals verliebt – erste schmachtende Jugendliebe – und zu alledem auch noch in ein Phantom!

Unterdessen stand ich ganz fasziniert, aber auch ein wenig widerstrebend da und schaute mir das Haus eingehend an. War es bewohnt? Bei den meisten Fenstern waren die Läden geschlossen; bei einigen von den oberen waren dagegen nur die Vorhänge zugezogen. Wer und was, fragte ich mich, mochte dort wohl Logis bezogen haben? Es machte einen etwas verwahrlosten, etwas verrückten Eindruck, aber nicht allzu schlimm. Bemooste Stellen, Feuchtigkeit, Verfärbung – das Wetter und die Jahreszeit waren wahrscheinlich in der Hauptsache für diesen Eindruck verantwortlich. Und man sah auf den ersten Blick, daß dieses Haus nie von glücklichen Menschen bevölkert gewesen war; zumindest in den letzten Jahren nicht. Mit einem Wort, es sah unbewohnt aus. Denn sogar die Wirkung der Luft, die ein solches Haus umgibt, ist eine andere, wenn es im Stich gelassen worden ist. Bei den Menschen ist es ganz ähnlich.

Dort stand ich also, im Schutze eines Baumes, und beobachtete das Haus. Langsam pirschte ich mich näher heran, machte unter seiner Veranda halt und horchte. Nicht das leiseste Wispern; nur die Antwort, welche die Stille gibt. Nun schlich ich mich vorsichtig zur Rückseite des Hauses, fand dort eine kleine, grüne, nicht eingeklinkte Tür und horchte wieder. Aber außer dem Geräusch fallender Wasser und einem grashüpferähnlichen, gedämpften, schrillen Zirpen – ähnlich dem Zwitschern von Vögeln in den Binsen und Büschen eines Baches – war nichts zu hören.

Die Sonne strahlte vom Himmel herunter. Und was die Einsamkeit anging, hätte ich mich ebensogut in der Wüste Gobi befinden können. Ich stieß die Tür sachte nach innen auf und warf einen Blick auf das Dahinter. Ein mit Fliesen ausgelegter Hausflur schien in die Küchenregionen zu führen. Ich schaute und lauschte – kein Pfannengeklirr oder Topfgeklapper, kein Brutzeln; und nicht der leiseste Küchengeruch in der Luft. Es roch nur muffig und schimmlig. Ich wagte mich weiter vor. Ein altmodischer Bratenwender, der dem oberen Teil der Hellebarde eines Ritters glich, stand in der Küche; auch ein gigantischer Tisch war da, schwere Stühle, ein Saucenlöffel, ein rostiges Messer und eine stehengebliebene

Uhr. Kein Feuer im Herd und eine stehengebliebene Uhr! Also eins war sicher: die Köchin war nicht zu Hause!

Vorwärtsgetrieben durch die Traumgestalt in meiner Vorstellung, deren dunkle Haut und tief in Gedanken versunkene, hilflose dunkle Augen, stahl ich mich schließlich die Treppe hinauf nach oben. Sie verfolgte mich. Meine Phantasie hatte ja auch alles dazu getan! Am Ende eines langen Korridors kam ich an eine angelehnte Tür. Alle übrigen waren geschlossen. Vor dieser Tür hielt ich wieder inne. Sie hatte hübsche farbige Türfüllungen und einen geschliffenen Glasknopf. Ich schaute hinein. Ja, ich besaß sogar die Frechheit, einen zusammenklappbaren Fensterladen zurückzuschlagen, um den Sonnenschein hereinzulassen. Keiner von den Räumen, die ich bis dahin in meinem Leben gesehen hatte, ähnelte diesem. Eine flache Stuckdecke, tiefe leuchtende Farben und Stickereien, persisches Geschirr und persische Kacheln, wie ich jetzt weiß, und ein paar Bilder von den damals noch unmodernen französischen Malern. Nichts Indisches, keine bronzenen Göttinnen, keine Stoßzähne, Elefantensohlen, geschnitztes Elfenbein und Perlmutter. Und kein Laut als das Rauschen des Wassers – dumpf, melodisch, in einer fremdartigen, aber bezaubernden Sprache.

Der Raum war wohl eine Art Boudoir, dachte ich mir, und alles darin war gut im Stande, nur daß feinster Staub wie ein leichter Schleier auf den Tischen lag und den Spiegel blind machte. Und dem Fenster gegenüber, im hellen Sonnenschein, hing ein Porträt an der Wand. Ich wußte augenblicklich, wessen. Daß die Prinzessin in meiner Phantasie schwarzhaarig und jung und schön war – nun, darin lag nichts Ungewöhnliches. Merkwürdig war nur, daß dieses Bild hier ihr so unglaublich ähnlich sah, nur färbte keine Spur einer dunklen Tönung die Blässe ihrer Wangen. Ich selber hätte der Maler dieses Porträts sein können.

Die melancholischen dunklen Augen blickten mich unverwandt an. Sie schienen meine albernen Knabenträume zu teilen oder zumindest zu verstehen. Wenn man von einem Gedicht sagen kann, es gleiche einem stillen, schönen Gesicht, dann glich dieses Gesicht einem Gedicht. Alle seine geheimsten Träume malten sich darin. Wie viele Tausende von Meilen mein Astralleib in diesem Augenblick durchflog, will ich gar nicht erst versuchen zu errechnen. Ein leichtes Geräusch von oben, eine Maus oder eine Ratte vielleicht, machte mir die peinliche Lage bewußt, in der ich mich befände, wenn man mich hier ertappte. Darum schlich ich mich wieder so vorsichtig davon, wie ich gekommen war, und verriet keiner Menschenseele etwas von meiner Entdeckung.

Was viel tröstlicher war, als ihrem Gespenst zu begegnen: ich hatte das getreue Abbild der von mir Geträumten gesehen. Mir war, als wäre ich unerlaubt in eine der Erzählungen aus *Tausendundeiner Nacht* eingedrungen – eine Stätte von Schönheit und Gefahr. *Eins* war mir jetzt klar: ich zweifelte nicht mehr daran, daß meine Prinzessin tot war. Aber die Zeit hat, wie ich erfahren sollte, noch andere Begräbnismöglichkeiten als das Grab ...

Als ich das nächste Mal wiederkam, war es Winter

und sehr kalt – ein Nachmittag im Januar. Eis hatte das Rauschen des Wasserfalls gedämpft, und die Singvögel waren jetzt verstummt. Ich näherte mich dem Hause von der Rückseite. Diesmal kam ich über die Heide, eine weite, mit frischgefallenem Schnee bedeckte Einöde. Im Süden leuchtete eine tiefstehende, ferne Wintersonne hell, aber eher wie eine Laterne am Himmel, und gab nur wenig Wärme. Meiner Schätzung nach konnte es keine Stunde mehr dauern, bis sie unterging. Splittrige Rauhreifkristalle glitzerten auf dem türkisblauen Anstrich der Tür. Drin im Haus war es sogar noch kälter und still wie im Grab. Zu still.

Wie mit einem tierischen Instinkt begabt, hatte ich das sichere Gefühl, diesmal nicht allein zu sein. Ich muß volle zwei Minuten horchend vor der Tür des Zimmers im oberen Korridor gestanden haben. So auf den ersten Blick war nichts verändert. Der Fensterladen stand offen, wie ich ihn verlassen hatte, doch schien die Sonne jetzt nicht mehr direkt ins Fenster; nur auf Wänden und Zimmerdecke lag noch ihr ganz blasser, unwirklicher Widerschein, der vom Schnee reflektiert wurde.

Es ist kaum zu glauben – aber so groß war der Überschwang meines jungen Herzens, daß ich tatsächlich ein Sträußchen Schneeglöckchen mitgebracht hatte. Und, wie sich dann herausstellte, hätte ich kaum eine weniger passende Wahl treffen können. In diesem kalten, schweigenden Licht wandte ich mich sofort, wie zur Begrüßung, dem Porträt zu, und da erst bemerkte ich zu meinem Schrecken, daß die Tür zum Nebenzimmer halb offenstand.

Ich trat an eins der Fenster. Unten stand, schwarz wie Tinte, ein vierrädriger Einspänner, der vor der Terrasse hielt. Das vorsintflutliche alte Roß stand zwischen den Deichseln und hob sich in seinem schmutziggelben Weiß vom Schnee ab. Anscheinend schlief es. Ich starrte bestürzt hinunter. Und während ich noch, in diesen Anblick versunken, dastand, gewahrte ich hinter mir ein leises Rascheln von Seide und den zarten Duft eines exotischen Parfums. Wie ein in eine Falle gegangenes Geschöpf drehte ich mich um.

In der Tür zum Nebenzimmer stand, leichenhaft bleich und weiß geschminkt, ausgemergelt wie eine verhungerte Katze und aufgedonnert bis zum Exzeß, eine spitznasige, hagere alte Frau, die mich mit ihren schwarzen Augen durchdringend anfunkelte. In dieser geisterhaften Schneebeleuchtung war ich im ersten Moment nicht ganz sicher, ob sie Wirklichkeit oder nur eine Halluzination war. Regungslos in ihrem Staat, mit dem schief nach unten geneigten Kopf und dem kreideweißen Gesicht hätte sie eine lebensgroße Marionette sein können; grotesk zwar, aber angsteinflößend. Es gibt übrigens bei uns alle Gradunterschiede von Realität; und sie schien in mehr als einem Sinne ›künstlich‹ zu sein. Daß sie keine Halluzination war, bewies sie mir sehr bald. Sie nickte beim Sprechen mit dem Kopf, als sie mit einer Stimme, die wie das Gerassel der Saiten in einem mißhandelten, abgenutzten Klavier einer Schulklasse klang, zu mir sagte: »Guten Tag. Ich fürchte, du hast einen sehr kühlen Empfang gehabt.«

Ich gab keine Antwort. Dann fragte sie mich nach meinem Namen und wie ich ins Haus gekommen sei.

Bei ihrem Anblick zu Tode erschrocken, murmelte ich meinen Namen und erklärte ihr, woher ich gekommen war. Dann wollte sie wissen, *warum* ich gekommen sei. Und das verschlug mir für den Augenblick die Rede.

»Wohl darum, weil du geglaubt hast, hier was zu finden, wie?« höhnte sie. »Na, was ist, junger Mann, auch Plappermäuler haben Zungen. Aber was immer du hier Schönes zu finden gehofft hast – etwas *Eßbares* wirst du hier *nicht* entdecken. Das kann ich dir versichern.«

Ihre rotgeschminkten weißen Wangen wölbten sich zu einem Grinsen. Dann deutete sie mit einer Kopfbewegung auf die Schneeglöckchen in meiner Hand. »Wozu hast du denn die mitgebracht?« fragte sie mich.

Das Bewußtsein, daß ich in meiner Verlegenheit rot geworden sein mußte wie eine Tomate, machte mich nur noch scheuer und unwilliger, ihr zu antworten, und ich sagte nur: »Die habe ich jemandem mitgebracht.«

»›Jemandem‹? Jemandem *hier*?« entgegnete sie schrill. »Wer war denn hier? Und wann?«

Unsicher wandte ich den Kopf und warf einen kurzen Blick auf das Porträt an der Wand. Dann richtete ich meinen Blick, noch immer wortlos, wieder auf sie.

»Für *das* da?« kreischte sie. »Für *sie*?« Ihr Erstaunen war unmißverständlich. »Das ist ja toll! Und du erwartest am Ende noch ernsthaft, daß ich das glauben soll, mein Bürschchen! Blumen für ein Bild! Eine reizende Geschichte – auch wenn sie nicht wahr ist. Und wer, glaubst du wohl, *ist* das?«

Ich hätte, erklärte ich ihr, von einer Prinzessin gehört, die einstmals in diesem Hause gelebt habe. Mein Vater hätte von ihr gesprochen und auch das Dienstpersonal.

Die Züge dieses alten, abgelebten Gesichts erstarrten, und die schwarzen Augen schienen mir bis ins Mark zu dringen.

»Eine Prinzessin also, hä? Und *was* für eine Prinzessin war das, wenn ich fragen darf?«

»Ich habe geglaubt, sie sei aus dem Orient gekommen ...«, stotterte ich. Dann hielt ich inne.

»Und *wohin* ist sie gegangen?«

»Ich habe angenommen, sie wäre ...«, sagte ich zögernd.

»Und weiter? Sie wäre? Sie wäre *was*?«

»Tot«, sagte ich und ließ den Kopf hängen.

Ich kann die Veränderung nicht genau beschreiben, welche bei dieser Erklärung auf ihrem Gesicht vorging. Ärger war es jedenfalls nicht. Ja sogar ihr Sarkasmus schien für einen Augenblick daraus verschwunden zu sein, und sogar viel von seinem Alter und seinem Zynismus. Ein anderes Gesicht, aus einer fernen Vergangenheit, war undeutlich darin aufgetaucht. Merkwürdig, daß ich damals nicht gleich erkannte, wessen Gesicht.

»Ach – *tot* also«, wiederholte sie. »Die Prinzessin ist also tot? Das sagen also alle, wie? Sehr bequem. Aber nicht sehr schmeichelhaft, findest du nicht auch? Und wie hast du dir denn deine Prinzessin vorgestellt? Wie hat sie denn ausgesehen – angenommen, sie wäre tatsächlich tot?« Ich ignorierte den unheimlichen Sinn dieser Frage und war doch im Augenblick fasziniert davon. Ich deutete nur mit dem Kopf zu dem Bild hinauf.

»*So*«, sagte ich.

»Sehr naiv und reizend. Die Schönheit in Person«,

höhnte sie. »Eine geheime Verabredung also? Aber wenn nun diese junge Dame tot ist – wer, mein junger Fremdling, glaubst du wohl, hätte dann die Verabredung einhalten sollen?«

Die Augen dieser alten Kreatur saugten sich noch um einige Grade fester an meinem stillen Gesicht fest. »Ein Geist vielleicht? ... Ach *so*!«

Ich schüttelte den Kopf und brachte gerade noch genügend Mut auf, um hinzuzufügen: »Ich glaube *nicht*, daß ich Angst gehabt hätte.«

»Keine Angst, wie?« mokierte sie sich. »Nicht vor einem Gespenst? Ein richtiger kleiner Sir Galahad! Und du möchtest dir wohl gern einreden, daß du nur ein kleines bißchen erschrocken bist, als du *mich* gesehen hast? Ich kann dir nur sagen, Kind, die Farbe war plötzlich aus deinem Gesicht verschwunden – aber *wie*. Als hättest du gerade ein Abführmittel geschluckt – Rizinusöl. Aber vielleicht hast du mich auch für ein Gespenst gehalten?«

Es wurde wieder still zwischen uns. Der Wasserfall hatte seine Tonart leicht gewechselt, falls es nicht nur Einbildung von mir war. Demnach mußte der Frost zugenommen haben. In dem ruhigen, hübschen Zimmer war es kalt und still wie in einer Gruft. Wie gebannt sah ich meine Fragestellerin an. Meine Hände waren feuchtkalt, meine Augen wie die eines Vogels angesichts einer Schlange.

»Zuerst hab ich vielleicht wirklich gedacht, Sie wären ein Gespenst«, platzte ich schließlich heraus. »Ich konnte mir nicht erklären, *was* Sie sein könnten. Zu Anfang jedenfalls. Ich bin einfach erschrocken.«

»Was, hä? Zu Anfang? Aber als du dann gemerkt hast, daß ich ... na ja, aus Fleisch und – und Knochen bin, was dann? Da bist du doch noch mehr erschrocken?«

»O nein«, log ich, fügte dann aber schnell noch hinzu, um meine Lüge zu vertuschen: »Höchstens, hier erwischt zu werden.«

»So, so«, spottete sie vielsagend. »Und die Schneeglöckchen? Waren die als Opfergabe für das Bild oder das Gespenst gedacht?«

Wieder schüttelte ich den Kopf. »Ich wollte sie nur hierlassen«, entgegnete ich.

»Das ist ja eine reizende kleine Liebesaffäre! Früh übt sich, was ein Meister werden will. Kränk dich nicht. Wir alle müssen irgendwo anfangen. Aber ich kann mich beim besten Willen nicht entscheiden, ob unser kleiner Eindringling hier besonders zurückgeblieben oder entsetzlich weit voraus ist für sein Alter. Wie alt *bist* du eigentlich?«

»Sprich lauter«, sagte sie, als ich geantwortet hatte. »Solche Angst brauchst du doch vor mir nun wirklich nicht zu haben. Möchtest du vielleicht eine hübsche kleine Vase mit frischem kaltem Wasser für dein Sträußchen haben? Gott der Gerechte, komm zu dir, mein Junge! Träumer habe ich nie ausstehen können.«

Mittlerweile war ich im Begriff, vor Elend, Wut und Scham in Tränen auszubrechen. Und das sah sie. Ihr Gesicht wurde etwas weicher. »Wegen einer Sache kannst du jedenfalls ganz beruhigt sein: ich bin keine Klatschbase. Ich sehe vielleicht aus wie ein alter Papagei, aber Klatschereien gibt's bei mir nicht. Und hat es nie gegeben. Das überlasse ich andern.« Sie hatte sich an den Tisch gesetzt.

»Komm her und gib mir die Hand darauf.« Langsam wich das letzte Tageslicht aus dem Zimmer, und ein blasseres, gedämpfteres Licht stahl sich herein. Ich zögerte etwas; doch dann ging ich hinüber und hielt ihr meine Hand hin.

»Du lieber Himmel«, kreischte sie, »hat denn der Junge *gar* keine Manieren! Ich garantiere dafür, wenn *diese* junge Dame statt meiner hier säße, hättest du ihr die Hand nicht so jämmerlich entgegengestreckt. Sei bloß nicht plötzlich so ein kleiner Platoniker!« Sie hatte einen ihrer Filethandschuhe ausgezogen und stieß mir eine blaugeäderte Klaue von Hand entgegen. Ihre knochigen Finger waren bis zum Mittelglied mit altmodischen Ringen geschmückt. »Hier«, verkündete sie, »da ich dir weder einen Strudel noch sonst ein Stück Kuchen anbieten kann, probier mal *das*!«

Mit unendlichem Widerwillen tat ich, was sie von mir verlangte, und küßte ihre kalte, knochige Hand.

»Du hast dir also eingebildet, deine Geliebte sei tot – unsere unschuldige, bezaubernde Nymphe da oben, mit dem zur Seite geneigten Köpfchen und dem nach unten gerichteten Blick! Und jetzt, Jungchen, noch ein kleines Geheimnis. Aber das ist nicht für das Dienstpersonal bestimmt, verstanden!« Sie sah mich wartend an, und ihr Kopf wackelte leicht auf ihren alten Schultern. »Siehst du, es gibt eben *zwei* Arten von Geistern. Man kann sie mit einer Nuß vergleichen. Die eine Sorte ist der Kern, die andre nur die Schale. In diesem Augenblick sitzt du der Schale gegenüber. Sehe ich so aus?

Sehe ich wie ein solches Gespenst aus? Sehe ich denn – na ja – *tot* aus?«

Mir war, weiß Gott, noch nie im Leben ein Mensch begegnet, der in vieler Beziehung weniger tot aussah und dem Tode dennoch so gefährlich nahe schien. Ich wandte den Kopf weg, um die Verzweiflung und Abneigung in meinen Augen zu verbergen. Und dann, wie Kinder schon sind, steckte ich das Schneeglöckchensträußchen in meine Jackettasche, zog ein schmutziges Taschentuch aus der andern und fing an zu weinen. Die alte Frau wartete, bis ich das Taschentuch wieder einigermaßen in die Tasche gestopft hatte.

»Na, na!« sagte sie. »Aprilschauer. Wunschträume.« Und dann fuhr sie mit einer tremolierenden, gewollt komischen Stimme fort, als wollte sie sich gleichermaßen über sich wie über mich lustig machen: »Nein, nein, mein Kind:

Hier gibt's nichts zu weinen und auch nichts zu klagen,
Und nichts, daß man sich auf die Brust müßte schlagen.
Nicht Vorwurf, noch Tadel, nur Liebes und Gutes,
Im Frieden beruht es ...«

Wieder hielt sie inne und setzte dann mit einer fast metallischen Intensität und gleichzeitig zitternd vor Hohn hinzu: »›Und im Tod voller Adel.‹ Wie du siehst, habe ich dir also verziehen und überlasse dich« – sie deutete mit einer Kopfbewegung zu dem Porträt hinauf – »deiner makellosen, unschuldigen Geliebten ... Du liebst sie doch? ... Nicht wahr? ... Na schön, wenn du nicht antworten kannst, laß es.« Und mit einem Blick auf meinen Kilt und meine Felltasche: »Aber das nächstemal, Freundchen, häng dein Herz an etwas Gesünderes und Ungeschminktes. Nicht an so was Verrottetes ... Indessen«, ihre alten Finger hatten einen Schlüsselbund aus ihrer Handtasche genommen, »warum nicht wenigstens ein kleines Andenken?«

Sie stand auf und schloß ein chinesisches Schränkchen auf, das an der Wand hinter ihr stand, und reichte mir in einem geöffneten Etui eine mit Granaten eingefaßte, ovale Miniatur. Fasziniert blickte ich in dem kalten Mondlicht darauf hinunter, ohne die leiseste Ahnung von ihrem Wert oder ihrer künstlerischen Qualität zu haben. Aber es war unverkennbar das Gesicht eines Kindes darauf – ein Gesicht, von dem sich wahrscheinlich sogar ein Leonardo nicht hätte losreißen können.

»Aus dem hier«, sagte sie und tippte mit ihrem spitzgefeilten Fingernagel auf das Glas, »ist dann später *das* da geworden«, und wieder deutete sie mit dem Kopf zu dem Porträt hinauf. »Und aus diesen beiden ist dann zum Schluß« – ihr Mund verzog sich zu einem schiefen Lächeln, sie klopfte sich leise an die Brust und machte mir eine ironische kleine Verbeugung – »*das* hier geworden ... Doch nur noch für kurze Zeit, weißt du – *ich*.«

Ein versteckter Glanz hatte sich plötzlich über die tiefe Schwärze ihrer Augen gebreitet, die sonst so bewegungslos waren wie zu Asche verbrannte Feuer.

»Jetzt sollst du mir nur noch eins sagen«, fuhr sie fort. »Wenn der Dienstbotenklatsch *so* gewesen wäre und du vor deinem heutigen Eindringen hier gewußt hättest, was aus deiner reizenden Herzallerliebsten da oben geworden ist, wärst du dann auch gekommen? Wärst du dann heute abend auch hier ...? Glotz nicht so dumm, Junge, antworte mir!«

Ich sah sie nachdenklich an. Noch schwankte ich zwischen Wahrheit und Feigheit, und wie aufgescheuchte Tauben flogen meine Blicke über ihrem Gesicht hin und her. Und dann schüttelte ich schließlich fast unmerklich den Kopf. »Nein«, sagte ich, »nicht, wenn ich das gewußt hätte.« Meine Lippen waren so spröde, daß ich die Worte kaum herausbrachte. »Aber«, ich wandte meine Wange ein wenig dem Bilde zu, »hat *sie* denn nicht so ausgesehen? Sogar *damals* nicht?«

Die Stille, die Kälte, die merkwürdige Beleuchtung und die Fremdheit zwischen uns schienen zugenommen zu haben, und das ganze Haus schien auf Antwort zu warten. »Weiß Gott, der Junge ist unverbesserlich!« käckelte die alte Frau. »Wir hätten uns früher begegnen sollen. Da, steck diese Kleinigkeit in deine Tasche, bevor ich mir's wieder anders überlege, und geh. Und nächstesmal hüte dich vor Menschenfallen!«

Ihr spöttisches Gesicht sah wieder abweisend aus. Und nun zog ich, in dem wahrscheinlich unterbewußten, idiotischen Bestreben, mich zu revanchieren, oder möglicherweise, etwas wiedergutzumachen, die Schneeglöckchen aus der Tasche und reichte sie ihr. Sie nahm sie, sog gierig ihren Erdgeruch ein, schaute mich an, drehte sich um, legte sie in das Schränkchen und schloß es ab. Und ehe sie noch etwas zu mir sagen konnte, hatte ich ihr gehorcht und war hinausgelaufen – hinaus in die wintrige Vollmondnacht und die zauberhafte Unberührtheit des Schnees.

NACHWEIS

HEINRICH HEINE, *Doktor Ascher und die Vernunft*, aus: Heinrich Heine, *Die Harzreise*, in *Reisebilder* 1. Teil, Hamburg 1826.

WASHINGTON IRVING, *Der Student und die fremde Dame*, deutsch von Gunther Martin, aus: Washington Irving, *Rip van Winkle*, Copyright © 1970 by Diogenes Verlag AG Zürich.

ALEXANDER PUSCHKIN, *Der Sargmacher*, deutsch von Johannes von Guenther, Abdruck mit freundlicher Genehmigung von Anna Maria von Guenther, Kochel.

HEINRICH VON KLEIST, *Das Bettelweib von Locarno*, aus: Heinrich von Kleist, *Erzählungen*, Berlin 1810.

HONORÉ DE BALZAC, *Tobias Guarnerius*, deutsch von Georg Goyert, aus: Honoré de Balzac, *Mystische Geschichten*, herausgegeben von Georg Goyert, Georg Müller Verlag, Copyright © 1920 by Albert Langen–Georg Müller Verlag, München.

EDGAR ALLAN POE, *Die Tatsachen im Falle Waldemar*, deutsch von Gisela Etzel, aus: Edgar Allan Poe, *Der Untergang des Hauses Usher*, Copyright © 1965 by Diogenes Verlag AG Zürich (= detebe 20233).

NIKOLAI GOGOL, *Der verhexte Platz*, deutsch von Johannes von Guenther, Abdruck mit freundlicher Genehmigung von Anna Maria von Guenther, Kochel.

PU SSUNG-LING, *Das Wandbild*, deutsch von Martin Buber, Abdruck mit freundlicher Genehmigung von Rafael Buber, Haifa.

YAKUMO KOIZUMI, *Die Päonienlaterne*, aus: *Japanische Geistergeschichten*, deutsch von Gustav Meyrinck, Propyläen Verlag, Copyright © 1928 by Verlag Ullstein GmbH, Berlin.

Mary Hottingers Anthologien im Diogenes Verlag

Mord
Kriminalgeschichten aus England und Amerika von Edgar Allan Poe bis Raymond Chandler, Vorwort von Mary Hottinger. Mit Vignetten von Paul Flora

Mehr Morde
Kriminalgeschichten aus England und Amerika von Margery Allingham bis Henry Slesar, Vorwort von Mary Hottinger. Mit Vignetten von Paul Flora

Noch mehr Morde
Kriminalgeschichten aus England und Amerika von Dorothy Sayers bis Peter Cheyney, Vorwort von Mary Hottinger. Mit Vignetten von Paul Flora

Wahre Morde
Die berühmtesten Kriminalfälle und -prozesse aus England, gesammelt und vorgeführt von Mary Hottinger, übersetzt von Peter Naujack

Gespenster
Die besten Gespenstergeschichten aus England von Daniel Defoe bis Elizabeth Bowen

Mehr Gespenster
Die besten Gespenstergeschichten aus England, Schottland und Irland von Rudyard Kipling bis H. G. Wells

Noch mehr Gespenster
Die besten Gespenstergeschichten aus aller Welt von Nikolai Gogol bis Guy de Maupassant. In memoriam Mary Hottinger, herausgegeben von Dolly Dolittle

Ehegeschichten
von Joseph Conrad bis Mary McCarthy

Familiengeschichten
von W. Somerset Maugham bis F. Scott Fitzgerald, Vorwort von Mary Hottinger

Kindergeschichten
von Charles Dickens bis Doris Lessing

Ganz gemeine Geschichten
von Herman Melville bis W. Somerset Maugham

Unheimliche Geschichten
Eine Sammlung von ungewöhnlichen, kuriosen und gar schauerlichen Geschichten von Ambrose Bierce bis G.K. Chesterton

Horror
Klassische und moderne Horrorgeschichten von Charles Dickens bis Ernest Hemingway, Nachwort von Mary Hottinger

Mehr Horror
Moderne Horrorgeschichten von Graham Greene bis Patricia Highsmith. In memoriam Mary Hottinger, ausgewählt von Barbara Birrer

Noch mehr Horror
Klassische Horrorgeschichten von Edgar Allan Poe bis Anton Čechov. In memoriam Mary Hottinger, ausgewählt von Christian Strich

Edgar Allan Poe im Diogenes Verlag

»Als ich zum erstenmal ein Buch von ihm aufschlug, fand ich bei ihm Gedichte und Novellen, wie sie mir bereits durch den Kopf gegangen waren, undeutlich und wirr jedoch, ungeordnet – Poe aber hat es verstanden, sie zu verbinden und zur Vollendung zu führen. Bewegt und bezaubert entdeckte ich nicht nur Sujets, von denen ich geträumt hatte, sondern auch Sätze und Gedanken, die die meinigen hätten sein können – hätte sie nicht Poe zwanzig Jahre vorher geschrieben.« *Charles Baudelaire*

Werkausgabe in Einzelbänden, herausgegeben von Theodor Etzel. Aus dem Amerikanischen von Gisela Etzel, Wolf Durian u.a.

Der Untergang des Hauses Usher
und andere Geschichten von Schönheit, Liebe und Wiederkunft

Die schwarze Katze
und andere Verbrechergeschichten

Die Maske des Roten Todes
und andere phantastische Fahrten

Der Teufel im Glockenstuhl
und andere Scherz- und Spottgeschichten

Die denkwürdigen Erlebnisse des Arthur Gordon Pym
Roman. Mit einem Nachwort von Jörg Drews

Meistererzählungen
Ausgewählt und mit einem Nachwort von Mary Hottinger

Anton Čechov im Diogenes Verlag

»Er hat seine Erzählungen mit vollkommener Kunstfertigkeit gestaltet: *Die Bauern* zum Beispiel sind ebenso vollkommen wie Flauberts *Madame Bovary*. Er bemühte sich, einfach, klar und knapp zu schreiben. Seine drastischste Forderung war, daß der Schriftsteller Anfang und Ende seiner Erzählung weglassen sollte. Er selbst hat das getan, und zwar so rigoros, daß seine Freunde sagten, man solle ihm die Manuskripte wegschnappen, bevor er die Möglichkeit habe, sie zu verstümmeln: ›Sonst beschränken sich am Ende die Erzählungen darauf, daß sie jung waren, sich verliebten, heirateten und unglücklich wurden.‹ Als man das Čechov erzählte, sagte er: ›Aber so ist es doch tatsächlich.‹« *W. Somerset Maugham*

»Ein Poet wie Whitman? ein Dramatiker wie Shakespeare? ein großer Mann wie sie alle? – all das vereinigt er ja in sich. Aber Čechov ist noch mehr. Er ist mein Freund.« *Sean O'Casey*

»Welche Schriftsteller mich als jungen Menschen beeinflußt haben? Čechov! Als Dramatiker? Čechov! Als Erzähler? Čechov!« *Tennessee Williams*

● **Das dramatische Werk**
Neu übersetzt, transkribiert und herausgegeben von Peter Urban. Jeder Band bringt den unzensurierten Text mit sämtlichen Varianten und Lesearten, Auszüge aus Čechovs Notizbüchern, Anmerkungen und einen editorischen Bericht

Der Kirschgarten
Komödie in vier Akten

Der Waldschrat
Komödie in vier Akten

Die Möwe
Komödie in vier Akten

Onkel Vanja
Szenen aus dem Landleben in vier Akten

Ivanov
Drama in vier Akten

Drei Schwestern
Drama in vier Akten

Die Vaterlosen
[Platonov]. Das ›Stück ohne Titel‹

Sämtliche Einakter

Das erzählende Werk

Deutsch von Gerhard Dick, Wolf Düwel, Ada Knipper, Georg Schwarz, Hertha von Schulz und Michael Pfeiffer. Gesamtredaktion, Anmerkungen und Nachweise von Peter Urban

Ein unbedeutender Mensch
Erzählungen 1883–1885

Gespräch eines Betrunkenen mit einem nüchternen Teufel
Erzählungen 1886

Die Steppe
Erzählungen 1887–1888

Flattergeist
Erzählungen 1888–1892

Rothschilds Geige
Erzählungen 1893–1896

Die Dame mit dem Hündchen
Erzählungen 1897–1903

Eine langweilige Geschichte / Das Duell
Kleine Romane I

Krankenzimmer Nr. 6 / Erzählung eines Unbekannten
Kleine Romane II

Drei Jahre / Mein Leben
Kleine Romane III

Die Insel Sachalin
Reisebericht

Das Drama auf der Jagd
Eine wahre Begebenheit. Neu übersetzt von Peter Urban

Die Dame mit dem Hündchen / Herzchen
Zwei Erzählungen

Meistererzählungen
Ausgewählt von Franz Sutter

Briefe

in 5 Bänden. Die größte nicht-russische Briefausgabe in der Neuübersetzung und -edition von Peter Urban. Jeder Band enthält Faksimiles, einen umfangreichen Anhang mit editorischem Bericht, Anmerkungen und einer Chronik; im letzten Band zusätzlich ein Personen- und Werkregister

Tagebücher Notizbücher

Herausgegeben und vollständig neu übersetzt von Peter Urban. Mit Vorwort, editorischem Bericht, ausführlichen Anmerkungen und Personenregister

Čechov-Chronik

Leben und Werk von Anton Čechov Herausgegeben von Peter Urban. Der Anhang bringt ein Nachwort, das Inhaltsverzeichnis der ersten russischen Gesamtausgabe und eine Bibliographie aller deutschen Übersetzungen

Anton Čechov Sein Leben in Bildern

Herausgegeben von Peter Urban. Mit 739 Abbildungen, einem Anhang mit Daten zu Leben und Werk und einem Personenregister

Freiheit von Gewalt und Lüge

Gedanken über Aufklärung, Fortschritt, Kunst, Liebe, Müßiggang und Politik. Zusammengestellt von Peter Urban. Mit fünf Porträts und einer Selbstkarikatur von Doktor Čechov

Das Čechov Lesebuch

Herausgegeben, kommentiert und mit einem Vorwort von Peter Urban

Über Čechov

Herausgegeben von Peter Urban

Wie soll man leben?

Anton Čechov liest Marc Aurel
Herausgegeben, übersetzt und mit einem Vorwort von Peter Urban